일러두기

1. 번역에 쓰인 원전은 2013년 중국 장강문예출판사에서 출간한 '이월하 문집' 제1판을 사용했다.
2. 맞춤법과 띄어쓰기는 한글 맞춤법과 외래어 표기법에 따랐다.
3. 한자는 우리말로 표기하고, 꼭 필요한 경우에만 괄호 속에 원음을 병기해 이해하기 쉽도록 했다.
   예 : 다이곤多爾滾(도르곤)
4. 인명과 지명은 우리말로 표기했다. 단, 이미 굳어진 표현은 원지음을 존중했다.
   예 : 나찰국羅刹國(러시아). 이후에는 '러시아'로 표기
5. 본문 중의 괄호 안에 뜻을 풀이한 것은 모두 옮긴이의 설명이다.

【제왕삼부곡 제1작】

중국 최고지도부가 선택한 최고의 역사소설

강희대제

11

얼웨허 역사소설

홍순도 옮김

더봄

강희대제 11권

개정판 1판 1쇄 발행 　2015년 6월 28일
개정판 1판 2쇄 발행 　2015년 9월 30일

지은이 　얼웨허(二月河)
옮긴이 　홍순도
펴낸이 　김덕문

펴낸곳 　더봄
등록번호 　제2015-000072호
주소 　서울특별시 중구 을지로 12길 28, 207호(저동2가, 저동빌딩)
대표전화 　02-2264-0148   　팩스 02-2264-0149
전자우편 　thebom21@naver.com
블로그 　blog.naver.com/thebom21

ISBN 979-11-86589-11-3 04820
ISBN 979-11-86589-00-7 04820(전12권)

책값은 뒤표지에 있습니다.

60세 때의 강희제

강희제는 중국 역사상 가장 오랜 기간인 61년 간의 통치를 통해 반청세력을
진압하고, 티베르와 외몽고 정벌, 네르친스크 조약 체결, 대만 복속을 통한
통일국가를 완성해 오늘의 중국 국경선을 확정했다. 그의 재위 당시 청나라는
근대 초기의 제국들 가운데 가장 크고 강력한 국가였다.

장정옥張廷玉

안휘安徽성 동성桐城 출신으로, 자는 형신衡臣이다. 1700년(강희 39년)
진사시험에 급제하여 한림원에서 일하기 시작했다. 그후 강희제에게
인정을 받아 고위 요직을 두루 거쳤으며, 조정 대사에도 참여하며
강희제, 옹정제, 건륭제 3대를 섬겼다.

방포方苞

장정옥과 같은 안휘성 동성 사람. 강희 45년(1706) 회시會試에
급제했지만 어머니의 병환으로 전시殿試에는 응시하지 못했다.
강희 50년(1711) 대명세戴名世의《남산집》南山集에 서문을
써주었다가 필화筆禍 사건에 연좌되어 투옥된 뒤 노예의
신분으로 떨어졌다. 2년 뒤 면죄를 받아 복권되었다.
글 솜씨를 인정받아 주로 조정의 문서계文書係를 맡았다.

4부 후계자

20장
승냥이 사냥

윤진이 승냥이를 유인해 가둬 둔 토성은 사자원에서 서북쪽으로 5리 정도 떨어진 곳에 위치하고 있었다. 남쪽으로는 산을 등에 업고, 서쪽으로는 호수에 접해있었다. 또 동쪽에는 피서산장이 자리를 잡고 있었고, 북으로는 광활한 초원이 펼쳐져 있었다. 승냥이 사육장은 높다란 토담으로 둘러싸여 있었다. 승냥이는 많기도 했다. 며칠 동안 굶주린 승냥이들이 무려 500여 마리나 됐다. 그래서인지 눈에 불을 켠 채 여기저기 짝을 지어 어슬렁거리고 있었다. 윤진은 황제의 안전을 위해 이미 토담을 견고히 하는 작업을 해둔 터였다. 토담 위에서 떨어지는 사고를 미연에 방지하는 차원에서 특별히 난간을 보수하는 작업 역시 이미 끝나 있었다.

강희를 수행하는 관리들은 태자가 사실상 이미 연금을 당했다는 사실을 모르고 있었다. 그래서 강희에게 인사를 하고는 관례대로 즉각 태자를 찾았다. 그러나 황자들은 태자가 이 자리에 있을 리가 없다는 생각을 하면서 나이 순서대로 강희의 양 옆에 공손한 자세로 서 있었다. 장정옥은 그런 관리들과 황자들 틈에서 우연찮게 악륜대를 발견했다. 깜짝 놀란 그는 마제에게 슬며시 다가가서는 조용히 물었다.

"마 대인, 악륜대 일은 어떻게 된 것입니까? 발령을 낸다는 지의를 내려 보내지 않았습니까?"

"내려 보냈죠. 그런데 오늘 아침 일찍 나를 찾아왔더라고요. 생애 처음이자 마지막이 될지 모르는 승냥이 사냥이 궁금해서 발길이 떨어지지 않는다면서 구경시켜달라고 통사정을 하더군요. 불쌍해서 눈감아줬어요."

마제가 성곽에 오르기 위해 계단에 발을 올려놓는 강희에게서 눈을 떼지 않고 대수롭지 않게 대답했다. 문제될 것이 없다는 태도였다. 그러나 장정옥은 그런 마제를 쳐다보면서 석연치 않은 생각을 떨치지 못했다. 물론 그렇다고 마제에게 미운털이 박히면서까지 강희에게 고자질할 정도로 중요한 일이 아닌 것 같기는 했다. 그는 이해관계를 따져보기 위해 잠시 침묵했다. 그러다 두어 발자국 뒷걸음쳐서는 자신의 자리로 돌아갔다. 뇌리에서는 궁금증을 참지 못한 자신에 대한 원망이 계속 일고 있었다. 그때였다. 어느새 성곽에 오른 강희가 햇빛 가리개용 노란 천막 밑에서 웃으면서 손짓을 했다.

"장관이 따로 없네! 어서 올라오게들!"

원래 승냥이는 무리지어 다니기 좋아하는 특성을 가지고 있다. 강희 눈앞의 승냥이들 역시 그랬다. 배가 고파 성질이 나서 그런지 사람들이 성곽에 올라서자 더욱 발악을 했다. 그 중에는 서로 얼마 되지 않는 먹이를 두고 다투느라 심하게 물고 뜯고 싸웠는지 군데군데 혈흔이 묻어 있는 승냥이도 눈에 띄었다. 그러나 그들 승냥이의 세계에서도 어찌 보

면 인간보다 나은 엄연한 삶의 방식과 무너뜨릴 수 없는 규칙이 있는 듯
했다. 무엇보다 어미 승냥이는 배가 고파 애처로운 소리를 지르면서 우
는 새끼 승냥이를 품에 껴안고 있었다. 또 수컷은 자신의 가족을 외부
의 침입으로부터 보호하려는 듯 어미 승냥이와 아기 승냥이의 주위를
맴돌고 있었다. 사람들이 웅성거리면서 몰려들수록 시뻘건 혀를 날름
내민 채 인상을 무섭게 찡그리기도 했다. 두 눈에서는 귀신불 같은 푸
른빛이 뿜어져 나왔다.

"셋째!"

강희의 옆에 붙어 있던 장황자 윤제가 자신감이 충만한 표정을 지으
면서 셋째 윤지에게 다가가 어깨를 두드렸다.

"형제들 중에서도 책을 제일 많이 읽은 자네가 말해보게. 넷째처럼 이
런 식으로 승냥이 사냥을 하는 사람도 있던가?"

윤지는 별 볼 일 없이 들떠 있는 첫째의 불손한 언행이 싫었다. 그러
나 그렇다고 바로 기분 나쁜 표정을 지어서는 안 될 일이었다. 그저 웃
으면서 조용히 말할 수밖에 없었다.

"책에서는 승냥이 사냥하는 법을 가르쳐주지 않습니다. 잘 몰라요."

장황자는 기분이 좋은 듯했다. 무성의한 윤지의 대답에도 불구하고
여전히 입이 귀에 걸려 있었다. 하긴 그럴 만했다. 원래 태자는 정실 황
후의 아들들 중에서 세우는 것이 원칙이었다. 또 특별한 경우가 아니면
큰아들을 세웠다. 그런데 정실 황후의 아들은 이미 무기력하게 사실상
폐위를 당한 상태에 있었다. 당연히 그 자리를 채워줄 사람은 큰아들일
것이다. 장황자는 그렇게 생각하고 있었다.

얼마 후 자리가 정돈되기를 기다렸던 강희가 드디어 윤진을 향해 말
했다.

"넷째, 시작하지!"

"예, 아바마마!"

윤진이 강희의 명령에 씩씩하게 대답하고는 고개를 돌려 손짓을 보냈다. 그러자 네댓 명의 역사力士들이 꽁꽁 묶인 커다란 야생 멧돼지를 끌고 오더니 담벼락 위에서 포승을 칼로 잘랐다. 동시에 힘껏 토담 아래의 승냥이 굴로 밀어 넣어버렸다. 멧돼지 역시 며칠 동안 쫄쫄 굶은 모양이었다. 얼마나 배가 고픈지 승냥이 굴에 던져지자마자 최후의 발악을 했다. 육중한 몸을 잽싸게 굴리면서 중심을 잡는가 싶더니 네 발을 바로 세우고 서서는 온몸을 부르르 떨었다. 이어 기합을 넣는 듯 날카로운 소리를 내지르면서 가까운 곳에 있는 승냥이 무리를 향해 돌진했다. 만반의 태세를 취하고 있던 승냥이 한 마리가 엉겁결에 날카로운 멧돼지 송곳니에 배를 깊숙이 찔리고 말았다. 삽시간에 시뻘건 핏줄기가 하늘로 솟구쳤다. 약육강식의 본성을 남김없이 드러낸 두 들짐승은 곧 물고 물리면서 한데 엉켜 사투를 벌였다.

한 마리를 제외한 나머지 승냥이들은 멧돼지의 기세에 놀란 듯 잠시 뒷걸음질을 쳤다. 그러나 겁 없이 덤벼드는 이족異族의 침입을 물리치고 궁극적으로는 고기 한 점 나눠먹을 수 있는 기회를 놓치지 않겠다는 듯 곧 합세해서 대응공격에 나섰다. 하지만 멧돼지는 너무 강력했다. 송진 진액이 묻어 있는 흙으로 범벅이 된 몸은 장난이 아니었다. 마치 단단한 갑옷을 입은 것 같았다. 완전히 몸 자체가 방어벽이라고 해도 좋았다. 게다가 이빨은 길고 날카로웠다. 예리한 장검이 따로 없었다. 때문에 승냥이들이 으르렁대면서 달려들었음에도 전혀 두려워하지 않았다. 오히려 더욱 공격적으로 덤벼들어 승냥이들을 마구 물어뜯었다. 이렇게 해서 배 밖에 나온 창자를 질질 끌면서 괴롭게 도망가는 승냥이들의 무리는 눈 깜짝할 사이에 열몇 마리로 늘어났다. 그러자 멧돼지는 찬밥 더운밥 가릴 것 없다는 듯 고통에 떠는 승냥이들을 쫓아가서는 창자를 뭉텅뭉텅 잘라 먹었다.

아무리 야생동물의 세계라고는 하나 다수의 자존심이 여지없이 깨어지는 순간이었다. 하지만 시간이 흐르면서 거의 500여 마리나 되는 승냥이 무리의 위력은 살아났다. 급기야 멧돼지를 가운데 몰아넣고 한데 뒤엉켜 붙기 시작한 것이다. 확실히 독불장군은 없는 듯했다. 드디어 멧돼지가 가쁜 숨을 몰아쉬면서 필사적으로 도망을 다니는 반전 상황이 전개되기 시작했다. 곧 멧돼지의 귀가 뭉텅 잘려나가는가 싶더니 등허리와 뱃가죽에서 시뻘건 피가 용솟음쳤다. 사람들은 용맹하기 이를 데 없는 승냥이 떼와 점차 기력을 잃어가는 멧돼지의 치열한 생존싸움을 지켜보면서 차츰 등골이 오싹해지는 기분을 느꼈다. 그 중에서는 바람을 타고 물씬 풍겨오는 피비린내에 헛구역질을 하는 사람도 있었다. 아예 현장을 외면해버리는 사람 역시 없지 않았다.

그러나 강희는 놀라울 정도로 담담했다. 역시 무덤덤한 표정으로 들짐승들의 혈투에서 눈을 떼지 않는 윤진 부자 셋을 수시로 힐끗힐끗 쳐다보는 여유도 보였다. 윤사와 윤당, 윤상, 열넷째 윤제 등 황자들 역시 저마다 다른 표정을 지은 채 말없이 현장을 지켜보고 있었다. 유독 장황자만은 가벼운 한숨을 지으면서 혀를 차고 있었다.

"너무 잔인한 것 같지 않은가? 너무하는 것 같군."

그 사이 멧돼지는 목덜미에 결정타를 입었다. 급기야 땅바닥에 쓰러진 채 힘겹게 숨을 몰아쉬고 있었다. 승패는 완전히 가려졌다. 이제는 500여 마리의 승냥이 상호 간의 먹이쟁탈전만 남아 있을 뿐이었다. 한정된 먹이 앞에서는 동족도 혈육도 없는 것은 승냥이의 세계에서도 크게 다를 바 없었다. 멧돼지의 침입에 힘을 모았던 승냥이들은 언제 그랬던가 싶게 무섭게 으르렁대면서 서로에게 달려들었다. 나중에는 점차 가족 단위로 패거리가 세분화되는 모습까지 보였다. 그 광경은 보는 이들에게 강렬한 인상을 심어주기에 부족함이 없었다.

"활을 쏴라! 배불리 먹게 놔두지 마! 가죽을 건져야 하니 머리를 겨냥하라!"

윤진이 큰 소리로 외쳤다. 100여 명에 가까운 윤진의 부하들로서는 강희와 자신들의 주군에게 점수를 딸 절호의 기회를 놓칠 리가 없었다. 저마다 담벼락 위에 서서 활을 팽팽하게 당겨 승냥이의 머리를 겨냥한 채 화살을 날렸다. 마치 커다란 잠자리가 하늘을 뒤덮은 것처럼 화살 세례가 승냥이들 쪽으로 끊임없이 이어졌다.

그 와중에 강희가 천천히 윤진의 곁으로 다가섰다. 그리고 그와 여덟째의 대화에 귀를 기울였다.

"넷째 형님, 보여주고 싶은 것이 뭔지 잘 알겠어요. 참 대단한 발상이라고 생각합니다. 그런데 승냥이 떼가 서로에게 물려죽거나 화살에 맞아죽으면서 비실비실 나자빠지는데, 굳이 멧돼지는 왜 집어넣었어요?"

"특별히 의미를 부여할 것까지는 없어. 그냥 이색적인 것으로 부황을 즐겁게 해드리고 싶었을 뿐이야. 솔직히 부황께서 승냥이 가죽이 필요하신 것도 아니지. 그렇다고 자극적인 사냥을 하지 않은 것도 아니시고 말이야!"

윤사가 윤진의 말을 받았다.

"취지는 좋은 것 같아요. 그러나 아무리 생각해도…… 너무 잔인한 것 같네요. 인(仁)과 너그러움을 광범위하게 제창하시는 부황께서 부정적으로 생각하시지 않을까 우려가 되네요."

"그냥 내 마음이 가는 대로 효도를 한 거라고 보면 돼. 평가는 내리는 사람 마음이지. 또 승냥이가 좋은 동물은 아니잖아. 굳이 인과 너그러움을 베풀 필요가 있을까?"

승냥이가 제 아무리 용맹한 들짐승이라 해도 꽉 막힌 공간에서 빗발

치는 화살의 세례를 감당할 수는 없는 일이었다. 결국 500여 마리의 승냥이들은 윤진의 화살 발사 명령이 떨어진 지 얼마 되지 않아 전부 널브러지고 말았다.

"속이 뻥 뚫리는 것 같군. 시원하다!"

강희가 호탕하게 웃으면서 박수를 쳤다. 윤진과 윤사는 갑작스러운 박수소리에 깜짝 놀랐다. 강희가 등 뒤에 서 있는 줄 몰랐던 것이다. 강희가 흥분에 떨었다.

"자, 내려가 보자!"

"아바마마! 손자들을 시켜 뒷수습을 하면 되옵니다. 아바마마께서는 그냥 계시옵소서. 그러다 숨이 채 안 넘어간 놈이 있으면 크게 놀라실까 걱정이 되옵니다……."

윤진이 토담 아래로 내려가려는 강희를 황급히 막고 나섰다.

500여 마리에 이르는 승냥이들이 죽어 있는 광경은 참상 그 자체라고 할 수 있었다. 그 중 일부 승냥이들은 숨이 끊어지기 직전 한데 모인 듯 가지런히 모여 있었다. 또 어떤 어미 승냥이의 입에는 새끼가 물려 있었다. 지칠 줄 모르고 내리는 눈은 승냥이들의 주검 위와 풀숲에 응고돼 이미 시커멓게 변한 핏덩이 위로 떨어져 내리고 있었다. 하늘에는 어느덧 먹장구름이 낮게 드리워졌다. 그 분위기를 말해주듯 담벼락 주위의 마른 풀들 역시 을씨년스러운 찬바람에 소름 끼치는 비명을 지르면서 진저리쳤다. 더불어 하늘 위의 까마귀 떼도 이미 고기냄새를 맡은 듯 극성을 부리기 시작했다. 눈앞에 펼쳐진 광경은 전무후무하다고 해도 과언이 아닐 정도로 쓸쓸하고 황량했다. 아무려나 윤진이 인정을 하든 하지 않든 이번 사냥이 말해주는 바는 너무나 크고 분명했다. 강희 역시 윤진이 뭔가 자신에게 용기 있는 진언을 한 것이라는 확신을 했다.

'내가 죽으면 스무 명이 넘는 황자들 역시 굶주린 승냥이 떼처럼 약육

강식의 황위 쟁탈전을 벌이지 말라는 법이 없지 않은가? 그렇다면 내가 그야말로 목숨을 내걸고 이뤄놓은 이 강산의 운명은 어찌될 것인가?'

강희는 자신의 사후에 충분히 펼쳐질 수도 있는 일들을 가만히 뇌리에 떠올려 보았다. 그랬다. 지금 하는 것으로 봐서는 안락한 노년을 누리기는 어려울 수도 있었다. 그는 갑자기 서글퍼졌다. 심혈을 기울여 이 나라를 거목으로 키워놓은 것도 죄가 된다는 말인가? 강희는 급기야 한꺼번에 몰려오는 여러 가지 불길한 예감이 주는 부담감을 이기지 못하고 눈물을 흘렸다. 그러나 강희는 자신도 흠칫 놀랐는지 누가 볼세라 주름이 쭈글쭈글한 눈가를 황급히 소맷자락으로 훔쳤다.

그러나 장정옥은 강희가 눈물을 닦는 모습을 놓치지 않았다. 그 역시 승냥이들 속에서 우왕좌왕하는 자신의 처지를 떠올리고 있었다. 미래에 대한 불안감이 엄습해오는 것은 크게 이상할 것도 없었다. 그때 옆에 있던 마제가 먼저 입을 열었다.

"옹군왕마마도 너무 잔인한 것 같군요. 폐하께서 저렇게 상심하실 정도이니 말 다했죠!"

장정옥은 일부러 못 들은 척했다. 그러면서 강희에게서 시선을 계속 떼지 않았다. 그만이 아니었다. 재빨리 눈물을 닦기는 했으나 강희가 우는 모습은 이미 볼 사람은 다 본 뒤였다. 열째 윤아는 짐짓 모른 척하고 있는 장황자와 셋째와는 달리 입방아를 찧고 싶어 안달이 나는 듯 바로 아홉째 윤당에게 달려가 귀엣말을 건넸다.

"부황께서 우셨어요. 보셨어요?"

"그래. 멧돼지 고기가 자기한테 올 것 같지 않으니까 저런 비열한 수법으로 승부를 걸겠다는 거지!"

윤당의 대답에 윤아가 부산하게 눈을 껌벅이더니 다시 말했다.

"꽤 지능적인 아부 수법이지 않나요? 그게 먹힐지, 먹히지 않을지는 두고 봐야겠지만!"

여덟째는 머리가 복잡해졌다. 그는 일단 이번 승냥이 사냥을 통해 넷째가 무리하게 태자의 자리를 노리지는 않겠다는 의지를 보여준 것으로 풀이했다. 그런 의미에서는 나름 썩 괜찮은 자리였다고 볼 수 있었다. 하지만 강희가 윤진이 의도적으로 마련한 사냥을 통해 감명이라도 받는다면 큰일이 일어나지 말라는 법이 없었다. 윤잉을 폐위시키려는 당초의 조치를 거둬들일 수도 있었으니까. 그는 현재 가장 막강한 적으로 떠오른 장황자를 바라보면서 머리를 굴리고 또 굴렸다. 그때였다. 갑자기 돌담 아래에서 시위들의 비명소리가 들려왔다. 멧돼지가 최후의 발악을 하기 위해 벌떡 일어났던 것이다. 강희가 죽은 줄 알았던 멧돼지의 다리를 무심코 밟은 탓이었다.

"아!"

강희 옆에 서 있던 윤진의 아들 홍시가 가장 먼저 비명을 지르면서 뒤로 벌렁 나자빠졌다. 그래도 유철성은 시위다웠다. 곧바로 멧돼지를 덮치기 위해 몸을 날리려고 했다. 바로 그 순간 둘째 홍력이 큰 소리로 고함을 질렀다.

"거기 서지 못하겠어요! 당신 임무는 폐하를 보호해 드리는 거예요!"

고작 여덟 살밖에 되지 않은 홍력은 말을 마치자마자 자기 키보다 더 큰 장검을 빼들었다. 그런 다음 한 발자국씩 멧돼지를 향해 천천히 다가갔다. 좌중의 사람들은 어린 아이의 놀라운 배짱에 눈이 휘둥그레지지 않을 수 없었다.

멧돼지는 가까스로 일어난 것처럼 보였다. 피를 뚝뚝 흘리면서 휘청대기는 했으나 곧 홍력의 바로 코앞까지 다가왔다. 그러나 기력은 이미 다한 것 같았다. 여덟 살 아이에게 덮칠 힘도 없는 듯 다시 육중한 몸을 바닥에 누이고 말았다.

"오!"

강희는 다시 완전히 숨이 끊어진 멧돼지에게 다가가 발로 툭툭 건드려봤다. 이어 멧돼지와 그 앞에 제법 늠름하게 버티고 서 있는 홍력을 번갈아봤다. 그러더니 놀라움이 가시지 않은 표정으로 의미심장한 말을 뱉었다.

"모든 게 다 팔자소관인가. 운명의 조화라는 말인가."

강희 일행이 승냥이 사냥을 마치고 나왔을 때는 신시申時가 넘은 시각이었다. 눈발이 점점 굵어지고 있었다. 강희는 시위 모두를 돌려보내고 최소한의 수행관리들만 데리고 연파치상재로 향했다. 일행이 막 말을 달리려고 할 때였다. 동쪽 관도에서 눈발을 뚫고 족히 300명은 넘을 것 같은 기병들이 파죽지세로 달려오는 모습이 보였다. 그뿐이 아니었다. 그 뒤로 또 일단의 기병 병력이 따라오고 있었다. 강희는 대뜸 경계를 하면서 말고삐를 잡아당겨 말을 멈춰 세웠다. 장황자가 그런 강희를 힐끗 바라보면서 장오가에게 물었다.

"누구의 부대인가? 감히 허락도 없이 금원을 달리는 자가 누구냐는 말이다! 가서 대장을 불러오게!"

"예, 마마!"

장오가가 말을 달려 앞으로 나아갔다. 이어 웬 중년 남자와 어깨를 나란히 하고 돌아왔다. 그가 말에서 내려 강희에게 아뢰었다.

"폐하, 이곳 열하의 도통都統인 능보凌普가 군사를 거느리고 성가를 모시러 왔사옵니다!"

강희는 능보를 아래위로 훑어봤다. 불현듯 가슴속에 의문이 가득 일었다. 능보는 바로 윤잉의 유모 아들이었다. 따라서 둘이 밀접한 관계가 아니라면 그게 오히려 이상하다고 해야 했다. 강희는 순간적으로 황명을 받았다면서 병사를 거느리고 나타난 능보에게 신변의 위협을 느꼈다.

"능보, 누가 자네더러 여기로 오라고 했는가?"

장황자가 매섭게 능보를 노려보면서 물었다. 그러나 능보는 장황자의 물음에는 아랑곳하지 않고 강희를 향해 침착하게 인사를 올리면서 아뢰었다.

"소인은 열셋째 황자마마의 명을 받고 병사들을 거느리고 호위하러 왔사옵니다, 폐하!"

강희는 가슴이 덜컥 내려앉는 오싹함에 몸을 떨었다. 얼굴 근육이 격렬하게 푸들거렸다. 그러나 애써 표정관리를 했다.

"잘못 들었겠지. 여기에는 지금 영시위領侍衛 황자가 있네. 그런데 열셋째 황자가 어떻게 그런 월권행위를 하겠나? 상식적으로 이해가 가지 않는군."

"폐하!"

능보가 그제야 사태의 심각성을 느꼈는지 허둥지둥 무릎을 꿇었다. 동시에 장화 속에서 종이 한 장을 꺼내 부들부들 떨리는 손으로 강희에게 바쳤다.

"다른 일도 아니고 소인이 어찌 감히 폐하의 안전을 두고 장난을 칠 수가 있겠사옵니까! 악륜대가 열셋째 황자마마의 수유手諭를 들고 와 폐하 곁에 시위가 부족하다면서 가능한 한 많이 데리고 오라고 하였사옵니다……."

강희는 갈수록 뭔가 이상하게 돌아간다는 생각을 하지 않을 수 없었다. 더불어 불안도 증폭되고 있었다. 그러나 흔들리는 모습을 보여서는 안 될 일이었다. 그는 마제에게 열셋째 황자가 썼다는 수유를 대신 받으라는 눈짓을 보내고는 능보에게 물었다.

"얼마나 데리고 왔는가?"

능보가 추호의 두려움도 없는 태연한 표정으로 대답했다.

"소인의 중군中軍 일천사백칠십 명을 전부 데리고 왔사옵니다. 열셋째 황자마마께서는 소인의 기주旗主이실 뿐만 아니라 시위들에게도 덕망이 높으신 분이옵니다. 그래서 명령에 따랐사옵니다. 뭐가 잘못됐는지 모르겠사옵니다."

능보의 말에 갑자기 장황자가 콧방귀를 뀌었다. 이어 강희보다 먼저 입을 열었다.

"거짓말을 해도 비슷하게 해야 믿든가 말든가 하지 않겠나! 악륜대가 다른 곳으로 발령이 난 지가 언제인데! 이실직고하지 못해? 태자쪽에서 보냈지?"

능보가 갑자기 멍한 표정을 지었다.

"직군왕마마, 소인은 방금 전까지도 여기에서 악륜대를 봤습니다! 또 소인의 일이 태자전하와 무슨 관련이 있다는 말씀입니까? 소인도 갈수록 혼란스러워집니다!"

강희는 능보의 말을 듣고는 깜짝 놀랐다. 악륜대가 아직 여기에 있다니! 온갖 의심이 마구 뒤범벅이 되는 순간이었다. 강희가 심각한 표정을 지으면서 다시 입을 열었다.

"장황자가 새롭게 호위들을 관리하는 직무를 맡았네. 자신의 업무 범위 내의 일이라서 조금 민감하게 반응한 것 같은데, 별 다른 뜻은 없을 테니 오해하지는 말게. 이곳 승덕의 안전은 낭심의 일만이천 녹영병들이 지킬 것이니 자네만 남고 나머지 병사들은 원위치 시키도록 하게. 조금 있다가 낭심의 부대가 도착하면 자네가 지휘권을 넘겨받게."

강희가 이어 장오가를 향해 지시했다.

"자네가 마제, 장정옥과 함께 능보를 데리고 병영에 가서 짐의 명령을 전달하게. 우림군과 녹영병은 소속이 서로 다른 만큼 충돌하지 않도록 잘 처리하게."

강희는 지시를 내리고는 바로 말을 달려 동쪽으로 향했다. 황자들은 부황의 기분이 좋지 않다는 것을 아는지 모두들 말없이 뒤를 따르기만 했다. 계득거戒得居에 막 이르렀을 때였다. 강희가 갑자기 말고삐를 잡아당겼다.

"명령을 전하라! 윤잉, 윤지, 윤진, 윤사, 윤당, 윤아, 윤상, 윤제(열넷째 황자) 등 황자 여덟 명과 악륜대는 명을 받는 즉시 계득거로 오라고 하라!"

계득거는 사방이 한적한 조정의 별궁이었다. 당연히 그곳의 태감들은 강희가 예고도 없이 갑자기 들이닥치자 정신을 차리지 못했다. 모두들 허둥대면서 촛불 수십 개에 불을 밝혔다. 이어 부랴부랴 정전의 동난각으로 강희를 안내했다. 강희는 더운 물에 발을 담그고는 천천히 차를 마셨다. 마제, 장정옥, 장오가가 한참 후 찾아왔다. 강희가 그들에게 물었다.

"능보는 어떻게 됐는가? 그 친구의 부대가 말을 잘 듣던가?"

"고분고분했사옵니다."

마제가 서둘러 대답했다. 이어 몇 마디를 덧붙였다.

"지의가 도착하자 병사들은 그냥 돌아갔사옵니다. 능보는……."

마제가 갑자기 말끝을 흐리면서 더듬거렸다. 그러면서 장정옥을 힐끔 쳐다봤다. 장정옥이 대신 아뢰었다.

"아직은 낭심의 부대가 도착을 하지 않았사옵니다. 또 별다른 일도 없사옵니다. 그래서 소인이 몇몇 시위들에게 능보를 위한 술자리를 간소하게나마 마련해주라고 했사옵니다. 순전히 소인의 개인적인 결정이었사옵니다. 폐하께서 부르신다면 소인이 달려가 불러오겠사옵니다."

강희는 만일의 경우에 대비해 능보의 발목을 붙들어 맨 장정옥의 치밀한 조치에 만족하는 듯 기분 좋게 머리를 끄덕였다.

"굳이 부를 것까지는 없네."

강희는 그 말을 끝으로 숨을 길게 내쉬면서 말문을 닫았다. 그러자 마제가 갑자기 인적이 드문 계득거에 머무르려는 강희의 의도가 궁금한지 조심스럽게 여쭈었다.

"오늘은 연파치상재로 돌아가시지 않으시겠사옵니까? 폐하, 교외라서 그런지 날씨가 훨씬 차갑사옵니다. 감기 조심하셔야 하옵니다."

"안팎의 청소만 대강 시켜. 자네들 둘도 오늘 저녁은 여기에 있어줘야겠네. 그런데 짐이 왜 영시위내대신 자리에 굳이 바쁘기만 한 장정옥을 앉혔는지 알겠는가? 자네는 착하기만 했지 짐의 마음을 헤아려 알아서 일을 치밀하게 해나가지 못하네. 정말 그 점이 너무 아쉬워. 아니 아쉬운 정도가 아니라 큰 약점이라고 해야 할 거야. 자네 같은 사람은 열 사람이 있어도 장정옥 한 명을 당할 수가 없다고! 방금 얘기한 것도 보라고! '날씨가 너무 차다'는 게 말이 돼? 지금 사태가 얼마나 심각하게 돌아가는데, 그런 얘기를 하고 있냐고? 지금은 찬밥 더운밥 가릴 때가 아니야!"

강희가 차가운 얼굴로 마제에게 훈계를 했다. 마제는 따끔하게 일침을 맞자 창피하기보다는 놀랐다. 사태가 심각하다는 것이 무슨 뜻인지 정말 몰랐기 때문이었다. 그가 무례를 무릅쓰고 물어보려는 순간이었다. 갑작스럽게 밖에서 악륜대의 거친 목소리가 들려왔다.

"악륜대가 대령했사옵니다!"

악륜대는 안에서 들어오라는 소리가 들리기도 전에 이미 주렴을 걷고 안으로 들어섰다.

"저 자의 칼을 빼앗아!"

강희가 눈에서 불을 내뿜으면서 장오가에게 명령을 내렸다. 그러나 악륜대는 거만하기 그지없게도 가볍게 콧방귀를 뀌었다. 이어 스스로 장검을 끌러 땅바닥에 아무렇게나 내던졌다. 얼굴도 홱 돌려버렸다. 그러자 강희가 갑자기 소름이 끼칠 정도의 웃음을 지으면서 마제에게 말했다.

"봤지! 이게 바로 소인배의 본색이야! 저자의 할아버지와 아버지는 모두 짐을 따라 출병했다가 밖에서 전사했어. 그 공로를 높이 사서 다른 사람들보다 훨씬 더 신경을 써줬다고. 그런데 이제는 아주 기어오르려고 해! 건방지고 배은망덕한 것 같으니라고! 잘못을 저질러 다른 곳으로 강등당해 간 지가 언제인데, 아직도 여기에서 뭉그적대는 거야! 무슨 큰일이 남아 있기에 말이야!"

"폐하! 소인이 일부러 불경을 저지른 것은 아니옵니다. 아무리 머리를 쥐어뜯으면서 생각해봐도 이해가 가지 않사옵니다. 소인은 어릴 때부터 폐하의 시중을 들었사옵니다. 또 폐하께서는 크나큰 배려를 아끼시지 않았사옵니다. 그런데 요즘 들어 폐하께서는 공연히 소인에게 화를 내시고는 했사옵니다. 미워하시는 것 같사옵니다. 볼기를 맞더라도 알고나 맞고 싶사옵니다. 소인은 이번에 멀리 발령이 났사옵니다. 때문에 앞으로는 친구들도 자주 만나기 힘들 수밖에 없사옵니다. 그래서 하루 이틀 늦게 가려고 한 것이옵니다. 그런데 어째서 이렇게 서운하게 닦달을 하시옵니까?"

악륜대는 말을 마치자마자 길게 엎드린 채 어깨를 들썩거렸다. 강희는 화가 머리끝까지 치밀었다. 그러나 순간적으로 몸에 화살이 수십 개 꽂힌 채 고통스럽게 죽어가던 악륜대의 아버지 모습이 떠올랐다. 이내 자신도 모르게 눈시울이 붉어졌다. 그가 다시 입을 열어 악륜대에게 뭐라고 할 때였다. 장황자가 그보다 앞서 큰 소리로 악륜대를 마구 혼내기 시작했다.

"폐하의 면전에서 이게 무슨 짓이야? 죽을죄를 짓고 있다는 사실을 모르는 거야! 자네, 건청궁 앞에서 오줌을 눈 적도 있지?"

악륜대가 갈 데까지 가겠다는 표정으로 장황자를 째려봤다. 동시에 서둘러 변명을 늘어놓았다.

"시위로서 자리를 함부로 떠서는 안 되는 것 아닙니까? 그렇다고 건청 궁 옆에 변소가 있는 것도 아니고요! 그러면 바지에 싸라는 말입니까? 누구는 얼굴에 철판을 깔았나 보군요. 겉으로는 성인군자인 척하면서 뒤로는 별일을 다 하면서도 그렇게 당당하시니 말입니다!"

장황자는 악륜대의 비아냥에 순간 주춤거렸다. 화를 내면서 귀싸대기 라도 올려붙였어야 했으나 그러지도 못했다. 자신이 악륜대에게 무슨 약 점이 잡혀 있을지도 모른다는 두려움이 든 것이다.

"악륜대, 그건 그렇고 능보가 누구의 명령을 받고 이리로 온 거야? 그 명령을 전달한 사람은 또 누구인가?"

바로 그 애매한 순간에 장정옥이 나섰다. 이성을 잃고 달려드는 악륜 대를 더 자극했다가는 훨씬 심한 소리밖에 나올 수 없다는 생각을 한 듯했다.

"어떤 개자식이 나를 모함하고 있는 모양이군! 누구야? 내가 그냥 만 두소처럼 짓뭉개버릴 테니까! 폐하, 제발 부탁이옵니다. 소인을 모함하 는 자를 찾아내 대질심문을 시켜주시옵소서. 소인이 수작을 부린 것이 사실이라면 갈기갈기 찢겨 죽어도 원망은 하지 않을 것이옵니다."

악륜대는 악이 받치는 모양이었다. 더욱 흥분을 하면서 이를 갈았다. 강희는 상황이 심각하다고 생각했다. 그때 마침 형년이 들어와 아뢰었 다.

"폐하, 황자마마들께서 폐하의 부름을 받고 밖에 대령했사옵니다."

강희는 다시 생각에 잠겼다. 그러다 곧 차가운 음성으로 말했다.

"지금은 꼴도 보기 싫어! 부를 때까지 눈밭에 꿇어앉아 있으라고 해. 정신이 번쩍 들 때까지! 유철성, 악륜대를 데리고 시위들의 천막에 들어가 있어!"

강희는 바로 자리를 털고 일어났다.

눈밭에 무릎을 꿇고 앉은 윤잉은 시위들의 호위를 받으면서 새롭게
만든 거처로 가는 강희의 모습을 물끄러미 지켜보고 있었다. 얼핏 보면
아무 생각이 없는 듯했다. 그러나 그의 뇌리에서는 수없이 많은 감정이
교차하고 있었다. 어머니 뱃속에서 나오자마자 태자로 봉해진 일이 우
선 그랬다. 또 어릴 때부터 자금성을 한 발자국도 벗어나지 않았던 것이
나 다른 황자들과는 비교도 안 될 만큼 부황의 사랑을 독차지한 사실
역시 뇌리를 스쳐 지나가고 있었다. 어디 그뿐인가. 그는 어릴 때는 부황
의 무릎에 실례도 적지 않게 했다. 강희 역시 그에게 지극한 사랑을 쏟
아 부었다. 30년 이상 태자로서의 위상을 높여주기 위해 파격적인 대우
를 했다. 다른 황자들에게 기울인 관심은 아예 관심이라고 할 수도 없
을 정도였다. 이처럼 두 부자간의 관계는 일반 백성들의 그것처럼 살갑
지는 않았으나 그런 대로 무난했다. 그런데 지금 이 상황은 도대체 어떻
게 된 것인가? 미움과 원망의 강물이 가로막혀 뻔히 보면서도 부황에게
다가갈 수 없으니 이보다 더한 비극이 또 어디 있을까!

윤잉은 가슴이 쓰리고 아팠다. 동시에 분노와 공포에 휩싸이고 있었
다. 도대체 누가, 무엇 때문에 자신의 유형乳兄(유모의 아들)인 능보에게
가짜 명령을 전해 그로 하여금 병사들을 대거 거느리고 이곳으로 오게
했다는 말인가! 한마디로 그 누군가는 날개를 다쳐 치료 중인 자신에
게 악의를 품고 덫을 놓은 것이 분명했다. 칼로 날개를 싹둑 잘라 절망
의 나락으로 떨어지도록 하리라는 것도 미뤄 짐작하기 어렵지 않았다.
그는 머리카락이 곤두서는 기분에 몸을 파르르 떨었다.

윤잉은 의혹에 찬 눈빛으로 등 뒤에 있는 여덟째와 아홉째를 돌아봤

다. 그러자 윤아가 무릎걸음으로 다가와서는 나직이 말했다.

"둘째 형님, 재앙은 예측하기 어렵습니다. 그렇기 때문에 무서운 것이 아니겠어요? 오늘 저녁에라도 폐하를 찾아뵙고 해명을 하세요. 그렇지 않으면 앞으로 진짜 얼굴 마주칠 기회도 없을지 몰라요. 그때 가서는 정말 사태가 심각해질 겁니다."

윤잉은 윤아의 말이 선의의 권유인지 악의에 찬 덫인지 따져볼 엄두도 내지 못했다. 그러나 그 말에 용기를 얻어 벌떡 일어나기는 했다.

'맞아, 더 이상 나빠질 것도 없어. 이런 상황이라면 용기를 내서 부황을 만나 뵙는 것이 최선책이야.'

윤잉은 그런 생각을 하면서 앞으로 나아갔다. 하지만 이내 등 뒤에서 누군가가 그의 옷자락을 잡았다. 만류하는 사람은 다름 아닌 윤진이었다. 윤잉은 길게 한숨을 내쉬며 잠시 주저하는 듯했다. 그러나 이내 윤진의 손을 뿌리치고 강희의 거처를 향해 다시 발걸음을 옮겼다.

21장
위조된 편지

강희는 여전히 마음이 편치 않았다. 하기야 전날 저녁 냉향정에서 태자와 자신의 비빈妃嬪 중 한 명인 정춘화가 불륜을 저지르는 충격적인 장면을 목격했으니 왜 그렇지 않겠는가. 게다가 낮에는 사자원 서북쪽의 토성에서 500마리의 승냥이들과 멧돼지 한 마리의 피가 질펀한 살육전을 지켜봤다. 그뿐만이 아니었다. 능보가 사사롭게 군사를 대거 거느리고 산장으로 왔다는 사실 역시 강희의 심기를 극도로 자극하고 있었다. 강희는 거처로 돌아오자마자 장정옥과 마제 두 사람을 불렀다. 늦게까지 정사를 논의해야 할 터이니 야참을 준비하라는 명령도 내렸다. 얼마 후 마제와 장정옥이 들어섰다. 인사를 마친 마제가 조심스럽게 입을 열었다.

"용체龍體가 과로하실 것 같아 염려스럽사옵니다."

"짐이라고 두 다리 쭉 뻗고 잠을 자는 것이 싫어서 이러겠나? 나무가 아무리 점잖게 있으려고 해도 태풍이 불어 닥치니 달리 뾰족한 수가 있겠는가! 승냥이들의 혈투를 구경하고 있을 때 뒤에서는 불청객이 들이 닥치는 것을 자네들도 봤지 않은가! 듣기 좋은 미사여구로 호위라는 말을 들먹였지, 그 심보가 불 보듯 빤하지 않은가? 그러니 짐이 불안해서 어디 잠이나 제대로 자겠느냔 말이야!"

그러나 강희는 조금 전보다는 한결 부드러워진 표정이었다.

"그렇기는 합니다만 미리 그 속셈을 간파하고 발 빠른 대응을 하지 않았사옵니까. 때문에 폐하께서 염려하실 정도의 사건은 일어나지 않을 것이옵니다. 이 점은 소인이 목숨으로 보장할 수 있사옵니다!"

장정옥은 마제의 말에 어폐가 있다고 생각했다. 바로 둘의 대화에 끼어들려고 했다. 순간 강희가 먼저 냉소를 터트렸다.

"자네 목숨이 얼마만큼의 값어치가 있기에 감히 짐의 안위를 보장한다는 것인가? 솔직히 낭심의 부대가 오늘 저녁 도착하지 않는다면 짐은 이미 북경으로 돌아갔을 거네!"

강희가 말을 마치자마자 종이 한 장을 던져주었다.

"이덕전이 능보한테서 가져온 거야. 읽어들 보게!"

마제가 받아든 편지의 내용은 놀라웠다.

> 태자의 명령을 받고 보낸다. 폐하의 시위 부대가 봉천을 지키기 위해 이동했으니, 열하 도통 능보는 즉각 친병들을 거느리고 산장으로 들어와 방비를 하도록 하라!
>
> —패륵 윤상

깨알같이 작고 예쁜 해서체의 붓글씨였다. 얼핏 보기에도 윤상의 친필이 틀림없는 듯했다. 순간 안색이 파리하게 질린 마제가 이마에 돋은

식은땀을 훔쳤다.

"폐하, 열셋째마마의 필체는 워낙 많이 노출돼 있사옵니다. 그러다 보니 제법 그럴싸하게 모방하는 경우도 있을 것이라고 생각되옵니다!"

"자네도 많이 발전했군. 그렇기 때문에 짐이 꿍꿍이가 있다고 하는 것이 아닌가! 두말할 것도 없이 밖에 엎드려 있는 저것들 중에 범인이 있어. 눈밭에 머리 처박고 정신 차릴 때까지 있으라고 해!"

강희가 이를 악문 채 징그럽게 웃었다. 그러자 마제가 황급히 나섰다.

"하오나 금지옥엽 귀하신 황자마마들을 눈밭에서 오래 머물게 하는 것은 너무 가혹한 것 같사옵니다. 여기에서 난로를 쬐는 소인이 죄스러울 뿐이옵니다. 앞으로 분명히 저 가운데에서 이 조정의 새로운 주군이 나올 것이옵니다. 공연히 미운털이 박혀 곤욕을 치르게 되지는 않을까 심히 우려스럽사옵니다!"

마제의 황당한 말에 강희가 푸우! 하고 웃음을 터트렸다.

"아무튼 솔직해서 좋군. 걱정하지 말게. 설마 얼어 죽기야 하겠나? 기억 안 나는가? 전에 짐이 서쪽 지방 정벌에 나섰을 때 군량미가 부족했었지. 겨우 하루 한 끼만 먹고 동복도 입지 못한 채 추위에 덜덜 떨면서 행군했잖아. 밤에는 추위에 견디다 못해 마제 자네하고 한데 붙어서 잤고. 저것들이 그런 험난한 나날을 거쳐 오늘이 있다는 것을 알기나 하겠어? 저것들은 애비가 죽으면 승냥이 떼처럼 달려들어 자리쟁탈전이나 벌일 것들이야. 어떨 때는 저런 야비한 것들을 자식이라 믿고 있는 짐이 가엾게 느껴질 때도 있어."

강희는 애써 담담한 표정을 지었다. 그러나 눈가에서는 어느덧 두 줄기의 흐릿한 눈물방울이 굴러 내렸다. 장정옥이 인간적으로 충분히 공감한다고 생각했는지 역시 눈물을 머금고 있다 황급히 말했다.

"오늘 저녁에는 푹 쉬시는 것이 좋을 듯하옵니다. 이덕전, 하주아를 불러 폐하게 전신안마를 해드리도록 하게."

장정옥의 진심어린 권유에는 어린아이처럼 고분고분 잘 따르는 강희답게 길게 한숨을 내쉬더니 온돌에 몸을 뉘었다. 눈도 살짝 감았다. 얼마 후에는 이덕전과 하주아의 능숙한 안마를 받으며 가벼운 콧소리를 내기 시작했다. 장정옥과 마제는 강희가 잠을 푹 자도록 하기 위해 촛불을 붉은 종이로 가리고 수면에 도움이 되는 향을 피웠다. 이어 자신들도 조금 떨어진 곳에 가부좌를 틀고 앉은 채 쪽잠을 청했다.

밥 한 끼 먹을 정도의 시간이 흘렀다. 강희의 코 고는 소리는 더욱 높아졌다. 드디어 깊은 잠에 곯아떨어진 듯했다. 그제야 마제와 장정옥은 살며시 일어나 발끝을 들고 밖으로 나가려 했다. 그때 밖에서 장오가가 누군가와 말하는 소리가 들렸다. 마제가 이맛살을 찌푸리더니 목소리를 한껏 낮춰 지시했다.

"이덕전, 누가 왔나 나가 보게!"

"안 봐도 뻔해요. 분명히 태자전하예요. 조금 전 제가 들어올 때 밖에서 직군왕마마하고 얘기를 나누고 계셨어요. 아마 직군왕마마께서 지금은 안 계시나 봐요. 그러니 장오가가 태자전하의 진입을 막느라고 욕을 볼 수밖에요."

하주아가 나지막이 대답했다. 장정옥은 윤잉이 찾아왔다는 말에 깜짝 놀라더니 마제와 시선을 교환하고는 황급히 밖으로 나가려고 했다. 그때 깊은 잠이 든 줄로만 알았던 강희가 용수철 튕기듯 벌떡 일어나 앉았다. 이어 맨발로 문께로 다가가더니 휘장을 와락 젖혔다. 동시에 큰 소리로 물었다.

"거기 누구야?"

"아바마마……."

"이게 누구신가? 자네로군! 할 말이 있으면 장정옥을 통하라고 했지 않았는가! 왜? 이 야심한 밤에 행패라도 부리러 온 거야?"

강희가 눈에 불을 켠 채 이를 갈았다.

"저……."

"일단 들어와!"

거친 숨을 몰아쉬며 강희가 악에 받친 목소리로 말했다. 이어 침대로 돌아와 앉은 채 손을 부르르 떨었다. 이어 윤잉을 손가락질하더니 다시 고함을 질렀다.

"들어오라고 했잖아!"

윤잉의 얼굴은 하얗게 질려 있었다. 그가 급기야 잔뜩 주눅이 든 모습으로 "아바마마!" 하고 부르더니 땅에 엎드려 머리를 조아렸다.

"아바마마께 불효를 저질러 죄송한 마음 뭐라고 형언할 길이 없사옵니다. 죽여 버리고 싶도록 미우실 줄 아옵니다. 그렇게 해서라도 아바마마께 저지른 죄를 갚을 수만 있다면 그렇게 하시옵소서. 저를 이 세상에서 철저히 매장시켜 주시옵소서. 이 말씀을 드리러 찾아왔사옵니다."

강희가 갑자기 고개를 뒤로 젖히고 크게 웃었다. 그런 다음 비아냥조로 말했다.

"세상 오래 살고 볼 일이네! 네가 스스로 죄인이라는 것을 인정하다니, 웬일이냐? 너는 참 효성이 지극한 애야. 그렇지 않나? 늘그막에 간이 오그라지도록 만든 것이 바로 너라는 작자야. 또 이런 곳까지 도망와 냉돌에 쪼그리고 누워 새우잠을 자게 만든 장본인 역시 너야! 효자라고 할 수 있지. 얼빠진 놈이 정말 꿈 한번 야무지구나! 짐이 아무려면 너 같은 젖비린내 나는 놈에게 질 것 같아? 꿈 깨라, 꿈 깨! 대청의 조조曹操는 아직 태어나지도 않았어! 짐이 어쩌다가 너 같은 패륜아를 아들로 뒀는지 참으로 개탄스러울 따름이다. 믿는 도끼에 발등을 찍혀도 유분수지!"

원래 날카롭기가 서슬 푸른 작두날 같은 강희의 말은 상대와 체통을 무시하기로 정평이 나 있었다. 하지만 장정옥은 단 한 번도 들어본 적이 없었다. 그런데 오늘 처음으로 직접 그런 광경을 목격하였다. 자연스럽게 등골이 서늘해졌다. 마제 역시 다르지 않았다. 아무리 잘못을 저질렀다고는 해도 신하들 앞에서 태자의 체면까지 마구 짓이겨버리는 그의 추상 같은 호령에 오금이 저렸다. 윤잉은 연신 머리를 조아리면서 말했다.

"모든 것을 떠나서 일단 죗값을 달게 받겠사옵니다. 다만 어떤 측면에서는 아신兒臣 역시 함정과 암투의 희생자라는 것을 부황께서 고려해 주셨으면 하옵니다! 또 부황께서 자비를 베푸시어 죄 없는 사람까지 연루시키는 일은 없었으면 하옵니다. 정말로 간절하게 부탁을 드리는 바이옵니다……."

윤잉은 기어이 바닥에 길게 엎드려 흑흑 흐느꼈다. 강희는 윤잉의 말이 같은 배를 타고 있는 넷째와 열셋째를 괴롭히지 말아달라는 뜻인 줄을 모르지 않았다. 그러나 곧 말도 안 되는 소리라는 듯 픽 실소를 흘렸다.

"아직도 함정과 암투 같은 말을 운운하는 것을 보니, 너는 구제불능이야! 신神을 노엽게 하고 조상을 욕되게 한 너의 행각은 생각만 해도 낯이 뜨겁다! 짐이 너를 보는 게 지겨워서 용서를 하려고 해도 아마 하늘이 결코 간과하지 않을 거야! 흥, 제 코가 석 자나 빠졌으면서 누구를 걱정해? 그러나 그건 걱정하지 마! 스스로 만든 독배는 스스로 마셔야 한다는 것이 짐의 신조니까 억울한 사람은 괴롭히지 않을 거야!"

강희는 갈수록 분노를 주체할 수 없었다. 계속 얼굴이 벌겋게 상기된 채 실내를 부산하게 왔다 갔다 하면서 서성거렸다. 터져 나오려는 자신의 울분을 어떻게든 추스르려고 했다. 그때 마제가 조심스럽게 다가서며 강희를 안정시키려고 했다. 그러자 강희가 거칠게 마제의 손을 뿌리쳤다.

"꼴 보기도 싫으니까 저 인간 말종을 어서 쫓아내!"

강희의 호통이 끝나기 무섭게 밖에서 촉각을 곤두세우고 있던 장황자가 마치 기다렸다는 듯 병사들을 데리고 들어왔다. 이어 웃음이 터져 나오는 것을 억지로 참으면서 윤잉의 팔을 잡아당겼다. 윤잉은 순간 잘 됐다는 듯 속으로 쾌재를 부르고 있는 장황자의 묘한 얼굴을 매섭게 노려봤다. 얼굴에서는 살의가 번득이고 있었다. 죽음을 각오하고 강희를 찾아왔으니 솔직히 그로서는 이판사판이었다. 그럼에도 장황자는 끝까지 깍듯하게 대접을 해주겠다는 냄새를 풍기면서 윤잉에게 격식을 차려 인사를 했다. 그 순간 이제는 태자 자리를 비롯해 모든 것을 다 잃어버렸다고 해도 좋은 윤잉이 갑자기 홱 돌아서서는 사정없이 그의 뺨을 후려갈겼다. 그런 다음 얼굴을 감싸쥐고 휘청대는 그를 잡아먹기라도 할 듯 노려보다가 강희를 향해 머리를 조아리고 밖으로 나가려 했다.

"잠깐!"

강희가 갑자기 윤잉을 불러 세웠다. 이어 차가운 어조로 덧붙였다.

"눈밭에 다시 나갈 필요 없어. 계득거에서 명령을 기다려. 북경에 돌아가는 대로 천지제天地祭를 지내고 명조明詔를 내려 너를 공식적으로 폐위시킬 것이야. 죄 없는 사람을 쳐서 무사한 것도 이번이 마지막인 줄 알아라. 그러나 폐위는 시키더라도 죽이지는 않을 테니 서둘러 죽을 것은 없다!"

강희의 차가운 어조의 최후통첩이 끝나자마자 윤잉은 등을 돌린 채 꼼짝 않고 분노에 몸을 떨었다.

"처음부터 유명무실한 태자였사옵니다. 또 허수아비였사옵니다. 그러니 부황께서 마음대로 하십시오. 그러니 천지제를 지낼 것까지도 없지 않겠사옵니까?"

윤잉은 더 이상 할 말이 없다는 표정을 한 채 곧 자리를 떴다. 이어 강희가 좌중을 향해 말했다.

"자네들 무릎 꿇고 짐의 말을 새겨듣게. 지금 당장 몇 가지 조서를 내려야겠네. 첫째, 너는 가서 나머지 황자들에게 짐의 명령을 전해. 성지를 받들지 않고 사사롭게 계득거를 나가는 사람은 가차 없이 목을 벤다고 말이야. 윤잉에 대해서는 아직 공식 폐위 공문을 내리지는 않았어. 그러나 기정사실이 된 것이나 다름없으니 내부적으로 더 이상 태자가 아니야. 뭐라고 지껄이든 더 이상 짐에게 아뢸 필요는 없어!"

강희의 눈빛은 등골이 오싹할 정도로 무서웠다. 장황자는 그런 강희가 무섭기는 했으나 속으로는 쾌재를 부르면서 밖으로 나갔다. 강희는 그제야 장정옥과 마제를 향해 입을 열었다.

"윤잉이 앞으로 막나갈 가능성도 배제할 수는 없어! 지체하지 말고 능보를 북경으로 압송해 구금시키도록 조치하게. 또 각 성에 정기廷寄를 발송하도록 해. 여러 말 할 것 없이 태자의 인새印璽를 더 이상 사용하지 않는다고만 해두게. 특지特旨가 없는 한 어느 누구도 군대를 함부로 움직여서는 안 된다고 쐐기를 박는 것도 잊지 말고. 그런 다음 낭심의 부대가 어디까지 왔는지 알아봐. 짐을 찾아올 필요 없이 팔대산장八大山莊(피서산장 주위의 여덟 개의 산장)들을 먼저 호위하라고 하게!"

지시를 마친 강희는 자리에 앉지 않고 여전히 부산하게 서성거렸다. 그동안 글솜씨가 빼어날 뿐만 아니라 일처리 역시 빠르고 깔끔하기로 정평이 나 있는 장정옥은 재빨리 강희가 지시한 내용과 관련한 초고를 머리 속에서 빠르게 적어나갔다. 덕분에 수백 글자나 되는 조서는 순식간에 문서화될 수 있었다. 강희는 그 글을 한 번 훑어보고는 옥새를 꺼내 시원스럽게 찍었다. 이어 연파치상재의 문서방文書房을 통해 전국에 하달하도록 명령했다.

강희가 모든 일을 다 끝냈을 때는 동녘 하늘이 뿌옇게 밝아오고 있었다. 멀리서 닭이 홰를 치는 소리도 들려왔다.

"또 하루가 시작되는군……."

그가 말을 채 마치기도 전이었다. 갑자기 강희의 안색이 백지장처럼 창백해졌다. 그러더니 두 손까지 부들부들 떨면서 "아이고, 머리야!" 하는 말을 토했다. 동시에 둔탁한 소리를 내면서 침대에 쓰러졌다. 혼비백산한 태감들이 우르르 달려들었다.

"폐하! 폐하!"

마제와 장정옥 역시 약속이나 한 듯 태감들을 밀치더니 강희를 애타게 불렀다. 동시에 태감들에게 명령을 내렸다.

"어서! 어서 가서 태의를 불러와!"

장오가가 부산스런 방 안의 움직임에 불길한 예감을 느낀 듯 황급히 뛰어 들어왔다. 그의 시야에 바로 의식을 잃고 쓰러져 있는 강희가 들어왔다. 순간 그는 갑자기 비명을 지르면서 다짜고짜 강희의 몸을 부여잡고 엉엉 울음을 터뜨렸다.

"폐하……, 이게 웬일이시옵니까! 눈 뜨시고 저를 좀 보시옵소서. 장오가이옵니다……. 작두 밑에 들어가 다 죽은 목숨이나 다름없던 소인을 구해주셨지 않사옵니까……."

장정옥이 지나치게 흥분하는 장오가를 황급히 일으켜 세웠다. 즉각 준엄하게 훈계를 했다.

"이거 왜 이래! 자네 임무는 밖에서 폐하의 호위에 진력하는 거야!"

장정옥은 어깨를 들썩이는 장오가의 등을 두드려주면서 밖으로 내보냈으나 그 자신도 그닥 냉정하게 이성을 찾은 것은 아니었다. 오히려 불가마 위에 올라간 개미처럼 장오가보다 더 안절부절못했다. 태의가 당도하기만을 애타게 기다리는 속수무책의 입장이었으니 그럴 수밖에 없었다.

장황자는 이때 계득거로 가서 황제의 지의를 전달하고 있었다. 그러나 황자들은 머리를 푹 숙인 채 별 반응을 보이지 않았다. 그러자 그가 위로의 말을 건네기 시작했다.

"폐하께서 처벌은 장본인 한 사람으로 충분하다고 분명히 말씀하셨어. 그러니 아우들은 두려워할 것이 없어. 설사 장본인인 윤잉일지라도 진심으로 개과천선을 한다면 더 이상 나빠질 것은 없을 것 같아. 모든 것은 이 큰형이 알아서 잘 풀어나갈 테니 아우들은 잠자코 있어. 그게 도와주는 거야. 절대 시키지도 않는 일을 해서 다 된 밥에 코 빠트리는 일은 없었으면 해."

장황자는 모처럼 맏이 구실을 하게 됐다는 듯 득의양양했다. 열넷째는 그런 장황자를 멸시하는 표정으로 바라보다 윤당의 귓가에 소곤댔다.

"큰형이 오늘 여왕벌이 싸지른 배설물이라도 얻어먹었나 보네요. 정신없이 들떠 있는 것을 보니!"

윤당은 열넷째의 비아냥에 말없이 웃기만 했다. 여덟째 역시 열넷째의 말을 들었으나 못 들은 척했다. 하지만 열째 윤아는 달랐다. 무슨 일이든 그냥 넘어가는 법이 없는 그답게 머리를 갸웃하고 조소를 머금더니 한 발 앞으로 나아가 장황자를 향해 읍을 했다.

"지금 보니 다들 기분이 별로 좋지 않은 것 같아요. 그런데도 큰형님만큼은 혼자서 꿀떡을 얻어 드시고 온 것 같군요! 우리가 모르는 좋은 일이 있는 것 같은데, 뭔지 슬쩍 알려줄 수는 없나요? 혹시…… 다음 태자로 유망한 것 아닌가요?"

"윤아, 너는 왜 사람을 놀리고 그러냐? 차기 태자에 대해 어쩌고저쩌고 해봐야 뭐하겠어. 그 일은 우리들이 떠든다고 그대로 먹혀드는 것이 아니야!"

장황자가 일부러 토라진 척했다. 윤아 역시 대수롭지 않은 표정과 함께 오만상을 찌푸렸다.

"젠장! 태자 자리는 외눈으로도 넘겨본 적이 없는데, 까짓것 조금 묻는다고 큰일이야 나겠어요! 그건 그렇고, 큰형님은 우리 아우들이 몇 시간 동안 눈밭에서 꽁꽁 얼고 있는 것이 가엾지도 않습니까? 잘 나갈 때 아우들도 좀 챙기고 그러세요! 우리를 저 천막 안으로 데리고 갈 정도의 힘이 없다는 것은 알아요. 하지만 장작개비를 가져다 불이라도 피워 줄 수는 있을 것 아닙니까. 그것도 말하자면 인仁의 정치가 아닐까요? 솔직히 같은 값이면 다홍치마라고, 나는 내가 안 될 바에는 큰형이 잘되는 것이 좋습니다!"

장황자는 말속에 숨어 있는 가시를 가려내지 못할 정도로 아둔한 사람은 아니었다. 그러나 이번만큼은 달랐다. 너무 기분이 좋은 탓인지 윤아가 비아냥거린다는 사실을 알아차리지 못했다. 아마 손만 뻗으면 닿을 것 같은 태자 자리를 비로소 눈앞에 두고 있다는 기대가 그를 그렇게 만들고 있는 듯했다. 그가 흥에 겨운 나머지 연신 머리를 끄덕이면서 대답했다.

"알았어! 까짓것 불을 피워 주는 것쯤이야 못하겠어? 이건 노파심에서 하는 얘기인데, 오늘 저녁에 부황께서 기분이 많이 상하셨어. 각별히 언행에 조심들 하라고. 윤잉도 된통 혼났어. 방금 내가 만났어. 그런데 윤잉도 웃기더군. 부황께서 뭐라고 비난하셔도 다 수긍할 용의가 있으나 반역과 살군殺君을 시도했다는 것에는 곧 죽어도 동의할 수 없다고 말하는 거 있지? 그러면서 나한테 그 말을 폐하께 전해달라고 부탁하더군. 하지만 나는 바로 거절했어!"

윤진은 한쪽에서 묵묵히 무릎을 꿇고 있다 장황자의 말이 도를 넘자 바로 생각을 굳혔다. 그것은 이래도 저래도 괴롭힘을 당할 바에는 차라리 이 악물고 굳건하게 태자의 편에 서서 보호하겠다는 결심이었다. 그렇게 정리하자 그는 마치 큰 벼슬이라도 한 것처럼 우쭐거리는 장황자를 향해 차갑게 쏘아붙일 수 있었다.

"큰형님은 피는 물보다 진하다는 이치도 모르세요? 고우나 미우나 혈육 아닙니까. 도와주지는 못할망정 그렇게 매정한 말로 가슴에 비수를 꽂고 나면 기분이 좋으세요? 다른 것은 몰라도 목숨이 달려 있는 중요한 말은 전해줬어야 하는 것 아닙니까?"

윤상 역시 때는 왔다는 식으로 거들고 나섰다.

"큰형님, 하늘에는 구름이 많이 떠다니나 어느 구름이 비를 품고 있는지는 아무도 몰라요! 둘째 형님이 당장은 처지가 곤란하나 어떻게 될지는 모르는 거라고요. 모든 것을 다 떠나서 형제라는 이유만으로도 우리는 단합하고 형제애를 발휘해야 하지 않을까요?"

장황자는 윤진과 윤상의 말을 듣고서야 비로소 모두가 자신과 한마음일 것이라는 확신이 어리석은 것이었다는 후회를 했다. 저절로 마른 웃음이 나올 수밖에 없었다.

"그렇다고 나한테 이러는 건 아니지! 나는 부황의 지의에 충실한 것뿐이라고!"

"에이, 너무 그러지 마세요, 큰형님! 모름지기 '큰'자가 붙은 사람은 배포가 커야 해요! 제가 보기에는 부황께서 홧김에 하신 말씀을 가지고 혼자만 열심히 돌아다니는 것 같네요. 어느 누구도 뜻밖의 재앙으로부터 자유로울 수는 없지 않겠어요? '여자라도 물에 빠졌으면 손을 내밀어줘야 한다'고 공자께서도 말씀하셨잖아요."

윤아가 이상야릇한 웃음을 흘리면서 말했다. 장황자는 이제 전략적 후퇴를 해야 한다는 생각을 하지 않을 수 없었다. 평소에는 서로 소 닭 보듯 하던 동생들이 하나같이 자신을 공격하고 나서고 있으니 말이다.

더불어 그는 너무 으스대다 오히려 질투심을 불러왔다는 후회도 했다. 그러나 겉으로는 여전히 아무렇지도 않은 듯 담담한 표정을 지었다.

"내가 싫어서 하지 않는 것이 아니야. 그보다는 감히 못하는 것이지. 아직은 사건의 실체가 불투명해. 그런데 아우들 모두가 걸려 들어갈 필요는 없지 않겠어?"

"큰형님이 태자 형님의 부탁을 들어주지 않는다면 저 혼자서라도 상주문을 올릴 겁니다."

장황자가 계속 애매한 태도를 보이자 드디어 윤진이 자리에서 일어나면서 단호하게 말했다.

"큰형님, 저도 이제는 직접 상주문을 올릴 자격이 있는 군왕郡王이라는 사실을 잊지 마세요. 어떻게 할 겁니까? 함께 하지 않겠습니까?"

상황은 더욱 장황자에게 불리하게 돌아갔다. 여덟째, 아홉째도 덩달아 윤진에게 호응하기 시작한 것이다. 장황자는 태자를 쓰러뜨리지 못해 안달이 나 있던 여덟째 쪽에서도 윤진과 동조한다는 것이 못내 아쉽기만 했다. 또 자신에게 제동을 건다는 사실이 믿어지지 않았다. 그가 한참 주판알을 튕기다 결국에는 한숨을 내쉬었다.

"다들 나한테 눈을 부라릴 것은 없어. 나라고 둘째가 잘못 되는 것이 좋아서 이러고 있겠는가? 아우들이 이렇게 나온다면 맏형인 입장에서 팔짱만 끼고 볼 수는 없지. 조심스럽기는 하지만 내가 나서 볼게……."

장황자는 말을 마치자마자 바로 횡하니 자리를 떴다. 그와 동시에 그 혼자만 의리 있는 사람으로 비춰지지 않을까 두려웠던 다른 황자들 역시 부랴부랴 뒤를 따랐다. 그러나 윤진은 윤상의 허리춤을 잡아 눌러 앉혔다.

두 사람이 향후 대책을 논의하고 있을 때였다. 강희를 찾아갔던 셋째 윤지와 여덟째 윤사가 둘에게 다가오더니 정색을 하고 말했다.

"움직이지 말고 지의를 받들라!"

곧 여덟째가 목소리를 가다듬고 지의를 읽기 시작했다.

"윤잉은 짐의 한마디에 생사가 달려 있다. 지금부터 첫째와 넷째는 윤잉의 일거수일투족을 감시하도록 하라. 그러나 너무 느슨하게 해서도 안 되고 몰아붙여서도 안 된다. 짐을 몰인정한 군주로 만들어서는 더욱 안 된다!"

"명을 받들겠사옵니다, 폐하!"

윤진이 황급히 머리를 조아리면서 대답했다. 그제야 가슴속으로 일말의 안도감을 느꼈다. 강희가 윤잉에게 상당한 여유를 허락한 것이 아닌가 하는 생각이 나름 들었던 것이다. 그러나 윤상은 윤진과는 달리 머리를 든 채 여덟째에게 당돌하게 질문을 던졌다.

"여덟째 형님, 외람되나 생사를 운운한 부분은 폐하께서 말씀하신 것인가요, 아니면 형님이 자의적으로 보태신 것인가요?"

"당연히 폐하의 말씀이시지!"

여덟째가 차갑게 대답했다. 항상 버릇없이 꼬치꼬치 따지는 윤상을 곱지 않게 바라본다는 눈치가 분명하게 드러났다. 그러나 그 자세는 곧이어 터져 나올 청천벽력의 전조에 불과했다. 여덟째가 드디어 작심했다는 듯 말을 이었다.

"무릎을 꿇으려면 똑바로 꿇어! 폐하께서 너에게 물으셨어. 능보가 가지고 온 수유에는 '황태자의 명령을 받고'라는 말이 있었어. 그것은 거짓말로 판명이 났어. 큰형님을 비롯해 나, 아홉째, 열째, 열넷째가 필체를 면밀히 검토한 바로는 그 수유가 윤상의 친필이 틀림없다는 쪽으로 나왔어. 이제부터 폐하께서 물으신다! 짐은 열셋째 자네의 정직함을 믿어 의심치 않았다. 그러나 무슨 흑심에서인지는 몰라도 능보를 몰래 불러온 일이 석연치 않구나! 윤상, 너는 짐이 가지는 의혹을 깨끗하게 풀어줄 의무가 있다!"

마른하늘에 날벼락이라는 것이 있다면 진짜 이런 것인가? 윤진과 윤상은 여덟째 윤사의 말에 마치 약속이나 한 듯 안색이 창백하게 질린 채 휘청거렸다. 둘의 귀에서는 '윙' 하는 소음이 동시에 울려 퍼졌다.

22장

태자를 폐하다

사실 윤상의 수유를 위조한 사람은 다름 아닌 여덟째였다. 암암리에 열넷째와 결탁해 윤상의 필체를 모방한 수유를 작성해서 윤상의 측근인 능보로 하여금 병사들을 데리고 피서산장으로 가도록 했던 것이다. 그럼에도 여덟째는 전혀 흐트러짐 없이 시치미를 뚝 뗐다.

"열셋째! 세 살 먹은 아이도 아니고, 어떻게 그런 불장난을 할 수가 있어? 기가 막혀서 나 원! 너무 엄청난 일을 저질렀어. 목숨이나마 부지하고 싶으면 얼른 가서 손이 발이 되게 빌라고. 무조건 잘못했으니 한 번만 봐주시라고 싹싹 빌라는 말이야. 그러면 우리도 팔짱 끼고 구경만 하고 있지는 않을 거야. 네가 그런 노력을 보이지 않으면 우리로서도 어떻게 할 수 없어. 상황이 그렇잖아."

"과연 그럴까요?"

윤상은 폭발하려는 화를 억지로 눌러 참았다. 온몸을 마치 사시나무 떨 듯했다. 그러더니 갑자기 얼굴을 번쩍 처들고 이를 악문 채 냉소를 터트렸다.

"좋아요! 여덟째 형님의 의리에 고마운 나머지 눈물이 나네요! 하지만 미안하군요. 나는 곧 죽어도 억울한 누명을 쓰지는 않을 거예요! 내 말을 토씨 하나 빠뜨리지 말고 폐하께 전해주세요. 죽이든 살리든 노인께서 원하시는 대로 하시라고요. 하지만 군사를 동원한 수유는 내가 쓴 것이 아닙니다. 나는 전혀 모르는 사실이라는 것도 전해줬으면 해요! 사람이 죽어서 영혼이 살아있다면 나는 악귀로 변해 나에게 똥바가지를 뒤집어씌운 자들의 씨를 말려버릴 거예요!"

윤상의 말에는 독기가 서려 있었다. 그럼에도 여덟째는 그의 말을 음미하면서 알 듯 모를 듯한 미소를 짓는 여유를 보였다. 그리고는 등 뒤에 있는 시위들을 향해 명령을 내렸다.

"상태가 별로 안 좋은 것 같으니 별채에 잘 모셔. 열셋째, 그러지 말고 사내답게 인정할 것은 인정하는 것이 좋을 거야. 좋은 게 좋은 거 아니겠나? 자네답지 않게 왜 그래! 혹시 술이 취한 김에 소인배들의 작당에 넘어가서 쓰게 됐는지도 모르잖아. 아무튼 자네 필체가 분명하다고 모두들 입을 모으고 있는 실정이야. 그러니 이 형들도 더 이상은 속수무책이 아닌가! 넷째 형님, 먼저 큰형님을 한번 만나보세요. 윤잉 형님과 윤상의 처리는 넷째 형님에게 맡겼다고요."

윤진은 순간 눈앞에 엄연한 현실로 벌어진 일에 대해 어떤 판단을 내려야 할지 몹시 혼란스러웠다. 그가 아는 한 윤상은 물불을 가리지 않고 한다면 하는 성격이었다. 하지만 그렇다고 무모하게 장작을 둘러메고 불속으로 뛰어드는 대책 없는 막무가내는 절대 아니었다.

그는 그런 확신을 하자 피를 나눈 형제를 생매장시키는 비정한 짓을 저지르고도 눈 하나 깜빡하지 않고 위선을 떨 수 있는 사람은 열넷째 윤제뿐이라는 생각을 굳혔다. 또 마음이 참외밭에 가 있는 장황자 역시 귀신에 홀린 기분이기 때문에 대세에 따라 휘둘려질 수도 있었다. 그러나 책상물림인 셋째 윤지는 결코 그렇지 않은 인물이었다. 그런데 무엇 때문에 여덟째들과 한 패거리가 돼 윤상을 난도질하는 것일까. 윤진은 그 점이 쉽게 이해가 가지 않았다.

그러나 황실이라는 곳은 하룻밤만 자고 나도 굵직굵직한 사건들이 터져 나오는 곳이었다. 더구나 내용도 난마처럼 얽혀 복잡다단하기 이를 데 없었다. 윤진은 깊은 생각에 잠긴 채 천천히 자리에서 일어서면서 윤지를 힐끗 바라봤다. 순간 두 사람의 시선이 허공에서 부딪쳤다. 동시에 불꽃이 사방으로 튀었다. 둘은 마치 못 볼 것을 본 것처럼 황급히 시선을 피했다.

윤잉을 황태자 직위에서 폐한다는 조서는 발표되지 않았다. 그러나 북경에서는 기정사실이 된 것처럼 소문이 무성했다. 처음에는 왕섬도 기가 막히는 소문에 피식 웃어버렸다. 그러나 태자의 인새를 사용금지한다는 조서를 받고서는 비로소 사태가 심각하다는 사실을 깨달았다. 그는 경황없이 동국유를 만나러 상서방으로 달려갔다.

"호옹皓翁(왕섬의 호), 어서 오십시오!"

동국유가 깍듯하게 예의를 갖춰 왕섬을 맞이했다. 이어 인삼탕을 내오라고 하인에게 명령하고는 자리에 앉았다. 그가 왕섬에게 말했다.

"혈색이 참 좋아 보여 다행입니다! 그렇지 않아도 뭘 하고 지내시나 궁금해 한 번 찾아뵈려던 참이었습니다. 하는 일도 없이 뭐가 그리 바쁜지 매일 이렇게 허송세월이나 하고 있네요."

"동 대인!"

동국유의 호들갑에도 불구하고 왕섬의 수척한 얼굴에는 아무런 표정의 변화도 없었다.

"나한테는 인삼탕이 맞지 않는다고 들었습니다. 아까우니까 나중에 동 어른이나 드세요. 오늘 이렇게 찾아뵌 것은 다른 것 때문이 아닙니다. 태자가 승덕에 있을 때 도대체 무슨 일이 있었는지 알고 싶기 때문입니다. 혹시 동 대인은 알고 있나 해서……."

동국유가 잠시 생각에 잠겼다. 그러더니 직접 차를 따라 왕섬에게 건네주었다.

"호옹, 사실 나도 뭘 모르기는 마찬가지예요. 그렇지 않아도 요즘 들어 사람들이 부쩍 호기심을 갖고 물어오더군요. 참 난감하더라고요. 호옹, 그대가 이른바 '동 대인'에게 묻는다면 나는 이렇게밖에 대답할 수 없겠네요. 하지만 인간 '동국유'에게 묻는다면 달리 말할 수 있어요. 내 사적인 견해로는 태자가 무슨 큰 사고를 친 것이 분명합니다."

왕섬은 확신에 차 있는 동국유의 표정을 슬쩍 살피고는 한숨을 내쉬었다. 이어 풀이 죽은 채 말했다.

"아무튼 나를 믿고 이 정도라도 말해주니 고…… 고맙습니다."

왕섬이 상심에 젖은 듯 맥없이 고개를 떨구었다. 동국유 역시 침묵을 지켰다. 사실 그가 알고 있는 것은 그것뿐만이 아니었다. 여덟째의 서랍 속에 승덕에서 날아온 서찰들이 수북하게 쌓여 있었으니 말이다. 또 여덟째로부터 귀동냥을 한 것만 해도 적지 않았다. 게다가 여덟째는 동국유에게 왕섬을 잘 다독이라고 특별히 주문한 적이 한두 번이 아니었다. 다 이유가 있었다. 왕섬이 실권은 없는 사람이기는 하나 권력자들을 움직일 수 있는 덕망이 대단한 사람이었던 것이다. 이를테면 왕섬 하나만 붙잡으면 상당한 세력을 확보하는 것이나 다름없다고 할 수 있었다. 여덟째는 그 점에서만 봐도 안목 하나만은 뛰어난 사람임이 분명했다.

"호옹! 내가 괜히 허튼소리를 하는 것이 아닙니다. 호옹 그대도 미리

거취를 준비하는 것이 좋겠네요. 태자는 이미 물 건너간 것 같아요. 갑자기 소리 소문도 없이 정 귀인鄭貴人(정춘화를 의미함)을 폐하실 때부터 이상하다고 생각은 했어요. 그런데 나중에 들으니 폐하께서 승덕에 계실 때 근처에 있는 능보는 무시한 채 멀리 객라심 좌기로부터 낭심의 부대를 불러 호위를 책임지게 했다지 뭐예요! 특별한 경우가 아니고서는 상식적으로 이해가 가지 않는 일이지 않습니까? 이제는 또 황태자의 인새마저 사용하면 안 된다는 명령을 내렸어요. 사건의 전후를 연결 지어볼 때 한차례 전무후무한 궁변宮變(황실 내부의 변란)이 일어날지도 모르는 일이에요!"

오랜 침묵 끝에 동국유가 입을 열었다. 그러면서 마치 엉킨 실타래를 풀듯 모골이 송연한 얘기를 담담하게 뱉어내고 있었다. 하지만 그는 정작 중요한 비밀편지에 적힌 내용에 대해서는 함구했다. 동국유가 이번에는 도리어 왕섬에게 물었다.

"왕 대인, 그대는 태자의 스승이 아닙니까. 괜히 그쪽으로 불똥이라도 튀지 않을까 심히 걱정이 되네요. 앞으로 어떻게 할 것인지 무슨 대책이라도 있는 겁니까? 혹시 내가 무슨 도움이라도 줄 일은 없을까요?"

왕섬이 동국유의 의례적인 인사말에 마른기침을 하면서 대답했다.

"거창하게 대책을 운운할 만한 것은 없죠. 그저 양심을 걸고 내가 할 수 있는 한 최선을 다해 충성할 뿐입니다."

왕섬이 그와 동시에 장화 속에서 종이 석 장을 꺼내 동국유에게 넘겨줬다.

동국유는 고개를 갸웃거리면서 종이를 펼쳤다. 종이에는 이름만 대면 다 알만한 거물급에서부터 대리시大理寺, 광록시光祿寺의 관리들, 일반 사관司官들까지 사람들의 이름이 깨알같이 적혀 있었다. 동국유가 못내 궁금한 어조로 물었다.

"제목도 없고 낙관도 없고, 이게 뭡니까?"

왕섬이 찻잔을 내려놓은 채 대답했다.

"지금 퍼지고 있는 얘기는 신빙성이 있다고는 하나 아직은 소문에 불과한 내용들이에요. 그래서 이것도 제대로 정확하게 뭐라고 적을 수가 없어서 그냥 내버려뒀어요. 여기 적힌 사람들은 대부분이 나의 문하생들입니다. 한결같이 태자를 보위하겠노라고 자발적으로 모인 사람들이죠. 조정에서 태자를 폐위시킨다는 조서가 정식으로 발표되면 나는 즉각 이걸 올려 보낼 겁니다!"

"그러고 보니 나에게도 서명하라고 온 거군요?"

동국유가 씩 웃었다. 그리고는 통쾌하게 대답했다.

"좋아요!"

동국유는 바로 책상 쪽으로 다가가더니 붓을 들었다. 이어 추호의 주저함도 없이 왕섬의 이름 옆에 자신의 이름을 적었다. 그가 왕섬에게 종이를 넘겨주면서 말했다.

"옛날에 한나라의 고조高祖가 태자를 폐위시키려고 한 적이 있었죠. 그러자 장량張良이 머리를 써서 은거 중이던 원로들인 상산사호商山四皓 (섬서성의 상산에 은거하던 네 명의 선비. 수염과 눈썹까지 희어 사호四皓라 함)를 모셔와 분위기를 반전시켰어요. 이번에 잘하면 나도 왕 대인 덕분에 태자당에 점수를 따게 생겼네요! 마제와 장정옥도 별 이의 없이 서명할 겁니다."

동국유의 말은 시원시원했다. 그러나 곧 어조를 다르게 바꾸면서 덧붙였다.

"하지만 너무 일찍 이것을 올려 보낼 필요는 없을 것 같네요. 너무 지나치면 부족한 것보다 못하다는 말도 있지 않습니까. 폐하께서 아직 공식적인 입장도 표명하시기 전에 섣불리 움직이는 것은 역시 문제가 있

습니다. 좋은 소리는 듣지 못하더라도 괜히 욕바가지나 뒤집어쓸 필요
는 없지 않겠습니까?"

동국유는 흔쾌히 동조하는 척하면서도 슬쩍 제동을 걸었다. 그러나
왕섬은 별로 기대를 하지 않았던 그가 의외로 선뜻 나서준 것만 해도
몹시 고마운 모양이었다. 급기야 동국유의 너스레에는 아랑곳하지 않은
채 희색이 만면한 얼굴로 감사를 표했다.

"동 대인, 정말 고맙습니다! 알고 보니 동 대인 역시 호기로운 정의파
가 분명하군요. 동 대인의 동씨 가문은 원래 여덟째 황자마마 쪽과 친
분이 두텁죠. 그래서 나는 동 대인께서 중립만 지켜주신다면 그것만으
로도 충분히 성은에 보답하는 길이라고 생각했습니다. 사람 마음은 깊
이를 알 수 없다는 말은 역시 불후의 진리인 것 같군요! 다른 것은 걱정
하지 마세요. 이 일은 내가 주동자인 만큼 만에 하나 잘못되더라도 그
대들한테는 책임이 돌아가지 않게 하겠어요. 내가 알아서 잘 처리할 거
라고요! 풍전등화 같은 나이에 겁날 것이 뭐가 있겠습니까? 죽기 전에
좋은 일 한 가지라도 하고 가면 저승에서 선배들을 피해 다니지는 않아
도 되겠지 하는 마음뿐입니다!"

왕섬이 나름 감동적인 말을 마쳤다. 본인도 자신의 말에 감동을 받
아서 그랬을까, 그의 쭈글쭈글한 뺨 위로는 두 줄기의 눈물이 흘러내리
고 있었다.

왕섬이 물러간 지 얼마 되지 않았을 때였다. 이번에는 융과다가 들어
섰다.

"곧 퇴청해서 집으로 돌아가려던 참인데, 무슨 일인가?"

융과다가 인사를 올리면서 말했다.

"셋째 삼촌, 방금 마제 대인이 보낸 정기廷寄를 받았습니다. 폐하께서
이미 귀경길에 오르셨다고 합니다. 십일월 삼일 사시巳時 경에 북경에 도

착한다고 합니다. 성가를 맞을 준비는 어떻게 해야 하는지 여쭤 보고자 방금 셋째 삼촌 댁에 찾아갔었습니다. 그랬더니 승덕 소식이 궁금해 찾아온 사람들로 북새통을 이루고 있더군요. 저녁이라도 제대로 드시려면 댁으로 돌아가시지 않는 것이 좋을 듯합니다."

"그래? 참 못 말리는 인간들이군! 폐하께서 지의를 내리신 것도 아닌데, 왜들 그러는 거야. 설사 내가 뭘 알고 있다고 해도 그렇지, 자기네들에게 입방아를 찧을 입장이 못 된다는 것을 모르는 것도 아니면서 말이야."

동국유가 이맛살을 찌푸리면서 도로 자리에 앉았다. 그러면서 습관적으로 한숨을 내쉬었다.

사실 그가 조금 열이 받는 이유는 따로 있었다. 황제가 대신에게 정기를 보내는 것은 크게 이상한 일은 아니었다. 그러나 그토록 중요한 군국軍國의 대사를 북경에 앉아 있는 재상인 자신은 무시한 채 융과다에게 먼저 알렸다는 것은 문제가 아닐 수 없었다. 그것도 자신보다 여러 등급 아래인 그에게 알린 것은 아무리 좋게 생각해도 기분이 나빴다. 문제는 언제나 그랬다는 사실에 있었다. 그는 분노의 단계를 넘어 허탈하고 서글퍼지기까지 했다.

"명색이 상서방 대신이라는 자가 꼴 한번 우습구만……"

그러자 융과다가 바짝 다가와 마주하고 앉았다.

"셋째 삼촌, 승덕에서 무슨 소식이 있었습니까?"

동국유가 건성으로 대답했다.

"그렇지 않아도 방금 왕섬이 궁금해서 왔다 갔어. 장정옥은 제천문고祭天文告(황실에서 중요한 일이 있어 하늘에 제사를 지낼 때 쓰는 글)를 작성중이고. 폐하께서 북경에 도착하시는 대로 천하에 그것을 발표하신다고 하는군. 이쯤 되면 이제 대세는 기울어졌다고 봐야지."

융과다가 혹시 하는 생각으로 단도직입적으로 물었다.

"그렇다면 새 태자는 누가 될까요? 생각해 보셨어요?"

동국유가 새삼스러운 것도 아닌데, 왜 묻느냐는 표정으로 히죽 웃으면서 대답했다.

"명색이 재상이라는 사람이 그런 생각도 해보지 않았겠어? 그동안 우리 동씨 가문이 수십 년 동안 기를 못 펴고 살았잖아. 이번에야말로 한껏 기지개를 켜고 인간답게 살아볼 날이 온 것 같아. 이거 알지?"

동국유가 잠시 말을 멈추고는 엄지를 추켜세웠다.

"승덕에서 이미 왕으로 봉해졌어. 숙위宿衛(황제를 호위하는 최측근을 일컬음) 대권을 움켜쥐었으면 더 이상 왈가왈부할 필요가 있겠는가. 너무나 뻔한 얘기지. 그런데도 셋째와 여덟째는 행여나 하고 침을 질질 흘리고 있으니 말이야!"

융과다가 동국유의 말에 무겁게 머리를 저었다.

"숙위 대권을 장악했다고 태자가 되는 것은 아닙니다! 셋째 삼촌, 요즘 북경에 떠도는 소문이 예사롭지가 않아요. 백관들 중에서 반 이상은 여덟째를 점치고 있습니다. 멍청하게 주야장천 장황자라는 한 사람에게만 목매 죽을 것이 아니라 우리도 줄을 잘 서야겠습니다."

"말도 안 돼! 자고로 태자는 적자 아니면 장자를 세우는 것이 원칙이야. 적자인 윤잉의 폐위가 확실하게 됐으니 장자를 태자로 앉히는 것이 당연하지 않겠어? 무성한 억측에 흔들리지 말고 누가 끼어들 수도 있으니, 줄이나 잘 서고 있어. 괜히 왔다 갔다 하다가 허공에 붕 뜨지 말란 말이야."

동국유가 즉각 융과다의 우려에 대해 반박을 했다. 그러나 융과다도 지지 않았다.

"우리가 명주의 배에 함께 타다 보니 자연스럽게 장황자와 가까워지게 된 것은 사실입니다. 저도 당연히 셋째 삼촌처럼 장황자가 태자가 되는 것을 바라마지 않습니다. 하지만 적자와 장자를 세우는 것이 원칙이라면 현명한 황자를 세울 수도 있다는 사실을 아셔야 합니다!"

동국유는 융과다의 말을 듣는 순간 대뜸 눈빛을 반짝였다. 전혀 근거 없는 말은 아니라는 생각이 들었다.

"한동안 보지 않았더니 괄목할 만한 발전이 있었군 그래! 그렇지 않아도 방금 왕섬이 태자의 입장을 옹호하는 탄원서에 서명을 하라고 하기에 통쾌하게 응했어. 세금 내는 것도 아니잖아. 만일의 경우를 대비해 여유 있게 여기저기 선을 대놓는 것도 나쁘지는 않지. 내가 보기에는 만이 빼고는 셋째와 여덟째가 황자들 중에서는 영향력이 가장 커. 굳이 한 명을 찍으라면 단연 여덟째지. 넷째는 너무 완고하고, 다섯째는 바보스러울 만큼 비실거리기만 하고 명망도 별로야. 아홉째는 너무 무게를 잡아 폐하가 싫어하시지 않을까? 아무튼 나한테서 이런 말을 끌어낼 정도로 머리가 명석해진 것을 보니 흐뭇하네."

동국유가 말을 마친 다음 의미심장하게 웃었다. 융과다 역시 절제된 표정을 지으면서 머리를 끄덕였다.

"그 삼촌에 그 조카 아니겠습니까? 그러나 제 생각에는 아홉째도 물망에 오를 자격이 충분히 있는 것 같습니다. 열넷째도 치밀한 면이 있고요. 둘 다 인심을 잘 챙기는 편이라 의외로 세력이 방대하다고 해요. 아무튼 주도면밀하게 분석해 보는 것도 나쁘지는 않을 것 같습니다."

동국유가 융과다의 나름 치밀한 분석에 수긍을 했다. 이어 자리에서 일어나면서 한마디 했다.

"그렇지. 나는 지금 예부로 가서 성가를 영접할 준비를 해야겠어. 자네는 오늘 보니까 머지않은 장래에 중당中堂 자리에 앉는 것 정도는 식은 죽 먹기겠어. 잘 해서 자네만 바라보고 살아온 홀어머니한테도 효도를 해야지!"

강희 일행은 11월 3일 북경으로 돌아왔다.

강희는 36명이 드는 수레에 앉아 눈을 반쯤 뜬 채 창밖으로 끝없이 늘어서 있는 장엄한 의장 행렬을 바라봤다. 평소 같았으면 즐겁고도 뿌듯했을 것이었다. 하지만 강희의 표정은 그 어느 때보다 어두웠다. 조금 심하게 말하면 참담함 그 자체라고 해도 괜찮았다. 갈 때는 백여 명의 황자, 황손들을 거느리고 즐겁게 떠났으나 올 때는 황태자와 열셋째 황자의 손발을 묶어서 맨 끝에 달고 올 수밖에 없는 처지가 서글펐던 것이다.

강희는 자리에 앉아 태자를 폐위시켰을 때 도래할 파장에 대해 계속해서 수도 없이 생각해봤다. 그러나 여전히 해답은 묘연하기만 했다. 가슴이 답답할 수밖에 없었다. 그러자 여독이 주체할 수 없이 밀려왔다. 만사 제쳐두고 따뜻한 아랫목에 드러누워 세상 시름 잊고 푹 자고 싶은 생각만 자꾸 들었다. 몇 날 며칠의 강행군에 감기까지 겹쳤으니 그럴 만도 했다. 물론 승덕에서 심신의 피로가 누적되는 나날을 보냈던 것이 결정타였다.

"폐하……."

강희가 탄 어가가 오문午門 입구에 다다랐을 때였다. 영접을 나온 대신들이 무리를 지은 채 엎드려 있었다. 강희는 눈을 반쯤 감은 채 본 척 만 척했다. 옆에 시립하고 있던 형년이 안 되겠다고 생각했는지 황급히 한 발 다가섰다.

"폐하! 동국유가 백관들을 거느리고 마중 나와 폐하의 안녕을 여쭙고 있사옵니다! 폐하께서 불편하시면 소인이 대신 나가서 말씀을 전하는 것이 어떨까 싶사옵니다."

"아, 아니야!"

강희가 갑자기 눈을 번쩍 뜨더니 손을 저었다. 이럴 때일수록 자신이 얼굴을 보이지 않는다면 백관들의 의심은 걷잡을 수 없이 증폭될 것이 틀림없다고 생각한 것이다. 곧 그가 자리에서 벌떡 일어나서는 묵직한 외투를 어깻짓으로 벗어버리고 수레에서 몸을 내밀었다. 찬바람이 휘몰아쳤다. 강희는 흐느끼듯 몸을 흠칫 떨었다. 이어 애써 정신을 가다듬고 미소를 지으면서 손을 들어 백관들에게 화답을 했다.

"추운데 오래 기다리느라고 애썼네! 그만들 일어나게. 짐은 덕분에 무사히 돌아왔어! 짐이 없는 동안 잘 해줘서 고맙네……."

마제와 장정옥은 가늘게 떨리는 강희의 목소리를 들으면서 서로의 얼굴을 마주 봤다.

그러나 그것뿐이었다. 둘은 마치 약속이나 한 듯 입을 다물었다. 그러나 정보가 많은 동국유는 둘과는 달리 하주아가 비밀 편지에서 '용체龍體가 많이 허약하시다'라고 한 대목을 떠올리고는 의외로 기운이 넘쳐보이는 강희를 향해 웃음을 띤 채 한 발 다가섰다.

"여독이 만만찮으실 텐데 약간 수척해보이실 뿐, 오히려 기력은 떠나실 때보다 더 좋아 보이옵니다. 이 또한 이 나라의 행운이 아닐 수 없사옵니다!"

"제대로 봤네. 짐은 조금 피곤하기는 하나 며칠 푹 쉬고 나면 괜찮을 걸세. 그만 일어나 들어가서 일들 봐!"

강희는 간단하게 인사말을 마치고는 바로 궁으로 돌아가려고 했다. 그때 왕섬이 앞으로 성큼 다가서더니 뭔가 할 말이 있는 듯 입가를 실룩거렸다. 그러나 그는 마른침만 꿀꺽 삼키고 말았다. 강희가 웃으면서 물었다.

"왕섬, 짐이 북경에 없는 동안 짐이 자네에게 하사한 약은 제대로 타

먹었는가?"

왕섬은 만나자마자 신하의 건강부터 염려하는 강희의 물음에 감읍해서 말문이 막혔다. 그러다 허둥대면서 황급히 대답했다.

"예, 폐하! 빠짐없이 잘 받아먹었사옵니다. 실로 성은이 망극하옵니다. 바쁘신 와중에도 소인을 염려해 주시니, 거룩하신 그 은혜 이 한 몸 가루가 되는 한이 있더라도 다 못 갚을 것이옵니다!"

강희가 말없이 머리를 끄덕였다. 왕섬이 다시 입을 열었다.

"폐하, 그런데 태자전하께서는 왜 안 보이는 것이옵니까?"

"태자?"

강희는 왕섬이 결코 태자를 폐위하는 문제에 대해 침묵을 지키고 있지는 않을 것이라고 생각했다. 그러나 이 고집불통의 노인이 만나자마자 다짜고짜 바로 들이댈지는 예상하지 못했기에 다소 난감해졌다. 그러나 곧 담담한 웃음을 지으면서 되물었다.

"왜? 태자한테 볼일이 있나?"

왕섬이 강희를 똑바로 쳐다보았다.

"태자와 백관은 엄연한 군신 사이옵니다. 신하된 예의를 깍듯이 갖춰야 한다고 생각하옵니다. 소인은 비록 태자전하의 스승이기는 하나 역시 신하인 만큼 인사를 올리는 것이 당연하다고 생각하옵니다!"

왕섬은 소문만 무성할 뿐 진실에 접근하기는 어려웠던 문제에 대한 답을 강희에게 직접 말해줄 것을 요구하고 나섰다. 당연히 주위의 문무백관들은 저마다 콩닥거리는 가슴을 부여안은 채 귀를 쫑긋 세웠다. 시선도 일제히 강희에게 쏠렸다. 사실 태자를 폐위시킨다는 조서가 발표되지 않은 상태에서 스승인 왕섬이 제자를 만나기를 원하는 것을 무리라고 하기는 어려웠다. 강희 역시 그 사실을 잘 알고 있었다. 그는 의혹에 차 있는 문무백관들을 둘러보면서 잠시 난감한 표정을 감추지 못했다. 그렇다고 윤잉을 풀어줄 수도 없는 일이었다. 그럴 경우 당장 엄청난 혼란을 빚을 수도 있었다. 궁지에 몰린 강희가 한참 후에야 천천히 입을 열었다.

"호옹, 자네는 그만 들어가 보게. 태자에 대해서는 조만간 지의가 있을 것일세. 그리고 자네는 책을 다섯 수레씩이나 읽은 사람인 만큼 끝까지 소신을 지켜주게. 또 말 한마디를 하더라도 대세를 고려해줬으면 하네. 짐이 이 자리에 있는 한 윤잉은 백관들의 조하朝賀를 받기가 거북할 것이네!"

"소인은 태자전하에게 조하를 받으러 나오시라는 얘기를 한 것이 절대 아니옵니다."

왕섬은 잠시 누그러지는 듯했으나 다시 트집을 잡고 나섰다. 불꽃을 튕기는 강희의 매서운 시선은 전혀 아랑곳하지 않았다. 그가 더욱 의연한 표정으로 말을 이어 나갔다.

"요즘 들어 북경에는 태자전하가 승덕에서 사고를 쳤다는 소문이 난무하옵니다. 도대체 어떻게 된 영문인지 소인이 태자전하를 직접 만나뵙고 문무백관들 앞에서 그 진위를 밝혔으면 하옵니다. 소인은 오직 그것 외에는 알고 싶은 것이 없사옵니다!"

강희는 알아듣도록 충분히 언질을 줬다고 생각했다. 그러나 왕섬은 여전히 군주의 체면을 세워주지 않고 있었다. 강희가 급기야 화가 치밀어 차가운 어조로 내뱉었다.

"그래, 궁금증을 속 시원하게 풀어주지. 윤잉은 불인불효不仁不孝를 저질렀어. 그래서 이미 구금되었어. 그러니 지금은 당연히 만날 수 없네!"

"폐하! 그게 과연 진실이옵니까! 태자전하께서는 재위 삼십육 년 동안 그 후덕한 인품을 널리 인정받으셨습니다. 그것은 온 천하가 다 아는 일인데 어찌⋯⋯. 소인은 죽음을 각오하고 간언하는 바이옵니다. 사악한 소인배들의 모함에 흔들리셔서 순간의 빗나간 판단으로 성급히 태자를 폐위시키지 마시옵소서. 그랬다가는 반드시 인원人怨에 따른 천변天變을 불러일으킬 것이옵니다!"

왕섬이 강희의 말이 떨어지기 무섭게 풀썩 무릎을 꿇더니 눈물을 흘렸다. 그는 눈물을 흩날리는 와중에도 죽어라 머리를 조아리는 것은 잊지 않았다.

강희는 독기어린 눈으로 왕섬을 노려봤다. 하지만 할 말을 빨리 떠올리지를 못했다. 아예 목숨을 내놓고 나서는 왕섬의 거침없는 발언에 그렇지 않아도 불편했던 심기가 더욱 꼬이기는 했으나 달리 방법이 없었던 것이다. 그 모습을 바라보는 동국유를 비롯한 조정의 백관들은 하나같이 사색이 된 채 한껏 숨을 죽였다

"보아하니 자네는 짐이 잠시라도 멀쩡한 꼴을 못 보는 성격이로군! 자네는 윤잉이 무슨 죄를 지었는지 알기나 하고서 이렇게 허튼소리를 줘어짜는 것인가? 난데없이 '인원'이라니? 누가 감히 짐을 원망한다는 말인가? '천변'은 또 무슨 빌어먹을!"

강희가 시뻘겋게 달아오른 얼굴을 한 채 껄껄 소리 내어 웃었다.

"그 옛날 한나라 고조는 천하를 얻고 난 다음 대신들이 강가의 모래밭에 앉아 수군대는 모습을 본 적이 있었사옵니다. 그때 장량이 고조에게 말하기를 '저것들이 모반을 획책합니다'라고 했사옵니다. 지금 북경에서는 심장 약한 사람은 도저히 살 수 없을 정도로 헛소문이 난무하고 있사옵니다. 백관들은 여기저기 모여앉아 태자의 불운을 가슴 아파하고 있사옵니다. 이것이 바로 소인이 말한 '인원'이옵니다!"

왕섬은 자신의 주장 관철을 위해 고사까지 들먹이는 등 침착하기 이를 데 없었다. 많은 준비를 하고 단단히 각오를 다진 것이 분명했다.

"아하, 이 친구 세게 나오는군! 그렇다면 천변은 뭔지 어디 말해보게."

"폐하께서 북경을 떠나실 때는 화기로운 천기天氣였사옵니다. 그러나 돌아오신 오늘은 먹구름이 크게 일고 있사옵니다. 비풍悲風도 흐느끼고 있사옵니다. 황사黃沙 역시 하늘을 뒤덮고 있사옵니다. 이로 인해 하늘과 해가 뿌옇사옵니다. 이게 바로 천변이 아니겠사옵니까!"

강희가 왕섬의 말을 듣고는 바로 머리를 들어 하늘을 쳐다봤다. 진짜 신기하게도 먹장구름이 숨 막힐 듯 낮게 드리워져 있었다. 또 금세라도 사람들을 질식시켜버릴 것 같은 누런 황사가 가뜩이나 우중충한 하늘을 싯누렇게 서서히 옥죄고 있는 듯했다. 강희는 순간 가슴 한구석이 뜨끔했다. 그러나 이내 표정을 가다듬고는 가소롭다는 듯 냉소를 터트렸다.

"흥, 이게 무슨 천변이야! 그 옛날 오삼계가 반란을 일으켰을 때는 지진으로 인해 태화전이 완전히 가루가 될 뻔했어! 이봐, 왕섬! 돌아가서 이불 뒤집어쓰고 책이나 몇 수레 더 읽고 오게!"

강희가 험악한 표정을 지으면서 내뱉었다. 이어 신경질적으로 손짓을 하면서 수레를 재촉해 곧장 황궁 쪽으로 향했다.

상서방 대신들 역시 그 뒤를 서둘러 따랐다. 그러나 지의가 없는 한 백관들은 자리를 뜰 수가 없었다. 때문에 그들은 추운 날씨에 발을 동동 구르면서 무려 네 시간 가량이나 밖에서 떨어야 했다. 나중에는 설상가상으로 눈까지 내렸다. 그들은 아예 한 덩어리가 된 채 서로의 체온으로 추위를 달래지 않으면 안 됐다.

그러나 왕섬은 그 추위도 느끼지 못하는지 한쪽에 우두커니 선 채 얼빠진 사람처럼 발끝만 내려다보고 있었다. 그 와중에도 일부 백관들은 왕섬에게 다가가서 황제의 마음은 예측불허이니 좋은 것이 좋다는 식으로 생각해야 하지 않겠느냐는 따위의 충고를 했다. 또 어떤 이들은 폐하께서 성명聖明하시니 죄를 묻지는 않을 것이라고 위로하기도 했다.

그때 잠자코 있던 왕섬이 갑자기 소맷자락에서 태자를 위한 탄원서에 서명한 관리들의 이름이 적혀 있는 종이를 꺼내들었다. 이어 큰 소리로 외쳤다.

"여러분들은 이것 때문에 어지간히 마음을 졸이는 것 같소이다. 그러나 걱정들 하지 마시오. 그렇게 용기가 없으면 서명은 없던 것으로 하고 이 자리에서 내가 이걸 없애버릴 거요!"

왕섬은 말을 마치자마자 긴 턱수염을 쓸어내렸다. 동시에 하늘을 올려다보며 너털웃음을 터트렸다. 이어 종이를 움켜쥔 다음 입 안에 밀어 넣었다. 그런 다음 이를 악물면서 우걱우걱 씹고는 꿀꺽 삼켜버렸다. 사람들은 처음에는 놀란 나머지 눈이 휘둥그레졌으나 곧 가슴을 쓸어내렸다. 동시에 안도의 한숨을 내쉬었다.

시간이 얼마나 흘렀을까. 미시未時가 끝날 무렵에야 정문이 열렸다. 한 무리의 태감들에게 둘러싸인 이덕전이 걸어 나오는 모습이 보였다. 그는 백관들이 어정쩡해 하고 있는 사이 희비가 다 함께 서려 있는 표정을 한 채 좌중을 둘러봤다. 이어 한가운데로 걸어 나와 남쪽 방향으로 돌아서면서 크게 외쳤다.

"지의가 계신다!"

이덕전의 말에 백관들이 일제히 만세를 소리 높여 외쳤다. 머리를 숙이고는 경청할 태세를 취했다. 이윽고 이덕전이 지의를 읽어 내려가기 시작했다.

봉천승운奉天承運(천명을 받들고 새로운 기운을 계승함) 황제가 다음과 같이 조서를 내린다: 윤잉은 조상의 덕德을 배우지 않고 짐의 가르침도 거역했다. 또 태자로서는 도저히 있을 수 없는 사악하고 음란한 짓을 일삼았다. 게다가 조정의 대신들을 능욕하고 권력을 마구 농단했다. 사악한 무리를 만들어 짐의 일거수일투족 역시 감시했다. 이런 불효不孝하고 불인不仁한 자에게 태조, 태종, 세조께서 피땀으로 일구고 짐이 평정한 이 강산을 절대로 물려줄 수 없다. 그러므로 태자의 직위를 박탈해 천하 신민들의 기대에 어긋나지 않도록 하겠다. 이에 포고한다!

백관들은 조서를 들으며 숨을 죽이고 쥐죽은 듯 침묵을 지켰다. 그러나 곧 일제히 머리를 조아리면서 알겠노라 대답하고는 주섬주섬 자리에서 일어났다. 그럴 줄 알았다는 투였다.

그러나 유독 왕섬만은 그 자리에 엎드린 채 일어날 줄을 몰랐다. 온몸을 사시나무처럼 떨고 있었다. 곧 가벼운 흐느낌 소리가 들리는 듯하더니 오장육부가 터질 것 같은 통곡이 이어졌다. 마치 어미 잃은 동물의 그것처럼 처량하게 들리는 울음소리였다. 백관들은 백발을 휘날리면서 너무나도 비감하게 우는 왕섬을 쳐다보면서 어찌할 바를 몰라 했다. 그중에는 울상을 지으면서 진심으로 위로하는 자도 당연히 있었다. 그러나 궁상을 떠난면서 속으로 욕지거리를 퍼붓는 자들이 훨씬 많았다.

"태자전하, 죄송합니다. 소인이 늙고 별 볼 일이 없어 태자전하를 지켜드리지 못했습니다…… 용서하십시오……. 소인이 선견지명이 있어 승덕까지 따라갔더라면 이런 최악의 사태는 막았을 터인데……."

왕섬은 울부짖는 것에서만 그치지 않았다. 나중에는 가슴을 마구 쥐어뜯었다.

"왕 대인!"

이덕전이 한동안 왕섬을 지켜보더니 조서를 덮고 한 발 앞으로 나섰다. 그리고는 눈물을 머금은 채 조용히 입을 열었다.

"너무 안 된 일이기는 합니다만 왕 대인도 건강을 챙기셔야 하니 이제 그만 들어가십시오! 그렇지 않아도 폐하께서 특별히 말씀을 하셨습니다. '언자무죄'言者無罪(말하는 자는 죄가 없다는 의미. 여기에서는 함부로 말한다는 의미가 더 큼)이니 왕섬은 주위의 입방아에 너무 신경 쓰지 말도록 하라'고 말입니다."

이덕전은 말을 마치자마자 왕섬을 부축해 일으켜 세우면서 소리쳤다.

"수레는 어디 있는가? 왕 대인을 잘 모시도록 하라!"

23장
제천문고祭天文誥

이덕전이 양심전으로 성지^{聖旨}의 처리 현황을 보고하러 갔을 때 마제와 동국유 등은 붉은 돌계단 밑에 길게 엎드려 있었다. 양심전 안팎은 쥐 죽은 듯 고요했다. 그때 하주아가 발소리를 죽이면서 나왔다.

"폐하께서는 쉬고 계시니 조금 있다 들어가세요."

"이덕전, 자네인가? 들어오게."

하주아의 말이 끝나기 무섭게 안에서 강희가 큰 소리로 이덕전을 불렀다. 아마 인기척을 들은 모양이었다. 이덕전은 황급히 종종걸음으로 안으로 들어갔다. 장황자를 비롯해 셋째 윤지, 넷째 윤진이 차례로 자리를 잡고 있는 모습이 보였다. 그는 곧바로 방금 오문에서 지의를 처리했음을 아뢰었다. 강희가 침통한 기색이 역력한 채 한참 침묵을 지키더니 길게 한숨을 내쉬었다.

"역시 왕섬은 제대로 된 인간이야! 그런 사람이 꼭 필요해! 역사적으로 볼 때 태자가 일단 폐위를 당했다 하면 그 배후세력들은 늘 속물근성을 보였어. 언제 설설 기면서 발을 닦아줬던가 싶게 매몰차게 돌아서 버리고는 했거든. 그래서 비참한 최후를 맞은 태자들이 있었지. 그런 것을 알면서 짐이 그 아이를 폐위시킬 때는 오죽했겠는가? 짐의 속이 진짜 속이 아닌 것을 누가 알겠냐고!"

강희가 한탄을 했다. 두 눈에서는 어느덧 흐릿한 눈물이 뺨을 타고 굴러 내렸다.

장정옥은 그때 이미 강희가 시킨 대로 제고制誥(황제의 조령詔令) 초안을 미리 작성해 놓고 있었다. 글 쓰는 속도에 관한 한 조정 내에 따를 자가 없는 전문가다웠다. 그는 원고를 전달할 시기만 조용히 기다리다 강희가 눈물을 살짝 보이자 바로 이때다 싶어 두 손으로 원고를 강희에게 내밀었다. 강희가 떨리는 손으로 받아들고는 눈물을 훔치면서 들여다봤다.

이 강산을 관장하는 신하 애신각라 현엽이 호천상제昊天上帝, 태묘太廟, 사직社稷에 올리는 글: 신이 천지신명의 뜻을 충실히 받들어 국계민생國計民生을 어깨에 떠맡은 지도 어언 47년이 흘렀습니다. 역사적으로 나라의 흥망성쇠의 원인은 천편일률적이지는 않았으나 민심을 얻은 자는 흥하고, 민심에 역행하는 자는 반드시 망했습니다. 신은 이 이치를 깊이 깨닫고 있습니다. 또 신은 이를 천하를 다스리는 지침으로 삼고 조상들의 얼이 살아계시는 이 강산의 좋은 기운을 지켜가기 위해 나름대로 최선을 다해 왔습니다. 나아가 부덕不德한 몸이기에 더욱 노력에 노력을 더해 왔습니다. 수십 년을 하루같이 부지런히 정사를 돌봤을 뿐만 아니라 매사에 솔선수범하기 위해 마음의 흐트러짐도 없도록 했습니다. 몸과 마음을 다 바쳐 나라에 이바지도 했습니다. 전심전력을 기울여 충성도 다했습니다. 그런데 어찌하여 신에게 윤잉과 같이 불효불의한 아들이 생겨났는지 모르겠습니다. 억울하고 원통할 따름입니다. 그 아이는 어릴 때부터 신이 교육에 남다른 심혈을 기울인 아이입니다. 그러나 귀신이 달라붙지 않고서는 도저히 있을 수 없는 짓을 저지르고 다녔습니다. 아무리 아비라고는 하나 혈기血氣가 거꾸로 서는 것을 어찌할 수가 없습니다. 때문에 이 나라를 통째로 망가뜨리기 전에 마음이 아프지만 그 아이를 폐하고자 호천상제께 아뢰는 바입니다. 부디 굽어 살펴 주시옵소서!

강희는 묵묵히 원고를 읽어본 다음 손짓을 했다. 붓을 가져오라는 뜻이었다. 그러나 붓을 손에 쥐었어도 손이 너무 떨려 한 글자도 보탤 수가 없었다. 결국 쓰는 것을 포기하고 원고를 다시 장정옥에게 넘겨주고 말았다.

"잘 썼군. 그러나 짐이 한마디 보충할 게 있어. 자네가 듣고 알아서 적게."

장정옥은 알겠노라고 대답하고는 붓을 들었다. 그런 다음 강희의 말에 귀를 기울였다.

"짐은 여덟 살 때 아버지를 여의었어. 열한 살 때는 어머니를 잃었지. 이처럼 온갖 파란만장한 삶을 살면서도 이 강산의 주인이라는 사명감 하나로 굳세게 가시밭길을 헤쳐 왔어……. 그런데 둘도 아니고 이십 명 이상이나 되는 짐의 아들들은 어쩌면 하나도 짐과 비견이 되지를 않는가. 그렇게 재목이 없다는 말인가! 자네, 이렇게 적게. 천지신명께서 우리 대청의 운명을 진정 위하신다면 천지신명께서는 짐의 수명을 연장시켜 주십시오. 짐은 혼신을 불태워 죽는 그 순간까지 유종의 미를 거둘 것을 약속드립니다. 만약 대청의 운명이 그리 창창하지만은 않고 천지신명께서 반드시 벌을 내리시겠다면 이 꼴 저 꼴 보기 전에 얼른 가도록 해주십시오⋯⋯. 그대로 적어 넣게."

강희는 감정이 북받치는지 말을 다 마치기도 전에 말끝을 흐렸다. 이어 조용히 머리를 아래로 떨구었다.

윤진은 순간 몇 년 전 추석 달구경을 하던 날을 떠올렸다. 그때 강희는 박수칠 때 떠나게 해달라면서 자신의 수명 감축을 위해 기도를 올린 바 있었다. 그는 그 기억을 떠올리자 갑자기 서글퍼졌다. 평소 표정 변화가 거의 없어 냉혈한으로 통하는 그답지 않은 태도였다. 그러나 그로서도 자꾸만 눈시울이 축축해지는 것은 어쩔 수 없었다. 장황자와 셋째 역시 윤진과 크게 다르지 않았다. 마치 약속이나 한 것처럼 비감한 표정으로 생각에 잠긴 듯 머리를 숙이고 있었다.

곧 장정옥이 눈을 껌벅이면서 황급히 붓을 놀리기 시작했다⋯⋯. 이윽고 제천문고가 완성됐다. 강희가 그것을 죽 읽어보더니 한참 후에야 입을 열었다.

"짐은 아직도 석연치 않아. 윤잉 그 아이는 평소에 점잖고 착했는데, 어쩌다 이런 몰골로 돌변했는지 말이야. 폐위시키는 마당에도 짐은 어쩐지 마魔가 낀 것은 아닐까 하는 생각을 떨쳐버릴 수가 없어. 일단 그 아이를 함안궁咸安宮에 가둬두고 진가유와 주천보에게 여느 때와 다름 없이 시중을 잘 들라고 하게. 태자비도 당연히 폐위시켜야 하겠으나 억지로 쫓아내 상처를 입히지는 말아야겠어. 짐이 머리가 아파서 그러니 그만 나가들 보게!"

장황자와 셋째 윤지는 강희의 말이 떨어지자 잠깐 눈길을 주고받으면서 자리를 떴다. 그러나 윤진은 뭔가 불안한지 몸을 움찔거리면서 엉거주춤 일어섰다. 그리고는 조용히 입을 열었다.

"아바마마, 괴로워하시는 아바마마를 뒤로 하고 떠나려니 영 발길이 떨어지지 않사옵니다. 조금만 더 있게 해 주시옵소서. 아바마마께서 잠드신 후에 가면 안 되겠사옵니까?"

강희가 얼굴에 고통이 역력한 윤진을 바라봤다. 동시에 머리를 끄덕였다.

"그래, 고맙다! 장정옥, 자네도 그만 들어가 쉬게."

"예, 폐하. 그런데 이 제천문고는……."

장정옥이 조심스럽게 여쭈었다. 강희가 눈을 지그시 감으면서 대답했다.

"모레……, 자네가…… 짐을 대신해 천단天壇에 가서……."

강희는 말끝을 흐리면서 그만 나가보라는 뜻의 손짓을 했다. 크고 넓은 궁전에는 또다시 정적이 깃들었다.

양광 총독 무단은 태자를 폐위시킨다는 제천문고가 발표된 지 보름이 지난 후에야 명령을 받고 북경으로 돌아왔다. 오랜만에 왔으니 당연히 만나 볼 사람들도 많았다. 그러나 그는 어느 누구도 찾아보지 않고 자신의 집으로 조용히 들어갔다. 북경의 형세가 얽히고설키면서 복잡다단하게 돌아가는 것을 모르지 않는 상황에서 그도 납작 엎드릴 필요성을 느낀 것이다. 그는 하룻밤을 자고 다음 날 아침 일찍 수레를 타고 서화문으로 향했다.

그가 강희를 만나 뵙기 위해 신청을 하고 기다리고 있을 때였다. 안에서 예순쯤 되어 보이는 장군 한 명이 씩씩하게 걸어 나오는 모습이 보였다. 나이와는 걸맞지 않게 군복 차림이 썩 잘 어울리는 사람이었다. 보폭 역시 예사롭지 않았다. 그가 눈을 빠지직빠지직 밟으면서 걸어 나오다 밖에 서 있는 무단을 발견했다. 순간 흠칫하더니 한 걸음 다가서면서 공수를 했다.

"무단 장군 아니십니까! 실로 오랜만에 뵙습니다!"

"자네는…… 낭심이군!"

무단은 낭심의 말을 듣고서야 비로소 그를 알아봤다. 더불어 어깨를 툭 치면서 반색을 하고는 덧붙였다.

"여보게, 낭심 아우! 우리 사이에 무슨 '무단 장군' 운운하고 그래? 무단이라는 이름도 황후마마께서 하사하신 이름이잖아. 수십 년 동안 호형호제한 사이에 그냥 편하게 노새라고 불러주면 좋겠어!"

무단은 역시 호탕하고 서민적인 성격 그대로였다. 아주 오래 전에 그랬던 식으로 낭심을 대하고 있었다. 반면 낭심은 치밀하고 섬세한 사람답게 고개를 갸웃거리면서 물었다.

"승덕에 있을 때부터 형이 북경에 온다는 소식을 폐하로부터 들어서 미리 알고 있었죠. 그래서 손가락을 꼽아 보았더니, 아무리 늦어도 사흘 전에는 도착했어야 하는 것 같던데, 왜 이렇게 늦었어요? 배를 타고 수로로 온 겁니까?"

낭심의 말이 뜻하는 바는 분명했다. 오다가 남경에 살고 있는 위동정을 만났느냐는 것이었다. 사실 무단이 수로를 선택했다면 틀림없이 위동정이 살고 있는 남경을 지날 수밖에 없었으니, 그렇게 물을 수 있었다.

"당연히 수로를 택했지! 정국이 하도 어수선해서 미리 옛 친구들한테서 조언을 듣고자 자네가 궁금해 하는 호신 형님한테 들렀었지. 그 형님은 다 좋은데, 성격이 너무 꼼꼼해서 탈이야. 하기는 그것도 자기 팔자이기는 하지. 그러나 신경 쓰는 일이 많으니까 몸이 날로 축나는 것 같았어. 전에 볼 때보다 더 말랐더라고. 그 모습을 보고 있자니 마음이 많이 서글프더군……. 됐어, 이런 얘기는 그만 하자고. 관보를 보니 자네도 이번에 폐하를 호위하기 위해 북경으로 온 것이더군! 이십 일도 더 지났을 텐데, 아직 돌아가라는 지의가 없었는가?"

낭심은 무단의 물음에는 대답을 하지 않은 채 주위를 두리번거렸다.

사람이 없는 것을 확인한 후에야 그가 입을 열었다.

"승덕에 가서 피서산장을 지키는 임무를 부여받았어요. 제가 볼 때는 형도 이번에는 광동廣東으로 돌아가지 못할 수도 있어요."

무단은 원래 이번에는 왔다가 빨리 가려고 나름대로 계획을 세워둔 터였다. 그런데 돌아가지 못한다니? 그로서는 그 이유가 궁금하기 짝이 없었다. 그러나 굳이 묻지는 않았다. 원래 소심한 성격의 낭심이 물어도 대답을 제대로 해주지 않을 것이라는 생각이 든 것이다. 그저 크게 웃기만 했다.

"그것도 좋지! 그렇지 않아도 북경이 그리웠는데……. 자네는 지금 어디 머물고 있나? 시간 날 때 한번 들를게."

"저는 만여 명의 병사를 거느리고 다른 곳에 주둔하고 있어요. 지금은 말할 단계가 아니고……. 아무튼 여기는 아니에요! 대신 제가 형을 찾아뵐게요. 제가 어디 있는지는 조금 있다 폐하를 뵈면 알게 될 수도 있어요."

그때였다. 형년이 저편에서 걸어오고 있었다. 낭심이 그를 보고서는 무단에게 말했다.

"폐하께서 형을 부르셨나 봐요. 얼른 들어가요!"

낭심의 말대로 형년이 곧 무단에게 다가왔다. 그러더니 여전히 동안童顔에 은발銀髮인 과거 시위 출신의 그에게 깍듯하게 예를 갖춰 길을 안내했다. 양심전의 수화문 근처에 이르렀을 때 형년이 그에게 말했다.

"무단 장군, 성명을 통보하실 필요는 없습니다. 그냥 들어오시라는 폐하의 지의가 계셨습니다. 들어가십시오. 소인은 그만 물러가겠습니다."

무단이 알겠다는 듯 머리를 끄덕이고 안으로 들어갔다. 무단은 약 6개월여 만에 다시 강희를 만나는 터였다. 그러나 그는 강희를 보자마자 흠칫 놀라면서 주춤거렸다. 강희가 그때에 비해 갑자기 10년 이상은 더

늙어 보인 탓이었다. 무단의 태도는 괜한 호들갑이 아니었다. 강희는 무
엇보다 얼굴에 부기가 가라앉지 않고 있었다. 또 마치 칼로 조각한 듯한
주름이 안면을 잔뜩 덮고 있었다. 게다가 후줄근해 보이는 몸을 움츠린
채 모로 누워 천장을 뚫어지게 바라보고 있었다. 무단은 순간 걸음걸이
에 바람을 달고 다니면서 위풍당당한 모습이 인상적이던 강희의 청, 장
년기를 떠올렸다. 새삼 세월이 무상했다. 코끝이 찡했다. 무단은 노색이
완연할 뿐 아니라 피로가 역력한 강희의 얼굴을 다시 한 번 쳐다보면서
땅에 엎드려 흐느꼈다.

"소신 무단이 머리 조아려…… 폐하의 만수무강을 비옵니다. 육개월
사이에 몸이 많이 축나신 것 같사옵니다, 폐하……!"

"무단, 자네 왔는가? 어서 일어나 앉게. 하주아, 차를 가져오게!"

누워 있던 강희가 무단에게로 얼굴을 돌렸다. 그런 다음 처연한 웃음
을 억지로 얼굴에 떠올렸다.

"자네는 여전히 멋있군. 부럽기 그지없네! 짐이 기억하기로는 자네가
짐보다도 여섯 살은 위인 것 같은데 말이야……."

무단은 강희의 말에 세월의 무게는 그 누구도 비껴갈 수 없구나 하
는 생각을 새삼스레 하지 않을 수 없었다. 그러나 그런 내색을 해서는
결코 안 되는 자리였다. 그는 억지로 눈물을 삼킨 다음 아이처럼 웃어
보였다.

"폐하의 용체는 줄곧 건강하셨다고 소신은 생각하옵니다. 요즘 일시
적으로 과로하셔서 조금 수척해보일 뿐이옵니다. 며칠 지나면 곧 다시
왕성한 기력을 회복하실 줄로 믿어 의심치 않사옵니다. 소인은 다시 한
번 폐하를 뫼시고 사냥터로 가고 싶사옵니다. 그러면 폐하께서 호랑이
와 한판 승부를 거는 용맹한 모습을 볼 수 있지 않겠사옵니까!"

무단이 자기도 모르게 주르르 흘러내리는 눈물을 훔쳤다. 애써 진정

을 하며 눈물을 멈췄다. 그러나 속으로는 더욱 펑펑 울고 있었다. 강희역시 애써 상심한 기색을 감추었다.

"늙은 것이 짐을 위로하겠다면서 찾아와서는 오히려 속을 뒤집어 놓는구먼!"

강희가 농담을 하자 무단도 금세 웃음을 되찾았다.

"몸은 멀리 있어도 한시도 폐하를 잊어본 적은 없사옵니다. 그래서인지 정작 만나 뵈니 이놈의 눈물이 그칠 줄을 모르는 것 같사옵니다. 나이가 들수록 바보가 되는 것 같사옵니다."

"걱정하지 말게. 이번에는 자네를 광동으로 돌려보내지 않을 걸세. 이제부터는 지겹도록 볼 수 있게 될 거야."

강희가 자리에서 일어나 앉더니 정색을 했다. 무단이 놀란 듯 눈을 크게 뜨고 강희를 쳐다봤다. 강희가 천천히 덧붙였다.

"자네가 직예 총독을 맡아줬으면 하네. 이제부터 북경의 안전은 자네한테 맡길 거야. 낭심은 승덕에 주둔하고 있으니, 만나고 싶으면 언제든지 만날 수 있어. 사람이 늙으면 추억을 먹고 산다고, 늘그막에 외로움은 거의 죽음이라고 해도 과언이 아니야. 짐도 사람이네. 자네가 곁에 있어주면 위로가 많이 될 것 같아……."

강희가 길게 한숨을 내쉬었다. 무단은 그 한숨의 의미를 모르지 않았다. 혼란한 정국을 수습하기 위해 자신을 불렀으나 일말의 미안함이 없지 않다는 사실을 말이다. 그는 또 강희가 자신을 부른 것이 지대한 믿음이 바탕이 되지 않고서는 불가능한 것이라는 사실 역시 너무나 잘알았다. 그러나 그 순간 "지금의 북경은 마치 용이 사는 연못, 호랑이가 사는 동굴과 같다"는 위동정의 말을 떠올렸다. 등골이 오싹해졌다. 그가 뭐라고 답변해야 좋을지 몰라 망설이고 있을 때 강희의 말이 다시 이어졌다.

"승덕에 있을 때 시위들을 전부 맏이에게 맡겼지. 그러나 그것은 황자의 신분에 어울리지 않았어. 셋째 윤지를 생각해보지 않은 것도 아니야. 그러나 그 아이 역시 황자이면서 시위의 신분이었지. 아무래도 격에 어울리지 않았어. 다시 위동정을 점찍었는데, 건강이 너무 좋지 않더군. 그래서 고민 끝에 자네를 택한 것이니, 발뺌은 하지 말아줬으면 하네."

무단은 강희의 말에서 그가 장황자에 대한 신임이 별로 크지 않다는 사실을 깨달았다. 그것은 강희가 주변에 믿을 사람을 그닥 두지 못하고 있다는 얘기와도 일맥상통했다. 그는 그 사실이 안타까워 황급히 자신의 생각을 밝혔다.

"성은이 망극하옵니다. 그러나 소인 역시 이제는 옛날 사람이라 그토록 중요한 직책을 떠안을 자신은 없사옵니다. 최선을 다하겠으나 만에 하나 불찰이 생기면 소인이 죗값을 제대로 치르지 못할까 걱정이 되옵니다. 폐하께서 수십 년 동안 변함없이 베풀어주신 홍은鴻恩에 큰 불의를 저지르는 격이 되지 않을까 하는 우려 역시 드옵니다."

"걱정은 붙들어 매게! 짐은 자네의 명성을 빌리려는 것뿐이네. 직예아문의 위치가 총독에게는 좋지 않다는 설이 있기는 해. 그래서 짐이 이미 흠천감欽天監(천문과 일기를 관측하는 기관) 쪽에 명령을 내려 수리하라는 조치를 다 취해 놓았네. 아문의 개보수가 끝나는 대로 자네는 걱정하지 말고 들어가서 두 다리 쭉 뻗고 앉아만 있게. 짐은 자네가 여기 오기 전 분명 위동정을 만났을 거라고 생각해. 아마 자네는 황자들의 작당에 놀아날까봐 걱정하는 것 같은데, 짐이 벌써 단단히 훈시를 해두었네. 사사롭게 자네한테 가서 귀찮게 할 경우에는 그 누구라도 각오하라고 말이야. 자네는 두 번씩이나 죽음을 사면 받은 영웅이 아닌가. 아무리 늙었기로서니 어찌 일을 두려워하는 졸장부의 모습을 보일 수 있다는 말인가? 사지가 멀쩡할 때처럼 총칼을 메고 앞장서라고 불러온 것이 아니야. 이름만 들어도 산천초목이 부르르 떨던 자네의 명성을 빌려 북경의 안전을 도모하자는 뜻이야."

무단은 진심어린 강희의 고백에 형언할 수 없는 감동의 소용돌이에 빠졌다. 끝내 뭔가 뜨거운 것이 목구멍을 치밀고 올라왔다. 그 바람에 잠시 목젖을 오르락내리락 하면서 감정을 죽여야 했다. 한참 후에야 겨우 진정을 취한 그가 입을 열었다.

"미천한 녹림綠林 출신으로 근본이 없는 마적에 불과한 소인에게 오늘이 있도록 해주신 폐하의 은혜는 이 한 몸이 부서져 가루가 되는 한이 있더라도 잊지 않겠사옵니다. 소인이 북경에 있는 한 폐하께서는 자금성의 안전에 대해서는 일말의 걱정도 하지 마시옵소서. 심려하시지 않도록 최선을 다하겠사옵니다!"

"그래, 짐은 그 말이 듣고 싶었어. 누가 뭐래도 자네는 유명한 마왕魔王이 아닌가. 이곳 양심전에서만 해도 얼마나 많은 사람들의 목을 날려보냈는가! 짐은 자네의 그런 악랄한 면을 높이 사는 거야. 이곳 태감들은 자네 이름만 들어도 오줌을 지릴걸? 또 북경과 직예 지역의 적지 않은 무관들도 모두 자네의 옛 부하들이 아닌가. 직속상관의 성격을 알아서들 잘 맞출 거야."

강희가 드디어 머리를 끄덕이면서 흡족해 했다. 두 사람은 이후 오래도록 지극히 인간적인 얘기를 나눴다.

무단은 쓸쓸함을 안고 양심전을 나섰다. 이덕전이 김이 모락모락 나는 약탕관을 들고 수화문 쪽에서 모습을 드러냈다. 바로 앞에서는 윤진이 걸어오고 있었다. 무단은 황급히 다가가 엎드려 인사를 올리려고 했다. 그러자 윤진이 곧바로 일으켜 세웠다.

"감히 무단 장군의 인사를 어떻게 받겠는가! 그래 폐하는 만나 뵈었는가?"

"예, 만나 뵈었습니다. 폐하께서 약을 드실 시간이 되셨나보군요. 소인이 먼저 한 모금 마셔보면 안 되겠습니까?"

무단의 말에 윤진이 웃으면서 머리를 끄덕였다. 무단은 정말로 약을 한 모금 마셨다. 윤진이 잠시 기다렸다가 물었다.

"지금 어디 가려던 참인가?"

무단이 손등으로 입을 쓰윽 닦고는 대수롭지 않게 대답했다.

"장황자마마에게 가려던 중입니다. 영시위領侍衛 직책을 넘겨받아야 할 것 같아서 말입니다!"

무단의 말에 윤진의 얼굴에서 순식간에 웃음기가 사라졌다. 그러나 무단은 애써 그 모습을 외면한 채 말을 이었다.

"폐하께서 열셋째 황자마마에게 곤장을 때리는 벌을 내리셨습니다. 장황자가 지키고 섰다가 지금 막 돌아갔을 겁니다. 후유! 열셋째 황자마마 그 귀하신 분이 곤장을 마흔 대나 맞고 무슨 고생인지 모르겠습니다!"

무단은 순간 뭔가 위로의 말을 더 해야 할 것 같다는 생각을 했다. 그러나 마땅한 말이 떠오르지 않았다. 그가 한참 후에야 덧붙였다.

"원래 귀하신 몸이라 그럴 법도 하지만 소인처럼 억센 통뼈를 가진 사람은 백 대 정도를 맞아도 충분히 견딜 수 있을 겁니다. 참, 소인에게 찰과상에 좋은 약이 있습니다. 곧 열셋째 황자마마께 가져다 드리겠습니다."

윤진의 표정은 어두웠다.

"윤상은 지금 양봉협도養蜂夾道(북경에 있는 골목 이름. 나중에는 윤상이 갇혀 있는 감옥으로 유명해짐)에 갇혀 있네. 외부인의 출입도 금지된 상태라서 만나기가 힘들지 않을까 싶어. 그러지 말고 인편에 우리 집으로 보내주게. 그러면 내가 자네를 대신해 가져다주겠네."

무단은 윤진의 말을 듣고는 아무리 사소한 일일지라도 황자들과 관련한 일은 멀리 하는 것이 좋다는 결론을 내렸다. 동시에 더 이상 관여하고 싶지 않다는 생각도 했다. 그는 혹여 다른 황자의 눈에라도 띌세라 서둘렀다.

"넷째 황자마마께서 별다른 분부가 없으시다면 소인은 이만 가보겠습니다."

그러나 윤진은 무단의 속내를 아는지 모르는지 그를 도로 불러 세웠다.

"뭘 그렇게 서두르는가! 나하고 가깝게 지내자고 하는 것도 아닌데, 그렇게 벌벌 떨 것은 뭐 있어? 그대답지 않게."

무단은 윤진의 말에 머쓱해졌다. 윤진 역시 마찬가지였다. 둘은 그만 쑥스러움에 동시에 웃어버리고 말았다. 한참 후 윤진이 다시 물었다.

"내가 들으니 셋째의 집에 있는 맹광조孟光祖가 남경에 있다던데, 만나봤는가?"

무단은 윤진의 말에 깜짝 놀랐다. 그를 바라보는 시선에 경이로움이 담겨 있었다. 사실 성군왕 윤지의 문인門人인 맹광조가 다닌 곳은 남경만이 아니었다. 사천성에서 운남성, 귀주성을 거쳐 광동성, 광서성까지 휩쓸고 다녔던 것이다. 무단 역시 남경의 위동정에게서 그에 대해 자세하게 들은 바가 있었다. 그러나 윤진의 정보가 이렇게 빠르고 정확하리라고는 생각조차 하지 않았다. 정말 놀라울 따름이었다. 무단이 잠시 생각하더니 입을 열었다.

"넷째 황자마마, 남경에서 위 군문을 만나 네 시간 동안 얘기를 나눈 것이 전부인지라 저도 잘은 모르겠습니다. 어렴풋이 셋째 황자마마의 문인인 것 같은 사람 한 명이 남경에 체류하고 있다는 얘기는 들은 것 같습니다. 하지만 그 사람이 맹광조인지는 물어보지 않았습니다. 워낙 관심 밖의 일이라……. 넷째 황자마마께서도 아시다시피 호신 그 형님은 자신과 관련 없는 일에는 원래 왈가왈부하지 않는 성격입니다."

"알았네, 그만 가보게! 우리 나중에 만나서 시간을 좀 가지자고. 약 가져다준다고 했으니 기다리겠네."

윤진의 말투는 담담했다. 이어 두루마기 자락을 툭툭 털면서 안으로 들어갔다.

무단은 무거운 짐을 내려놓은 듯 길게 안도의 숨을 내쉬면서 서화문을 나섰다. 때는 이미 점심시간이 다 돼 있었다. 그는 주춤하면서 망설였다.

'이 시간에 장황자를 만나러 가면 분명히 같이 점심을 먹자고 할 거야. 어떻게 하지?'

무단은 잠시 서성이다 타고난 시원시원한 성격답게 이내 결정을 내렸다. 우선 직예아문으로 가서 인새印璽를 받고 나중에 천천히 장황자를 만나기로 한 것이다. 업무 인수인계는 사실 그때 하면 더 나을 수도 있을 터였다. 그는 그런 판단이 들자 바로 가마에 올라타려고 했다. 그때 저 멀리서 성군왕 윤지가 나오는 것이 보였다. 무단은 마치 벌에 쏘이기라도 한 것처럼 황급히 가마에 올라 몸을 숨겨버렸다. 더 이상은 황자들에게 휘둘리고 싶지 않았던 것이다. 그가 몹시 바쁜 듯한 어조로 명령을 내렸다.

"총독아문으로 가자!"

성군왕 윤지는 평소의 점잖고 세련된 모습과는 달랐다. 얼굴을 길게 늘어뜨린 채 신경질적으로 발걸음을 옮기고 있었다. 서화문 입구에 이르러서는 땅이 꺼져라 발을 굴러대더니 버럭 소리를 내질렀다.

"가마 어디 갔어?"

대문 뒤 북쪽의 사자상 옆에서 대기하고 있던 집사가 정신없이 달려
왔다. 심기가 많이 불편해 보이는 주인의 호령에 놀랐는지 조금 주눅
이 들어 있었다.

"마마, 여기 있습니다! 점심때가 지났으니 분명 시장하실 텐데, 어디
로 모시는 것이 좋겠습니까?"

윤지가 코가 떨어져나가라 콧방귀를 뀌었다.

"욕을 바가지로 얻어먹었는데, 배가 고프겠어? 어휴, 끔찍해! 금방이라
도 잡아먹을 상을 하면서!"

윤지는 강희에 대한 노골적인 불만을 토로하다 갑자기 한바탕 헛기침
을 했다. 순간적으로 자신이 실수를 했다는 것을 직감한 것이다. 그가
다시 느릿느릿 입을 열었다.

"빨리 가서 전해. 오늘 진몽뢰陳夢雷, 위정진魏廷珍, 채승원蔡升元, 법해法
海 네 선생을 불러 점심을 같이 하기로 했으나 급한 일이 생겨 못 간다고
말이야. 황손皇孫들에게는 아버지 대신 대접 잘 해주라고 하고!"

집사가 연신 머리를 끄덕이고는 다시 물었다.

"그러면 지금은 어디로 모실까요?"

윤지가 말없이 가마에 올라탔다. 그러더니 다리를 꼬고 앉아 큰 소리
로 지시했다.

"직군왕 형님의 집으로 가!"

장황자의 저택인 이른바 직군왕부直郡王府는 자금성에서 다소 떨어진
곳인 괴수사가槐樹斜街에 있었다. 원래는 명나라 때의 복왕福王이 북경에
소유하고 있던 관저로, 주변 경관이 수려하고 건축미가 압권이었다. 한
때는 명주가 풍류를 즐겼던 곳이기도 했다. 하지만 강희 29년 명주가 파
직을 당함과 동시에 집을 압수 수색당한 이후에는 차츰 퇴락하기 시작
했다. 그러다 장황자가 패륵으로 봉해진 후 황자들마다 눈독을 들이던

그곳을 별로 어렵지 않게 차지할 수 있었다. 윤지는 직군왕부에 도착하자마자 숨이 턱에 찰 정도로 씩씩대면서 가마에서 거칠게 뛰어내렸다. 이어 보고를 하러 들어가는 문지기들을 밀어제치고는 횡하니 후당으로 달려갔다. 장황자는 그때 시첩들이 시중을 드는 가운데 복진福晉(정실부인)인 장가章佳씨와 함께 늦은 점심을 먹고 있었다. 그 시첩들은 윤지가 너무 느닷없이 달려들어와서 그랬는지 겁을 잔뜩 집어먹은 표정으로 비실비실 뒤로 물러섰다.

"셋째, 사전 연락도 없이 이게 무슨 경우야?"

장황자 윤제의 얼굴에는 일말의 불쾌함이 빠르게 스쳐 지나가고 있었다. 그러나 곧 큰형다운 자상함을 회복하고는 주위의 처첩들을 향해 손짓을 했다.

"셋째 삼촌이 왔잖아. 다들 왜 그러는 거야? 셋째, 앉아. 여봐라, 젓가락을 가져 오너라!"

윤지는 장황자의 말이 끝나기 무섭게 의자에 털썩 주저앉았다. 그리고는 거센 고갯짓을 해서 긴 머리채를 휘감아 뒤로 보냈다.

"점심은 배불리 먹었어요. 그보다는 형님한테 볼일이 있어 왔어요. 그러니 저쪽 서재에 가서 얘기 좀 해요."

윤지의 말은 단도직입적이었다. 장황자를 바라보는 시선에 도발을 하겠다는 의지가 다분했다. 장황자는 상황을 눈치채고는 주위에 눈짓을 보냈다. 그러자 장가씨가 황급히 자리에서 일어났다.

"여기에서 얘기 나누세요. 저도 그만 먹을 거예요!"

그녀가 시중을 들던 하인들을 데리고 나갔다. 동시에 장황자도 젓가락을 내려놓았다.

"셋째, 안색이 예사롭지가 않군. 무슨 좋지 않은 일이라도 있는 건가?"

"큰형님한테 잘못을 빌러 왔어요! 무슨 일이 있는지는 형님이 저보다 더 잘 아실 텐데요?"

윤지의 말투에는 조소가 어려 있었다. 말을 하면서도 고개는 먼 산을 쳐다보고 있었다. 장황자가 흠칫하면서 놀라는 표정을 지었다. 그리고는 심각한 얼굴을 하고 있는 윤지에게 말했다.

"아닌 밤중에 홍두깨라더니, 거두절미하고 이런 식으로 나오면 내가 어떻게 해야겠어?"

"좋아요! 사실대로 말하죠. 부황께서 오늘 저한테 이런 글을 내리셨어요. 잘 읽어보고 이른 시일 내에 답변을 달라고도 말씀을 하셨죠. 제가 외운 대로 말해드릴 테니까 들어보세요. 강남 순무 마군馬軍의 상주문에 따르면, 성군왕부誠郡王府의 문인이라고 자칭하는 맹광조라는 자가 섬서성, 사천성, 광동성 일대를 쏘다니면서 조정에 대한 악성 유언비어를 퍼뜨리고 있다고 하네요. 민심을 흉흉하게 만든다는 것이죠. 며칠 전에는 또 광서성으로 가서 총독인 동董 아무개, 장군인 연年 아무개, 제독인 설薛 아무개의 집에 가서는 성군왕이 내린 선물이라면서 비단과 말 등을 무더기로 주고 왔다는 소문도 있어요. 이뿐만이 아니에요. 마군의 말을 그대로 인용한 부분도 있어요. 이런 내용이에요. '우리 조정의 국법에는 조정의 관리라면 지위고하를 막론하고 다른 경내를 지날 때 반드시 관방감합關防勘合(통행증을 의미)을 제시해야 하는 것이 있습니다. 신은 분명히 그렇게 알고 있습니다. 그러나 성군왕의 문인이라고 자칭한 자는 아무런 제약도 받지 않은 채 여러 성을 마치 제 집 드나들 듯 하고 있습니다. 어떻게 그렇게 할 수 있는지 심히 의심스럽습니다. 또 황자마마들께서 설사 외관外官들에게 물건을 하사하실 수 있다고 해도 그렇습니다. 폐하의 허락을 받으셔야 한다는 국법의 조항이 있습니다. 신은 이에 따라 고민 끝에 육백리 긴급서찰을 보내 그 진위를 가려낼 용단을 내린 것이옵니다!' 어때요, 형님! 제가 제대로 외웠나요?"

윤지가 한참을 숨 가쁘게 말을 하고 나서는 싸늘한 웃음을 지어 보였다.

"셋째 아우가 외우는 데는 귀재라고 하더니, 과연 소문대로구먼! 마군 그 자식, 뚫린 입이라고 아무 소리나 마구 떠벌렸군. 그렇다고 그런 것을 가지고 너무 기분 나빠 할 것은 없어! 오죽하면 내가 데리고 있다가 내보냈겠어. 셋째 자네가 성품이 올바르고 인간성 좋은 성인군자라는 사실을 모르는 사람이 어디 있는가? 죄를 지은 일이 없으면 오밤중에 누군가가 봉창을 뻥 뚫어놓아도 놀랄 것은 없지 않겠어? 맹광조가 자네의 문인을 사칭하면서 나쁜 짓을 하고 다니는 것이 사실이라면 이 형이 나서서 매장시켜버릴게. 그러니 너무 걱정하지 마!"

장황자는 그제야 의문이 풀린다는 듯 온화한 말투로 윤지를 달랬다.

"화술 한번 뛰어나군요! 그러나 나는 누구 손에 의해 마음대로 짓이겨지는 밀가루 반죽이 아니에요. 내가 그리 호락호락하게 보여요? 마군 그 자식, 아무리 천방지축이라도 그렇지, 자기 스스로 깝죽대면서 호랑이 콧수염을 뽑을 멍청이는 아니라고요! 누구인가 뒤를 봐주겠노라 하면서 등을 떠밀지 않고는 그렇게 할 위인이 아니에요. 정말 도저히 있을 수 없는 일 아니에요?"

윤지가 드디어 눈에 쌍심지를 켜고 장황자에게 덤벼들었다. 장황자 역시 가만히 앉은 채 당할 사람이 아니었다. 곧 보란 듯 인상을 험악하게 구기면서 벌떡 일어섰다. 그리고는 탁자를 무섭게 내리쳤다.

"셋째, 본데없이 무슨 말하는 모양새가 그런가? 어디에서 뺨 얻어맞고 여기 와서 눈을 흘기고 지랄을 하는가 말이야! 아니 땐 굴뚝에서 연기 나는 것 봤어? 그런 소문이 돈다는 것은 자네가 그만큼 자기 관리에 실패했다는 증거가 아닌가! 알아? 이 못난 녀석아!"

윤지도 만만치 않았다. 마치 기세만큼은 절대 뒤지지 않겠다는 듯 목에 핏대를 세우면서 고래고래 소리를 질렀다.

"주제넘게 태자 자리를 넘보고 이러는 것 같은데요, 뚜껑은 열어봐야 하니까 미리 주책을 떨지는 말았으면 해요! 솔직히 나도 그렇게 만만치 않은 상대에요. 그걸 염두에 두라고 충고해주고 싶네요!"

"너, 당장 꺼져! 꺼지지 못해?"

장황자가 몇 가닥 안 되는 가느다란 턱수염을 부르르 떨면서 침을 튕겼다. 억지로 화를 참는 표정이 역력했다.

"좋아요, 가 드리죠. 하지만 오늘 저녁은 꿈자리가 사나울 겁니다!"

윤지가 이를 악문 채 징그럽게 웃어 보이더니 뒤도 돌아보지 않고 성큼성큼 발걸음을 돌렸다.

24장
골육 간의 치열한 암투

열넷째는 윤지가 나가자마자 기다렸다는 듯 바로 직군왕부로 들어섰다. 이어 뒷짐을 진 채 창밖을 바라보면서 씩씩대고 서 있는 장황자에게 인사를 했다.

"안녕하세요, 큰형님! 조금 전 얼핏 보니까 셋째 형님이 왔다가는 것 같던데요?"

"그래. 자네는 여덟째한테 있다가 오는 거지? 무슨 일 있어?"

장황자가 짧막하게 대답하고는 물었다.

"별다른 일은 없어요. 둘째 형님과 열셋째 형님 문제가 일단락되니까 집안이 다 조용해졌어요. 둘째 형님은 궁 안에 연금되어 있기 때문에 바깥출입이 제한되고 있을 뿐 달리 어려운 점은 없어요. 그러나 열셋째 형님은 곤장 마흔 대가 조금 심했나 보더라고요. 게다가 사람 살 곳이 못 된다는 양봉협도에 갇혀 있기까지 하니……. 참 안 됐어요! 그래도 피를 나눈 혈육인데, 나 몰라라 할 수는 없잖아요. 그러면 너무 매정한 거죠. 그래서 저하고 여덟째 형님이 상의를 한번 해봤어요. 여덟째 형님은 달리 도와줄 방법은 없다고 했어요. 대신 쓸 만한 시녀 몇 명을 보내주신다고 하더라고요. 때문에 저도 그런 쪽으로 생각하고 있는 중이에요. 하지만 자칫 호의가 잘못 전달될 우려도 없지 않아요. 다른 형제들이 보기에 우리 둘만 잘난 척하는 것처럼 비쳐질지도 모르니까요. 고깝게 생각할 수도 있는 거죠. 아무래도 이럴 때는 덕망이 높으신 큰형님이 나서는 것이 좋을 듯 싶어요. 다른 형님들을 설득해서 같이 움직여 달라는 거죠. 우리가 똘똘 뭉쳐서 감동적인 형제애를 발휘한다면 부황께서도 생각이 달라지시지 않을까요? 저는 솔직히 그런 기대를 하고 있어요."

장황자는 열넷째의 말에 일리가 있다고 생각했는지 머리를 끄덕였다. 그래서 아무 거리낌 없이 본심을 털어놓았다.

"이 눈치 저 눈치 볼 것 없어. 지금 얘기가 나왔으니 곧장 폐하를 찾아뵙는 것이 낫겠어. 솔직히 툭 터놓고 말씀을 올리면 부황께서 의외로 흔쾌히 수락하실지 몰라. 자네도 같이 갈 거지?"

장황자의 말에 열넷째가 크게 기뻐했다.

"그럼요! 당연히 큰형님을 모시고 다녀와야죠. 큰형님이 바람막이가 돼주실 텐데, 두려울 것이 뭐가 있겠어요!"

장황자는 말끝마다 '큰형님'을 내세우는 열넷째의 말에 은근히 흡족해하며 미소를 지었다.

"자네 같은 천하무적도 두려운 상대가 있는가? 열넷째, 자네는 기가막히게 똑똑한 데 반해 깊이가 좀 부족한 것 같아. 가끔은 말 없는 사람이 반대인 사람보다 훨씬 낫다는 것을 알아야 해. 누구나 다 알고 있듯 먼저 창호지를 뚫는 자에게 불똥이 먼저 튄다는 것을 말이야. 솔직히 아무도 말을 하지 않고 있는 것일 뿐 결코 몰라서 그런 것이 아니거

든. 그런데 자네는 잘 나가다가 가끔씩 그런 금기를 범하는 것 같아서 아쉽더라고. 어느 해였더라? 태자가 납이소納爾蘇(청 황실의 종친) 왕에게 주먹을 휘둘렀던 적이 있었지. 그때 납이소가 울면서 나를 찾아왔었어. 그가 하는 말이 열넷째가 이간질을 해서 그렇게 됐다고 하더군. 물론 그때 나는 즉각 입을 막아버렸어. 그랬으니 다행이었지, 만약 그런 말이 폐하의 귀에까지 들어갔다면 어쩔 뻔했어?"

열넷째가 본심을 헤아리기 쉽지 않은 장황자의 따끔한 충고에 감동을 받았는지 쑥스러워했다.

"천만번 지당한 말씀이에요! 사실 그 당시 평군왕平郡王 납이소가 주제넘게 좀 까불기는 했어요. 두어 방 더 매를 때렸어야 했는데 말이에요. 큰형님은 역시 태자 순위 첫째 후보인 것에서 보듯 배포가 남다르시네요."

그 말에 장황자는 더욱 기분이 좋아졌다.

"마음 좋은 큰형을 그런 식으로 놀리지 마! 나는 태자의 '태太'자도 염두에 둬본 적이 없는 사람이야. 구름 가는 대로 바람 부는 대로 맏형으로서의 책임에만 충실하면서 사는 것이 최선이라고 생각하는 사람이야."

강희는 그 시각 양심전에서 세 명의 상서방 대신을 호출해 놓고 있었다. 무슨 긴급한 일을 처리하려는 것 같았다. 그러나 의욕만 앞섰지 얼굴에는 피곤한 기색이 역력했다. 요즘 그는 태자가 분할해 담당했던 일까지 전부 손수 처리하고 있었던 것이다. 그로서는 며칠 동안 태자의 빈자리를 실감하면서 바쁘게 일을 했으니 체력의 한계를 느끼는 것이 당연했다.

세 명의 상서방 대신 역시 크게 다르지 않았다. 태자가 없으니 강희

35년 이전처럼 지방에서 올라온 상주문을 요약해 직접 가져와 어람御
覽을 신청할 수밖에 없었다.

장황자와 열넷째는 수화문으로 들어서고 있었다. 셋째 윤지와 아홉째
윤당은 이미 와서 기다리고 있었다. 윤당이 장황자와 열넷째를 보더니
다가와 인사를 했다. 열넷째 역시 윤당과 윤지를 향해 깍듯하게 예의를
갖췄다. 그러나 앙금이 풀릴 리 없었던 장황자와 윤지는 차가운 시선으
로 서로를 마주 볼 뿐 아무 말도 하지 않았다. 분위기가 이상하다는 것
을 눈치챈 윤당이 목소리를 가다듬었다.

"부황께서 아직 들어오라고 하시지 않았으니, 조금만 더 기다려 보
자고요."

잠시 후 장황자가 상서방 대신들이 퇴장하는 모습을 보면서 말했다.

"내가 먼저 들어가서 폐하께 만나주실 것인지 여쭤보고 나올게. 그러
니 아우들은 잠깐 여기에서 기다리고 있으라고."

장황자는 말을 마치자마자 바로 붉은 돌계단 위로 올라섰다. 그러자
문 밖에 있던 이덕전이 휘장을 걷고 안쪽을 향해 아뢰었다.

"폐하! 장황자마마께서 만나 뵙기를 청했사옵니다."

"들라 하라."

강희는 안락의자에 반쯤 기댄 채 눈을 지그시 감고 있었다. 그러나 장
황자가 들어왔다는 사실을 모르지는 않았다. 장황자의 인사가 끝나기
를 기다렸다가 그가 먼저 입을 열었다.

"그래 무단은 만났느냐?"

장황자는 밖에 세 명의 황자가 기다리고 있다는 말은 아예 입 밖에도
내지 않은 채 아첨하듯 대답했다.

"무단 그 사람은 아직 찾아오지 않았사옵니다. 그보다는 제가 오래
전부터 마음속에 품고 있던 말을 상주하려고 찾아왔사옵니다. 괜찮은

지 모르겠사옵니다."

강희는 장황자가 그저 인사차 찾아온 줄로만 알았다. 평소와는 달리 정중한 자세로 뭔가를 상주하리라고는 아예 생각조차 못했다. 그가 장황자를 의아한 눈빛으로 쳐다보았다.

"괜찮지 않을 것이 뭐가 있겠어? 뭔지 말해봐."

장황자가 가볍게 마른기침을 하면서 입을 열었다.

"폐하께서는 용단을 내리셔서 윤잉을 폐위시켰사옵니다. 이에 대해 이 나라의 운명을 진심으로 걱정하던 백성들은 환호작약하고 있사옵니다. 하지만 아무리 별 볼 일 없는 윤잉이라고는 하나 삼십여 년 동안 태자로 있으면서 자상하고 인간적이라는 허명을 달고 있었던 것은 사실이옵니다. 그 때문에 조정의 문무백관들 중 일부 한심한 자들은 동궁의 복위를 시도하려 하고 있사옵니다. 태자를 위한다기보다는 자신들의 장래를 위한 발판을 마련하느라 동분서주하고 있는 모양새인 것 같사옵니다……."

장황자가 한참을 말하다 말고 잠깐 입가를 실룩거리면서 주춤했다. 그러자 눈을 강희가 대뜸 눈을 크게 뜨면서 말했다.

"짐도 어느 정도는 알고 있었어. 왕섬이 주동자 아닌가? 그밖에 또 누가 있나?"

"지금 밖에는 유언비어가 무성하옵니다. 윤잉은 비록 함안궁에 연금됐다고는 하나 여전히 대내大內에 있사옵니다. 바로 그게 핵심 내용인 것 같사옵니다. 또 윤잉의 일당인 열셋째가 고작 곤장 마흔 대를 맞는 처벌에 그친 것에 대해서도 석연찮다는 반응도 있사옵니다. 폐하의 너그러운 아량과 자상함을 아는 사람들은 괜찮겠사오나 일부 소인배들은 성심聖心이 흔들리고 계신 줄로 알고 있사옵니다. 황자들 중에서도 그런 자들이 없지 않사옵니다. 태자가 다시 복위했을 때를 대비한 서로 간의 물밑 접촉이 상당히 심각한 수준인 것으로 알고 있사옵니다. 어떤 황자는 대놓고 윤상에게 시녀들을 보내주고 있는 실정이옵니다. 조선의 사절인 이중옥조차 폐하께서 태자의 빈자리를 크게 의식하고 있을 뿐 아니라 곧 원위치시킬 것이라고 단언했다고 하옵니다. 이렇듯 인심은 갈수록 혼란을 빚고 있사옵니다."

장황자가 강희의 반응에 한층 고무된 듯 계속 항간의 소문들을 최대한 과장해서 아뢰었다.

"그러면 자네 생각은 어떤가?"

"폐하! 옛말에 이르기를 '토끼 한 마리가 그물을 빠져나가면 온 동네가 텅 빈다'一兎脫網, 萬人空巷라고 했사옵니다."

장황자가 상당히 애매모호한 고사성어 하나를 입에 올린 다음 바로 입을 다물었다.

그러나 강희는 그가 말하고자 하는 의도를 바로 간파했다. 만약 토끼가 그물을 빠져나가게 되면 사람들은 그걸 잡으려고 너 나 없이 우르르 쫓아다니느라 생업도 뒷전이 된다. 그러다 토끼는 우여곡절 끝에 누군가의 손에 잡힌다. 그런 후에야 사람들은 현실을 인정하고 토끼에 대한 환상을 버린다.

강희는 상당히 의도적인 장황자의 말을 잠시 음미하다 갑자기 벌떡 일어나 앉았다. 이어 알 듯 모를 듯한 미소를 머금었다.

"비유가 참으로 적절하군. 하지만 자식 이기는 부모는 없어. 죽이네 살리네 하면서도 결국은 짐의 혈육인 것을 어떻게 하겠나! 자네 증조할머니께서 제일 좋아하신 아이가 다름 아닌 윤잉이었어. 그 아이 생모 혁사리씨는 짐에게 여러모로 은혜를 많이 베푼 여인이었고, 윤잉을 잉태한 다음 일어난 한 차례의 궁변에서 짐을 보호하려다 그만 지나친 충격으로 잘못 됐지. 그러니 짐이 윤잉에게 남다를 수밖에 없었던 거야. 물론 그럴수록 오냐오냐 키우지 말고 매 한 대라도 더 들었어야 했지만 말이야!"

"폐하의 자비로우심은 아신이 너무나도 잘 아옵니다. 그러나 맹자는 '사직社稷이 혈육보다 중요하다'라고 가르치고 있사옵니다. 아들이 최악의 상황을 각오하고 말씀을 드리겠사옵니다. 윤잉이 살아있는 한 그 일당은 훈풍에 싹이 트듯 다시 고개를 들 것이옵니다. 지금은 부모자식 간의 사적인 감정에 연연하실 때가 아니옵니다. 부황께서 부디 빠른 시일 내에 나라와 백성들을 위해 명철한 판단을 하실 줄로 믿어마지 않사옵니다……."

장황자가 머리를 깊이 숙였다. 명철한 판단을 하라는 말은 윤잉을 죽여 버리라는 노골적인 주문이었다. 강희는 장황자의 그 말에 경멸이 가득한 눈빛을 보냈다. 대문 밖까지 걷어차 버리고 싶은 분노가 화산처럼 끓어오르는 것을 어쩌지 못했다.

그러나 그는 분노를 애써 눌러 참았다. 그럼에도 장황자는 그런 강희의 속마음을 전혀 모른 채 계속 지껄여댔다. 강희가 마침내 이상야릇한 웃음을 지어 보이면서 말했다.

"좋은 방법인 것 같기는 해. 그러나 그렇게 한다면 짐은 역사에 큰 오명을 남길 것이 분명해!"

그럼에도 장황자는 강희가 자신의 말에 마음이 흔들리는 것으로 착각을 했다. 신이 나서 계속 자신의 주장을 펼쳐 나갔다.

"저도 같은 피를 나눈 형제이옵니다. 그러니 어떻게 가슴이 아프지 않겠사옵니까. 하지만 조정과 나라의 운명을 위해서라면 기꺼이 악역을 맡을 각오가 돼 있사옵니다. 원하신다면 제가 폐하를 대신해 역사의 악인이 되어드리겠사옵니다."

강희는 더 이상은 참지 못하고 천정을 향해 목젖을 내보이면서 크게 웃음을 터트렸다. 그야말로 하늘이 떠나가지 않는 게 이상스러울 만큼 큰 웃음이었다. 그러다 강희는 갑자기 몰려오는 현기증에 심하게 휘청거렸다. 장황자가 깜짝 놀라 황급히 달려가 부축을 하려고 했다. 그러자 강희가 기운은 없지만 꽤나 신경질적인 반응을 보이며 장황자를 홱밀쳐버렸다.

"괜찮아! 밖에 누구누구가 있나? 들어오라고 해!"

강희가 부르자 밖에서 지키고 서 있던 장오가가 곧바로 놀란 기색으로 달려왔다. 장황자의 보고가 아직 끝나지 않은 상황인데도 다른 사람을 부른 것이 이상하게 생각됐던 모양이었다. 오랫동안 기다리다 들어선 윤지를 비롯한 세 명 역시 얼굴이 붉어진 채 계속 기침을 하는 강희의 모습에 상당히 놀랐다. 하나같이 어쩔 줄 몰라 했다. 그렇지 않아도 장황자와의 깊은 알력 때문에 마주치기만 해도 눈에 불똥을 튕기던 윤지는 얼굴을 험상궂게 일그러뜨렸다. 이어 큰 소리로 장황자에게 소리를 질렀다.

"방금 전까지만 해도 대신들과 화기애애하게 얘기를 나누시던 폐하께서 어쩌다 이 지경이 되셨어요? 또 무슨 말도 안 되는 소리를 한 겁니까?"

장황자가 어리둥절해하면서 그에 맞서 두 눈을 부라렸다.

"내가 뭘? 방금 전까지도 웃고 계셨어. 내가 무슨 잘못을 했다고 그래?"

"이…… 이…… 짐승보다도 못한 새끼들! 둘 다 무릎 꿇어!"

강희가 겨우 기침을 멈춘 다음 장황자와 셋째를 향해 삿대질을 하면서 고래고래 소리를 질렀다. 입으로는 연신 거친 숨을 몰아쉬고 있었다.

강희는 태자를 폐위시킨 이후 늘 기분이 우울했다. 그러나 크게 노한 적은 별로 없었다. 좌중의 사람들은 그런 강희가 그렇게 흥분을 하자 놀란 나머지 저마다 가슴이 철렁 내려앉았다. 특히 아홉째 윤당과 열넷째 윤제는 말로만 듣던 심장병이 발작하는 것이 아닌가 하는 두려움에 털썩 무릎을 꿇으면서 눈물을 흘렸다.

"아바마마, 고정하시옵소서⋯⋯."

난각暖閣 밖에 대기 중이던 시위, 태감, 궁녀들도 안에서 들려오는 소리를 듣고 대충 분위기를 간파했다. 약속이나 한 듯 일제히 무릎을 꿇었다. 강희는 그 사실을 아는지 모르는지 장황자와 셋째를 가리키면서 욕설을 퍼부었다.

"모두들 이 지지리도 못난 두 놈의 몰골을 좀 보게! 진秦나라 때도 황자들이 황제 자리를 놓고 목숨을 건 대결을 벌인 적이 있었어. 그러나 그것은 진시황이 죽은 후에나 있었던 일이야! 더구나 지금은 백년에 한 번 올까 말까 하는 태평성세가 한창인 시기야. 그런데도 고작 태자 하나를 폐위시켰을 뿐인데, 이것들이 짐승보다 더한 야성을 드러내다니! 짐이 두 눈 뻔히 뜨고 살아있는 것을 보면서도 말이야. 짐은 근본이 돼먹지 않은 놈은 책을 백 수레나 읽어도 소용없다는 사실을 실감했어. 윤지 너 말이야! 책을 아무리 많이 읽으면 뭘 해? 성현의 격언은 달달 외워 개한테 던져준 거야? 몰지각한 인간 같으니라고! 사람을 풀어 사방에 쏘다니도록 하면서 외관外官들을 매수할 생각이나 하고. 저 맏이라는 작자는 또 어떻고! 한 술 더 떠 윤잉을 잡아먹지 못해 안달이군! 부자간의 정을 헌신짝처럼 취급하고 있잖아. 또 형제간의 우애 따위는 아예 염두에도 없어. 군신간의 의리라는 것도 그래. 눈곱만큼도 없어. 삼강오륜에 관한 한은 완전히 빵점이야, 빵점! 오늘 태자를 제거해버릴 꿍꿍이를 꾸미는 자식이라면 내일 모레 짐에게도 마수를 뻗칠 것이 분명해! 겉은 멀쩡해도 속은 썩어 문드러진 놈들이 진작부터 '만만세'萬萬歲(황제)가 될 꿈에 부풀어 있었던 게로군!"

강희는 말을 하면 할수록 화가 더 폭발하는 모양이었다. 손가락까지 심하게 떨고 있었다. 눈동자는 아예 초점을 잃은 듯했다. 노령의 그에게는 꽤 위태로운 순간이었다.

당연히 혹시나 하고 양심전의 별채에서 대기 중이던 태의원 의정醫正 하맹부가 상황을 짐작하고는 허둥지둥 달려왔다. 그러나 미처 숨을 돌리기도 전에 강희의 불호령이 먼저 떨어졌다.

"짐이 도대체 무슨 병이 있다고 그래! 그만 기어나가지 못해? 이 머저리 같은 자식들이 속만 썩이지 않는다면 짐은 얼마든지 오래오래 건강하게 장수할 수 있다고!"

강희의 포효에 네 명의 황자들은 바닥에 엎드린 채 잔뜩 숨을 죽이고 있었다. 그의 꾸중이 다시 이어졌다.

"……짐은 어린 나이에 등극해 온갖 파란만장한 일을 다 겪었어. 그럼에도 오늘의 태평성세를 일궜어! 이런 짐의 눈을 너희들이 무슨 작당을 한다 해도 피해갈 수는 없을 거야. 그럴 수 있다고 생각해? 짐이 왜 갑작스럽게 무단을 불러다 맏이 너를 대신하게 한 줄 알아? 또 왜 윤진으로 하여금 윤잉을 보호하도록 했는지도 모르지? 맏이 너는 승덕에서 영시위 직책을 맡은 이후부터 너무 주제 넘는 생각을 갖게 된 거야! 오줌이나 질펀하게 싸서 네 꼴 좀 비춰 봐. 너 같은 놈에게 어떻게 짐의 이 강산을 선뜻 맡길 수가 있겠냐고!"

강희는 거의 밥 한 끼 먹을 동안의 시간을 흥분에 떨었다. 그런 다음에 기력이 쇠한 듯 허물어지면서 온돌마루에 주저앉았다. 땅이 꺼져라 한숨도 내쉬었다.

"됐어, 이제 그만 다 나가! 하늘은 죄를 지어도 여전히 살아 있으나 인간은 언젠가는 충분한 죗값을 치르게끔 돼 있어. 각오하는 것이 좋을 거야!"

황자 넷은 강희의 준엄한 힐책에 힐끔힐끔 서로를 곁눈질하면서 움찔거리기만 할 뿐이었다. 누구 하나 선뜻 먼저 일어나는 황자가 없었다. 그러자 얼굴이 사색이 된 장황자가 연신 머리를 조아렸다.

　"아신이 못난 것은 사실이옵니다. 하지만 여기 있는 아우들이 한 가지는 분명히 인정할 것이옵니다. 제가 무능하기는 하나 결코 황위를 넘본 적은 없다는 사실을 말이옵니다. 방금 뜻을 제대로 전달하지 못해 폐하의 심기를 불편하게 만든 점은 깊이 반성하옵니다. 하지만 맹세코 윤잉에 대해서는 티끌만큼도 사적인 원한은 없사옵니다……. 부황께서 뛰어난 혜안으로 명철한 판단을 해주시기 바랄 뿐이옵니다……."

　장황자는 감정이 북받친 듯 어느새 어깨를 들썩이면서 소리죽여 흐느끼기 시작했다. 그럼에도 셋째 윤지는 엎드려 있는 장황자를 힘껏 걷어차 자빠뜨리지 않고는 직성이 풀리지 않겠다는 듯 차갑게 입을 열었다.

　"아우들이 인정한다고 했으나 저는 인정한 적이 없어요. 너무 매몰차다고 원망해도 소용없습니다. 형님은 여유라고는 눈곱만큼도 없이 일을 해왔어요. 너무 자신만만했을 테니까요. 하지만 '너무 지나치면 미치지 못하는 것만 못하다'는 말은 이럴 때 형님 같은 사람에게 너무나 잘 어울리는 단어인 것 같아요. 둘째 형님을 태자 자리에서 몰아내더니, 이번에는 아예 죽여버리자고 하다니요! 인간의 탈을 쓰고 어쩌면 그럴 수가 있어요!"

　셋째의 거침없는 일갈에 윤당과 윤제는 눈을 크게 뜬 채 숨을 한껏 죽였다. 그러나 강희는 윤지의 말 속에 분명히 가시가 숨어 있다고 생각했다. 때문에 여전히 떨리는 두 팔로 억지로 몸을 일으켜 세웠다. 그리고는 준엄하게 윤지를 다그쳤다.

　"윤지, 뭔가 알고 있는 것 같군. 짐 앞에서 얘기할 때는 누구 눈치 볼 필요 없어!"

"아신은 바깥세상 돌아가는 데는 솔직히 관심이 없었사옵니다. 오로지 문을 닫아걸고 책만 읽었사옵니다. 그러다 보니 집안 단속에 소홀해 못된 문인들이 밖에 나가 아신 얼굴에 먹칠을 하도록 만들었사옵니다. 부황께서 화를 내시는 것은 당연하다고 생각하옵니다."

윤지가 잠깐 말을 멈추고는 장황자와 강희를 번갈아 쳐다봤다. 이어 다시 침착하게 말을 이었다.

"큰형님이 동궁에 눈독을 들인 것은 어제 오늘의 일이 아니옵니다! 제게는 이미 절판되기는 했으나 소중한 점괘 관련 밀서密書들이 있었사옵니다. 삼 년 전인가 큰형님이 와서 몇 권 빌려 갔사옵니다. 또 유백온劉伯溫(명 태조 주원장의 책사)이 주원장에게 보낸 주사奏辭도 공들여 베꼈사옵니다. 그뿐만이 아니옵니다. 요술妖術로 사람을 죽이는 방법까지 적어간 적이 있사옵니다. 저는 그때 그냥 호기심에서 그러는 줄 알았사옵니다. 그러나 나중에 하주아에게 들으니, 그게 아니었사옵니다. 큰형님이 윤잉 형님의 옥첩玉牒을 찾아내 그 위에 뭔가를 적어 육경궁에 숨겨 놓았다는 것이옵니다……."

"셋째! 너, 너…… 생사람 잡지 마!"

장황자가 갑자기 안색이 파리하게 질리더니 귀신 같은 몰골을 하고 소리를 질렀다.

"입 닥치지 못해!"

강희가 무섭게 장황자를 노려보면서 호통을 쳤다. 그리고는 몸을 앞으로 숙이면서 윤지를 다그쳤다.

"윤지, 계속 말해봐!"

그러나 윤지는 아홉째 윤당을 힐끗 쳐다보면서 잠시 망설였다. 다 까닭이 있었다. 원래 장황자를 도와서 요법妖法을 쓴 장릉張陵은 백운관 주지 장덕명의 제자로, 이 관계를 까발리면 바로 아홉째와 연결되기 때문에 조심스러웠던 것이다. 윤지가 다시 머리를 조아렸다.

"부황, 상세한 내막에 대해서는 저도 잘 알지 못하옵니다. 부황께서 지의旨意에 윤잉 형님이 '귀신에 홀렸다'라고 말씀을 하지 않으셨더라면 저도 이런 얘기를 감히 꺼내지 못했을 것이옵니다. 이 일은 하주아가 자초지종을 잘 알고 있사옵니다. 그러니 그를 불러서 물어보시면 될 것이옵니다!"

강희는 하던 일을 다 끝내지 않고 찜찜하게 손을 털고 나앉을 사람이 아니었다. 바로 하주아를 불렀다.

하주아는 밖에서 몰래 엿듣고 있다 그야말로 혼비백산했다. 너무나도 엄청난 사안에 자신의 이름이 거론됐다는 사실만으로도 오금이 저렸던 탓이다. 당연히 정신없이 달려 들어간 다음 미끄러지듯 납작하게 엎드렸다. 이어 모이를 쪼아 먹는 닭처럼 머리를 조아리면서 더듬더듬 아뢰었다.

"……소인도 아는 것은 별로 없사옵니다. ……셋째마마께서 말씀하신 대로이옵니다. 근래에 장황자마마께서 육경궁을 자주 드나드시기에 의심이 생겨 태감들에게 신경을 좀 쓰라고 하기는 했사옵니다. 그 뒤 얼마 지나지 않아 불행히도 소인의 예감이 적중해 태자…… 아니 윤잉마마의 이불호청 속에서 《건곤십팔지옥도》乾坤十八地獄圖가 발견됐사옵니다……. 그 위에는 둘째 황자마마의 사주팔자가 적혀 있었사옵니다."

"죽으려고 환장을 했나? 그렇게 엄청난 일을 보고하지 않은 저의가 뭐야?"

강희가 대로했다.

"소…… 소인…… 죽을죄를…… 지…… 지었사옵니다. 당시는 너…… 너무나…… 무서웠사옵니다. 소인도 고민을 많이 했사옵니다. 폐하께 말씀을 올리면 장황자마마의 목숨이 위태로울 것 같았사옵니다. 그렇다고 덮어두고 있을 수도 없었사옵니다. 만약 탄로가 나는 날에는 소인이 개죽음을 당할 것이 뻔한 일이지 않사옵니까. 그래서 고민 끝에 내궁內宮 출입을 자제해주실 것을 말씀드렸사옵니다. 시녀들이 많은 그곳에 출입이 잦아지면 군신君臣의 체면에 손상이 간다는 그럴 듯한 이유를 들었사옵니다. 그러자 장황자마마께서는 소인이 주제넘게 까분다면서 뺨을 때렸사옵니다……."

하주아가 사시나무 떨 듯 떨면서 심하게 말을 더듬었다. 얼굴은 어느새 눈물범벅이 돼 있었다. 하소연이 따로 없었다. 황자들 역시 물을 뒤집어 쓴 듯 조용했다. 궁전에 귀신 얘기가 오가자 저마다 모골이 송연해지지 않을 수 없었다.

"……그날 이후로 소인은 장황자마마의 물건이라면 손끝도 대지 못했사옵니다. 장황자마마께서 하사하신 거라면 물 한 모금도 마시지 않았사옵니다……."

하주아는 알아서 긴다는 말처럼 강희가 묻지도 않았는데도 더욱 많은 것을 털어놨다. 사실 그의 말은 절반만 사실이었다. 끝부분은 완전 새빨간 거짓말이었다.

장황자는 자신은 잘못한 것이 없다는 듯 머리를 빳빳이 든 채 하주아의 말을 다 들었다. 그러나 곧 사색이 된 채 눈을 지그시 감고는 찍소리도 하지 못했다.

"그 물건이 아직 있는가?"

강희가 하주아의 말을 전부 믿는다는 표정으로 물었다. 하주아가 부들부들 떨리는 손으로 옷섶을 헤치더니 누런 종이 한 장을 꺼냈다. 이어 두려움에 가득찬 눈빛으로 장황자를 힐끗 한 번 곁눈질하더니 무릎걸음으로 다가가 강희에게 종이를 바쳤다.

손수건만한 크기의 종이 위에는 수묵水墨으로 일월성신日月星辰이 그려져 있었다. 한가운데에는 산과 바다 옆에 어렴풋이 한 사람이 서 있었다. 그 사람의 발밑에는 온갖 귀신들의 추악한 모습이 으스스하게 느껴지는 18지옥이 보였다. 또 중간의 여백 부분에는 작은 글씨로 '갑인甲寅, 경오庚午, 병인丙寅, 갑술甲戌' 등의 글자가 적혀 있었다. 윤잉의 사주팔자임이 틀림없었다. 그것뿐만이 아니었다. 해와 달의 사이에는 또 《추배도》推背圖(당나라 시대의 예언서)에 나오는 시 한 수가 적혀 있었다.

하늘에서 장백長白폭포가 내려오니, 오랑캐의 기운이 쇠하지 않는구나.
국경의 장벽은 모조리 철거되니, 어린 아이가 꽤나 슬프겠구나.

강희가 돋보기를 끼고는 청나라의 발흥을 예언한 내용인 그 글을 자세하게 들여다봤다. 결과는 바로 나왔다. 장황자의 필체라는 것이 일목요연하게 드러난 것이다.

강희가 두 손을 심하게 떨면서 오랫동안 종잇장을 뚫어지게 쳐다보더니 갑자기 실성한 사람처럼 허공을 향해 크게 웃었다.

"······잘들 한다, 잘들 해! 말세가 따로 없군! 하하하하! 군신······ 부자······ 형제······ 하하하하!"

강희는 허공에 종잇장을 날려버리고는 주위의 신하들이 부축하는 것도 거칠게 마다한 채 비틀거리면서 궁전을 나왔다. 그리고는 바로 건청문에 있는 상서방으로 걸음을 옮겼다.

건청문에는 불이 밝혀져 있었다. 마제 등 세 사람은 아직 퇴청하지 않고 있었다. 세 사람의 표정은 그다지 밝지 않았다. 양심전에서 조정의 일을 논의한 결과가 신통치 않은 듯했다. 그들은 다시 무단이 제출한 직예의 군수물자에 관한 보고서를 놓고 한마디씩 더 주고받았다. 그러다 느닷없이 휘청거리면서 들어오는 강희를 목격했다. 순간 그들은 놀란 나머지 잠시 그 자리에 엉거주춤 얼어붙고 말았다. 그때 유철성과 장오가가 허둥지둥 뒤따라 들어섰다. 그제야 그들은 황급히 달려 나가 강희를 부축해 자리에 앉혔다. 동국유가 강희의 눈치를 살피고는 조심스레 입을 열었다.

"장오가, 폐하께서 성의聖衣도 허술하게 입으시지 않았는가! 이렇게 나오시게 하면 어떻게 하는가? 무슨 분부가 계셨으면 우리가 갔을 텐데……."

그러나 강희는 동국유의 걱정과는 달리 바깥의 찬바람을 쐬면서 정신을 조금 추스른 듯했다. 그가 길게 한숨을 내쉬었다.

"다들 자리하고 있으니 잘 됐네. 짐이 생각해봤는데, 몇 가지 일을 시급히 처리해야겠네!"

강희의 어조는 예사롭지 않았다. 네 사람은 순간 일제히 무릎을 꿇고 지의를 경청할 태세를 취했다. 강희가 다시 말을 이었다.

"첫째……, 짐은 내일 아침 즉시 짐을 싸들고 창춘원으로 들어갈 거야. 거기에서 무단이 지휘하는 녹영병의 호위를 받으면서 겨울을 날까 하네. 원래 창춘원에 주둔하고 있던 우림군은 희봉구喜峰口로 보내도록 하게."

"예, 폐하!"

"둘째, 지금 즉시 장황자를 구금해. 또 선박영에 명령을 내려 직군왕부를 압수수색하도록 하게. 그러나 가족들을 놀라게 할 필요까지는 없네. 조금이라도 이상한 물건이 있으면 전부 가져와서 내가 볼 수 있도록 하게."

강희가 잠깐 숨을 고르더니 장정옥에게 시선을 돌렸다. 그리고는 냉소를 흘리면서 덧붙였다.

"셋째, ……내일 문무대신들을 전부 불러 방금 들었던 지의를 즉각 분명하게 선포해. 그런 다음 백관들의 투표 결과에 따라 새로운 태자를 임명할 것이라고 전하게! 죽을지 살지 모르고 김칫국부터 퍼마시는 자들이 너무 많아. 빨리 매듭을 지어야겠어! 흥, 꼴에 보는 눈은 있어 가지고 툭하면 여덟째와 자웅을 다투고자 자신을 그 아이하고 비견하는데, 짐이 지켜본 바로는 개돼지보다도 못한 소인배에 불과해! 맏이 그놈 말이야!"

강희가 말을 마치고는 다시 감정이 북받쳤는지 탁자를 무겁게 내리쳤다. 그 바람에 탁자 위에 놓여 있던 찻잔들이 와당탕와당탕 굴러 떨어졌다.

25장
구오지수九五之數

　내무부는 곤장을 때리는 나름대로의 전통과 기술이 있었다. 무엇보다 매를 때리는 곤장꾼들은 모두 명나라의 동·서창東西廠(칙명에 의하여 관민의 동정을 살피던 밀정기관으로, 체포한 죄인을 감옥에 가둬놓기도 했음)과 금의위錦衣衛 및 십삼아문十三衙門 관리들의 자손들이었다. 한마디로 어릴 적부터 보고 배운 것이 그것뿐이라고 해도 과언이 아니었다. 그런 만큼 그들은 가문 대대로 내려온 가법을 계승, 발전해 저마다 대단한 고문기술을 익히고 있었다. 어떤 이들은 살가죽이 갈기갈기 찢겨지고 피가 맺히도록 때려도 내상內傷은 없도록 하는 기술이 있었다. 이 기술의 소유자에게 맞으면 찰과상 약을 세 봉지만 바르면 금세 낫고는 했다. 또 어떤 이는 겉은 멀쩡하도록 때려도 제때에 치료를 하지 않으면 곤장으로 인한 오독五毒이 심장을 공격하게 만드는 기술을 가지고 있었다. 이에 걸리면 목숨이 위태롭게 될 수도 있었다. 또 어떤 곤장꾼들은 두꺼운 종이로 볏짚을 감싸 봉을 만들어 때리는 절묘한 기술까지 보유하고 있었다. 이 기술은 속에 들어 있는 볏짚은 가루로 날려버릴지라도 그것을 감싼 종이는 찢어진 곳 하나 없이 멀쩡했다.

윤상에게는 불행하게도 형의 집행을 감시하는 태감들 모두가 아홉째 윤당의 부하들이었다. 때문에 윤상을 때리는 데에는 젖 먹던 힘까지 다 동원했다. 윤상이 비록 기골이 장대하고 체격이 우람하기는 했으나 곤장 40대를 다 맞고 났을 때는 어쩔 도리가 없었다. 인사불성이 되어 정신을 잃고 말았다.

윤상이 고통스럽게 실눈을 떴을 때는 정신을 잃고 쓰러진 지 꼬박 하루 만이었다. 그러나 그는 혼자가 아니었다. 자고가 무슨 약물로 엉덩이의 환부를 닦아주고 있었던 것이다. 때는 저녁 무렵이었다. 그래서일까, 붉은 노을이 피비린내 물씬 나는 양봉협도의 천창天窓을 뚫고 핏기 없는 윤상의 얼굴을 불그레하게 물들여주고 있었다. 자고는 윤상이 신음소리를 내면서 괴롭게 몸을 뒤척이자 날렵한 동작으로 그의 머리를 받쳐 자신의 무릎에 올려놓고는 준비해둔 뜨거운 물로 약을 먹였다. 윤상은 너무 울어 붉게 물든 자고의 눈을 바라보면서 물었다.

"여기…… 양봉협도 맞나?"

"예……."

자고가 울먹이면서 대답했다.

"자네 혼자 여기 있었어?"

윤상이 울어서 퉁퉁 부은 자고의 얼굴을 안쓰럽게 쳐다봤다. 이어 고개를 한쪽으로 떨어뜨렸다.

"……나 때문에 자네가 이 고생을 하는구면."

윤상의 말에 자고가 숟가락으로 물을 떠 그의 입안에 넣어주었다.

"너무 마음 쓰시지 마세요. 소인배라는 것들은 갈대와 같습니다. 열셋째 황자마마께서 여기에서 나가시면 다시 제 발로 찾아올 것입니다. 다들 등 돌리고 떠나갔으나 채씨만은 남아서 집을 지키고 있습니다. 셋째, 여덟째, 아홉째, 열넷째 황자마마께서도 열셋째 황자마마가 안 됐는지…… 시녀들을 보내주셨습니다. 호랑이가 아무리 포악하다고 해도 자기 새끼는 잡아먹지 않는다고 했습니다. 폐하께서도 심경이 정리되시는 대로 마마를 풀어주실 줄로 믿습니다. 그리고…… 저쪽……."

자고가 뭔가 할 말이 남아있는 듯 입가를 실룩거렸다. 윤상은 자고의 말을 듣고서야 비로소 실내를 천천히 둘러봤다. 예상대로 어두컴컴한 저쪽 구석에 시녀 하나가 서 있는 모습이 시야에 들어왔다. 그가 말했다.

"자고가 많이 지쳐 있는 게 보이지 않느냐! 와서 교대해라. 자고, 자네들 쉴 방은 있어?"

자고는 대답 대신 묵묵히 가볍게 머리를 숙여 보였다.

"있다고? 그러면 다행이군! 들어가서 눈 좀 붙여……."

윤상은 자고가 나가자 다시 심한 피로감에 휩싸였다. 이내 눈을 지그시 감았다. 의식이 자꾸만 희미해져가고 있었다.

"열셋째 황자마마! 열셋째 황자마마! 눈 좀 떠 보세요……. 제발 잠깐만……."

윤상이 거의 잠에 빠져들 무렵 여자의 울먹이는 목소리가 다급하게 들려왔다. 윤상은 그 목소리가 몹시 귀에 익었다. 동시에 안간힘을 다해 눈꺼풀을 걷어 올리고 자고가 데리고 온 시녀일 법한 그녀를 찾았다. 순간 그는 자신의 눈앞에서 애타게 울부짖고 있는 여자가 바로 오매불망 그리던 아란임을 알아보았다. 안개 자욱한 추억 속에서만 아련하게 보이던 그 아란이 그의 눈앞에 있었다. 그는 심한 오한을 느끼듯 몸을 부르르 떨었다. 꿈인지 생시인지 확인이라도 하려는 듯 황급히 눈을 비비고 다시 눈을 크게 뜨고 쳐다보았다. 계란형의 어여쁜 얼굴, 부드러운 목선, 입가의 앙증맞은 불그스레한 미인의 점 등이 영락없는 아란이었다. 아란 역시 몇 날 며칠 밤을 지새운 듯 빨갛게 충혈이 된 눈이 퉁퉁 부어 있었다. 그녀는 윤상이 자신을 알아보는 듯하자 황급히 돌아서서 탁자 위에 놓여 있던 대접을 들고 다시 다가갔다. 그리고는 부드럽게 입을 열었다.

"셋째 황자마마께서 보내주신 장미연꽃탕입니다. 좀 드십시오……."

아란은 대접을 두 손에 받친 채 이마께에 올려놓고 무릎을 꿇었다. 그러나 윤상은 마치 낯선 사람 대하듯 아란을 차갑게 바라보더니 갑자기 신경질적으로 대접을 거칠게 밀어버렸다. 순간 아란은 따끈한 장미연꽃탕을 온몸에 뒤집어쓰고 말았다.

"아직도 소녀를 원망하시는 건 잘 알고 있습니다. ……소녀가 주제넘게 황자마마의 기분을 상하게 해드린 것은 깊이 반성하고 있습니다. 하지만 그 당시로서는 그럴 수밖에 없었던 사정이 있었습니다. 그걸 조금이나마 이해해주셨으면 합니다……."

아란의 맑은 눈에서 커다란 눈물방울이 굴러 내렸다. 그것을 보자 윤상은 아란을 알게 된 경위부터 시작해 깊은 감정을 느꼈던 순간까지의 과거로 돌아가지 않을 수 없었다. 두 사람은 사실 신분 차이가 하늘과 땅처럼 엄연했다. 그러나 윤상에게 그녀는 진정으로 사랑이라는 단어를 깨닫게 해준 여자였다. 때문에 윤상은 체면을 무릅쓰고 윤진에게 부탁해 호적까지 바꾸어 주려 했다. 그러나 손만 뻗으면 닿을 것 같았던 아란은 곧 그에게 된서리를 안겼다. 그는 인간적인 배신감을 주체하지 못했다. 나중에는 스스로 포기하게 됐다. 물론 그는 하찮은 여자 때문에 자신을 비참하게 만들 수 없다는 자존심 때문에 끝까지 그 상처를 인정하지는 않았다. 또 아주 가끔씩은 잇따른 자신의 불운을 그녀와 연결짓기도 했다. 잊기 위해서였다. 실제로 그는 한 번 꺾인 자존심 때문에 그 뒤로 그녀를 찾지 않았다. 일에 승부를 걸고 모든 것을 깡그리 잊고자 했다. 그로 인해 오히려 판단력이 흐려져 오늘과 같은 지경에 이르렀다는 생각도 들었다.

윤상은 너무나 짧은 시간에 많은 아픔을 겪으면서 비로소 겉보기에는 차갑기가 한겨울의 쇳덩이 같은 윤진을 이해할 수 있게 됐다. 귀신 얘기가 나오면 무서워 바깥출입도 제대로 못했던 어릴 때의 그에게 윤진이 해준 말도 자연스럽게 떠올랐다. 그때 윤진은 그에게 "세상에는 귀신보다 더 무서운 존재가 있어. 그것은 바로 매일 눈을 마주보고 어깨를 마주치는 인간이야!"라고 말했었다. 틀린 말이 아니었다. 황자들이 인정을 베푼답시고 시녀를 그에게 보내줬다는 것이 그 증거가 아니고 무엇인가! 그의 일거수일투족을 자신들이 감시할 수 있는 반경 내에 두고 살피고자 몸부림치는 명확한 증거 말이다. 그는 눈물범벅이 돼 자신의 입만을 바라보는 아란을 향해 입술을 실룩거리며 내뱉었다.

"막가는 인생인데, 까짓것 여덟째한테 한 방 더 얻어맞은들 어때! 또 아란 자네가 무슨 악랄한 심보를 품고 있더라도 무슨 걱정이겠어……."

윤상의 말이 채 끝나기도 전이었다. 나이가 좀 들어 보이는 미모의 시녀 하나가 주렴을 걷고 들어섰다. 그녀는 침상 옆에 무릎을 꿇은 채 눈물을 흘리면서 앉아 있는 아란을 쳐다보고 흠칫 놀랐다. 그러다 곧 고막이 찢어질 것처럼 까르르 웃으면서 너스레를 떨었다.

"아휴, 세상에! 열셋째 황자마마! 한 분은 누워 계시고, 한 사람은 무릎 꿇고……. 지금 뭐하시는 것입니까? 서로를 바라보는 눈빛이 예사롭지가 않으십니다? 소녀가 설마 결정적인 찰나에 방해가 된 것은 아니겠지요?"

"교喬 언니! 지금 막 깨어나셨어요. 갈아입혀 드릴 옷이 없어 그러니 여덟째 황자마마 댁에 가서 옷 좀 가져다 주실래요? 계집애들은 다 어디 가서 뒈졌는지 꼭 필요할 때만 되면 코빼기도 안 내미네요. 방금 제가 그만 장미연꽃탕을 엎질렀지 뭐예요. 그래서 부랴부랴 엎드려 마루를 닦고 있던 중이었어요!"

아란이 황급히 일어서더니 어색한 웃음을 지었다. '교 언니'라고 불린 시녀는 아란의 빤한 변명에 이상야릇한 표정을 지어 보였다. 그리고는 주전자에서 장미연꽃탕 한 그릇을 더 따랐다. 이어 온갖 요염한 몸동작을 하면서 윤상의 침상으로 다가왔다. 이어 윤상에게 바짝 다가앉은 채 이불깃을 꼭꼭 여며주었다.

"그랬었구나! 그래서 열셋째 황자마마께서 기분이 많이 상하셨나보구나! 열셋째 황자마마, 요 며칠 새 생과 사를 넘나드느라 얼마나 고생이 많으셨습니까? 인정이라고는 손톱만큼도 없는 자들이 얼마나 무식하게 때렸으면! 평소 열셋째 황자마마와는 깊은 정을 나누지 않은 소녀들도 마음이 아파 죽겠는데, 자고는 어떻겠습니까……."

교 언니는 온갖 아양을 떨었다. 눈가에는 눈물까지 맺혀 있었다.

"자네들은 누구야?"

윤상은 교 언니가 풍만한 젖가슴을 자신의 얼굴께로 바짝 가져다대자 거부감보다는 실로 오래간만에 짜릿한 전율을 느꼈다. 보조개가 깊게 패인 뽀얀 얼굴에 새카만 눈동자가 매력적인 그녀에게서 말로는 표현 못할 따뜻함을 느꼈다. 윤상이 자못 관심을 보이면서 다시 물었다.

"자네들 이름이 뭐야? 누가 보냈어?"

교 언니가 눈웃음을 살살 치면서 대답했다.

"저희들 말이에요? 여기저기서 왔습니다. 이쪽은 아란이고, 아홉째 마마께서 보내셨어요. 저는 교 언니고, 여덟째 마마께서 보내주셨습니다. 또 취향翠香은 셋째마마, 아보阿寶를 비롯한 세 명은 열넷째마마, 오두鳥

玊와 나머지 두 명은 다섯째마마께서 보내셨습니다. 그러나 어디에서 왔건 간에 목적은 하나이옵니다. 모두가 한결같이 열셋째마마를 위로하고 보살펴 드리러 왔습니다! 혹시라도 소녀들을 경계하는 마음을 품고 계신다면 지금부터라도 고쳐 생각해 주십시오. 비록 자고 언니께서 소녀들을 자객 취급하고 지금까지 황자마마에게 접근하는 것을 차단해 왔으나 소녀들이 진짜 그런 마음을 먹었다면야 진작……."

교 언니가 한참을 떠들다 자신이 내뱉은 말에 흠칫 놀란 듯 황급히 입을 다물었다. 그러더니 다시 애교스럽게 웃으면서 덧붙였다.

"소녀들은 일편단심으로 황자마마를 모시겠으나 더 이상 필요하지 않을 때에는 언제든지 떠날 각오가 돼 있습니다. 그러니 혹시 귀찮게 굴지 않을까 하는 걱정은 하지 마십시오!"

아란은 교 언니가 떠드는 내내 말이 없었다. 그저 머리만 깊숙이 숙이고 있었다.

윤상과 시녀들 사이에 그렇게 어색한 분위기가 감돌고 있을 때였다. 옥신묘의 집사인 필첩식筆帖式(문서를 담당하는 하급관리)이 종종걸음으로 들어왔다. 그는 교 언니를 부르려다 윤상이 깨어 있는 것을 보고는 예의를 갖춰 인사를 올렸다.

"열셋째 황자마마, 넷째 황자마마께서 문안을 오셨습니다!"

윤상이 약간 놀라는 기색을 보였다. 그러자 집사가 다시 입을 열었다.

"다른 걱정은 하지 마십시오. 소인은 넷째 황자마마의 문하입니다. 이런 일도 제대로 처리하지 못할 멍청이는 아닙니다."

이내 윤진이 뒷짐을 지고 느릿느릿 들어섰다.

"열셋째 아우!"

그는 침상에 가까이 다가와서는 윤상을 한동안 바라보다 천천히 입을 열었다.

"좀 괜찮은가?"

"많이 좋아졌어요……"

유상이 웬일로 눈동자를 붉히면서 말끝을 흐렸다. 그리고는 윤진의 시선을 피하면서 애써 자리에서 일어나려고 했다. 윤진이 재빨리 윤상을 도로 뉘어 주었다.

"담자사潭柘寺에서 오는 길에 들렀어. 많이 나아서 다행이야. 아직 몸에 열이 남아 있는 것 같군. 약을 잘 챙겨먹고 빨리 툭툭 털고 일어나야지. 보약 한 제 먹고 나면 별문제 없을 거야."

윤진이 말을 마치고는 은근슬쩍 윤상의 침대 밑에 뭔가를 찔러 넣었다. 윤상은 허리춤에 딱딱한 느낌이 오는 것을 감지할 수 있었다. 순간 흠칫 놀랐다. 그러나 그는 바로 정신을 차리고 윤진을 향해 머리를 끄덕였다.

"죄송해요, 형님!"

윤상의 말에 윤진이 길게 한숨을 내쉬었다. 그리고는 아란이 건네주는 차를 한 모금 마셨다.

"이번 사건은 아직 결과를 예측하기가 어려워. 하지만 여덟째의 인간성이나 평소 자네에게 의롭고 솔직하다고 경의를 표한 사실로 미뤄볼 때 최악의 결과는 피할 수 있을 것도 같아."

"여덟째 형이요? 갑자기 여덟째 형은 왜 들먹이세요?"

"이런 데 갇혀 있으니 일이 어떻게 돌아가는지 당연히 모르겠지. 지금 조정에서는 백관들 대부분이 여덟째를 동궁으로 들여보내기 위해 움직이고 있어. 적극적으로 천거하고 있다고. 그러니 자네에게는 희소식이라고 해도 좋지."

윤진의 말은 여덟째 윤사가 윤상을 도울 것이라는 확신에 차 있었다. 그러나 윤상은 윤진의 그 한마디에 천길 낭떠러지로 추락하는 기분을 맛보았다. 지금 모함을 당해 치르는 곤욕이 여덟째의 막후 조종에 의해서라는 것을 날이 갈수록 더 확신하는 상황이었으니까! 지금 윤진의 태도로 미뤄볼 때 여덟째와 한 배를 탈 가능성을 완전히 배제할 수는 없었다. 윤상은 그 생각이 뇌리를 스치는 순간 그만 히죽 웃고 말았다.

"당연히 희소식이겠죠. 그런데 부황의 뜻은 어떠신가요?"

윤상의 질문에 윤진이 대답했다.

"아직 지의는 없었네. 그러나 조만간 지의가 내려올 것 같아. 과거를 돌이켜보면 우리 둘도 참 아둔했어. 썩은 밧줄 같은 윤잉 형님에게 매달려 가지고 아슬아슬한 나날을 보냈으니 말이야. 오로지 한 그루 나무만 바라보다 휩쓸려 죽을 게 뭐 있겠어? 그렇지 않은가?"

"글쎄요……."

윤상은 갑자기 머릿속이 복잡하게 엉키고 말았다. 그러나 재빨리 상황을 정리하면서 윤진의 말뜻을 되새겨 보았다. 그리고는 차분하게 말을 이었다.

"형님이 아둔한지는 모르겠으나 저는 아니에요! 아무리 썩은 밧줄일지라도 저는 제 선택을 쉽사리 바꾸지는 않을 거예요. 설사 부황께서 지금 당장 명령을 내려 저를 죽인다고 해도 좋아요. 저는 당당한 윤잉의 측근으로 영원히 남을 거예요."

윤상은 그 순간 주위의 눈길을 피해 윤진이 찔러 넣어준 물건을 손으로 만져보았다. 허리에 딱딱하게 닿는 느낌이 길이가 한 뼘은 충분히 되는 비수 같았다. 그는 흠칫 놀라면서 다시 한 번 몰래 만져봤다. 비수가 확실했다. 그는 순간 등골이 오싹해졌다. 몸을 부르르 떨었다. 그러자 교언니가 윤상에게 잽싸게 다가와서는 이불깃을 여며주었다.

"추우십니까?"

깜짝 놀란 윤상이 황급히 시녀의 손을 밀어냈다.

"괜찮아. 저녁에 이불 하나 더 덮고 자면 돼."

윤진은 윤상의 말이 끝나자마자 자리에서 일어섰다. 그리고는 풍만한 몸매의 교 언니를 차가운 시선으로 훑어보면서 물었다.

"자네들 중 누가 큰언니야? 자네인가? 이름은?"

교 언니가 황급히 머리를 조아리면서 대답했다.

"여기 있는 우리 여덟 명은 모두 황자마마들께서 열셋째 황자마마의 시중을 들라고 보내주신 사람들입니다. 또 자고라는 시첩도 있습니다. 원래부터 열셋째 황자마마의 시중을 쭉 들어온 아이입니다. 열셋째 황자마마께서는 아직 우리들 중 누가 큰언니라고 지정해 주시지 않았습니다. 그저 안에서는 자고, 밖에서는 소녀들이 시중을 들게 돼 있는 줄로 알고 있습니다. 노비는 이름이 교소천喬小倩입니다. 원래 열넷째 황자마마의 시중을 들다 나중에 여덟째 황자마마에게 보내졌습니다. 나이가 약간 있어 그런지 다들 교 언니라고 부릅니다."

윤진은 교소천의 장황한 사설에는 별로 관심이 없는 듯했다. 대신 부지런히 눈동자를 굴리면서 그녀를 자세하게 훑어보는 등 정체를 파악하려고 했다. 그러다 한참 후에야 입을 열었다.

"열넷째 집에 있었다니까 묻는 말인데, 혹시 나하고 열넷째가 어떤 관계인 줄은 알고 있나?"

교소천은 다소곳하고 무조건 순종하는 일반 시녀들과는 많이 달랐다. 어떻게 보면 지나치게 당돌하고 간이 큰 것 같았다. 하지만 그녀는 윤진의 서슬 퍼런 시선에 이미 기가 한풀 꺾여 있었다. 머리를 깊이 숙이고는 기어들어가는 목소리로 대답했다.

"넷째 마마와 열넷째 마마께서는 어머니가 같은 동복同腹의 형제여서 정이 남다르다고 들었사옵니다."

"알고 있다니 다행이군!"

윤진이 금세 된서리라도 내릴 것 같은 표정으로 아란을 힐끗 쳐다봤다. 이어 나지막하지만 위엄있게 덧붙였다.

"나는 자고의 인간성은 절대적으로 믿어. 하지만 자네들은 두고 봐야겠어. 몸도 성치 않은 아우에게 깝죽대면서 미인계를 썼다가는……. 알지? 나는 황자들 중에서도 냉혈한으로 유명한 사람이야. 이 아우에게 무슨 일이 생기면 그때 가서는 내가 너희들을 통째로 갈아버릴 거라는 사실을 명심해!"

윤진은 이빨 사이로 경고의 말을 매섭게 내뱉고는 온다간다 소리도 없이 휑하니 나가버렸다. 아란과 교소천은 겁에 잔뜩 질렸는지 귓볼까지 빨갛게 달아오른 얼굴을 하고는 말없이 윤상의 저녁시중을 들었다. 그리고는 각자 자신들의 방으로 돌아갔다.

밤은 소리 없이 깊어갔다. 삼라만상에 정적이 깃들었다. 홀로 남은 윤상은 그제야 침대 밑에 손을 넣어 윤진이 찔러 넣어준 물건을 꺼냈다. 그는 불기둥처럼 치솟는 호기심을 이기지 못하고 허겁지겁 촛불 쪽으로 물건을 가지고 가서 펼쳤다. 비수라고 생각한 것은 착각이었다. 딱딱하게 접은 종이쪽지와 커다란 열쇠 하나가 비단에 감싸여 있었다. 그는 서둘러 종이쪽지를 폈다. 덩그러니 몇 글자가 적혀 있었다. 윤진의 필체가 분명했다.

이 세상에 그대를 사랑하는 사람이 단 한 명이라도 남아 있는 한, 그대는 스스로 목숨을 끊을 권한이 없다.

윤상은 글의 뜻을 음미하면서 종이를 바로 구겨서 입안에 넣었다. 이어 순식간에 씹어 삼켰다. 그는 비록 갇혀 있는 신세이기는 했으나 상황판단능력은 누구 못지않게 탁월했다. 당연히 윤진이 찾아온 이유 역시 뒤늦게나마 깨달을 수 있었다.

윤진은 무엇보다 바깥 형세가 시한폭탄처럼 심각한 상황에 직면해 있다는 사실을 윤상에게 알리려고 했다. 또 윤상의 운명이 그다지 낙관적이지 못하다는 것 역시 은근하게 귀띔하고자 했다. 그는 윤상이 상황을 비관해 스스로 목숨을 끊을 수도 있다는 사실도 우려했다고 볼 수 있었다. 또 그 때문에 특별히 찾아오는 정성을 보여주었다. 열쇠를 넣어준 것도 누군가가 음식물에 독약을 탔을 경우에 대비하라는 뜻이었다. 열쇠는 독약이 묻으면 바로 색이 변하도록 되어있었다.

윤상은 수십 년 동안 변함없는 윤진의 따뜻한 마음 씀씀이에 다시 한 번 깊은 감동을 받았다. 동시에 코끝이 찡해졌다. 급기야 그의 눈에서 굵직한 눈물이 뺨을 타고 비 오듯 흘러내리기 시작했다.

윤상이 갇혀 있는 양봉협도를 나온 윤진이 말에 올라탔을 때는 이미 어둠의 장막이 무겁게 드리운 뒤였다. 하늘에서는 볼에 내려앉는 느낌이 시원한 하얀 눈이 막 내리기 시작하고 있었다. 윤진은 말고삐를 잡고 천천히 몇 발자국 움직이다가 골목 입구에 선 채 잠시 망설였다. 열째 윤아가 저녁에 오복당五福堂에서 잔치를 베풀 터이니 와주십사 하고 보낸 초청장이 떠올랐던 것이다. 그는 그러나 계속 망설였다. 갈 것인지 말 것인지 마음의 결정이 쉽게 내려지지 않았다.

그는 내친김에 상황을 다시 한 번 반추해 보았다. 최근 들어 가장 큰 사건은 역시 장황자가 태자 아닌 태자 노릇을 자처하면서 꿈에 부풀어 있다 졸지에 옥에 갇히는 신세가 돼버린 것이었다. 그는 장황자의 횡액에 대해 다른 황자들이 그랬던 것처럼 별로 황당해하지 않았다. 평소의 인간성을 반영이라도 하듯 목숨을 바칠 충성심 높은 세력이 주위에 별로 없었으니 그럴 수밖에 없었다. 게다가 장황자는 일처리를 할 때면 구멍이 숭숭 뚫리게 하는 칠칠치 못한 면이 너무 많았다. 윤진은 바로 그점을 마치 손금 보듯 잘 파악하고 있었다. 설사 윤잉에게 요술을 쓴 사실이 들통이 나지 않았더라도 태자 자리는 절대로 장황자의 차지가 될수 없을 것이었다.

그는 승덕에서 강희가 자신에게 갑자기 태자 윤잉을 감호監護하라는 명령을 내렸을 때부터 강희의 심중을 완전히 간파할 수 있었다. 주변 분위기와 상황도 거의 다 읽고 있었다고 해도 좋았다. 물론 그에게 약간 의외로 여겨진 것이 없지는 않았다. 그것은 바로 조정의 백관들 대부분이 한결같이 여덟째를 적극 지지한다는 사실이었다. 심지어 이광지처럼 퇴직해 북경에서 요양 중인 원로 중신들마저도 그랬다. 실로 엄청난 세력의 단합이라고 하지 않을 수 없었다. 하기야 상서방의 지존으로 추앙받아온 동국유와 마제 역시 요지부동의 근엄한 인상을 벗어버리고 육부구경六部九卿들 사이를 부지런히 뛰어다니면서 여덟째를 돕고 나섰으니 말이다.

아직 최종 결과가 확정되지는 않았으나, 윤진은 여러 정황으로 볼 때 태자 자리를 노리는 세력의 판도는 확연하게 구분되고 있다고 생각하지 않을 수 없었다. 당연히 그로서는 서서히 발밑이 불안했다. 처지가 난감해지는 것은 더 말할 나위가 없었다.

그는 여덟째를 향해 새카맣게 밀려드는 철새들 틈에 헛기침하면서 은근슬쩍 끼어들어도 괜찮다는 사실 역시 모르지 않았다. 똥 묻은 개들이 겨 묻은 개를 뭐라고 할 처지는 못 되니까. 그러나 그런 식으로 여덟째를 따라간다면 자신은 한낱 별 볼 일 없는 삼류 인생을 살지 않으면 안 될 터였다. 그것도 언제까지인지 모를 일이었다. 그렇다고 이미 추락해 피 흘리면서 신음하는 윤잉에게 끝까지 붙는다는 것도 솔직히 큰 의미가 있을 것 같지는 않았다. 그는 급기야 진로를 선택함에 있어서 불안하고 망설이는 자신의 모습에 대한 부끄러움이 치솟았다. 윤상을 위로할 때 보이던 자신감과 패기만만한 그럴싸한 모습을 생각하면 더욱 그랬다. 그가 이런저런 생각을 하면서 천천히 움직이고 있을 때였다. 자신을 수행하던 대탁이 어느덧 집 앞에 도착했다고 아뢰었다. 그는 머리를 번쩍 쳐들었다.

"그렇구나, 벌써 집이구나……."

윤진은 혼잣말처럼 중얼거리면서 말에서 내렸다. 마중을 나온 아들 홍시와 홍력의 모습이 보였다. 그가 얼굴에 자상한 미소를 띠운 채 물었다.

"오늘 손님이 있었느냐?"

홍시가 기다렸다는 듯 재빨리 대답했다.

"손님은 없었고요, 오사도 어른과 문각 선사, 성음性音 스님께서 오후 늦게 오셨습니다. 아버님께서 담자사潭柘寺에 가셨다는 말을 듣고는 다음에 다시 오신다며 가시려는 것을 아들이 극구 만류했습니다. 지금은 뒤채의 서재에서 술을 드시고 계십니다. 아, 또 방금 열째 삼촌 댁에서 아버님께 오복당으로 오시라는 전갈이 왔습니다."

윤진이 말고삐를 대탁에게 던져주고는 대문 안으로 들어가면서 물었다.

"그래서 뭐라고 대답했느냐?"

그러자 홍력이 형 홍시를 대신해 대답했다.

"아버님께서 일찍 나가셔서 지금은 정확히 어느 절에 계신지 알 수 없다고 말했습니다. 그러나 일찍 돌아오시면 반드시 대인들을 만나실 것이라고 했습니다. 물론 날씨가 어두워지고 눈까지 내리는 탓에 일찍 돌아오실 가능성은 희박하다고 말했습니다."

홍력의 말은 어린 나이에 걸맞지 않게 조리가 있었다. 윤진은 그런 아들이 흡족한 듯 칭찬을 했다.

"잘했어! 어머니한테 가서 아버지가 귀가하셨다고 말씀을 드려라."

윤진이 정원으로 들어서자 저 멀리서부터 와자지껄 웃고 떠드는 소리와 성음 스님의 노랫가락이 은은하게 들려오고 있었다. 윤진은 살금살금 다가가 유리창 너머로 안을 들여다봤다. 술기운이 완연한 세 사람이 한껏 흐트러진 자세로 술을 마시는 모습이 보였다. 그들은 사람이 술을 마시는 게 아니라 완전히 술이 술을 마시는 지경에 이른 듯했다. 평소에 점잖기로 유명한 사람들임에도 닭다리와 술병을 양손에 나눠 쥔 채 연신 술을 들이붓고 있었다. 항상 그렇듯 술판의 백미는 수수께끼 놀이라고 할 수 있다. 알아맞히지 못한 사람은 벌주를 마셔야 했다. 그들도 마찬가지였다. 먼저 성음 스님이 이색적인 놀이를 하려는 듯 바둑알을 한 움큼 잡았다. 이어 노래만 빼고 못하는 게 없다고 가슴팍을 치면서 장담을 한 오사도에게 물었다.

"내 손아귀에 바둑알이 몇 개 들어있는지 알아맞혀 보세요!"

"삼팔三八과 관련된 숫자죠!"

오사도가 자신만만하게 대답했다. 성음이 오사도의 말이 끝나자마자 한껏 움켜쥐었던 바둑알을 탁자 위에 쏟아놓았다. 세 사람은 게슴츠레한 눈을 애써 부릅뜬 채 머리를 맞대고 바둑알을 셌다. 스물네 개였다. 3과 8을 곱한 숫자였다. 그들은 오사도를 향해 엄지를 들어 보이면서 박장대소를 했다. 그 다음에는 문각 선사가 바둑알을 움켜쥐었다.

"맞혀 보세요."

"역시 삼팔의 수겠죠, 뭐!"

문각이 손을 폈다. 손 위에는 다섯 개의 바둑알이 들어 있었다. 8에서 3을 뺀 수였다. 문각이 화들짝 놀란 나머지 술기운이 저만치 도망갔는지 바로 다그쳐 물었다.

"그대에게 이런 재주도 있었습니까? 내가 보기에는 신기神氣가 있는 것 같군요."

사람들은 문각의 말에 너털웃음을 터트렸다. 정색을 하고 눈을 부릅 뜬 그의 모습이 더 웃겼던 것이다.

"속도 편한 양반들이로군!"

윤진이 문을 열고 들어서면서 한마디 내던졌다. 좌중의 사람들은 즉 각 자리에서 일어섰다. 술시중을 들던 아이들도 황급히 한편으로 물러 서면서 두 손을 앞으로 모은 채 공손히 시립했다. 윤진은 그 어수선한 사이를 이용해 슬쩍 바둑알 네 개를 왼손에 움켜쥔 채 자리를 잡고 앉 았다. 그리고는 시무룩한 표정으로 오사도를 바라보았다. 그러자 오사 도가 잠시 생각에 잠긴 척하더니 갑자기 윤진의 왼손에 눈길을 보내면 서 말했다.

"넷째마마께서는 구오지수九五之數입니다!"

윤진은 눈이 휘둥그레지지 않을 수 없었다. 확실히 그가 앞에 쏟아놓 은 것은 네 개의 바둑알이었다. 9에서 5를 빼면 4가 되니 알아 맞혔다 고 할 수 있었다. 그러나 그가 놀란 것은 오사도가 알아 맞혀서가 아니 었다. 자신의 운명이 '구오지수'에 해당한다는 말 자체가 간단치 않아서 였다. 그는 《역경》의 '건乾'괘에 '구오九五는 용龍이 하늘을 나는' 숫자라 는 해석을 모르지 않았다. 말하자면 '구오九五는 귀하기가 이를 데 없는 제왕의 숫자인 것이다. 그러나 설사 그렇더라도 오사도는 왜 그토록 민 감한 얘기를 아무렇지도 않게 하고 있는 것인가? 그의 말에는 무슨 깊 은 뜻이 숨겨져 있는 것은 아닐까? 윤진은 잠시 혼란스러웠다.

윤진은 잠시 헝클어진 마음을 수습하려는 듯 당대 최고의 맛을 자랑 하는 장백산(백두산) 포도주를 일부러 입가로 가져갔다. 그러나 이내 도 로 내려놓으면서 가벼운 한숨을 내쉬었다.

"이 술은 넷째마마께서 반드시 마셔야 합니다. '하늘이 내리시는 것을 억지로 마다하면 벌을 받는다'는 말도 들어보지 못하셨습니까?"

오사도가 이미 윤진의 속마음을 간파하기라도 한 듯 소탈하게 웃으며 말했다. 윤진은 할 수 없이 다시 술잔을 들었다. 이어 단숨에 들이붓고는 마음속의 불안을 애써 잠재웠다.

"태자 형님이 폐위 당했어. 또 큰형님도 옥에 갇혔고. 어디 그뿐인가? 셋째 형님은 폐하께 혼이 났어. 열셋째는 지금 또 어떤 처지인가. 감금 당해 있잖아. 한마디로 형제간의 골육상잔으로 집안 꼴이 말이 아니야. 그런데 내가 무슨 술맛이 나겠어!"

윤진의 말에 문각이 입을 열었다.

"넷째마마, 왜 이 마당에 다른 사람 생각으로 머리가 아프셔야 합니까! 넷째마마께서는 하늘이 내려주신 구오지수를 받들어 높은 자리에 오르고 싶은 마음이 전혀 없으시다는 말씀입니까?"

성음 역시 가만히 있어서는 안 되겠다고 생각했는지 바로 거들고 나섰다.

"자고로 인간은 번뇌가 무성한 숲에서 살면서 아무런 도움도 안 되는 그것을 끊임없이 만들어가고 있습니다. 그럼에도 그런 문제의 본질은 당사자보다 제삼자가 제대로 간파하는 법입니다. 더없이 민감한 사안이기는 하나 이번 일도 그렇습니다. 황자들이 폐위당하고 옥에 갇히고 자리에서 쫓겨나고 하는 이런 어수선하기 이를 데 없는 상황은 저희들이 먼 발치에서 보기에는 솔직히 절호의 기회라고 할 수 있습니다. 하늘이 넷째마마에게 내려주는 기회라는 말이죠!"

윤진은 측근들의 거침없는 말에 등골이 오싹해졌다. 안색도 파리하게 질렸다. 사실 제왕의 공식에 자신을 대입해본 적이 한 번도 없는 그로서는 당연한 일인지도 몰랐다.

"밖에 누구 없나 한번 보자고!"

오사도가 말했다. 그러자 성음이 냉소를 흘렸다.

"아니 세상에서 제일 유명한 개코를 옆에 두고 무슨 그런 걱정을 하십니까! 이십팔 장丈 이내에만 있으면 저는 그 사람을 알 수 있습니다."

윤진이 성음의 말에 의아한 표정을 지어 보였다. 성음이 다시 자신의 능력을 증명하려는 듯 바로 덧붙였다.

"넷째마마께서는 이리로 오실 때 쪽문으로 들어오셨죠. 그런 다음 하인들을 돌려보내고 꽃 울타리를 빙 돌아 죽림竹林을 가로질러 오시지 않으셨습니까?"

좌중의 사람들은 성음의 말에 깜짝 놀랐다. 그가 뛰어난 무술의 고수인 줄은 알고 있었으나 이목耳目까지 그토록 예리한 줄은 몰랐던 것이다. 그때 잠자코 앉아 있던 오사도가 몸을 의자 등받이에 기대면서 말을 받았다.

"저는 몇 년 동안 하고 싶은 말을 참느라 입안에 가시가 돋쳤습니다. 그런데 오늘에야 비로소 직언을 하게 되어서 다행입니다. 넷째마마께서는 분명히 천자의 풍모를 가지고 계십니다!"

윤진은 오사도의 말을 듣는 순간 마치 벌집을 쑤셔놓은 듯 머릿속이 윙윙거리는 기분을 느꼈다. 또 늘 머리를 맞댄 채 자신의 꾀주머니 역할을 했던 사람들이 웬일인지 낯설어 보이기까지 했다. 그는 겨우 마음을 진정시키고는 힘겹게 입을 열었다.

"자네들…… 많이…… 취했지?"

"취하다니요? 진짜 취한 사람은 여덟째마마입니다! 넷째마마, 이번에 폐하께서 황자와 신하들에게 새로운 태자를 추천하라고 지시하셨습니다. 그러나 사실 폐하께서 속으로 생각하고 계신 황자가 누구인지 아십니까?"

오사도가 정색을 하면서 말했다. 윤진은 아직까지 깊이 생각해본 적이 없었기에 잠시 생각을 하고 난 다음에야 입을 열었다.

"첫째 형님이 요술을 부려 태자 윤잉 형님으로 하여금 귀신에 홀리게한 사실을 셋째 형님이 폭로한 지 얼마 안 됐어. 폐하께서 이런 지의를 내리신 것을 보면 혹시 윤잉 형님의 억울함을 씻어주시려는 것은 아닌지 모르겠어……."

"바로 그것입니다! 폐하께서 진정으로 생각하고 계신 사람은 윤잉 태자입니다. 지금 폐하께서는 신하들이 스스로 알아서 태자를 복위시키자는 움직임을 보여주기를 간절하게 원하고 계십니다. 신하들이 똑똑하면 그런 성심聖心을 읽을 수 있어야죠. 하지만 그런 사람이 하나도 없네요. 그러니 폐하께서 얼마나 실망을 하셨겠습니까? 그러니 여덟째마마를 향한 백관들의 성원은 결국엔 그분에게 독침이 되지 않겠습니까?"

문각이 무릎을 쳤다. 대탁 역시 처음에는 경악을 금치 못하는 것 같았으나 말을 다 듣고는 박수를 치면서 감탄을 했다.

"장황자, 둘째 황자, 셋째 황자 모두가 곤욕을 치르고 계십니다. 그런데 여덟째마마는 자신이 태자가 되겠다는 욕심이 그토록 거세니 폐하께서 사전에 치밀한 음모가 있지 않았을까 의심할 법도 하기는 합니다!"

오사도 역시 대탁의 분석에 힘을 실어주기 위해 나섰다.

"여덟째 황자마마의 세력은 정말 예사롭지 않습니다. 폐하께서 엄연히 건재하신데 너무한다는 생각이 들 정도입니다. 폐하께서는 늘 '천하의 대권은 한 사람이 움켜쥐는 것으로 족하다'라고 말씀하셨습니다. 그런데 여덟째 황자마마께서 그 뜻을 거스르는 잘못을 범하고 있으니, 아슬아슬해서 정말 손에 땀이 날 정도입니다. 지금은 그야말로 여러 용들이 머리를 내미는 형국이 아닌가 싶습니다. 우두머리 없이 무질서한 상황입니다. 폐하께서는 아마 이런 국면이 오래가는 것을 원치 않으실 겁니다. 때문에 새로운 태자를 서둘러 세우려고 하실 수 있습니다. 그러나 그 대상이 여덟째마마가 아니라면 조정은 결코 조용할 날이 없을 겁니다. 저는 넷째마마께 여덟째마마처럼 서두르시라는 것이 아닙니다. 하지만 태자 자리가 나와는 전혀 무관하다고 생각하시지는 말았으면 하는 바람입니다. 그러시다가 언젠가는 꼭 후회라는 쓴 잔을 마실 테니까 말입니다."

오사도로서는 정세가 윤진에게 유리하게 돌아간다는 사실을 충분히 파악하고 조심스럽게 한 말이었다. 하지만 윤진이 듣기에는 한 마디 한 마디가 충격 그 자체였다. 그가 결코 의연하게 받아들일 수 없다는 듯 이맛살을 찌푸리면서 한숨 섞인 어조로 말했다.

"농담이었으면 좋겠군. 그게 진심이라면 나로서는 황당할 뿐만 아니라 받아들이기도 어려워. 그만 하게!"

"마마, 뭔가 잘못 알고 계시는 것 같습니다!"

오사도가 지팡이를 짚고 일어서서 윤진을 바라보고는 까만 눈동자를 반짝였다. 그리고는 지팡이 소리를 크게 내면서 몇 발자국을 옮기더니 창가로 다가갔다. 이어 어둠의 장막을 하얗게 수놓는 눈꽃을 바라보면서 천천히 입을 열었다.

"……천하는 천하 모든 사람의 것입니다. 황제는 하늘을 대신해 그 명령을 수행하는 심부름꾼일 따름입니다. 넷째마마는 사사롭게 무리를 이뤄 일당의 사적인 이익을 위해 암투를 벌이는 다른 황자들과는 질적으로 다른 분입니다. 이치吏治를 쇄신하고 폐정弊政을 개혁하기 위해 노력하시는 분이라고 생각합니다. 이 역시 천심天心이 바라는 바가 아니겠습니까? 하늘은 또 특별히 누구와 친하지 않습니다. 오로지 덕이 있는 사람을 도울 뿐이라고 했습니다. 넷째마마께서는 귀하디귀한 황자로서 어찌해서 과감히 자립을 선언하고 칼을 뽑아들지 못하시는 겁니까! 마마, 저기 두 사람은 속세에 욕심이 없는 스님입니다. 저는 사지가 온전하지 못한, 말 그대로 장애자입니다. 우리는 모두 관직에는 추호의 야심도 없습니다. 오로지 넷째마마의 은덕에 감사하고 기도하는 마음뿐입니다. 넷째마마께 아무런 희망이 없다면 저희들이 이렇게 등을 떠밀 리가 있겠습니까?"

오사도의 말에는 진심이 어려 있었다. 누구 하나 숙연해지지 않는 사람이 없었다.

윤진은 자리에서 일어나 창가로 다가갔다. 그러나 아랫입술을 꽉 깨문 채 아무 말도 하지 않았다. 그러다 한참 후에야 뒤를 돌아보면서 눈도 마주치지 않은 채 천천히 대답했다.

"아…… 알겠네."

윤진은 고작 그 말을 남긴 채 성큼성큼 눈밭으로 걸어 나갔다. 그런 그의 귀에 저 멀리 어디에서인가 네 사람이 한마디씩 부르는 노랫소리가 들려오고 있었다. 당나라의 고승 황벽黃檗이 지은 선사시禪師詩, 즉 예언시였다.

옹주雍州에 진인眞人이 나오니,
할미새가 서로 싸우는구나.
법法에 대해서는 대단히 뛰어났으나,
안타깝게도 백호白虎는 12년만 사는구나.

"옹주라……!"

윤진은 천년 이상이나 구전돼 내려오는 예언시를 듣고는 자신도 모르게 중얼거렸다. 그러다 깜짝 놀랐다. 이어 다시 조용히 자신이 분석한 시 내용을 가만히 읊조렸다.

"내가 옹군왕이 아닌가? 내가 황제가 된다는 말이야? 할미새가 서로 싸우는 것도 그렇지 않은가? 형제가 서로 싸우는 것인데, 나에게 냉혈한이라는 별명이 있는 것과 관계가 있다는 얘기인가? 그렇다면 내가 진짜 형제들과의 냉혹한 정쟁을 통해 황제가 된다는 말인가. 그게 정녕 하늘의 뜻인가……."

윤진은 한참을 중얼거리다 자신의 분석이 틀리지 않는다는 생각이 드는 것을 어쩌지 못했다. 그 순간 두 발에 저절로 힘이 더해졌다. 그는 바로 동원東院을 향해 힘차게 걸음을 옮겼다.

26장

역공당하는 여덟째 황자

　새로운 태자로 여덟째 황자를 옹립하려는 조정의 분위기는 날로 고조
되었고, 거의 기정사실이 됐다고 할 수 있었다. 그러나 윤진의 집에 모였
던 측근들은 나름 냉철하고 정확한 판단을 하고 있었다. 강희 역시 여
덟째 황자에게는 별로 뜻이 없었다. 그는 무엇보다 윤잉이 잘했든 못했
든 30여 년 동안이나 태자로 있었다는 사실에 애착을 가지고 있었다.
또 자신이 생각해도 기가 막힌 부덕한 짓을 저지른 것도 장황자 윤제의
은밀한 요술妖術이 초래한 마魔가 끼었기 때문이라고 믿어 의심치 않았
다. 그렇게 사건의 전말이 명쾌하게 밝혀졌다면 신하들은 당연히 윤잉
을 복위시키라고 주장해야 옳았다. 적어도 그의 생각으로는 그랬다. 그
러나 왕섬과 주천보 등 고작 십여 명에 불과한 태자당의 측근을 빼고는
전혀 그렇지 않았다. 마치 벌떼처럼 여덟째에게 들러붙어 그의 동궁행
을 강력히 원한다는 입장을 너 나 할 것 없이 피력하고 있었다.

강희는 그 사실에 정말로 경악을 금치 못했다. 더구나 항렬로 따져도 한참 내려가는 여덟째 윤사는 평소 홀로 호랑이굴에 쳐들어가 호랑이 새끼를 사냥해 오는 것과 같은 휘황찬란한 업적을 쌓은 것도 없었다. 그렇다고 전쟁터에서 큰 공을 세운 것도 아니었다. 그런데 무슨 수로 그다지도 많은 사람들을 자신의 편으로 만들었다는 말인가? 강희는 아무리 이성적으로 생각해 봐도 여덟째의 행보가 예사롭지가 않다는 결론을 내릴 수밖에 없었다. 머리가 아픈 것은 당연했다. 급기야 몸이 불편하다는 핑계로 모든 상주문을 서랍 속에 넣고 드러누워 버렸다. 그리고는 황자들에게 들어와서 시중을 들라는 명령을 내렸다.

장정옥은 장오가가 전하는 성유를 접하자마자 여러 왕과 패륵, 패자들에게 바로 사발통문을 띄웠다. 그리고는 장오가를 따라 양심전으로 향했다.

강희는 환자로 보기에는 혈색이 지나치게 좋았다. 누워 있지도 않고 난각에 앉아 차를 마시고 있었다. 장정옥의 인사가 끝나자 강희가 미소를 지으면서 말했다.

"짐이 오늘 이 자리에서 자네의 직급을 두 등급 올려줄 생각이야. 손꼽아보니 자네가 상서방에서 일한 지도 벌써 이십 년이 넘었더군. 마제와 동국유 모두 정일품이잖아. 일을 잘하면 잘했지 결코 뒤지지 않는 자네가 직위가 더 낮아서야 되겠는가? 적어도 어깨는 나란히 할 수 있어야지."

장정옥은 느닷없이 직위를 올려준다는 강희의 말에 이상한 생각이 들었다. 일단 겸손하게 사양을 하는 것이 순서라는 생각을 했다. 그가 쑥스러운 표정을 한 채 아뢰었다.

"폐하께서 특별한 은혜를 베풀어주시니 대단히 황송하옵니다. 소신은 미관말직 출신으로 아무런 공로도 없사옵니다. 그런데도 갑자기 두 등급이나 껑충 뛴다는 사실이 굉장히 부담스럽사옵니다. 차라리 두 등급 남겨뒀다 앞으로 진력을 다해 올라가려고 노력하는 목표로 삼는 것이 어떨까 하옵니다."

강희가 강하게 고개를 저었다.

"수 년 동안 변함없이 짐을 위해 기무機務를 처리해줬다는 것만 해도 큰 공을 세운 거라고 할 수 있어! 동국유와 마제 두 사람 좀 보게. 요 며칠 동안 마치 귀신에라도 홀린 듯 엉덩이 붙일 곳을 못 찾고 있어! 아침에 얼굴을 한 번 보여주고는 하루 종일 그림자도 찾아볼 수 없어. 무슨 수작들을 하고 다니는지 말이야! 자네는 짐의 인정을 받아 당당하게 진급하는 거니까 떳떳하게 받게!"

장정옥은 그제야 강희가 동국유와 마제 두 사람에게 불만이 있다는 사실을 직감했다. 더불어 크게 놀라면서 연신 머리를 조아렸다.

"폐하께서 그렇게 말씀하시면 소인은 더욱 용기가 나지 않사옵니다! 통촉하여 주시옵소서!"

"자네, 동씨한테 미운털이 박힐까 싶어서 그러는 거지? 동씨 가문은 모두 여덟째의 사람이야. 마제는 짐이 언제 한 번 지나가는 말로 여덟째에게 한 칭찬을 주워듣고는 정신 못 차리고 여덟째를 쫓아다니는 것이고. 요즘 분위기대로라면 여덟째가 어쩌면 곧 태자가 될지도 몰라. 그런데 자네는 대세에 따르지 않고 따로 놀고 있어. 그것만 해도 충분히 눈밖에 났다고 할 수 있지. 거기에 진급까지 하게 된다면 어떻게 되겠어. 더욱더 따돌림을 당할까봐 두려운 거지?"

강희가 농담조로 말했다. 그러나 장정옥은 농담으로 받아들여지지 않았다. 정곡을 찔린 것이 너무나 따끔했는지 식은땀까지 흘리면서 어찌할 바를 몰랐다. 그러나 그는 송곳 같은 강희의 눈빛을 보는 순간 이실직고하지 않을 수 없었다.

"무지몽매한 신의 사심이 어찌 폐하의 혜안을 비켜갈 수 있겠사옵니까. 폐하께서 지적하신 대로이옵니다. 부디 용서해 주시기 바라옵니다. 소인이 여덟째 황자마마를 적극적으로 천거하지 않은 것은 결코 그 분이 자격미달이라고 생각해서가 아니옵니다. 태자전하께서 잘못된 마당에 너무 급히 서두르는 것이 마음에 걸려서 그랬사옵니다……."

강희는 장정옥의 말에 꽤나 감동을 받은 표정을 지으면서 손으로 이마를 감쌌다. 그러더니 이내 한숨을 내쉬었다.

"그래! 자네 입에서 나올 법한 솔직한 얘기야……."

그때 하주아가 찻잔을 받쳐들고 들어왔다. 바로 강희가 명령을 내렸다.

"장정옥에게 자리를 마련해주거라."

"예, 폐하!"

하주아가 지체 없이 쪼르르 달려가서는 폭신한 고니 털로 된 방석이 깔린 의자를 가져왔다. 이어 장정옥에게 앉도록 했다. 강희가 하주아에게 물었다.

"하주아, 자네는 여덟째가 태자가 되는 것이 좋다고 생각하나?"

"당연하옵니다, 폐하! 여덟째 황자마마야말로 태자 자리에 딱 맞는 분입니다. 초롱불을 밝히고 온 천하를 찾아다녀도 그처럼 인품이 후덕하고 대범하면서 자상한 분은 없사옵니다. 게다가 지적인 데다 아랫것들까지 잘 챙깁니다. 세상에 그런 왕이 또 어디 있겠사옵니까! 대인들이 약속이나 한듯 천거하실 법도 하옵니다. 폐하께서 근래에 미복 차림으로 암행을 하지 않으셔서 그렇지, 밖에서는 거의 대부분의 백성들이 여덟째 황자마마를 칭찬하느라 입이 마를 새가 없사옵니다!"

하주아가 뱁새눈을 뜬 채 눈썹을 치켜 올리면서 대답했다. 강희가 히죽 웃음을 머금었다.

"자네는 여덟째한테 푹 빠진 것 같군. 오늘 날짜로 자네를 염군왕에게 보내주지. 그렇지 않아도 어제 여덟째가 자네를 원하기에 보내준다고 대답했네. 자네들은 역시 뭔가 통하는군."

하주아는 강희의 말을 듣는 순간 날아갈 듯한 기분이었다. 여덟째를 만날 때마다 쫓아다니면서 데려가 달라고 졸랐으니 그럴 수밖에 없었다. 그러나 짐짓 아쉬운 척했다.

"어떤 분을 시중드나 다 주군을 섬기는 것이 아니겠사옵니까. 상관없사옵니다. 다만 갑자기 폐하 곁을 떠나게 되니 발길이 떨어지지 않을 것 같아 아쉽기는 하옵니다!"

"여덟째한테 총관태감이 없다고 하니 어서 가보게."

하주아는 강희의 말에 연신 감사를 표하면서 뒷걸음쳐 나갔다. 강희는 그제야 멍하니 듣고만 있던 장정옥을 향해 얼굴을 돌렸다.

"자네가 보기에 짐의 아들들 중에서 가장 쓸 만한 아이는 누구라고 생각하는가?"

"모두 다 훌륭하시옵니다. 누구나 장단점은 있는 법이기 때문에 딱 잘라 말씀 올리기는 힘드옵니다."

장정옥이 주저하지 않고 대답했다.

"간사하군!"

"아니옵니다, 폐하! 옛날에 어떤 사람이 삼국三國의 영웅들을 논한 적이 있었사옵니다. 그때 그는 손권, 유비, 조조 세 사람 모두 한 나라의 일인자가 될 기상을 품었다고 평가했사옵니다. 그러나 세 사람은 아쉽게도 같은 시기를 살았사옵니다. 만약 때를 달리 해서 태어나 육조六朝나 오대五代와 같은 시대에 따로따로 살았더라면 하나같이 천하를 호령할 영웅이 됐을 것이옵니다. 정말 맞는 말인 것 같사옵니다. 같은 맥락에서 볼 때 지금의 황자마마들은 저마다 용의 기개와 호랑이의 풍모를 지니고 있사옵니다. 하나같이 생기가 샘솟고 학문과 재주가 뛰어납니다. 때문에 그 중에서 태자를 선발한다는 것은 바로 영웅 중의 영웅, 인물 중의 인물을 고르는 일이라고 생각하옵니다!"

장정옥이 허리를 굽실거리면서 대답했다. 강희가 머리를 끄덕이며 자신의 생각을 피력하려고 입을 열려고 했다. 바로 그때 밖에서 이덕전이 들어서면서 아뢰었다.

"황자마마 여러분과 상서방 대신 마제, 동국유가 서화문에서 만나 뵙기를 주청했사옵니다."

강희가 알겠다고 짤막하게 대답했다. 이덕전은 바로 뒷걸음쳐 밖으로 나가려고 했다. 그때 강희가 갑자기 그를 불러 세웠다.

"황자들에게 전부 건청문 밖에서 꿇어앉아 대기하라고 이르라! 잠시 후 짐이 장정옥에게 조서의 초안을 작성하게 해서 내려 보내겠다. 그러니 마제, 동국유 등도 들어올 것 없이 돌아가 지의를 기다리라고 하라."

이덕전이 의아한 눈빛으로 강희를 바라봤다.

"예, 폐하! 알겠사옵니다!"

장정옥 역시 뭔가 이상한 낌새를 챘다. 황급히 자리에서 일어서면서 아뢰었다.

"무슨 지의가 계신지 지금 분명하게 말씀해 주시옵소서. 소인이 초안을 작성하겠사옵니다."

"서두를 것 없네. 다들 튼튼한데 몇 시간 더 엎드려 있는다고 해서 큰일이야 나겠어? 죽지는 않을 테니 걱정하지 말게. 이제 말해봐. 여덟째라는 위인을 어떻게 생각하는지?"

장정옥은 끈질기게 다그치는 강희의 집요함에 괴롭기 그지없었다. 심장이 세차게 뛰었다. 그는 강희가 지독할 정도로 여덟째에 대해 묻는 이유를 정확히 알 수가 없었다. 때문에 대단히 조심스러워하면서 입을 열었다.

"여덟째 황자마마께서는 일단 총명하옵니다. 배움에 있어 남다른 의욕을 가지고 있는 분이옵니다. 게다가 사람에 대해 관대하고 덕을 베푸는 데 인색하지 않사옵니다. 아랫사람에 대한 관심도 지대하옵니다. 신하들에게도 평이 좋은 것으로 알고 있사옵니다. 굳이 확대경을 들고 흠을 찾는다면 너무 정에 약한 것이 아닌가 싶사옵니다. 그것이 일에 영향을 미치는 것도 좋지는 않다고 해야 하옵니다. 솔직히 신이 천거를 주저한 것도 이러저러한 결점이 조금 있는 것 같아서였사옵니다."

"결함이 조금 있다고? 그 아이한테 빌붙어 다니면서 죽이 맞아 죽고 못 사는 자들을 보라고! 전부 내로라하는 거물들이야. 그것들이 한데 엉켜 돌아가는 게 곧 파당派黨을 획책하는 것이 아니고 뭐야? 짐이 벌써 몰래 다니면서 조사를 해봤어. 가짜 범인 사건도 결코 장오가 한 명의 경우로 끝난 것이 아니었어. 여덟째가 짐을 어떻게 데리고 놀았는지 물증을 전부 확보해 놓고 있다고. 돈 없고 세력 없는 약자들은 가짜 범인처럼 희생양이 되게 만들고, 방귀깨나 뀌는 놈들은 전부 자기편으로 끌어들였잖아. 조정에 좋지 않은 영향을 미칠 악당惡黨을 만든 그런 여덟째에게 어떻게 '인덕'仁德이라는 수식어를 붙일 수 있겠어? 윤잉과 윤진, 윤상이 텅 빈 국고 때문에 노심초사하면서 맨발 벗고 뛰어다닐 때 그 녀석은 자기 일당들에게 검은돈을 대주고 빚이나 갚아주고……. 그게 도대체 뭐하는 짓이야? 황자들의 녹봉이라고 해봤자 빤하잖아. 그런데 어떻게 그런 천문학적인 여유 자금이 있어서 남의 빚을 대신 갚아준다는 말이야? 돌멩이를 들어 제 발등을 찍는 바보 같은 놈! 이런 내용을 골자로 지의를 작성하게!"

강희의 말은 짐짓 조소로 가득차 있었다. 장정옥은 당황하지 않을 수 없었다. 너무나 날카로운 강희의 말인지라 문서를 쓰는 데 있어서는 타의 추종을 불허하는 뛰어난 능력의 소유자인 그로서도 이것을 어떻게 정리해야 할지 난감했다. 그러나 그는 이내 이마의 식은땀을 훔치면서 부랴부랴 책상으로 다가가서는 붓을 들었다.

"한마디 더 보탤 테니까 참고하라고. 여덟째의 생모인 양비良妃는 원래 천한 노비 출신이었어. 그러니까 여덟째는 뱃속에 있을 때부터 다른 황자들과는 신분에 차이가 있었지. 출신이 미천하기만 한 줄 알아? 여덟째는 그동안 아무런 공도 세우지 못했어. 그럼에도 착실하게 본업에 충실하려 하지 않았어. 오히려 허영심에 들떠 사사로이 파당을 만들었어. 또 유유상종이라고, 똑같이 못난 맏이와 죽이 맞아 다니면서 스스로 황자로서의 위상에 먹칠을 했어. 이런 자는 절대 태자가 될 수 없어!"

강희가 시퍼렇게 굳은 얼굴을 한 채 덧붙였다. 붓을 든 장정옥의 손이 심하게 떨렸다. 강희의 원색적인 비난을 적당히 윤색할 단어가 떠오르지 않았던 것이다. 강희가 잔뜩 긴장한 표정으로 단 한 글자도 써내려가지 못한 채 서 있는 장정옥을 보면서 물었다.

"무슨 일인가?"

"폐하!"

장정옥은 잠시 주저하다 마침내 용기를 냈다.

"외람되오나 폐하께서 일전에 내리셨던 명유明諭가 떠오릅니다. 폐하께서는 그 명유에서 '여러 신하들이 천거한 황자를 태자로 삼도록 하겠다'라고 말씀하셨사옵니다. 그 말씀은 소인뿐만 아니라 모든 이들의 귓전에 아직도 생생하옵니다. 그런 명유를 이렇게 바로 뒤집는 것은 좀 곤란하옵니다. 더구나 여덟째 황자마마의 죄상이라는 것이 딱히 드러나지 않았사옵니다. 그런데도 이런 지의를 내리신다는 것은 설득력이 부족하다고 생각되옵니다."

강희는 장정옥의 말에 일리가 있다고 생각했다. 솔직히 그는 육경궁이 비어 있기 전까지는 여덟째에 대해 그런대로 만족하고 있었다. 출신이 미천하다고 특별히 미워할 이유도 없었다. 그러나 태자 자리를 차지하기 위해 보여준 너무나도 튀는 돌출행동은 그냥 두고 봐서는 안 될 일이었다. 더구나 보이지 않는 곳에서 암암리에 파당을 만들었다는 의혹을 떨쳐버릴 수 없는 상황에서는 더욱 수수방관할 수 없었다. 사실은 짐짓 모르는 척하고 여덟째가 죄악의 수렁으로 더 빠져들기를 기다렸다가 한 방에 날려 보낼 수도 있었다. 하지만 어떻게 하든 일찌감치 경종을 울려 최악의 상황만큼은 면하도록 하고 싶었다. 그가 서둘러 지의를 내려 죄를 묻고자 한 것도 다 그 때문이었다. 작심하고 여덟째를 변호하는 장정옥의 말에 한참이나 할 말을 잃었던 강희가 다시 입을 열었다.

"자네는 여덟째를 천거하지 않았으니 그런 말을 할 자격이 있어. 하지만 여덟째가 지금 얼마나 아슬아슬한 줄타기를 하고 있는지 알고 있나? 지금 이런 식으로라도 제동을 걸지 않으면 결과가 어떻게 나올지 아무도 장담 못한다고. 방금 짐이 내린 지의를 글 대신 입으로 염군왕에게 전해주도록 하게. 짐이 아직까지는 충분히 받아줄 의사가 있다고 말이야. 그러니 더 이상 화를 돋우게 하지 말고 왕위나 착실히 지키고 현실에 안주하라고 말이네."

"알겠사옵니다, 폐하! 폐하의 넓디넓은 아량에 정말 마음 깊이 감복했사옵니다. 황실 혈육의 행복이 곧 신하의 행복이 아니겠사옵니까!"

장정옥이 대답하고는 물러나려고 했다.

"잠깐만!"

강희가 황급히 장정옥을 다시 불러 세웠다.

"아무래도 심부름을 간 사람에게 분풀이하는 수가 없지 않겠어. 자칫 자네한테 불똥이 튈지도 몰라. 그러니 자네가 직접 나서지 말고 간친왕簡親王이 전하도록 해보게. 솔직히 말해 짐이 지금 가장 참을 수 없는 것은 동국유와 마제의 배신이야! 명색이 상서방 대신이라는 자들이 국법을 무시하고 공공연히 아령아, 왕홍서, 규서 등 되다가 만 작자들과 한통속이 되어 여덟째 발싸개 역할을 자청하다니! 정말 충격이야. 가서 지의를 전하게. 이 사건을 즉각 부의部議에 넘겨 죄상을 낱낱이 까밝히고 죗값을 치르게 하라고 말이네."

장정옥은 자신에게 해가 될 일을 사전에 막아주려는 강희의 따뜻한 배려에 감동하지 않을 수 없었다. 눈에서는 그새 눈물이 맺혔다. 그가 애써 눈물을 억누르면서 아뢰었다.

"여덟째 황자마마도 용서하신 마당에 그까짓 곁가지들 때문에 폐하의 위상에 먹칠할 이유는 없지 않겠사옵니까? 소인의 생각에는 가능한 한 부의에는 넘기시지 말되 호된 질책으로 경종을 울려주는 것이 어떨까 하옵니다."

강희가 잠시 생각을 하더니 입을 열었다.

"문제는 이 둘 사이에도 죄질에 경중이 있다는 사실이지. 한자루에 넣고 몽둥이질을 하기에는 다소 무리가 있을 것 같아. 마제는 잠시 눈에 콩깍지가 껴 대세가 어디로 기우는지 몰라 허둥대다가 흙탕물을 뒤집어 쓴 경우인 것이 분명해. 그러나 동국유는 달라. 밀모密謀를 꿈꾼 지가 오래 된 것 같아. 섬뜩하다고. 짐이 골수에 병이 들어 사경을 헤매고 있을 때 병문안을 오기는커녕 상주문을 빙자해 협박조의 말이 가득한 편지를 보낸 자가 동국유야. 그런 작자를 어떻게 계속 상서방에 남겨둘 수가 있겠나?"

강희가 얼굴을 붉히며 흥분했다. 그리고는 문제의 청안상주문請安上奏文을 장정옥 앞으로 휙 내밀었다. 청안상주문은 지방의 변경에 나가 있는 관리들이 정기적으로 황제의 성안聖安을 묻는 공문이었다. 매일 얼굴을 마주보는 조정 핵심부서의 대신이 황제에게 다른 상주문도 아니고

청안상주문을 올렸으니, 그야말로 웃기는 일이라고 할 수 있었다. 장정옥은 동국유가 도대체 무슨 속셈으로 그랬을까 하고 은근히 놀라면서 황급히 상주문을 펼쳐봤다. 깨알같이 박아 쓴 상주문 중간 중간에는 강희의 손톱자국이 역력했다.

폐하의 일처리가 뛰어나고 빈틈이 없다는 사실은 온 천하에 모르는 사람이 없사옵니다. 이번 일은 폐하의 위상에 막대한 영향을 끼칠 우려가 있사오니 장본인에 대한 처리에 영명한 결단을 내려주실 줄로 믿사옵니다. 부디 폐하의 심모원려를 기대하옵니다.

장정옥은 글을 다 읽은 다음 끝부분에 적힌 날짜를 보고 슬며시 계산을 해봤다. 바로 강희가 양심전에서 장황자에게 크게 호통을 친 다음날이었다. 그는 머리카락처럼 섬세한 강희의 예리함에 다시 한 번 탄복했다. 그래서 내친김에 상주문에 대한 강희의 어비御批도 읽어봤다. 극도로 흥분한 심경을 반영하듯 필체는 많이 흐트러져 있었다.

짐은 자네가 대놓고 이런 큰소리를 서슴지 않는 속셈이 심히 궁금해. 덕분에 평소 간파할 수 없었던 대신들의 형편없는 자질을 별로 어렵지 않게 들춰볼 수 있게 됐네. 하나같이 국록만 축내고 속에 든 것이라고는 없는 식충이들이었어. 자네 말을 들어보니 모두들 여덟째에 대한 충성심을 다지느라 여념이 없는 것 같군. 하지만 나라와 백성들의 명운에 관련된 사안인 만큼 그렇게 쉽게 결판이 나지는 않을 것이네……. 자고로 난신적자亂臣賊子가 생기는 것은 황가皇家에서도 예외는 아니었어. 자네는 밖에서 망언妄言이 무성하면 정신을 차리고 단속을 해야 했어. 그런데 덩달아 장구 치고 북 치고 여론을 날조하고 다녔다는데, 그것이 과연 사실인가?

장정옥은 충격을 금할 수가 없었다. 얼떨결에 자신도 모르게 강희의 어비를 읽어본 다음 다시 동국유의 상주문도 살펴보았다. '장본인에 대한 처리'를 운운할 정도로 동국유는 원색적인 단어를 사용했다. 누가 봐도 그 말은 윤잉을 죽여 버리라는 암시였다. 그는 늘 동국유가 소신 있는 온건파라고 생각했다. 그런데 동국유는 강희가 심한 충격에 드러누운 상황에서 쇠뿔도 단김에 빼라는 식으로 독하게 나왔다. 정말 예상치 못한 일이었다.

그러나 그가 괘씸하다고 해서 상주문을 부의에 덜컥 넘겨 논의하는 것도 말은 안 될 터였다. 강경파들이 대부분인 부의에 회부될 경우 바로 수많은 사람들이 줄줄이 엮이는 대옥大獄의 도화선이 되지 말라는 법이 없을 테니까. 장정옥은 갑자기 머리가 아프기 시작했다. 그가 한참 생각에 잠겨 있다 천천히 입을 열었다.

"동국유가 상서방 대신의 체통에 위배되는 짓을 저지른 죄는 쉽게 용서할 수 없다고 생각하옵니다. 하지만 그래도 명색이 조정의 친인척이라는 사실은 감안하셔야 하옵니다. 부의에 넘기는 것만은 재고해 주셨으면 하옵니다. 화기和氣는 상서로운 기운을 낳는다고 했사옵니다. 부디 대옥만은 피해갈 수 있도록 폐하의 드넓은 아량을 보여주셨으면 하옵니다. 이것은 한 개인의 죽고 사는 문제 정도가 아니옵니다. 나라의 운명과 관련된 사안이옵니다."

강희는 평소에도 장정옥의 간언에는 귀를 기울이는 편이었다. 장정옥이 적절한 때와 장소에서 비중 있는 간언으로 신뢰를 쌓아왔기 때문이었다. 강희가 묵묵히 장정옥의 말을 들으면서 골똘하게 생각에 잠겼다. 그러다 한참 후에 담담하게 말했다.

"동국유의 직무를 박탈하게. 마제는…… 직급을 한 등급 낮추고, 삼년 동안의 녹봉을 지불정지시켜. 여전히 상서방에서 일하게는 하고. 후유!"

장정옥은 엄청날 수도 있었을 옥사를 막았다는 생각에 안도의 숨을 내쉬었다. 이어 강희의 마음이 단 몇 초 사이에 변하기라도 할세라 허겁지겁 밖으로 물러났다. 그러나 그는 대문을 나서자마자 누군가와 정면으로 부딪쳤다. 본능적으로 고개를 들었다. 그러다 그만 더욱 크게 놀라고 말았다. 붉은 돌계단에 엎드려 불러주기를 기다리고 있던 사람은 다름 아닌 30여 년 동안 태자로 있었던 윤잉이었다.

장정옥은 너무나 놀란 나머지 얼굴이 하얗게 질린 채 입술을 실룩거리면서 허둥지둥 인사를 올렸다.

"둘째 황자마마……, 요즘 편안하십니까?"

윤잉은 명을 받고 함안궁에서 오는 길이었다. 냉궁冷宮(황실의 주요 인물들을 유폐시키는 궁)에서 나오는 길이었으니, 그로서는 주위에서 건네는 익숙한 인사말이 어색할 수밖에 없었다. 또 결코 낯설지는 않아도 쉽게 다가서기 부담스러운 얼굴들을 보면서 격세지감도 느꼈다.

그는 최근의 사건을 겪으면서 밑바닥으로 떨어지긴 했으나 나름의 성과도 얻었다. 그것은 바로 아침저녁으로 변화무쌍하게 간에 붙었다 쓸개에 붙었다 하는 간신들을 옥석 가리듯 가려낼 수 있었던 점이었다. 또 유독 장정옥과 왕섬 등 10여 명 만이 흔들리지 않고 바람 앞의 등불 같은 자신을 전력을 다해 보위했다는 사실을 태감을 통해 안 것도 나름의 성과라고 할 수 있었다. 윤잉은 바로 그런 장정옥을 대하자 감개가 무량했다. 이어 엎드려 인사하는 몸동작조차 예전 같지 않게 둔한 장정옥을 묵묵히 쳐다보았다.

"그만 일어나 볼일을 보러 가게."

윤잉의 말이 끝나자마자 장오가가 안에서 마중을 나와 깍듯하게 인사를 올리고 안내를 했다. 윤잉은 옷매무새를 단정히 하고 안으로 발을 들여놓자마자 길게 엎드린 채 머리를 조아렸다.

"죄신罪臣이 오래간만에 용안을 뵙사옵니다. 불효가 하늘을 찌르는 아들 윤잉이 아바마마를 뵙사옵니다!"

강희와 윤잉은 지척에 있었다. 그러나 수 개월 동안 얼굴 한 번 본 적이 없었다. 유난히 노색이 완연할 뿐 아니라 피로한 기색이 역력한 아버지와 초췌하고 후줄근한 모습의 처량한 눈빛의 아들은 앉은 채, 엎드린 채 그대로 오래도록 말없이 서로를 바라봤다. 그러다 윤잉의 눈에 먼저 눈물이 그렁그렁 맺혔다. 고개를 떨군 강희의 상체 역시 심하게 흔들렸다. 자식 이기는 부모 없다고 하지 않았던가. 황실에서도 예외는 아니었다.

"바닥이 찰 텐데 어서 일어나. 그래 건강은 괜찮으냐?"

강희가 눈물을 감추면서 윤잉에게 물었다.

"아들은 건강하옵니다. 몇 개월 사이에 아바마마께서는 많이…… 늙으셨사옵니다……."

윤잉이 부들부들 떨면서 흐느꼈다. 다시 길고도 무거운 침묵이 흘렀다. 놀랍게도 강희의 눈빛에는 일말의 원망이나 미워하는 기색이 없어 보였다. 한때는 원수덩어리라고, 다시는 보지 않겠노라고 다짐했던 문제의 아들을 대하는 태도는 확실히 달라진 듯했다.

"지나간 일은 과거라는 강물에 띄워 멀리멀리 보내자꾸나. 걱정했던 것보다는 건강이 좋아 보여 다행이구나. 네가 앙심을 품은 자의 요술에 걸려 마가 낀 것이라고 생각한다. 그 와중에 잠깐 판단이 흐려진 것일 뿐이라고 생각하고 싶어. 그러나 네가 반드시 가슴에 아로새겨야 할 부분은 있다."

윤잉은 강희의 말을 듣자 완전히 아물지 않은 상처가 다시 살아나는 것 같았다. 장황자의 포악한 인간성과 셋째 윤지의 승냥이 같은 심보,

여덟째의 비정함에 다시 치를 떨었다. 그러나 아직 들고 일어날 때는 아니었다. 그가 속마음과는 달리 다소곳이 대답했다.

"아바마마의 가르침을 하나도 빠뜨리지 않고 명심하겠사옵니다."

"너도 가슴에 손을 얹고 차분히 생각해 보거라. 그러면 너로 인한 짐의 고충과 괴로움을 알 것이다. 짐이 엄마를 일찍 잃고 궁중에서 외롭게 자라는 너를 보면서 얼마나 속을 썩였는지 아느냐? 혹시 다른 황자들에게 따돌림은 당하지 않을까, 한 대 얻어맞는 것은 아닐까 하고 걱정한 것이 하루 이틀이 아니야. 이 눈치 저 눈치 봐 가면서 너에 대한 특혜도 베풀 만큼 베풀었어. 왜냐! 혹시라도 기가 죽을까봐! 그건 네가 특별히 잘나서가 아니었어. 너의 생모가 짐에게는 은인이자 이 나라에도 공헌이 지대한 사람이었기 때문이야. 명주의 세력이 너를 태자 자리에서 몰아내려고 온갖 수작을 부렸어도 너에 대한 짐의 믿음은 확고했지."

강희가 잠깐 멈췄다가 다시 비감한 어조로 말을 이었다.

"비록 누군가의 요술에 의해 피해를 입었다고는 하나 그것은 어디까지나 귀신의 놀음에 지나지 않아. 태조, 태종 할아버지 때도 간혹 이런 일은 있었어. 하지만 조상님들은 후덕하신 분들이었기에 그런 작당에 놀아나지 않았지. 다른 황자도 아닌 태자인 네가 마가 끼네, 어쩌네 하는 것은 솔직히 짐이 대외적으로 너를 보호하고자 그럴싸하게 포장한 것일 뿐이야. 사실은 네가 쌓은 덕이 부족하고, 내실이 부실하다는 증거야. 그러니 맏이만 원망할 수도 없어."

윤잉은 강희의 말에 순간적으로 맏이 일당에 대한 분노가 치솟았다. 하지만 당장은 어쩔 수가 없었다. 그는 눈꺼풀을 내리깔면서 수긍을 했다.

"부황의 가르침은 지극히 지당하옵니다. 아들의 결점은 바로 덕이 부족한 데 있사옵니다. 깊이 뉘우치고 있사옵니다."

"그래서 하는 얘기인데……, 아직 복위復位는 너무 이르다고 생각한다. 복위 여부와 적절한 시기는 정세를 봐서 결정할 거야. 인仁이라는 것은 자신을 다스릴 줄 알고 본분을 지킬 줄 알 때만이 가능한 거야. 자신을 극복할 줄 모르는 사람에게는 인이라는 것은 있을 수가 없지. 네가 자신의 결점을 인정하지 않고 타인에 대한 보복을 위해 시간을 허비한다면 또다시 요술에 걸려들지 말라는 법은 없을 거야. 너를 풀어주는 것은 너에게 못할 짓을 한 사람에게 보복하고 맞불을 놓으라는 것이 아니야. 네가 진심으로 뉘우치고 내실 있는 새 출발을 하기를 바라기 때문이지. 공자가 이르기를 '인은 멀리 있는가? 아니다. 내가 인하고자 하면 곧 인에 이른다'고 했어. 마음을 버선 뒤집듯 뒤집어 흐르는 물에 깨끗이 씻고 발상의 전환을 시도하는 자세가 필요하다고."

강희는 인자한 아버지처럼 한참 동안 아들을 훈육했다. 윤잉은 강희의 말이 약간 주제를 벗어난 느낌이 없지 않다고 생각했지만 구구절절 자신을 아끼는 마음이 간절한 데서 나오는 말이라는 것은 모르지 않았다.

"예! 아들은 이 시각부터 선인들의 말씀을 열심히 공부하고 실천에 옮기겠사옵니다. 바른 덕을 갖춘 사람이 되기 위해 노력하겠사옵니다."

"좋은 사람이 되는 것이 바로 바른 덕이 있는 사람이 되는 거야. 하지만 치도治道에 이르기 위해서는 그것만으로는 부족해. 짐이 쭉 지켜본 바로는 너는 일을 할 때 성격이 너무 극단적이야. 어떨 때는 찰기가 전혀 없어 이겨지지 않고 흐물흐물한 진흙처럼 나약해. 그럴 때는 완전히 뼈조차 없는 벌레처럼 보이지. 그런가 하면 어떨 때는 별것 아닌 일에 포악하게 성질을 부려. 까탈스러운 고집불통이기도 하고. 완전히 극과 극을 치닫는 그런 성격은 세상을 다스리는 데에는 어울리지 않아. 성격은 선천적이기도 하나 배움을 게을리 하고 자기관리를 소홀히 한 결과이기도

해. 이제는 나왔으니 그동안 못 읽었던 책을 열심히 읽어. 쓸데없이 외부의 신하들을 만나고 다니지 말고! 얇은 귀로 아무 소리나 여과 없이 들어 넘겼다가는 또 다른 구렁텅이에 빠질 우려가 있으니 각별히 조심해.”

말을 마친 강희는 조용조용히 타이를 때와는 달리 준엄한 목소리로 덧붙였다.

“그만 가봐!”

황자들은 이른 아침부터 황제의 병간호를 하라는 명을 받고 궁으로 불려왔으나 안에는 들어가지도 못하고 있었다. 그저 계속 건청문 밖에서 무릎을 꿇고 있어야 했다. 문제는 오랜 시간 무릎을 꿇고 있다 보니 아프지 않은 데가 없다는 사실이었다. 저마다 오만상을 찌푸리고 풀이 죽어 있을 때였다. 어사인 아령아가 간친왕 늑아포勒阿布와 함께 건청문 안에서 걸어 나오는 모습이 보였다.

곧 아령아가 황자들에게 가까이 다가갔다. 이어 붉게 상기된 얼굴을 한 채 월대月臺에 올라섰다.

“지금부터 간친왕께서 성유를 낭독하겠다!”

“만세!”

여덟째 윤사는 순간 뭔가 이상한 분위기를 느꼈다. 자신도 모르게 가슴이 두근거렸다. 그러나 그는 가슴을 꼭 부여안고 황자들을 따라 머리를 조아리면서 당숙 뻘인 간친왕이 흰 수염을 나부끼면서 낭독하는 성유에 귀를 기울였다.

“윤잉은 장황자의 요술에 휘둘려 본의 아니게 의롭지 못한 행동을 보였다. 그로 인해 얼마 전 열하熱河(승덕)에서 폐위를 당했다. 하지만 지금 장황자의 음모가 온 천하에 밝혀졌다. 때문에 윤잉을 석방해 자신의 집에서 글공부에 전념토록 하겠다. 여덟째 황자 역시 장황자와 크게 다를 바 없다. 섬기는 주군이 위태롭고 나라 안팎이 어수선한 틈을 타 사사롭게 파당을 만들었다. 또 악당들의 부추김에 모르는 척 응하면서 황권에 침을 흘리는 허황된 꿈을 꾸었다. 그 죄를 결단코 용서할 수가 없다. 짐은 하늘의 명을 받고 화하華夏의 운명을 짊어진 지 어언 오십 년이 됐다. 천하의 대권은 한 사람의 손에 잡혀 있어야 마땅하다. 때문에 아무리 자식이라도 없었던 일로 눈을 질끈 감아버리기에는 후환이 두렵다. 자식사랑에 발목이 잡혀 법을 어길 수는 없지 않겠는가? 오늘부로 여덟째의 왕위는 박탈한다. 이후에는 종인부에 가두라. 파당을 만든 경위를 정확히 조사한 후에 다시 죄를 물을 것이다!"

강희의 성유는 너무나 뜻밖의 내용을 담고 있었다. 좌중의 사람들은 뒤통수를 심하게 얻어맞은 듯 다들 멍한 표정을 지을 수밖에 없었다. 여덟째 역시 이러한 최악의 상황은 전혀 예상치 못했는지 사색이 된 채 어깨를 늘어뜨렸다. 어찌할 바를 모르는 듯했다. 간친왕이 성유 낭독을 마치자 길게 엎드린 채 심하게 떨리는 목소리로 겨우 대답했다.

"아신……, 죄를 달게 받겠사옵니다……."

여덟째와는 나름 긴밀한 관계인 아령아는 너무나도 괴로웠다. 당장 돌기둥에 머리를 들이받아 죽어버리고 싶은 심정이었다. 그래서일까, 식은땀이 주체할 수 없이 흐르고 있었다. 그러나 그럴 수는 없었다. 자신에게 주어진 임무를 어쨌거나 완수해야 했다. 결국 그는 옆에 서 있는 간친왕의 성유 낭독이 다 끝나자마자 얼빠진 사람처럼 기계적인 손짓을 보냈다. 그러자 장오가가 두 명의 교위를 데리고 와서는 다짜고짜 여덟째의 팔을 뒤로 꺾었다. 이어 커다란 형구를 목에 씌우더니 자물쇠를 채워버렸다.

"잠깐만! 제가 부황을 만나 뵙겠습니다. 그런 다음 저도 같이 잡아가 주십시오!"

순간 열넷째가 터져 나오는 울분을 참지 못하고 소리를 내질렀다. 그리고는 땅을 짚고 일어섰다. 그러자 아홉째 윤당 역시 벌떡 일어나서 따라나설 채비를 했다. 열째 윤아 역시 시뻘건 두 눈을 부라리면서 불만을 토로했다.

"어떤 버러지 같은 놈이 폐하께 고자질을 한 거야? 황자들이 무슨 잘못을 저질렀기에 저마다 이 모양 이 꼴인 거야? 우리 대청은 이제 막가는 것 아니야? 내일은 누구 차례인지 부황께 여쭤볼 거야!"

황자들은 열째의 말에 모두 자리에서 일어나 수군대더니 바로 맞장구를 쳤다. 그러나 윤진만은 그렇지 않았다. 오사도를 비롯한 자신의 측근들의 예상이 그대로 적중하자 교차하는 희비를 어쩌지 못하고 있었던 것이다. 한편 진실 여부를 떠나 황자들 모두가 여덟째를 위해 거품을 무는 장면을 지켜보면서 다시 한 번 경악했다. 그는 순간적으로 야비하기는 하나 생존을 위해서는 자신도 움직여야겠다는 결단을 내렸다!

우선 무리에서 떨어져 나와 뻣뻣하게 서 있는 상태에서 벗어나 일부러 울상을 짓는 연기를 했다. 이어 비감한 표정으로 황자들에게 다가가 침통한 어조로 말했다.

"큰형님, 둘째 형님, 셋째 형님 다 안 계시니 여기에서는 내가 제일 형이구나. 나도 여덟째의 불행에 마음이 많이 아파. 그러나 부황께서는 연세도 결코 적지 않으시고 병환 중에 계셔. 우리 형제들이 불난 집에 부채질을 해서는 안 되지 않겠어?"

"아하! 그렇구나! 세상 모든 효자가 다 죽은 줄 알았더니, 다행히 여기 한 분 살아 계셨구먼! 속으로는 너무 좋아 춤판이라도 벌였으면 좋겠죠? 여덟째 형님이 패가망신하게 됐으니, 이제는 형님 차례다 이거죠?"

갑자기 열째 윤아가 비아냥거리더니 콧방귀를 뀌었다. 그러자 옆에 있던 여덟째가 큰 소리로 윤아를 꾸짖었다.

"열째, 너 지금 무슨 미친 소리를 하고 있는 거야? 입 다물고 있는 것이 나를 도와주는 거야. 알았어?"

"그래 연호^{年號}는 어떤 것으로 준비했어요? 이름이 윤진이니, 발음이 똑같은 윤진^{允眞}으로 정하는 것은 어때요? 하하하하······! 천자의 윤허가 떨어지면 진짜로 태자가 되는 것은 시간문제일 테니 말이에요. 이름과 딱 어울리네요."

열째가 여덟째의 제지에도 불구하고 윤진을 노려보면서 계속 비아냥거렸다. 분노와 허탈감으로 완전히 이성을 잃은 듯했다.

"말이 너무 지나치구나. 오늘은 기분을 헤아려 그냥 내버려둔다. 나중에 얼마든지 후회하게 만들어줄 테니까 조심해."

윤진이 싸늘하게 쏘아붙였다. 이어 부드럽고 진지한 태도로 덧붙였다.

"적어도 이 자리에서만큼은 내가 어른이야. 여기에서 이럴 것이 아니라 불만이 있으면 우리 집에 가서 얘기해. 나의 만복당^{萬福堂}을 불 지르든지 때려 부수든지 마음 편한 대로 하라고!"

윤진의 눈빛은 한겨울 처마 밑의 고드름처럼 차갑고 날카로웠다. 수군거리던 장내는 일시에 조용해졌다.

"나와 다섯째, 아홉째가 가서 폐하를 찾아뵙고 여덟째를 용서해주십사 하고 사정해보겠다. 그러니 그만 헤어지자고."

윤진은 그렇게 내뱉고는 먼저 발걸음을 옮겼다.

27장

대반전

강희는 태자를 석방하고 여덟째를 구금시키고 난 다음에야 차츰 마음의 평온을 찾아갔다. 모처럼 책을 들여다볼 수 있는 여유도 생겼다. 그가 막 책을 펴들었을 때였다. 장만강이 들어오더니 아뢰었다.

"폐하, 이렇게 누워만 계시면 멀쩡한 사람도 병이 나겠사옵니다. 날씨도 좋은데, 밖에 바람이라도 좀 쐬러 나가시는 것이 어떻겠사옵니까?"

"그러지! 이미 엎질러진 물인데, 자꾸 고민해봤자 무슨 뾰족한 수가 있겠는가! 현실을 직시하고 과거를 재빨리 홀홀 털어버리는 것이 최선이지. 그러나 그런 것을 알면서도 내 마음대로 되지가 않네그려. 안 그래도 며칠 전에 장정옥에게 내년에는 바람도 쐴 겸 강남이나 가볼까 하고 말했더랬지. 그 친구가 참 좋은 생각을 했다고 말하더군. 집구석 돌아가는 꼴을 보면 머리에 쥐나게 생겼어!"

강희가 히죽 웃음을 지었다. 그리고는 장만강과 단 둘이서 밖으로 나와 자녕궁 쪽으로 천천히 발걸음을 옮겼다. 날은 이미 많이 어둑어둑해져 있었다. 저 멀리 하나둘씩 밝혀진 촛불들은 마치 귀신불처럼 스산한 빛을 내뿜고 있었다.

"궁문에 열쇠를 잠그라! 불조심!"

태감들의 목소리가 이곳저곳에서 들려왔다. 아마도 궁문을 닫을 무렵이라 그런 모양이었다. 강희는 그 소리를 듣자 갑자기 궁문에 열쇠를 잠그는데 왜 '전량'錢糧이라는 단어를 사용하는지 궁금해졌다. 장만강에게 물어보기 위해 뒤를 돌아봤지만 장만강은 보이지가 않았다. 그가 황급히 주위를 두리번거리면서 장만강을 찾고 있을 때였다. 궁중 저편에서 두 줄로 늘어선 채 초롱불을 밝힌 사람들 사이로 예쁜 수레 하나가 서서히 모습을 드러내고 있었다. 강희는 깜짝 놀라 두 눈을 비비고 수레를 바라봤다. 그런데 세상에! 수레에 타고 있는 사람은 바로 자신이 오매불망 그리던 혁사리씨가 아닌가!

"자네!"

강희는 너무나 반가운 나머지 목이 메어 혁사리씨를 부르면서 달려갔다. 이어 수레 안을 들여다보고는 환호성을 질렀다.

"이게 어떻게 된 일이야? 자네, 여태 어디 갔었어? 자네가 보고 싶어서 짐이 얼마나 헤맸는데!"

그러나 혁사리씨는 수레에 앉은 채 환하게 웃기만 할 뿐 말이 없었다. 강희가 다시 희비가 엇갈린 표정으로 다그쳐 물었다.

"황후, 왜 아무 말이 없는 거요? 짐이 그대를 얼마나 사랑하는데! 우리는 어려서부터 당신의 집에서 같이 오차우 스승님의 강의도 듣고 메뚜기도 잡지 않았소……. 그때 당신은 개미떼가 파리를 끌고 나무 위로 올라가는 모습을 오래도록 지켜보면서 배꼽을 잡고 웃었었지. ……당신, 왜 말이 없소?"

혁사리씨는 눈꺼풀을 내리깐 채 여전히 대답을 하지 않았다. 그러다 한참 후에야 겨우 입을 열었다.

"어미는 자식에게서 삶의 보람을 느낀다는 말을 폐하는 못 들어보셨사옵니까? 윤잉이 태자가 아니라면 저도 더 이상 황후가 아니옵니다. 폐하, 우리 둘의 인연은 이로써 끝났나 보옵니다!"

혁사리씨의 말은 짧았으나 냉정했다. 강희는 바로 눈물을 흘리면서 한숨을 내쉬었다.

"그렇게 말하지 마오. 윤잉이 불효를 저질러 짐의 기대를 저버렸소. 그때문에 짐이 몇 날 며칠을 뜬눈으로 지새우면서 고통스러워했소. 그걸보고도 그러오? 하지만 당신이 가슴 아파할까봐 이미 풀어주었잖소? 이제 짐을 괴롭히지 말고 그만 내려오오. 바둑이나 한 수 두게!"

강희는 말을 마치고는 다급히 혁사리씨의 팔을 낚아챘다. 그러나 혁사리씨는 꿈쩍도 하지 않았다. 게다가 난데없이 나타난 공사정과 소마라고, 그리고 태감 소모자마저도 강희를 외면하면서 비켜가고 있었다.

강희는 아무래도 이상하다는 생각이 들었다. 결국 그들을 따라 자녕궁으로 들어갔다. 놀랍게도 궁 안의 수많은 사람들 역시 그를 본체만체했다. 오로지 저 멀리 뽀얗게 안개가 낀 듯 드리워져 있는 흰 장막의 한가운데에 앉아 있는, 할머니인 효장태황태후만이 금세 폭우가 쏟아질 듯한 무거운 얼굴로 자신을 바라볼 뿐이었다. 물론 그녀도 말은 없었다. 강희는 자신이 도대체 무슨 잘못을 저질렀기에 모두들 이렇게 냉담할까하고 고개를 갸우뚱했다. 바로 그때 소마라고의 손을 잡고 나타난 오차우가 강희를 향해 읍을 하면서 말했다.

"용공자, 그동안 잘 지냈습니까? 전에 산고재에서 역사 속에 우뚝 살아 있는 현명한 제왕들에 대해 강의를 한 적이 있지요? 일대의 군주에게 있어 나라를 세우는 것은 쉬워도 태평성대를 이루는 것은 어려운 법입니다. 또 태평성대를 이루더라도 난국을 타개하는 것은 어렵습니다. 설사 난국을 타개하더라도 태자를 세우는 것은 보통 어려운 일이 아닙니다. 훨씬 더 어렵습니다. 그런데 지금 형세는 조금 실망스럽군요."

강희는 뭐라고 해명을 하려고 했다. 그러나 채 그러기도 전에 오차우는 어디론가 사라지고 보이지 않았다.

강희는 점점 오리무중에 빠져드는 기분이었다. 갑자기 정신이 번쩍 들었다. 왜 오늘 만난 사람들은 전부 저 세상 사람들뿐일까! 강희는 순간 등골이 오싹해졌다. 황급히 손을 휘저으면서 외쳤다.

"장만강, 어디 있는가? 어서 짐을 궁으로 데려다 줘! 어서!"

강희가 외치자 갑자기 한 무리의 태감과 궁녀들이 해괴망측한 귀신으로 변하더니 송곳 같은 이빨을 드러내며 으르렁댔다. 또 혼비백산한 강희의 주변을 얼쩡거리면서 낄낄거렸다. 심지어 어떤 귀신은 맹수의 그것 같은 손톱을 치켜세우고 강희를 할퀴려고 했다. 나중에는 산발한 처녀 귀신이 입가에 피를 흘리면서 한 발자국씩 강희를 향해 매몰차게 접근해 왔다. 궁지에 몰린 강희는 쭈뼛쭈뼛 곤두선 머리카락을 부르르 떨면서 죽어라 소리를 질렀다.

"위동정, 이 빌어먹을 작자야, 어디 있는 거야? 빨리 와서 짐을 살려주지 않고 어디에서 자빠져 있는 거야?"

"……폐하! 폐하!"

그때였다. 강희가 소리를 지르는 것과 거의 동시에 침상을 지키고 있던 형년이 꿈속에서 악귀들에게 시달리고 있는 강희를 가볍게 흔들어 깨웠다. 이어 그가 아뢰었다.

"소인 형년이 시중을 들고 있사옵니다! 넷째, 다섯째와 아홉째 마마께서 만나 뵙기를 청했사옵니다!"

강희는 악몽에서 깨어나 눈을 번쩍 떴다. 눈부시게 밝은 햇빛이 창가를 비추고 있었다. 강희는 그제야 자신이 몸에 비단이불을 덮고 있다는 사실을 깨달았다. 동시에 마귀들이 득실대는 지옥은 악몽이었다는 것 역시 알게 되었다. 그는 바로 후유! 하고 안도의 숨을 내쉬었다. 그리고는 잠시 꿈속의 공포를 떠올리다가 세차게 뛰는 가슴을 억누르면서 물었다.

"무슨 일인가? 들어오라고 하게!"

윤진을 비롯한 세 명의 황자들은 밖에서 강희의 말을 듣고는 재빨리 시선을 교환하면서 조심스럽게 안으로 들어섰다. 이어 인사를 올리고는 허리를 꺾은 채 한쪽 편에 시립했다. 하지만 그 누구도 먼저 입을 열지 않았다. 강희는 황자들을 쳐다봤다. 우선 넷째 윤진은 얼굴에 수심이 가득했다. 또 다섯째 윤기胤祺는 난감한 기색이 역력했다. 아홉째 윤당은 심란한 얼굴을 하고 있었다. 단순히 안부를 물으러 온 것 같지는 않았다. 그렇다고 상주하려는 것도 아닌 듯했다. 강희는 한껏 분위기를 잡고 있는 자식들이 우스꽝스럽게 여겨졌는지 평소보다 온화한 어조로 물었다.

"하늘이 무너지기라도 했나? 그러면 이불 삼아 덮고 자면 되지 뭐가 문제인가?"

"아바마마께 아뢰옵니다. 아바마마께서 건강도 좋지 않으실 때 찾아와 아뢰는 것이 도리가 아니라는 것은 알고 있사옵니다. 하지만 내무부에서 여덟째 아우를 연행한 상태여서……."

윤진이 먼저 입을 열었다. 그러자 강희가 바로 그의 말허리를 뚝 잘라버렸다.

"어떻게 된 거야? 그렇다면 자네까지 합세했다는 말인가?"

강희가 냉소를 흘리면서 어이없다는 표정을 지었다. 그리고는 덧붙였다.

"그러면 그렇겠지! 천하의 불효자들이 하루아침에 환골탈태해서 효자로 돌변할 리가 있겠어? 무슨 바람이 불어 애비 문안을 왔나 했더니, 알고 보니 여덟째의 억울함을 호소하러 온 충신들이었군! 짐이 병을 달고 있은 지 족히 보름은 넘었을 거야. 그럼에도 넷째가 인삼탕 끓여가지고 두어 번 왔다 간 것이 고작이야. 나머지 스물세 명의 황자들은 코빼기도 내밀지 않았어. 그래도 여덟째한테는 대단히 충성스럽군!"

강희의 나름 이유 있는 비아냥에 황자 셋은 일제히 털썩 무릎을 꿇었다. 이어 간이 콩알만 해져서 바닥만 뚫어지게 쳐다보고 있었다. 윤진은 말없이 눈물을 흘렸다. 다섯째 윤기가 더듬거리면서 입을 열었다.

"정말 지당하신 질책이시옵니다. 아들이 불효를 저질렀사옵니다! 여덟째가 너무 가여워서 고민 끝에 저희 셋이 대표로 찾아왔사옵니다……."

윤기에 이어 이번에는 윤당이 거들고 나섰다.

"부황께서 부디 크나큰 은혜를 베푸시어 한 번만 용서해주시기를 바라는 바이옵니다……."

황자들의 말은 동기의 순수성이 의심스러울 수 있었다. 그러나 외면적으로 드러난 형제애는 어쨌든 감동스러웠다. 강희는 자식들의 간곡한 부탁에 마음이 조금씩 흔들리고 있었다. 그때 밖에서 한바탕 소란이 일었다. 누군가가 막무가내로 들어오려다 장오가에게 막혀 승강이를 벌이고 있는 듯했다. 갑자기 찰싹! 하는 뺨 때리는 소리와 함께 열넷째의 악에 반친 목소리가 들려왔다.

"너, 뭐야? 지금 나의 멱살을 잡은 거야? 이 새끼가 간이 배 밖으로 나왔구먼? 놔! 못 놔? 여기는 우리 집이야. 안에 있는 사람은 우리 아버지이고! 알아?"

이번에는 장오가의 목소리가 들려왔다.

"저는 안에 계시는 분이 천자라는 사실과 여기는 아무나 예고 없이 마음대로 출입할 수 있는 곳이 아니라는 것밖에는 모릅니다. 물론 황자마마도 예외는 아닙니다! 열넷째 황자마마, 이 자리에서 저를 죽이신다고 해도 명을 받지 않는 한 들여보낼 수는 없습니다!"

강희는 그제야 사건의 전말을 알 듯했다. 황자들이 치밀한 계획에 의해 움직이고 있다는 생각이 들었다. 그는 치밀어 오르는 분노를 참을 수가 없었다. 온몸의 피가 얼굴에 몰리는 듯 빨갛게 달아오르고 있었다. 그가 버럭 고함을 질렀다.

"무단, 무단 어디 있는가?"

"예! 여기 있사옵니다, 폐하!"

장오가 얻어맞는 장면을 목격하고 어찌할 바를 몰라 하던 무단이 황급히 달려 들어왔다. 그리고는 바로 상황을 설명하려고 했다.

"열넷째 황자마마께서……."

"개돼지보다 못한 자식을 들여보내. 무슨 개소리를 하는지 들어나 보게."

강희의 목소리가 갈라졌다. 이윽고 열넷째가 고개를 한쪽 편으로 심하게 기울인 채 씩씩한 걸음걸이로 들어섰다. 이어 무릎을 꿇더니 바깥쪽을 향해 손가락질하면서 아뢰었다.

"부황께서는 장오가 함부로 황자의 입궁을 막은 죄를 반드시 물어주시기 바라옵니다!"

"오! 그래서 우리 대단한 황자께서 심기가 불편하셨구먼? 좋아! 다 좋은데, 들여보내지 않겠다는 것을 객기 부려가면서 밀치고 들어와 굳이 짐을 만나려는 의도가 뭐야?"

강희의 턱수염이 부르르 떨렸다. 열넷째는 강희의 얼굴은 쳐다보지도 않은 채 고개를 반대편으로 꼬았다.

"부황께 여쭤보고 싶은 일이 있사옵니다."

"말씀해보시지!"

"여덟째 형님이 도대체 무슨 죄를 지었기에 형구까지 동원하셨사옵니까?"

"짐의 성유에 귀를 기울였다면 다시 물을 이유가 없을 텐데?"

"아마 그럴 것이라 생각하고 죄를 뒤집어씌운 것이 아니옵니까? 그러고서야 어찌 천하의 신민들을 설득하시겠다는 것이옵니까?"

"뭐? 그럴 것이라 생각하고?"

"폐하께 아뢰옵니다. 열하에 계실 때 '여덟째는 인심을 낚는 선수이자 큰물에서 놀 인물이다'라고 치하하신 분이 바로 부황이시옵니다. 상서방에서도 많은 사람들 앞에서 여덟째의 사내다운 기품을 높이 평가하셨사옵니다. 심지어 큰형님을 호되게 꾸짖으실 때도 여덟째 형님을 비교 상대로 삼으셨사옵니다. 이렇듯 위로는 부황의 명유明諭가 계시고, 밑으로는 여러 신하들의 한결같은 천거가 여덟째 형님의 든든한 뒷심이 됐사옵니다. 그런데 도대체 뭐가 잘못됐다는 것인지 모르겠사옵니다. 그렇다면 여덟째 형님을 천거한 조정의 문무대신들은 모두 교활하고 간사한 자들이라는 말이옵니까? 또 여덟째 형님이 백관들의 추앙을 받았다는 이유만으로 화를 입었다는 사실이 도저히 이해가 가지 않사옵니다!"

강희는 마치 속사포처럼 내쏘는 열넷째의 거침없는 말에 잠시 놀라는 표정을 지었다. 그러나 끝내는 분노를 터트리고 말았다.

"건방진 녀석 같으니라고! 입 닥치지 못해?"

"부조리가 있는 곳에 사내대장부의 외침이 있다고 부황께서 평소에 아들에게 가르침을 주셨사옵니다. 비록 광기는 있지만 허튼 짓은 하지 않는 아들이옵니다!"

열넷째는 머리를 조아리면서도 쉽사리 물러서지는 않았다. 강희는 열넷째의 당돌함에 붉으락푸르락 변하는 낯빛을 어쩌지 못한 채 징그러운 웃음을 지어보였다.

"광기는 있어도 허튼 짓은 않는다?"

강희가 의미심장한 한마디를 내뱉고는 고개를 한껏 젖히고 웃음을 터트렸다. 이어 갑자기 벽 쪽으로 휙 돌아서더니 보검을 내렸다. 그리고는 거침없이 서슬 퍼런 장검을 칼집에서 뽑아내는가 싶더니 한 발자국씩 내디뎌 열넷째 윤제에게 다가갔다. 삽시간에 궁전 안은 꽁꽁 얼어붙었다. 사람들은 저마다 사색이 돼버렸다.

순진하기 이를 데 없는 다섯째 윤기가 울면서 달려가더니 강희의 발밑에 엎드렸다. 그리고는 다리를 꽉 껴안으면서 눈물범벅이 된 얼굴을 들어 강희를 올려다보았다.

"……제발 고정하시옵소서, 아바마마! 열넷째는 태황태후마마께서 지극정성으로 키우셨사옵니다. 태황태후마마의 얼굴을 봐서라도 너그럽고 통 큰 용서를 부탁드리옵니다……."

열넷째 역시 다섯째가 의도하지 않은 채 자신의 아픔을 건드리자 그만 참았던 울음을 터뜨려버리고 말았다. 동시에 강희를 인간적으로 압박하고 나섰다.

"부황께서 저를 죽여 속이 시원하시다면 원하는 대로 하시옵소서. 이대로 구질구질하게 살고 싶은 마음도 없사옵니다……."

"꺼져! 꺼지라고!"

강희의 안색이 노랗게 변했다. 손도 부르르 떨었다. 이어 장검을 내던지고 허물어지듯 의자에 쓰러졌다. 곧이어 뜨거운 눈물이 그의 두 눈에서 주르르 흘러내렸다. 삽시간에 양심전의 난각은 부자와 군신 간의 울부짖음으로 눈물바다가 되고 말았다. 그들을 지켜보던 궁인宮人들 역시 고개를 떨군 채 눈물을 흩뿌렸다.

그러기를 얼마나 했을까, 먼저 감정을 추스른 윤진이 눈물을 훔치면서 아뢰었다.

"폐하, 여덟째 아우는 정말 억울하게 됐사옵니다. 아무쪼록 천추의 한을 남기기 전에 심사숙고해주시기 바라옵니다."

강희는 사실 윤진마저 여덟째의 일에 그토록 열심히 발 벗고 나설 줄은 미처 예상하지 못했다. 꽁꽁 얼어붙었던 그의 차가운 가슴은 어느새 스르르 녹아버렸다. 그가 패배를 인정하듯 손을 내저었다.

"……짐이라고 아들 눈에서 눈물을 빼는 것이 좋아서 이러겠는가! 장황자에 대한 처벌을 바꾸겠다. 구금한 상태에서 책을 읽을 수 있도록 하는 것이 좋겠어. 나머지 황자들은…… 다 풀어줘……."

강희의 두 눈에는 또다시 눈물이 그렁그렁 맺혔다.

황자들이 원하든 원치 않든 간에 태자가 복위할 것이라는 소문은 날개가 돋친 듯 퍼지고 있었다. 태자는 강희의 명령대로 조양문朝陽門에 새로 하사받은 저택에서 한 달 가까이 꼼짝 않고 책을 읽으면서 자성의 시간을 가졌다. 그 사이 모두 일곱 차례에 걸쳐 강희의 부름을 받았다. 부자간의 관계는 나날이 좋아졌다. 처음 만날 때 다르고 두 번째는 또 달랐다. 강희의 건강 역시 나날이 좋아졌다. 강희 48년 2월 말에 이르러서는 드디어 윤잉에게 입궁해 병 치료를 하도록 하라는 명령도 내려졌다. 태자의 복위가 눈앞에 닥쳤다는 것을 모르는 이는 없었다.

윤잉은 오랜만에 다시 육경궁에 발을 들어놓자 감회가 새로웠다. 무게가 만 근은 더 될 듯한, 궁문 옆에 놓여 있는 구리로 된 솥을 넋을 잃고 바라보았다. 그는 어릴 때부터 귀에 못이 박히도록 들어온 옛 얘기를 반추해봤다. 40여 년 전 강희가 오배를 생포했을 때였다. 강희는 구리솥의 다리에 오배를 붙들어 매놓고는 구문제독 오육일을 기다렸다고 했다. 어떻게 보면 시정잡배의 이전투구에서 볼 수 있는 것과 크게 다를 바 없는 광경이었다. 그러나 강산이 네 번씩이나 바뀌는 사이에 그때 그 시절의 역사는 갈수록 신비스럽게 후세에 전해졌다. 나중에는 당사자로부터 듣지 않고는 더 이상 진실 여부를 증명하기도 어렵게 변해갔다. 심지어 어떤 태감들은 문제의 구리솥이 너무나도 영험해 오배가 강희에게 치명적인 일타를 가하려던 순간 갑자기 뒤집어지면서 오배를 깔아뭉갰다고도 했다. 나아가 자신의 거짓말에 스스로 감동해 한참 신기해 하기도 했다. 윤잉은 옛날 얘기를 떠올리면서 길게 숨을 내쉬었다. 이어 피식 웃으면서 혼잣말을 했다.

"오랜만이군, 육경궁! 조상님께서 굽어 살펴주신 덕분에 신기神器가 또다시 내 품으로 돌아왔군!"

"둘째 마마, 방금 무슨 말씀을 하셨습니까?"

갑자기 등 뒤에서 귀에 익은 목소리가 들려왔다. 윤잉은 바로 고개를 돌렸다. 스승 왕섬과 그를 모시고 온 주천보와 진가유가 시야에 들어왔다. 다섯 달 만에 처음 보는 왕섬은 척 보기에도 많이 늙어 있었다. 윤잉은 그를 바라보는 순간 갑자기 코끝이 찡해지면서 눈물이 왈칵 치솟았다. 자신이 어렵고 위태로울 때 목숨을 걸고 두 팔 벌려 등 뒤의 화살을 막아준 왕섬이 아니던가. 윤잉이 한쪽 무릎을 꿇으면서 울먹였다.

"스승님……, 많이 수척해지셨네요. 죄송합니다!"

왕섬 역시 감회가 새롭기는 윤잉과 크게 다를 바 없었다. 부랴부랴 윤잉을 마주하면서 무릎을 꿇었다. 이어 윤잉의 두 손을 꼭 잡으면서 감정이 북받친 듯 몇 번씩이나 입가를 실룩거렸다. 그러다가 겨우 입을 열었다.

"다신 못 뵙는 줄 알았습니다……"

왕섬의 눈에서 두 줄기의 흐릿한 눈물이 무게를 이기지 못하고 주르르 흘러내렸다. 그동안의 심경을 대변하기에 충분한 눈물이었다. 두 사람은 곧 서로를 부축하면서 일어섰다.

"저는 그곳에 들어가서도 스승님 걱정을 제일 많이 했습니다. 폐하께서 스승님을 괴롭히지 않았다는 말을 주천보와 진가유로부터 전해 듣고서야 두 다리를 뻗고 잘 수가 있었습니다. 시세륜은 어떻게 지내는지요? 서찰을 보내 북경에 올 일이 있으면 꼭 들르라고 해야겠습니다. 같이 있을 때는 모르겠더니, 헤어지고 나니 참 그립군요……."

"둘째 황자마마! 마마께서는 아직 외신들에게 서찰을 보내시는 것이 조심스러울 때입니다. 폐하께서 열심히 책을 읽으라고 하셨으니 반드시 면발치에서 지켜보실 겁니다. 왕 대인을 다시 궁으로 불러 지도를 받으면서 조용히 책만 읽으시는 게 좋을 듯합니다."

주천보가 윤잉의 말이 끝나기 무섭게 바로 직언을 했다. 온순한 양처럼 끄는 대로 따라가는, 무조건적인 충성을 표시하는 진가유와는 확실히 달랐다. 하고 싶은 말을 못하면 입안에 가시가 돋는다는 평가를 괜히 듣는 게 아닌 듯했다.

주천보가 간언하고자 하는 것은 분명했다. 사람들의 이목을 한 몸에 받고 있는 마당에 괜히 긁어 부스럼을 만들지 말고 외신들과의 왕래도 잠시 자제하라는 것이었다. 순간 윤잉의 얼굴에 자신의 행동에 제동을 걸고 나서는 주천보에 대한 일말의 불쾌감이 슬쩍 스치고 지나갔다. 그러나 그는 애써 담담한 표정을 지으며 서재로 들어가서는 의자에 털썩 주저앉았다. 그러나 왕섬이 허리춤을 뒤지자 눈치 빠르게도 재빨리 담뱃불을 곰방대에 가져다 붙여주었다.

"스승님 편한 대로 앉으십시오. 스승님은 자금성 내에서 말을 달려도 괜찮다는 폐하의 윤허까지 받을 정도로 특별한 분입니다. 그런 만큼 앞으로 저를 만나면 모든 인사치레는 생략하도록 하십시오. 또 조금 전에 주천보가 했던 말도 충분히 공감하는 바입니다. 하지만 이번에 내가 물을 먹은 것은 너무 소심하고 착했기 때문이에요. 분명히 내가 이뤄놓은 것임에도 여덟째는 밖에 나가 공공연히 자신이 했다고 거짓말을 했어요. 대신 자신이 뒤집어 써야 할 똥바가지는 나에게 뒤집어 씌웠죠. 그래도 나는 멍청하게 여덟째의 꿍꿍이에 놀아난다는 사실도 모른 채 죽어라 밤을 새우면서 그 자식이 장가 갈 때 입을 옷을 만들어주고 있었어요. 이제는 나도 그 옛날의 윤잉이 아니라고요! 구사일생으로 호랑이 입안에서 간신히 살아나온 나에게 더 이상 겁나는 것은 없어요. 넷째 말이 맞아요. 죽임을 당하느니, 죽을 각오로 덤벼보는 것이 낫지 않을까요?"

"그래도 주천보의 말이 맞습니다."

왕섬이 짙은 담배연기를 뿜어내면서 말했다. 얼굴에는 걱정스럽다는 표정이 어려 있었다. 하기야 그럴 수밖에 없었다. 깊이 분석해본 것은 아니었으되, 얼핏 듣기에도 윤잉의 말은 어차피 금이 간 항아리가 깨지는 것이 뭐가 아쉬울 게 있느냐는 입장을 담고 있는 듯했으니까 말이다. 한마디로 그는 윤잉이 갈 데까지 가보자는 식으로 막간다고 생각했다. 그가 걱정스러운 눈길로 윤잉을 쳐다보면서 천천히 덧붙였다.

"군자가 덕을 쌓을 때는 자기 자신에게 구한다고 했습니다. 고로 사물의 이치를 궁극적으로 연구하고 세상을 평화롭게 하는 데는 신독愼獨(홀로 있을 때도 도리에 어긋남이 없이 스스로 삼가다)만큼 중요한 것이 없습니다. 신독이 제대로 이뤄지면 백 가지 사악함이 침입할 틈이 없습니다. 황자마마, 이제는 예전과는 다르다는 사실을 명심하셔야 합니다. 바깥의 정세는 반년 전과는 너무나 달라져 있습니다. 그러므로 이를 대하는 마음가짐부터가 새로워져야 합니다. 사적인 원망과 복수심을 품고 매사에 임해서는 곤란합니다. 그랬다가는 다시 우리 중 어느 누구도 원치 않는 일이 발생할 수 있습니다. 진짜 그런 날에는 수습불

능의 엄청난 사태가 초래될 수 있습니다. 정국이 또다시 악화일로를 치달을 것입니다."

진가유 역시 가까이에서 윤잉을 지켜보다 왕섬과 비슷한 생각을 하게 되었다. 윤잉의 가슴속에서 전에 없던 극단적인 성격이 고개를 들기 시작했다는 사실을 간파했다. 그의 얼굴에는 수심이 가득했다.

"황자마마, 스승님 말씀이 입에는 쓰지만 좋은 약임에는 틀림없습니다. '눈에는 눈, 이에는 이'라고는 하나 그건 일반인들 사이에서나 가능한 것입니다. 세 번을 참으면 살인도 면한다고 했습니다. 아무래도 화기치상和氣致祥(음과 양이 서로 화합하면 그 기운이 서로 어우러져 상서롭게 됨)이 최선이 아닐까 생각합니다. 이번에 폐하께서 서둘러 황자마마를 석방한 것은 바로 황자마마의 지극히 인간적인 모습에 감화됐기 때문이 아닌가 합니다."

"그건 나도 알아. 내가 진짜 별 볼 일 없는 사람이었다면 지금쯤은 벌써 지독한 아우들에게 먹혀 뼈도 못 추린 상태가 됐겠지. 흥, 나쁜 자식들 같으니라고!"

윤잉이 싸늘한 미소를 지었다. 악에 받쳐 이를 가는 모습이었다. 그러나 그는 동생들에게 모질게 뒤통수를 얻어맞은 사실이 다시 떠오르는 듯 눈시울을 붉혔다.

"……다 내가 마음이 약한 것이 죄야. 여덟째는 그동안 몰래 인삼을 채취해 팔아서 섬은돈을 챙겼어. 또 사사롭게 세금을 받아 챙겼지. 수많은 죄행을 저질렀어. 내가 그것들만 감춰주지 않았더라도 그 뒈질 놈이 내 뒤통수를 치는 일은 없었을 텐데 말이야."

윤잉의 느닷없는 말에 왕섬과 주천보, 진가유 세 사람의 눈이 동시에 휘둥그레졌다. 윤잉이 입에 담은 두 사건이 금시초문인 데다 너무나도 충격적이었기 때문이었다. 사실 사사롭게 세금을 받아 챙기는 것은 두

말할 것 없이 죄질이 가볍지가 않았다. 인삼은 더 말할 나위가 없었다. 순치황제 때의 법률에 의하면 인삼은 나라의 비상금이나 다름없었다. 몰래 캐내는 자는 누구를 막론하고 목을 벤다고 명시가 돼 있었다. 주천보가 경악을 했는지 연신 숨을 들이마시더니 혼잣말처럼 중얼거렸다.

"어쩐지 여덟째 황자마마의 돈 씀씀이가 장난이 아니다 싶었어요!"

윤잉과 왕섬 등은 초조와 불안, 또 충격 속에서 몇 시간을 더 보냈다. 그러다보니 점심때가 되었다. 윤잉은 순간 윤상과의 점심 약속을 황급히 떠올렸다. 세 사람에게 궁중에 남아 점심을 먹으라고 하고는 급히 볼일이 있다면서 자리에서 일어났다.

십삼패륵부十三貝勒府(패륵의 신분인 윤상의 집)는 육경궁에서 그다지 멀리 떨어져 있지 않았다. 그러나 윤잉은 윤상의 패륵부에 출입을 한 적은 한 번도 없었다. 완전 초행길이었다. 과거 윤상의 집은 워낙 별의별 사람들이 무상출입하는 곳이라 그랬던지 대단히 복잡했다. 그러나 윤상이 양봉협도에 갇히게 되자 집안 식객들과 하인들은 보금자리를 잃은 원숭이처럼 뿔뿔이 흩어졌다. 그렇게 의리를 저버린 사람들은 윤상이 집으로 돌아오자 철새처럼 다시 찾아왔다. 그러나 화가 머리끝까지 치민 윤상은 그런 그들을 외면해버렸다. 그리고는 완전히 새롭게 물갈이를 해버렸다. 집을 지키는 문지기 역시 새로 뽑았다. 그는 처음 일하게 됐으면 당황할 법도 하련만 전혀 그렇지 않았다. 처음에는 조금 헤매는 눈치를 보였으나 윤잉의 노란 허리띠를 보고는 바로 황친이라는 사실을 알아차리고는 먼저 황급히 달려와 인사를 올렸다.

"소생 문칠십사文七十四가 어르신께 문안을 올립니다!"

"열셋째 안에 있는가?"

문칠십사는 손님이 자신이 섬기는 열셋째 황자를 그런 식으로 부른다는 사실에 어리벙벙해졌다. 그러나 눈치 빠르게도 곧 얼굴 가득 황송

한 웃음을 지었다. 그럼에도 상대의 신분만은 꼼꼼하게 따져보겠다는
듯 집요하게 물었다.

"죄송스럽습니다만 어느 부府의 귀인이시옵니까?"

그러자 윤잉이 히죽 웃었다.

"나 말인가? 어느 아문에도 속해 있지 않네. 들어가서 윤잉이라는 사
람이 왔다고만 아뢰면 될 것이네."

"아이고 세상에! 태자…… 아니 둘째전하를 몰라 뵙다니요!"

문칠십사는 기절초풍할 것 같은 표정을 짓다 말고 의외로 날렵하게
메뚜기처럼 팔딱 솟구쳤다. 그리고는 그대로 땅바닥에 엎어져 머리를
조아렸다.

"저희 열셋째 황자마마께서는 아침 일찍 넷째마마 댁으로 행차하셨
사옵니다. 아마 거기에서 점심을 드시고 오시나 봅니다. 둘째전하, 들어
가셔서 차 한잔 드십시오. 그동안에 소인이 사람을 보내 모셔오겠사옵
니다."

"점심 한 끼 얻어먹으러 왔더니! 가는 날이 장날이라고, 주인은 또 넷
째한테로 동냥을 갔구먼. 됐네, 다음에 또 오지."

문칠십사로서는 아직 식전이라는 말을 들은 이상 윤잉을 그대로 보
낼 수가 없었다. 황급히 그를 안으로 안내하면서 연신 고함을 질렀다.

"둘째전하께서 시장하실 텐데 음식상을 봐 오거라! 우선 깔끔하고
맛깔스럽게 몇 가지만 만들어 오라고. 자고 아가씨에게는 둘째전하께
서 오셨다고 아뢰어라. 둘째전하를 열셋째 황자마마의 서재로 안내해
드려라!"

문칠십사는 신속하게 아랫사람에게 지시하고 나더니 바로 얼굴 가득
우스꽝스런 웃음을 지어냈다.

"모처럼 오셨는데 그냥 돌려보내면 소인이 열셋째 황자마마에게 벼락

을 맞습니다. 괜찮으시다면 여기에서 점심을 드시면서 잠깐만 기다려 주십시오. 열셋째 황자마마께서 곧 돌아오실 것입니다!"

윤잉은 알겠다는 듯 미소를 지으면서 서재로 들어갔다. 자고가 어느 새 교소천과 아란을 데리고 시중을 들 채비를 하고 있었다. 그때 의자에 앉아 차 한 모금을 마시던 윤잉이 물었다.

"문칠십사라고 했나? 이름이 참 특이하구먼!"

윤잉이 관심을 가져주자 문칠십사는 신이 났다.

"몽고식으로 할아버지께서 연세 칠십 넷에 본 손자라는 뜻에서 대충 그렇게 불렀나 봅니다, 헤헤!"

윤잉이 고개를 끄덕이면서 우습다는 반응을 보였다. 그리고는 각자의 색깔이 확연하게 달라서 눈에 띄는 세 명의 시녀에게 관심을 보였다.

"열셋째가 보기와는 달리 여자 복이 있네? 풀려난 지 며칠 되지도 않았는데, 어디에서 이런 미인들을 물색해서 데려왔을까? 아무튼 재주도 좋아."

교소천이 애교스러운 몸짓으로 윤잉에게 다가가더니 술을 따르면서 대답했다.

"촌스러운 시골 출신 여자들에게 미인이라고 하시니 꼭 놀리시는 것 같아 몸 둘 바를 모르겠습니다. 자고 언니는 원래 여기 열셋째 황자마마 곁에 있던 시첩입니다. 또 소녀와 아란은 아홉째, 여덟째 마마께서 이리로 보내주셨습니다……."

그 말에 윤잉은 다시 한 번 윤상의 주변 인물이 너무 잡다하다는 느낌을 받지 않을 수 없었다. 그러나 빙그레 웃기만 했을 뿐 별다른 말은 하지 않았다. 그때 윤상이 두루마기 자락을 움켜잡고 빠른 걸음으로 들어섰다. 그리고는 윤잉이 엉거주춤 일어서서 뭐라고 하기도 전에 희색이 만면해 떠들어댔다.

"형님! 왠지 오늘 둘째 형님이 오실 것 같은 예감이 들었어요. 그런데 하필이면 넷째 형님에게 손님이 왔지 뭡니까. 거기에 불려가는 바람에 이렇게 됐어요. 제가 오늘 둘째 형님이 오실지도 모른다고 했더니, 그 사람들은 제가 도망가려고 거짓말을 하는 줄 알고 있어요. 아직도 제가 하인들을 시켜 교묘하게 빠져나간 줄 알고 있을 거예요!"

윤잉이 웃으면서 물었다.

"손님이라니, 누구를 말하는 거야?"

"아, 왜 있잖아요. 넷째 형의 문인^{門人}이자 큰처남인 연갱요가 왔더라고요."

윤상이 대수롭지 않게 말하고는 윤잉의 맞은편에 자리를 잡았다. 그리고는 술잔을 들어 냉수 들이키듯 입안에 털어넣고는 덧붙였다.

"그런데 넷째 형님도 나이 든 생색을 내는지 갈수록 구질구질해지는 것 같아요. 별일 아닌 것 가지고 사람을 들볶는 것을 보니 말이에요. 글쎄, 처남이 가지고 온 선물이 너무 성의가 부족하다면서 보자마자 꼬투리부터 잡는 것 아니겠어요? 또 자기한테 찾아오기 전에 먼저 예부를 찾은 것도 예의에 어긋난다네요? 용감무쌍하기로 소문난 마왕^{魔王} 연갱요가 쥐구멍이라도 비집고 들어갈 것처럼 어쩔 줄을 몰라 하는 모습을 보니 참 딱해 보이더라고요. 나중에는 심했다고 생각했는지 술을 따라 주고 등을 두드려 주면서 어쩌고저쩌고 하는 걸 보니 꼭 병 주고 약주고 하는 격이더라고요. 제가 다 민망해서 혼났어요."

윤상이 신나게 떠들어댔다. 그러면서도 음식을 집어 윤잉의 그릇에 올려주는 것은 잊지 않았다. 그리고는 모처럼 찾아온 윤잉을 환영하겠다는 듯 세 명의 시녀들에게 비파를 뜯으면서 노래를 부르도록 지시했다. 아란이 수줍은 얼굴에 홍조를 가득 띄우면서 두 손을 맞잡고 노래를 부르기 시작했다.

기구한 시첩의 운명이여! 언제쯤 구름이 걷히고 새로운 무릉도원이 오려는가?

양원梁園의 풍광이 좋다 하나 국화를 따면서 울타리 동쪽에 눕는 것보다는 못하구나!

한 곡조 노랫소리가 애간장을 녹이니, 왕손王孫의 애틋하지 못한 사랑을 원망하는 것인가?

　노래를 부르는 아란의 눈에서는 어느덧 눈물이 그렁그렁 맺혔다. 윤상은 아란을 힐끗 쳐다보면서 그녀와의 아픈 추억을 떠올렸다. 그러나 추억은 아련하게 기억 속에 남아 있는 것만으로도 충분히 아름다운 법이었다. 그는 그런 생각을 하면서 모든 것을 떨쳐버리려는 듯 바로 머리를 흔들고는 윤잉을 향해 입을 열었다.

　"둘째 형님, 저런 노랫말을 들으니 생각나는 사람 없어요?"

　윤잉이 입을 열어 뭔가를 말하려다 도로 다물어버렸다. 그러자 윤상이 눈치를 채고 얼른 시녀들을 내보냈다.

28장
태자, 복위하다

윤잉은 시녀들이 밖으로 나가자 의자를 앞으로 당겨 윤상에게 가까이 다가갔다. 그리고는 은근히 관심을 보였다.

"애들이 다 괜찮아 보이는군. 게다가 나름대로 자네와 고생을 같이 해왔지 않은가. 너무 소홀하게 대하는 것 아닌가?"

"더 이상 뭘 어떻게 합니까? 계집들이 완전히 복에 겨워 지랄이네요! 내일 자고를 정식으로 첩으로 맞아들이면 저것들은 아마 '기구한 시첩의 운명이여!'라는 말을 온 천하에 떠벌리고 다닐 걸요? 여자는 화의 근원이라고 했어요! 둘째 형님, 우리 둘은 함께 생과 사를 넘나든 사이입니다. 그까짓 계집들 때문에 골머리 앓을 필요는 없잖아요? 저것들 손에 놀아나지 않도록 각별히 조심해야 한다고요."

윤상은 적잖이 흥분했다. 윤잉이 그런 윤상을 아래위로 훑어보더니 정색을 했다.

"아무리 봐도 자네는 참 사나이다워! 이번 사고로 인한 득실을 굳이 따지자면 얻은 것이 더 많은 것 같아! 더욱 씩씩해진 자네 모습을 보니 기분이 좋군! 자네와 넷째 같은 아우가 있다는 것은 조정의 행운이야. 나 윤잉의 복인 것도 같고!"

윤상은 민망했다.

"풍파를 겪기는 했으나 넷째 형님은 여전히 묵묵히 본분을 다하는 예전의 넷째 패륵이에요. 저도 변함없는 열셋째 아우이고요. 둘째 형님의 일이라면 언제든지 맨발로 가시밭길에 뛰어들 각오가 돼 있어요!"

"그러면 좋지!"

윤잉의 얼굴에서는 어느새 웃음기가 깡그리 사라졌다. 이어 두 눈 가득 섬뜩한 빛을 번쩍이면서 윤상에게 바짝 다가앉았다.

"정 귀인 알지? 정춘화 말이야."

윤상이 머리를 끄덕였다. 그러나 뒷말을 다그치듯 윤잉을 지켜보기만 할 뿐 말은 없었다. 관자놀이가 심하게 뛰는가 싶더니 윤잉이 이마의 근육을 푸들거리면서 덧붙였다.

"그 여자가 왜 완의국浣衣局(조정의 빨래방)으로 쫓겨 갔는지는 알고 있어?"

윤상이 귀신불처럼 섬뜩한 윤잉의 눈을 바라보다 숨을 잔뜩 죽인 채 머리를 흔들었다.

"알려줄게! 내가 폐위당하는 극단적인 상황에 몰리게 된 것은 다 그 계집 때문이야!"

갈수록 음산한 냄새를 풍기면서 윤잉이 이를 악물었다. 순간 윤상은 경악했다. 바로 자리에서 튕기듯 일어나 실내를 서성거렸다. 부지런히 생각을 더듬는 눈치였다. 곧 열하에서 발생했던 사건의 편린들이 그의 뇌리를 스치고 지나가면서 한군데로 모아졌다. 똑똑한 것으로 말할 때 영악하다는 표현이 과하지 않은 윤상은 '바로 그 계집 때문이야'라는 말의 뜻을 별로 어렵지 않게 알아차렸다. 초조함과 불안감을 드러내면서 부산스럽게 왔다 갔다 하던 윤상이 직설적으로 물었다.

"형님, 툭 터놓고 얘기해 보세요. 그래서 뭘 어떻게 하겠다는 건지?"

"그 계집에게…… 죽음을 선물할 거야!"

윤잉이 말꼬리를 길게 흐리더니 드디어 이빨 사이로 핵심적인 단어를 내뱉었다. 윤상은 순간적으로 많은 생각을 했다. 윤잉이 그런 식으로 나올 줄은 몰랐다. 전혀 예상 밖이었다. 충격에 가슴이 철렁했다. 그는 솔직히 조금 전 윤진으로부터 최근의 일을 겪으면서 윤잉의 성격이 예전 같지 않다는 말을 들을 때만 해도 설마 했었다. 하지만 윤진의 말이 옳음을 확인하는 순간 심한 충격을 받아서인지 그의 이마에서는 시퍼런 혈관이 튀어나올 듯이 꿈틀거렸다. 윤상이 방안을 오락가락하다 갑자기 발걸음을 뚝 멈추었다.

"영원히 입을 봉해버리려고요?"

"그래! 이 일은 하늘이 알고 땅이 알고, 네가 알고 내가 알 뿐이야! 폐하도 알고 계시기는 하지. 만약 여덟째의 귀에 들어가는 날에는 후환이 무궁할 거야. 넷째에게도 일부러 알릴 필요는 없어!"

윤잉의 얼굴에는 어느덧 살기가 등등했다.

"저도 알고 싶지 않아요. 그런데 하려면 혼자서 하지 왜 저한테 알려주시는 거예요?"

윤상의 음성이 차가웠다. 윤잉은 잠시 생각에 잠겨 있는 듯하더니 껄껄 웃으면서 말했다.

"너를 믿으니까! 서천西天의 부처님께로 보내는 일도 네가 맡아줬으면 해! 내가 수도 없이 고민해 봤어. 동궁에 욕심이 전혀 없고 인정사정 볼 것 없이 일처리를 깔끔하게 할 수 있는 사람은 역시 너뿐이었어!"

윤상은 눈에 살기가 번득이는 윤잉의 기세에 당황한 나머지 잠시 어찌할 바를 몰랐다. 온순하다 못해 너무 나약하다는 성격적 약점을 달고 살던 사람이 하루아침에 이렇게 잔인하고 비정한 모습을 드러낼 줄이야! 그는 이마의 주름을 잔뜩 모으고 한 손으로 턱을 괸 채 이리저리 고민을 거듭했다.

"한차례 수난을 겪더니, 결단성 있고 지혜로운 사람으로 완전히 탈바꿈을 했네요!"

"처지가 처지이니 만큼 어쩔 수가 없어!"

윤잉은 비장했다. 윤상의 말에 야유가 담겨 있다는 사실을 알아차리지 못한 듯했다.

"정 귀인도 지금 완의국에서 노예처럼 일하면서 그렇게 사느니, 차라리 죽는 것이 더 나을 거라는 생각을 할 거야. 살아서 두 사람이 같이 망하느니, 그 계집은 죽음으로 체면을 살리고 나는 신분을 보장받는 것이 좋아. 그야말로 일거양득이잖아? 열셋째 아우, 닭 모가지 비트는 것만 보고도 여러 날 밥상머리에 앉지 못하던 나를 기억하지? 어쩔 수가 없어서 이러는 거야!"

자신이 숭배하고 존경하던 사람의 허울이 벗겨지고, 추잡하기 이를 데 없는 소인배라는 사실을 알았을 때만큼 비참한 느낌은 아마 없지 않을까 싶다. 순간 윤상은 윤잉이라는 사람이 구역질나는 말뚱과 크게 다르지 않다는 생각을 했다. 반면 윤잉은 다리를 꼬고 앉아 그의 공감을 이끌어내려는 듯 온갖 처연한 표정을 짓고 있었다. 윤상은 그런 둘째를 외면하다가 한참 후에야 한숨을 내쉬었다.

"둘째 형님이 솔직히 고백을 하니 저도 거짓 없이 말씀드릴게요. 모든 것을 떠나서 이것은 조상의 가르침에 위배되는 일이에요! 완의국의 책임자가 제 부하예요. 마음만 먹으면 쥐도 새도 모르게 해치울 수 있는 것은 사실이에요. 하지만 이 세상에는 질서라는 것이 있어요. 무리하게 할 수 있는 일이 있고, 그렇게 해서는 절대 안 되는 일이라는 것도 엄연히 존재해요. 형님은 곧 태자 자리에 복귀하실 것 아닙니까. 또 궁극적으로는 형님께서 보좌에 올라 천하를 호령하실 거예요. 만약 그때 과거의 일이 탄로 나지 않을까 우려해 저를 죽이지 않는다는 보장이 어디 있어요? 입을 봉하려고 말이죠."

"그건……. 마냥 순진한 줄만 알았더니, 이제 보니 자네도 역시 머리를 보통 쓰는 것이 아니군. 능구렁이가 한 마리 뱃속에 들어가 있었군! 바보같이 굴지 마. 그런 날이 진짜 나에게 온다고 해도 간신이 아닌 이상은 털끝 하나 건드리지 않을 거야. 맏이나 여덟째처럼 되다가 만 작자들도 수족이라고 여기면 모든 것을 용서해 주잖아. 그런데 그까짓 계집 때문에 내가 제일 좋아하는 자네를 괴롭히기야 하겠어?"

갑자기 말문이 막힌 윤잉이 난감한 표정을 짓더니 이내 크게 웃음을 지으면서 상황을 모면하려고 했다. 그러자 어느새 마음이 약간 풀린 윤상이 입을 헤벌리고 마른웃음을 지었다.

"형님이 끝까지 충성을 다한 개의 배를 걷어차 죽이는 비정한 주인이 아니라면 저 역시 형님이 원하는 바를 뭐든지 들어주고 싶은 아우예요. 다만 이런 일은 너무 서둘러서는 안 된다는 생각이 드는군요. 폐하께서 정국의 안정을 도모하기 위해 시세륜을 북경으로 불러들여 호부상서 자리에 앉혔어요. 흐지부지 흩어져 있는 사건들을 마무리 짓고 여덟째 일당을 중점적으로 조사하라고 지시를 하셨어요. 이런 마당에 제가 창춘원과 완의국에 자주 들락거리면 금방 의심을 사게 될 거예요. 올가을에 폐하께서 남순南巡을 계획하고 계신 것 같은데, 아마 그때 가면 태자에 복귀한 형이 북경에 남아있을 가능성이 커요. 제가 볼 때는 손을 쓰기에는 그때가 적격일 것 같아요. 어떠세요?"

윤잉이 머리를 끄덕였다. 이어 단번에 찻잔을 비우고는 자리에서 일어섰다.

"그러면 자네만 믿겠어. 여덟째 귀에 들어가지 않게 각별히 조심해야 해. 여덟째에게 꼬투리 잡힐 일은 절대 금물이라는 것을 명심해. 그럴 바에야 하지 않는 것이 나아."

윤잉이 신신당부를 했다. 윤상은 그를 두 번째 문까지 배웅해줬다. 그러나 곧 두루마기 자락을 멋들어지게 휘날리면서 씩씩하게 걸어가는 윤잉의 뒷모습을 향해 "퉤!" 하고 침을 내뱉었다.

그때 아란은 별채에서 창밖을 내다보고 있었다. 그러다 윤잉의 뒤에 대고 침을 내뱉는 윤상의 모습에 깜짝 놀라 시선을 돌렸다. 아란의 뒤에 서 있던 교소천이 그런 아란을 쳐다봤다. 둘은 잠시 서로를 마주봤으나 이내 황급히 시선을 피했다.

때는 강희 48년 3월 초아흐레였다. 마침내 윤잉이 동궁에 복위한다는 조유詔諭가 온 천하에 내려졌다. 폐위에서부터 복위할 때까지 공백 기간은 170일이었다. 그 반년 가까운 사이에 육경궁 주변에서는 많은 변화가 있었다. 육경궁을 호시탐탐 넘보다 낙마해 만신창이가 된 장황자가 있었는가 하면, 하마터면 저승사자에게 불려갈 뻔한 윤상도 있었다. 또 대부분의 황자들 역시 정도의 차이가 있었을 뿐 시련을 겪었다. 그럼에도 넷째는 사람을 대하고 일처리를 함에 있어서 각별히 조심한 결과 드물게 좋은 인상을 남겼다.

황자들 중에서 일희일비를 거듭하면서 가장 큰 충격의 나락으로 떨어진 황자는 다름 아닌 여덟째였다. 그는 수많은 해바라기 같은 세력들이 태워준 용의 날개에 앉아 하늘을 두둥실 떠다니면서 구름이라도 한 움큼 잡을 듯 손을 뻗는 찰나 삽시간에 바닥으로 내동댕이쳐졌다. 그로 인해 받은 충격은 거의 살인적이었다. 그는 매일 아홉째 윤당, 열째 윤아, 열넷째 윤제를 비롯한 왕홍서, 아령아, 규서 등 측근들과 더불어 이른 아침에는 까치 우는 소리에 환호하고, 저녁에는 하늘의 별자리에 일희일비하면서 반 년 동안 모든 심혈을 기울였다. 그러나 마지막에 맛본 결과는 처참했다. 왼팔(동국유)을 잃어버렸을 뿐만 아니라 코(마제)마저 뭉개져 납작해진 것이다.

조명朝命이 내려지자 대학사 온달溫達과 이광지李光地는 특간정사特簡正使, 좌도어사 목화륜穆和倫은 부사副使로 임명됐다. 그들은 곧 의장대를 이끌면서 손에 노란 절월節鉞(황제를 상징하는 의례용 도끼)을 든 채 호탕한 기세로 육경궁으로 들어가 지의를 낭독했다. 이어 태자 임명식을 거행하고 천지에 제를 지냈다. 태묘太廟에 이를 고하고, 마지막에는 사직社稷에 절을 올리는 행사도 진행했다. 육경궁은 처음 태자를 맞이할 때 그랬듯 온종일 잔치 분위기로 들끓었다. 그러나 여덟째 황자 윤사의 집은 마치 초상집을 방불케 했다. 그럼에도 여덟째와 아홉째, 열넷째는 억지로 기분을 추스르고 조하朝賀행렬에 끼어 따라다녔다. 반면 열째는 아예 병가를 내고 코빼기도 내밀지 않았다. 집에 들어앉아 애꿎은 아랫사람들을 못살게 굴면서 집기를 내던지는 통에 하인들도 한껏 주눅이 들 수밖에 없었다.

열째는 그 정도에서 그치지 않았다. 갑자기 화원 안에 있는 회자나무가 눈에 거슬린다면서 하인들을 불러내 전부 베어버리도록 했다. 그리고는 의자를 놓고 앉아 멀쩡한 나무가 쓰러지는 것을 구경하고 있었다. 그때 하주아가 밖에서 들어서는 것을 보고는 그는 대뜸 욕설부터 퍼부었다.

"여덟째 형님 집에 처박혀 집이나 지키지 않고 어디를 쏘다니는 거야? 재수 없게!"

"열째마마께 아룁니다."

하주아 역시 여덟째가 태자가 되는 것은 시간문제라고 생각하던 사람이었다. 그래서 자나 깨나 강희의 곁을 떠나 윤사의 저택인 염왕부廉王府에 가는 것을 학수고대했었다. 결과적으로는 불나방 신세를 자초한 꼴이 되고 말았다. 가슴속에서 불이 활활 타오르기는 열째 윤아와 별로 다르지 않았다. 그는 당연히 윤아가 자신을 향해 화풀이를 한다고 생각하고는 애써 비굴한 웃음을 지어 보이면서 말을 이었다.

"아홉째마마께서 부르셨습니다! 여덟째, 열넷째 마마도 기다리고 계십니다. 기분전환을 할 겸 모란牧丹 구경을 같이 하자고 하셨습니다."

윤아는 다들 함께 모여 있다는 하주아의 말에 반색했다. 자리에서 벌떡 일어나더니 순식간에 밖으로 뛰쳐나갔다.

아홉째 윤당의 집에서는 과연 모란 구경이 한창이었다. 낙양洛陽에서 방금 실어온 듯한 함초롬하고 매혹적인 자태를 뽐내는 온갖 모란들이 저마다 한아름은 되고도 남을 커다란 화분에서 추파를 던지고 있었다. 여덟째를 비롯한 윤당, 윤제, 왕홍서가 편안한 차림으로 여유만만하게 미소를 머금은 채 꽃잎에 머리를 파묻고 있었다. 저마다 달콤한 꽃향기에 한껏 도취된 듯 환상적인 표정을 얼굴에 드러냈으나 유독 아령아만은 그렇지 못했다. 핏기 없는 얼굴을 한 채 돌계단에 멍하니 앉아 있었다. 또 그 옆에는 50세 가량 돼 보이는 노인이 자리하고 있었다.

'저 사람이 누구더라?'

윤아는 한참 생각을 더듬고서야 비로소 임백안을 알아볼 수 있었다. 그때 열넷째가 빨리 오라고 손짓을 했다.

"열째 형님, 갑갑하게 집에서 뭐하셨어요? 아홉째 형님이 낙양에서 모란꽃을 들여오셨대요. 각자 하나씩 나눠주신다고 하네요. 형님도 어서 와서 골라 가세요!"

"그까짓 게 나한테 왜 필요해?"

윤아가 퉁명스럽게 내뱉었다. 이어 바로 임백안을 째려보았다.

"또 만났군. 재수 없이 이런 인간이 들락거리니 되는 일이 없지. 또 이까짓 물건이나 들고 와서 뭘 얻어가겠다는 거야?"

임백안은 열째의 비아냥에는 아랑곳하지 않은 채 깍듯이 인사를 했다. 그리고는 싱겁게 웃었다.

"역시 열째마마께서는 직관이 대단히 정확하신 분이군요. 소인이 이번에 낙양에 볼일이 있어 갔다가 꽃이 하도 예쁘기에 황자마마 여러분들께 충성하는 마음에서 좀 사왔습니다."

윤아는 여전히 퉁명스럽기가 그지없었다.

"여자로 태어났으면 틀림없이 대단한 불여우가 됐을 거야! 넷째 형님과 열셋째가 다시 기지개를 켜고 시세륜이라는 놈도 원위치 했으니, 뭐가 걱정스러워 아부 떠느라고 달려온 거지? 진짜 그렇다면 멀리 꺼져! 내 앞에서 괜히 얼쩡거리지 말고. 나는 꽃에는 관심이 없어."

열넷째는 윤아의 말이 지나치다 싶어서 임백안을 향해 말했다.

"다른 걱정은 하지 말고 돌아가 보게. 넷째 형님은 치밀하기 이를 데 없는 사람이니 충분한 물증이 확보되기 전까지는 함부로 움직이지 않을 거야. 돌아가서 사겠다는 사람이 있으면 그 잡화점이나 빨리 처분하는 게 좋겠어!"

주위에서 볼 때 임백안은 이렇다 할 직분도 없으면서 북경에서 너무나도 잘 나갔다. 그 이유는 무엇보다 여덟째와 아홉째 황자라는 거대한 두 산봉우리가 뒤를 지켜주었기 때문이었다. 그러나 결정적인 것은 20년 동안 치밀하고 지독한 준비를 거쳐 마련한 조정 백관들의 온갖 행적이 기록된 비밀문서를 가지고 있기 때문이라고 할 수 있었다. 털어서 먼지 안 나는 사람 없다는 말처럼 조정의 백관들은 거의 모두가 자신들만

의 비밀을 갖고 있었다. 그러나 모두들 쥐도 새도 모를 거라고 생각한 이 비밀은 누군가에 의해 또 다른 적나라한 비밀로 만들어져 있었다. 물론 그 사실을 아는 사람은 별로 없었지만. 천만금을 줘도 바꾸지 않을 이 비밀문서는 바로 임백안이 만들었다. 또 공주분公主墳 북쪽에 자리 잡은 임백안의 잡화점에 숨겨져 있었다. 임백안은 여덟째 쪽은 알고 있는 사실이기는 해도 열넷째의 입에서도 아무 거리낌 없이 잡화점에 대한 얘기가 나오자 놀라지 않을 수 없었다. 그러나 노련한 사람답게 내색하지는 않고 바로 허리를 굽혔다.

"예, 지금 가자마자 가게를 제화문齊化門으로 옮기겠습니다. 그곳은 마침 여덟째마마 댁과 마주하고 있습니다."

임백안은 말을 마치자마자 바로 밖을 향해 종종걸음을 옮겼다.

"열째!"

서재로 들어가 창밖을 내다보면서 꽃을 감상하던 여덟째가 자리에 다시 앉으면서 윤아에게 말했다.

"들리는 소문에 의하면 네가 매일 집안 식구들을 못 살게 군다고 하더군. 그러면 안 되는 거야! 아랫것들이라고 성질나는 대로 다뤘다가는 큰일이 난다고!"

윤아가 길게 한숨을 내쉬었다.

"맞는 말씀이에요. 하지만 분통이 터져 자다가도 벌떡벌떡 일어나게 되네요. 신경이 칼날같이 예민해지는 것도 어쩔 수가 없고요. 밖에서 뺨 맞고 들어왔으니 만만한 강아지 배라도 걷어차야 성질이 좀 풀릴 것 아니에요!"

윤아는 잠시 말을 멈추고는 허리춤에서 작은 종이꾸러미를 꺼내 펼쳐 보였다.

"이게 뭔지 알아요?"

순간 아령아가 흠칫 놀라면서 소리를 질렀다.

"수망초水莽草네요! 황자마마, 지금 이걸 가지고……."

"그래, 맞아! 다른 말로 단장초斷腸草라고도 하지! 내가 덜렁대며 다니는 골빈 놈 같아 보일 테지만 속은 무지하게 깊어! 선박영에서 들이닥치는 날에는 이걸 먹고 그 자리에서 죽어버릴 거야! 언제든지!"

윤아가 종이꾸러미를 도로 허리춤에 찔러 넣으면서 을씨년스럽게 웃었다. 좌중의 사람들은 속이 뻥 뚫려 있는 듯 싱겁게만 보이던 열째의 언행에 저마다 가슴이 서늘해졌다. 그때 수심이 가득한 얼굴을 하고 있던 여덟째가 입을 열었다.

"그런 비장한 각오를 할 수밖에 없는 아픔에 충분히 공감을 해. 어느 누구인들 이런 결과를 짐작이나 했겠는가! 나도 처음에는 한 줄기 연기처럼 사라져 버리고 싶었어. 하지만 이렇게 맥을 놓고 인생을 허송세월하기에는 우리가 여태까지 쏟아 부은 노력이 너무 아까워. 뿐만이 아니야. 윤잉 형님과 넷째 형님, 열셋째 쪽이 고소해하면서 박수칠 모습이 눈에 삼삼해 죽을 용기로 싸워보기로 마음을 고쳐먹었어! 우리는 아직 완패를 당한 것이 아니야. 나는 두고 볼 거야. 윤잉 형님이 어떻게 등극하고 황제 노릇을 하는지 말이야! 이번에 나를 향한 인심의 동향을 제대로 파악할 수 있었다는 것은 고무적이야. 우리가 여기에서 손을 놓아 버리면 우리를 밀어줬던 민심은 구심점을 찾지 못한 채 표류하게 될 거야. 그들이 있는 한 우리는 여전히 희망이 있어!"

"우리가 이번에 된서리를 맞은 것은 사실이에요. 그러나 곰곰이 생각해보면 우리가 손해 본 것도 별로 없지 않아요?"

윤당의 말에 황자들은 바로 진지하게 생각에 잠겼다. 이번 힘겨루기에서 과연 잃은 것은 무엇인가? 태자는 원래부터 윤잉이었다. 그러니 윤잉이 다시 복위하는 것은 손해라고 보기 어려웠다. 또 원래부터 같은 편이 아니었던 장황자가 설 자리, 앉을 자리를 모른 채 깝죽대다가 낙마한 것은 오히려 잘 된 일이었다. 정적을 제거한 것이나 다름없는 일이었으니까. 셋째 윤지 역시 한 방 얻어맞고 비실비실 게걸음을 쳐 저만치 도망가서 더 이상 까불지 않을 테니 오히려 잘 된 일이었다. 그러고 보면 입안에 들어올 뻔했던 비곗덩어리를 빼앗긴 아쉬움은 있어도 실패라고 할 수는 없는 싸움의 결과였다.

"아홉째마마께서 정말 피가 되고 살이 되는 말씀을 해주셨습니다!"

예정에도 없는 '모란꽃 감상회'를 마련한 사람인 왕홍서가 입을 열었다. 그리고는 윤당이 제법 쓸 만한 얘기를 했다고 생각했는지 힘찬 고갯짓을 해 머리채를 뒤로 돌리고는 큰 소리로 말을 이었다.

"우리는 스스로 만든 장밋빛 환상에 현혹돼 잠깐 속도위반을 했을 뿐입니다. 절대로 실패는 없었습니다. 폐하께서는 이번에 비록 여덟째마마의 손을 들어주시지는 않았으나 민심의 동향을 면밀히 관찰하셨을 겁니다. 또 곧 여덟째마마를 친왕으로 봉하신다는 소문이 들리더군요. 그야말로 좋은 조짐이 아닐 수 없습니다!"

왕홍서의 말에 크게 고무된 아령아가 끼어들었다.

"상서방의 마제는 우리 사람입니다. 장정옥은 유명무실한 허수아비나 다름없고요. 또 구문제독 융과다隆科多 역시 동씨 가문의 일원이라 윤잉을 제거하는 것은 시간문제입니다!"

여덟째가 눈빛을 반짝이면서 귀를 기울이고 있는가 싶더니 바로 입을 열었다.

"너무 노골적인 것 같지 않은가? 나는 결코 정변을 일으켜 정권을 잡은 명나라의 영락황제처럼 될 생각은 없어! 이번에 의외로 많은 신하들이 몰려드는 바람에 배가 뒤집혀 큰 곤욕을 치른 것으로 충분해! 폐하께서 윤잉 형님을 복위시키셨으니 잠자코 지켜보자고. 잘하면 보좌해

줄 것이나 덕이 없으면 우리가 손쓸 필요도 없이 저절로 허물어지게 돼 있어. 그러나 나는 무식한 큰형님처럼 귀신놀음 같은 것은 맹세컨대 하지 않을 거야. 그런 것은 믿지도 않아. 도덕군자가 귀신에 홀려 자신의 어머니와 간통을 일삼았다는 얘기 같은 건 차라리 억지에 가깝다고! 차라리 당사자인 정춘화가 아직 살아 있는 것이 다행이라고 해야 해. 우리가 기분 나쁠 때 언제든지 증거로 써먹을 수 있으니까!"

좌중의 사람들은 여덟째의 말뜻을 음미하면서 쓴웃음을 머금었다. 한참 후에 열넷째 윤제가 자리에서 일어서더니 한마디를 더 보탰다.

"음탕한 계집이 우리에게는 보배 같은 존재가 됐군요! 윤잉 형님이 나쁜 마음을 먹고 죽여 버리지 못하도록 각별히 신경을 써야겠어요. 완의국의 윗대가리들 중에 우리 사람이 없는 것이 문제이기는 해요. 필요하면 돈으로 매수하는 방법도 생각해봐야겠어요. 제일 좋은 것은 그 계집을 빼낸 다음 비밀장소에서 살도록 하는 것인데……!"

좌중의 사람들은 계속 이런저런 얘기를 나누면서 오랫동안 머리를 맞댔다. 그리고는 밤이 이슥해서야 비로소 헤어졌다.

태자가 복위했다는 소식은 온 천하에 모르는 사람이 거의 없었다. 그러나 완의국의 천한 노비들과 궁궐 깊숙한 곳에 들어가 살고 있는 궁인들은 아무것도 모르고 있었다. 그들에게는 누가 따로 알려주지 않은 것이다. 정춘화가 완의국으로 쫓겨 온 지도 이미 10개월이 넘었다. 태감들은 그녀가 갑작스럽게 완의국으로 쫓겨온 이유에 대해 전혀 모르고 있었다. 또 궁으로 다시 돌아갈지의 여부도 알 리가 없었다. 정춘화가 죽지 못해서 살고 있던 완의국은 창춘원 동북쪽에 자리를 잡고 있었다. 그러나 사람 사는 곳 같지 않게 조용했다. 노비들은 매일 태감들의 감독하에 손에 물이 마를 새 없이 죽어라 빨래만 해야 했기 때문이었다. 게다가

먹는 음식도 부실했다. 또 태감들의 모진 구타 역시 노비들에게는 고역이었다. 이런 여러 가지 이유로 인해 완의국의 노비들은 저마다 피골이 상접할 수밖에 없었다. 그럼에도 정춘화는 용케도 잘 참아내고 있었다.

칠월 칠석이 지난 어느 날이었다. 강희는 남순 길에 올랐다. 완의국 영사태감領事太監인 문윤목文潤木은 궁인들을 불러 황제가 안 계신 틈에 대청소를 할 것이라는 얘기를 했다. 또 궁인들에게 궁중의 이불과 담요, 베개, 휘장 모두를 가져다 세탁해 놓으라는 지시를 내렸다. 그리고는 보따리 하나를 가리켰다.

"이것은 날씨 좋을 때 빨리 빨아 말려야 해. 태자전하의 물건이니까 다른 것과 섞이지 않게 조심하고."

"태자라니!"

정춘화는 마치 불에라도 덴 듯 깜짝 놀랐다. 안색도 하얗게 질렸다. 그녀가 마침내 핏기 없이 꼬들꼬들 말라 있는 입술을 힘없이 실룩거리더니 조심스럽게 물었다.

"문 대인, 지금은 어느 황자께서 태자가 되셨습니까?"

문윤목은 정춘화에게 잘 대해주라는 열넷째의 지시를 이미 받은 바 있었다. 그래서 전보다는 훨씬 목소리가 부드러웠다.

"그거야 당연히 둘째마마시지! 둘째마마가 복위하신 지가 언제인데! 자네는 이제부터 손에 물 묻힐 것 없이 빨래를 개는 일만 하라고. 몸이 허약해 보여서 특별히 배려를 하는 거야. 앞으로 필요한 것이 있으면 나를 찾아오라고. 주방장 저 새끼가 좋은 것은 혼자 다 처먹으니 먹는 것도 부실할 거야. 그러지 말고 다음부터는 나하고 같이 먹자고."

문윤목이 장황하게 말을 했다. 그러나 정춘화의 귀에는 태자가 복위했다는 말 외에는 들어오는 것이 없었다. 그녀는 곧 환각상태에서 구름 위를 걷듯이 넋 나간 사람처럼 휘청거리면서 방으로 돌아왔다. 하지만 정신은 돌아오지 않았다. 결국 그녀는 빨래를 개고 있는 궁녀들에게 현기증이 나서 잠시 누워 있다가 오겠다는 말을 남기고 자신의 방으로 돌아왔다. 그리고는 이부자리를 펴고 주섬주섬 옷을 갈아입은 다음 베개 밑에서 작은 종이봉지 하나를 꺼냈다. 한 숟가락 정도 될 것 같은 흰 가루였다. 만일의 사태에 대비해 준비해두었던 극약이었다. 그녀는 지독한 심리적 갈등을 겪으면서 극약을 찻잔에 털어 넣었다. 이어 천천히 휘저었다.

그녀는 희고 곱게 뻗은 실파처럼 가늘고 예쁜 섬섬옥수로 자신을 위한 죽음을 준비하고 있었다……. 하얀 가루약이 천천히 찻물에 녹아들고 있었다. 그녀는 그 광경을 지켜보다 머리를 빗고 옷차림을 단정히 한 다음 이불 속에 들어가 누웠다. 이어 가슴 속에서 금단추 하나를 꺼냈다. 뜨거운 사랑을 나누던 바로 그날 윤잉이 그녀의 방에 떨어뜨리고 간 단추였다. 그녀로 하여금 수없이 많았던 위기의 순간을 악착같이 버티게 만든 물건이었다. 그녀는 단추를 매만지면서 이상야릇한 웃음을 짓다 담담하게 중얼거렸다.

"이제야 때가 됐구나."

"때는 무슨 때?"

갑자기 문윤목이 성큼 문을 열고 들어섰다. 그리고는 허허 웃었다.

"이봐요, 정 귀인! 몸이 안 좋다고 들었어요. 의원이라도 부를까요? 며칠 전에 열넷째마마께서 큰 죄가 없는 사람이니 잘 보살펴주라고 당부하셨어요. 오늘은 열셋째마마까지 정 귀인을 보러 오셨네요. 곧 좋은 날이 올 것 같군요!"

문윤목의 말이 끝나자마자 윤상이 바로 모습을 드러냈다. 멍하니 천장만 바라보고 있는 정춘화를 바라보면서 그가 문윤목에게 물었다.

"내가 문칠십사에게 선물한 집에 가봤는가?"

"그럼요, 황자마마! 너무나 호화로워서 눈이 뒤집혀질 정도였습니다. 북경이 아닌 지방에 그런 집 한 채가 있으면 틀림없이 내로라하는 토호의 집으로 보일 겁니다! 저희 문씨 가문에 이런 행운이 찾아올 줄은 정말 몰랐습니다. 그렇지 않아도 소인이 열셋째 황자마마께 머리 조아려 인사라도 올리기 위해 찾아뵈려고 했었습니다. 그러나 아버지께서 한사코 말리는 바람에 못 갔습니다. 아버지께서는 크나큰 황자마마의 은혜는 두고두고 갚으면 되지 꼭 이마 터지게 인사를 올리지는 않아도 된다고 했습니다. 죽어서 가루가 되는 한이 있더라도 열셋째 황자마마의 은혜에 보답할 것을 천지신명께 맹세합니다!"

문윤목이 황급히 대답했다. 윤상은 흡족한 미소를 지으면서 머리를 끄덕였다. 넷째 윤진이 다른 사람이 추천한 사람은 절대 집안에 들이지 않는 이유를 알 것 같았다. 또 그는 사람을 고를 때는 자기 손으로 물색해야 한다는 사실 역시 절감하고 있었다. 지나가는 거지마저 기웃거릴 만큼 대문을 활짝 열어놓던 자신의 주변 관리에 대한 맹점을 뼈저리게 느낀 결과였다.

"은혜는 무슨! 마음가짐이 중요하지. 착실히 본분만 잘 지켜준다면 앞으로도 나 몰라라 하지는 않을 거야. 오늘 태자전하의 명을 받고 정 귀인에게 할 말이 있어 찾아왔어. 그러니 자네는 그만 볼일을 보러 가게. 조금 있다 다시 부르면 그때 오게. 자네한테도 할 말이 있으니까."

문윤목은 알겠다는 듯 머리가 떨어져 나가라 숙이고서 밖으로 나갔다.

29장
강희의 마지막 남순南巡

정춘화는 태자의 명령을 받고 왔다는 윤상의 말에 자리를 박차고 일어났다. 이어 윤상에게 인사를 했다. 그러다 탁자 위에 자신의 찻잔과 똑같은 것이 가지런히 놓여 있는 것을 보고는 순간적으로 당황했다. 어떤 것이 자신이 약을 타놓은 찻잔인지 구분이 가지 않았던 것이다. 그녀가 자신의 일거수일투족을 뚫어지게 쳐다보는 윤상의 시선을 피하면서 물었다.

"무슨 명령이십니까?"

"명령은 무슨! 문윤목에게 듣기 좋으라고 그렇게 말했을 뿐이야. 둘째 형님께서 복위하셨네. 알고 있었는가?"

윤상은 계속 정춘화에게 시선을 던지고 있었다.

정춘화가 파리한 안색을 한 채 나지막한 목소리로 대답했다.

"시첩은 오늘에야 알게 됐습니다……."

윤상이 찻잔을 들었다 도로 내려놓더니 뒷짐을 지고 실내를 서성였다. 그리고는 몸을 홱 돌리면서 물었다.

"열넷째가 다녀갔다고?"

윤상은 말을 마치자마자 찻잔을 집어 들려고 했다. 그 순간 정춘화는 너무 놀란 나머지 당황스러움을 감추지 못했다. 심장이 마구 뛰었다. 그녀는 머리가 너무나 혼란스러웠다.

"열넷째마마께서는 다녀가지 않으셨습니다. 아니, 시첩은 못 봤습니다. 문 어른이 그러더군요. 열넷째마마께서 시첩에게 건강에 신경을 쓰라고 하셨다고, 언젠가는…… 전하께서 노비를 다시 궁으로 불러주실지 모른다고……."

윤상이 두서없는 그녀의 말을 듣고 있다가 갑자기 웃음을 터트렸다.

"놀라서 간 떨어진 사람처럼 그럴 것 없어! 태자전하께서는 정 귀인에게 반드시 살아남으라고 하셨어!"

"열셋째 황자마마!"

"내 말 명심하게. 여기는 사람이 죽어도 쥐도 새도 모르는 곳이야. 그러니 정 귀인은 누군가로부터 해코지를 당하지 않도록 각별히 신경을 써야겠어!"

윤상이 정춘화에게 잠자코 들으라는 듯 손을 들었다. 정춘화는 놀라움을 금치 못해 머리를 번쩍 쳐들었다. 그리고는 의아하다는 표정으로 물었다.

"시첩 말씀입니까?"

"그렇네! 정 귀인이 반드시 알아둬야 할 게 있어. 정 귀인 한 사람에게 태자의 안위와 이 나라의 복과 화가 달려 있다고 해도 과언이 아니야!"

윤상의 말투는 싸늘했다.

"태자전하께서는 이미…… 이미……."

윤상이 고개를 숙이더니 짧게 한숨을 내쉬었다.

"그렇네. 복위는 했네. 하지만 왕으로 봉해져 실력행사를 하는 황자들이 너무 많은 실정이야. 정 귀인은 역사에 해박하니 잘 알겠지만 명나라 때는 밖에서 왕을 봉했지 않았는가. 그렇기 때문에 왕들은 조정의 부름을 받기 전에는 사사롭게 번국藩國을 떠나지 못했었어. 그래서 그들의 권력을 원격조종할 수 있었다고. 조정에 대한 위협도 그만큼 적었지. 그러나 지금은 모든 왕들이 북경에 있는 실정이야. 저마다 감히 누가 왈가왈부할 수 없는 큰 권력도 장악하고 있어. 때문에 태자 형님의 발밑도 마냥 안전한 것만은 아니야. 사실 태자 형님의 세력과 능력에 대해서는 나보다 더 잘 알 것 아닌가. 태자 형님에게 더 이상 무풍지대는 없다는 얘기야."

정춘화는 말없이 머리를 끄덕였다. 재빨리 이리저리 생각을 굴리기도 했다. 그리고는 여러 번 입을 열었다 다물었다 반복하는가 싶더니 마침내 윤상의 의견을 물었다.

"그러면 열셋째마마께서는 시첩이 어떻게 하는 게 좋다고 생각하십니까?"

윤상이 습관적으로 창가와 주위를 살피고 나더니 던지듯이 툭 내뱉었다.

"삼십육계 줄행랑이 최선인 것 같네!"

"여전히 짓궂으시군요! 사람 옷기는 것도 때와 장소를 가려가면서 하셔야 하지 않겠습니까? 시첩이 지금 어디로 도망가겠습니까? 여기는 태감들의 감시가 항상 뒤따르고, 밖에서는 우림군들이 밤낮 교대로 지키고 있습니다. 날개가 돋지 않은 이상 어떻게 이 금원禁苑을 한 발자국이라도 빠져나갈 수가 있겠습니까?"

정춘화가 조심스러워하던 방금 전의 모습과는 달리 깔깔거렸다. 윤상은 말문이 막힌 듯 탁자 한 모퉁이에 시선을 고정시킨 채 생각에 잠겨 있다가 손을 뻗었다. 찻잔을 들려고 한 것이다. 순간 정춘화가 자지러지듯 소리를 질렀다.

"안 됩니다!"

"왜?"

"차…… 차가 식었습니다. 따끈한 차로 바꿔오겠습니다."

정춘화가 숨을 거칠게 몰아쉬더니 기어들어가는 목소리로 말했다.

"나는 또 무슨 큰일이라도 난 줄 알았네! 오히려 더 잘 됐어. 나는 더운 것은 질색이니!"

윤상은 그러면서 한사코 찻잔을 집어 들려고 했다. 그러자 기겁한 정춘화가 아예 찻잔을 덮칠듯이 탁자 위로 엎어졌다. 이어 천천히 얼굴을 들어 윤상을 쳐다봤다. 그녀의 두 눈에서는 두려움과 슬픔이 묘하게 교차하고 있었다.

"이 차는…… 마시면 큰일납니다!"

윤상은 그제야 정춘화의 행동거지가 뭔가 심상치 않다는 것을 눈치챘다. 동시에 불에라도 덴 듯 화들짝 놀라면서 그녀에게 물었다.

"호…… 혹시……?"

"그렇습니다. 시첩은 막 아비지옥으로 들어가려던 참이었습니다. 갈 때가 됐기 때문에 지체하고 싶지 않았습니다……."

정춘화가 실성한 듯 중얼거렸다. 목소리는 어느새 흠뻑 젖어 있었다. 그녀가 덧붙였다.

"지은 죄가 하도 무거워 이대로 가는 것도 죄스럽기는 합니다. 기름가마에 한 번 들어갔다 나와서 다시 아비지옥으로 들어가야 하는 것은 아닌가 싶습니다. 그렇기에 사실 하루하루를 위태롭게 살아가는 것이 매일 살점을 뭉텅뭉텅 들개에게 뜯어 먹히는 것과 별로 다를 바가 없습니다. 정말 고통스럽습니다."

하늘에는 금세라도 폭삭 내려앉을 듯 무거운 먹장구름이 낮게 드리워져 있었다. 뜰의 백양나무들은 을씨년스러운 바람에 안쓰러운 몸짓을 하고 있었다. 그러나 그 광경은 한 무리의 사람들이 박수를 치면서 흐느적거리는 것 같기도 했다. 윤상은 안팎으로 더없이 스산한 분위기에 자신도 모르게 모골이 송연해졌다. 그때 어느새 평상심을 회복한 정춘화의 참회의 말이 이어졌다.

"……책향기 그윽한 가문에서 태어나 황은을 입어 운 좋게도 궁인이 됐건만 이 한 몸의 정조를 지키지 못하고 태자전하께 막대한 피해를 입혔네요. 조부께서는 시첩이 철들 나이가 되자 늘 여자는 화의 근원이라고 말씀하셨습니다. 자칫 나라를 말아먹는 큰 죄를 범할 수 있다고도 하셨습니다. 거의 입버릇처럼 말씀하셨죠. 그때는 그 말이 그렇게 싫을 수가 없었습니다. 그런데 제가 그 주인공이 되다니! 하늘이시여! 조물주시여! 왜 하필이면 저를 여자로 태어나게 하셨습니까!"

정춘화는 경련을 일으키듯 온몸을 부르르 떨었다. 터져나오는 울음을 참느라 안간힘을 쓰고 있었다. 그러나 눈물은 기어이 폭포수처럼 솟구쳐 나왔다……

"이…… 이러지 말게!"

윤상이 정춘화의 격렬한 반응에 놀라서 멈칫했다. 그리고는 조심스럽게 다가가 위로의 말을 하려고 했다. 그러나 심하게 떠는 그녀의 가냘픈 어깨에 손을 올려놓으려는 순간 윤상은 소스라치듯 놀라 손을 거둬들였다. 그녀의 몸은 화롯불을 품은 듯 갑갑하고 너무나 뜨거웠던 것이다.

원래 그는 정춘화를 없애달라는 윤잉의 말을 듣고는 윤진을 찾아갔었다. 당연히 윤진과 둘은 머리를 맞대고 고민을 거듭했다. 결론은 윤잉과 같은 부덕한 사람일수록 자극은 금물이라는 쪽으로 나왔다. 때문에 문경지교刎頸之交(죽음을 함께 할 수 있는 막역한 사이)가 무슨 말인지도 모르는 소인배로서는 자신에게 모든 것을 주고, 이제는 그저 위협으로만 남아 있는 여자를 죽여야겠다고 생각하는 것은 당연할 거라고 입을 모았다. 또 자칫 잘못하면 그 상대가 언제인가는 자신들이 될 수도 있다는 생각도 했다.

그럼에도 두 사람은 울며 겨자 먹기로 윤잉의 말에 따르기로 했다. 하지만 윤상은 정말이지 정춘화의 피를 손에 묻히고 싶지 않았다. 정춘화를 윤잉에게 그냥 넘겨주려는 생각도 했다. 윤잉이 정춘화를 죽일지라도 자신의 손에 피가 묻지 않는 이상 양심의 가책은 최대한 줄일 수 있다고 생각한 것이었다. 그런데, 윤상은 이 시각 처절하게 몸부림치는 정춘화를 바라보면서 어쩌면 그게 더 잔인할지 모른다는 생각을 하게 됐다! 그는 목석처럼 멍하니 서 있다가 천천히 입을 열었다.

"내 말 명심해. 절대 죽어서는 안 돼! 모든 것은 나에게 맡겨!"

윤상은 말을 마치자마자 바로 도망치듯 밖으로 나왔다. 가슴이 세차게 뛰었다. 손을 얹어 마음을 달래보기도 했으나 소용이 없었다.

황자가 금원으로 쫓겨 나온 궁빈宮嬪을 찾는 것은 사실 엄격하게 금지돼 있었다. 그런 만큼 결코 있어서는 안 될 일이었다. 문윤목이 누구에게 들킬세라 불안에 떨었던 것도 그 때문이었다. 윤상이 비록 태자의 명을 받고 왔다고는 했으나 아무런 증빙 서류가 없었으니 그럴 만도 했다. 그러던 중 윤상이 밖으로 나오자 땅이 꺼져라 안도의 숨을 내쉬었다. 동시에 윤상에게 바로 달려갔다.

"열셋째 황자마마, 이제 끝났습니까? 괜찮으시다면 소인에게 차 한 잔 대접할 기회를 주신다면 무한한 영광으로 생각하겠습니다."

"나를 따라오게!"

윤상이 한껏 굳은 얼굴로 말하고는 횡하니 발걸음을 옮겼다. 문윤목은 윤상을 따라 꼬불꼬불한 산책로를 거쳐 서쪽에 있는 가산假山 옆의 인적 드문 정자 쪽으로 걸음을 옮겼다. 순간 뭔가 심상치 않은 예감이 그의 뇌리를 스쳤다. 윤상이 찬바람에 물결이 일어 출렁이는 연못을 바라보면서 조용히 입을 열었다.

"문윤목, 아까 자네 일가가 나한테 죽어서 가루가 되는 한이 있더라도 은혜를 갚는다고 했던 말의 유효시한은 아직 지나지 않았겠지? 그런데 지금 하늘이 자네의 의지를 시험하고 싶으신 것 같아. 갑자기 자네의 도움이 필요한 일이 생겼어. 내가 부여하는 임무를 완수할 용기가 있는가?"

"당연합니다, 황자마마! 소인은 그것이 없어 남자 구실을 못한다 뿐이지 다른 것은 못할 것이 없사옵니다!"

문윤목이 가슴을 힘껏 내밀었다.

"그러면 좋아! 이 약을 몰래 정 귀인에게 먹여."

윤상이 안주머니에서 자그마한 종이뭉치 하나를 꺼내 문윤목에게 건네주었다. 문윤목이 흠칫 놀랐다. 손을 부들부들 떨고 있었다. 그러나 그는 곧 정신을 차리고 종이뭉치를 받아들면서 물었다.

"무슨……?"

윤상이 여전히 차갑게 대답했다.

"복용하고 나서 닭이 다섯 번 홰를 치는 사이에 죽는다는 독약이야. 이걸 먹이고 나서 급사했다고 보고하라고. 부검을 하는 태감은 지네가 알아서 선정하되 무작정 돈을 가져다 안겨. 화장터는 내가 책임질 테니까. 돈 걱정은 절대 하지 말고 깔끔하게 처리해야 해. 알겠나?"

문윤목으로서는 마치 아닌 밤중에 쇠몽둥이로 뒤통수를 얻어맞은 것이나 마찬가지였다. 뻣뻣한 상체를 연신 꾸벅거리면서 기어들어가는 목소리로 중얼거렸다.

"소인이…… 소인이……."

"뭐라고?"

"그, 그게…… 너무 갑작스러워서 그럽니다. 도대체 어떻게 된 일입니까? 열넷째마마께는 뭐라고 말씀드려야 합니까?"

문윤목이 마침내 용기를 내서 말했다. 그러자 윤상이 냉소를 흘렸다.

"이유는 알 것 없어. 많이 알아봐야 득될 것은 없으니까. 열넷째가 배짱이 좋다면 나는 막무가내야! 자네가 알아야 할 것은 이 일이 자네에게 있어서는 의로운 행동이라는 것뿐이야! 열넷째가 자네를 어떻게 하겠어? 해봤자 여기에서 쫓아내기밖에 더하겠어? 그때 가서는 내가 자네 일가를 노예의 신분에서 해방시켜주고 평생 먹고 살만한 재물을 줄 테니 걱정하지 마! 땅 십 경頃(1경은 1만 제곱미터)에 은銀 오천 냥이면 충분하겠지?"

문윤목에게는 엄청난 유혹이었다. 그만큼 어깨가 무거웠다. 그는 잠시 생각에 잠기더니 이내 결심을 굳힌 것 같았다. 일가의 목숨과 운명을 담보로 열셋째 황자가 부여한 임무를 수행하기로 모질게 마음을 먹은 것이다!

"열셋째 황자마마께서 크나큰 은혜를 베풀어 주신다는데, 겁날 것이 뭐가 있겠습니까! 최선을 다하겠습니다! 오곡을 먹고 사는 사람이 병이 나서 돌연사를 했다는데 저라고 해서 막을 도리가 있겠습니까? 걱정하지 마십시오!"

문윤목이 단호하게 말했다.

"역시 똑똑해서 마음에 딱 들어."

윤상이 그의 어깨를 가볍게 쳤다. 그리고는 곧바로 발길을 돌렸다.

강희의 남순 행렬은 7월 16일 북경을 떠났다. 늘 그랬듯 이동 경로는 먼저 오대산에 들렀다가 태산을 거쳐 운하를 따라 배를 타고 남하하는 것이었다. 강희는 북경을 떠날 때 기분이 무척이나 우울했다. 때문에 이동하는 내내 말이 없었다.

그러던 강희가 낙마호駱馬湖진에 이르자 차츰 기분전환이 되는 듯했다. 안색이 한결 밝아졌다. 그는 다른 배에 타고 있던 장정옥을 불러와 바둑을 두기도 하고 흘러간 옛 얘기도 하면서 가끔씩 크게 웃었다. 그가 입을 열었다.

"처음 남순에 나섰을 때 황상皇商이었던 한춘화의 집에서 강도를 만났었지. 그러나 한류씨의 지혜로운 대처에 힘입어 무사히 위기를 모면할 수 있었어. 게다가 덤으로 수적이었던 유철성까지 짐의 편으로 끌어들였지."

강희는 얘기를 하면서 점점 신이 나는 듯했다. 곧이어 반짝이는 눈빛으로 등 뒤에 있는 유철성을 돌아보면서 물었다.

"말이 나온 김에 물어 봐야지. 짐이 그동안 궁금했던 것이 있었어. 그당시 자네가 한류씨의 눈물 몇 방울에 속아 넘어갔다는 것이 아무리 생각해도 이상하단 말이야?"

"소인은 그 당시 정신이 없었사옵니다."

유철성 역시 과거를 회상하자 감개가 무량했다. 강희가 모처럼 기분이 좋아 보이는 게 기쁜지 그도 마음을 놓고 대답했다.

"처음에는 뭔가 이상했사옵니다. 세상이 너무 작구나, 어쩌면 이런 곳에서 이런 식으로 누나를 만날 수 있지? 하고 생각했사옵니다. 물론 한류씨가 하도 그럴싸하게 꾸며대는 바람에 넘어간 것도 있기는 하옵니다. 그러나 지금 말씀드리지만 그 당시 소신은 정에 메말라 있었사옵니다. 설사 가짜일지라도 이런 누나 한 분쯤은 있었으면 좋겠다는 생각을 했던 것이옵니다. 지금 생각하니 꿈만 같습니다만 이 모든 것이 폐하의 홍복洪福 덕분이라고 생각하옵니다!"

순간 잠자코 있던 장정옥이 기회다 싶어서 간언을 했다.

"성명하신 천자는 백신百神이 돕는다고 했사옵니다. 그것은 자연의 이치이옵니다. 하지만 만승지군萬乘之君인 폐하께서 그렇게 위험한 곳으로 가시는 것은 자제하시는 게 좋을 듯하옵니다. 소신이 나이가 어려 아쉽게도 폐하께서 헤쳐오신 험난한 가시밭길에 동행하지는 못했으나 고사기한테 들어서 조금은 알고 있사옵니다. 폐하께서 왕년에 오배와 오웅웅의 집을 직접 찾아가신 일이나 산서성 사하보에서 아슬아슬하게 자객의 위협으로부터 탈출하신 일 등도 들었사옵니다. 아무리 위기의 현장이라고 하더라도 초연히 나타나셨다고 하는데, 솔직히 모험은 그걸로 족하다고 생각하옵니다. 이번에는 침소 주변의 경호를 강화해 절대 그런 일이 없도록 조치하겠사옵니다."

강희는 처음에는 듣는 둥 마는 둥 하더니 바둑을 두다 말고 대화에 집중했다.

"짐을 위하는 마음은 이해하네. 그러나 모험을 하는 재미가 얼마나 쏠쏠한지 모르지? 그 당시 사하보에서의 미행微行이 없었더라면 짐은 영원히 민초들의 지난한 고달픈 삶을 헤아리지 못한 채 높고 먼 곳에서 철권통치나 일삼는 불행한 황제가 됐을지도 몰라. 또 우가사牛街寺의 반란 때 현장에 없었더라면 어떻게 천하의 회족回族(중국 소수민족 중의 하나)들을 안정시키고 품어 안을 수 있었겠나? 짐이 부모, 형제처럼 다가서는데, 백성들이 짐을 해칠 이유가 있을까? 그러기에 짐은 항상 미행을 하면서도 두려움은 없었어. 진정한 두려움은……."

강희가 갑자기 말끝을 흐렸다. 사실 그는 '집안싸움'이 두렵다고 말하려던 참이었다. 하지만 밖에 나와서까지 골치 아픈 집안일에 기분을 망치고 싶지는 않았다. 결국 그는 하려던 말을 도로 삼켜버리고 말았다.

장정옥이 그런 강희를 유심히 지켜보다 입을 열었다.

"정말 지당하신 말씀이옵니다. 전에 육롱기陸隴其도 미행을 즐겼다고 하옵니다. 소인은 얼마 전에 그를 만난 적이 있사옵니다. 범인을 풀어줬다는 이유로 부의部議에서 그의 직무를 해제할 것이라는 소문을 들었사옵니다."

강희는 유명한 청백리인 육롱기가 억울하게 감방에 갇힌 지방관을 몰래 풀어줬다는 이유로 곤욕을 치르게 됐다는 말을 듣자 갑자기 기분이 우울해졌다. 별것 아닌 하찮은 일을 가지고 산동성에서 문제 삼고 나서자 윤잉이 아랫사람들의 말만 듣고 육롱기를 괴롭힌다는 것을 모르지 않았던 것이다. 그것은 윤잉이 여전히 정신을 못 차리고 있다는 사실을 말해주는 것이기도 했으므로 그의 마음은 더욱 무거워졌다. 그가 안색을 흐리면서 명령을 내렸다.

"곧 제원濟源에 도착할 것 같군. 사람을 보내 육롱기도 성가를 영접하는 자리에 함께 나와 있었으면 한다고 전하게!"

강희의 말대로 배는 그날 저녁 유시酉時가 지날 무렵에 제원 경내에 들어섰다. 강희는 선창가로 나와서는 가랑비를 맞으며 안개 자욱한 언덕 위를 바라보았다. 둑 위에는 천막이 길게 쳐져 있었다. 또 열두 개의 붉은 궁등宮燈이 은은한 빛을 발하고 있었다.

갑자기 어디에선가 차가운 가을바람이 불어오더니 길게 땋아 내린 강희의 백발을 높이 휘감아올렸다. 마중 나온 문무 관리들과 지방의 원로 및 토호들이 둑 위에 서서 일제히 머리를 조아리면서 만세를 연호했다. 강희가 수염을 쓸어내리면서 흡족한 미소를 짓다 배를 잠시 멈추게 하고는 언덕 쪽을 향해 물었다.

"제원 현령은 어디 있는가?"

"폐하!"

제원 현령은 원래 강희가 탄 배가 그냥 스쳐 지나갈 거라고 알고 있었다. 때문에 강희의 느닷없이 자신을 부르자 놀란 나머지 죽어라 머리를 조아리면서 큰 소리로 대답했다.

"노재 만병휘萬炳輝는 산서성 태원太原 사람이옵니다. 올해 마흔한 살이옵니다. 강희 삼십구 년에 진사에 합격해 이곳 제원 현령이 됐사옵니다!"

"훌륭한 관리가 되는 것이 말처럼 쉽지는 않으나 잘해보게! 자네 전임인 육롱기는 비록 직무해제를 당했다고는 하나 청렴함은 반드시 본받아야 하겠네. 육롱기가 이 자리에 있는가?"

그러자 언덕 위에서 60세 가량 되어 보이는 늙은이가 무릎걸음으로 앞으로 나서더니 머리를 조아렸다. 이어 사람들이 수군대는 가운데 조용한 어조로 대답했다.

"죄신 육롱기이옵니다."

"이리로 올라오게."

강희가 육롱기를 부르고는 바로 선실로 들어갔다. 잠시 후, 배 위로 올라온 육롱기는 어찌할 바를 몰랐다. 그저 엉거주춤 장정옥을 바라보기만 했다. 유철성이 그런 그를 웃음으로 맞으면서 선실의 휘장을 걷어 올렸다. 그는 그제야 안으로 들어갔다. 장정옥이 그 뒤를 따랐다.

육롱기는 닳고 닳아 하얗게 색이 바랜 면으로 된 마고자를 입고 있었다. 또 신발은 천으로 만들어 기운 것이었다. 풍채도 보잘것없었다. 깡마르고 구부정했다. 완전히 어느 시골 서당의 훈장을 방불케 했다. 강희가 물었다.

"그래, 북경은 언제 떠났나?"

"죄신은 칠월 팔일에 북경을 떠나 이곳으로 왔사옵니다. 부의에서는 죄신을 서녕西寧에 있는 군사훈련장으로 보내기로 했사옵니다. 하오나 이곳의 백성과 토호들이 죄신을 멀리 보낼 수 없다면서 말썽을 일으키는 바람에 잠시 돌아왔사옵니다. 그러나 그들을 위로하고 곧 떠나려고 하던 참이었사옵니다."

육룡기는 여전히 상체를 웅크린 채였다. 강희는 잠시 말이 없었다. 그러나 상황을 모두 파악하고는 있었다. 제원의 백성들이 육룡기에 대한 감정이 남다른 나머지 그를 자신들 곁에 남겨두기 위한 거센 움직임을 보인다는 말을 전해들은 적이 있었던 것이다. 한마디로 부의의 결정에 반발하려 한다는 얘기였다. 잠시 후 강희가 미소를 지으면서 다시 입을 열었다.

"부의는 부의고, 짐의 의견은 다르네. 그곳 서녕은 살인적인 추위가 기승을 부리는 곳이기 때문에 자네 나이에는 견뎌내기가 힘들 거야. 다른 관리들은 날이 갈수록 높은 의자에 앉는 것 같던데, 자네는 어찌해서 정반대인가? 자네는 아마 이 바닥 체질이 아닌가 보네! 짐의 기억이 틀림없다면 자네는 이갑二甲 진사로 합격한 이후 한림원에 잠깐 머물다 지방에 내려가 염도鹽道 자리에 있었어. 그리고는 얼마 못 가 봉양鳳陽 지부로 강등당했지. 봉양 지부의 의자가 겨우 좀 따뜻해지려고 할 때 또 현령으로 강등당해 이곳 제원으로 왔어. 그런데 이번에는 아예 쫓겨나고 말았으니!"

육룡기는 침울한 표정이었다.

"폐하께서는 기소롭다고 생각히 실지 모르나 신은 실로 상심이 크옵니다. 신은 지방관을 쥐어흔들 정도로 세력이 큰 소금장수들에게 밉보여 염도 자리에서 쫓겨났사옵니다. 또 가진 것이 없어 고관들에게 성의 표시를 못한 탓에 지부 자리에서마저 밀려났사옵니다. 마지막에는 억울한 죄를 뒤집어쓴 효자를 풀어줬다는 죄로 현령 자리 역시 날아가고 말았사옵니다. 이 얼마나 통분할 일이옵니까?"

"음!"

강희가 육롱기의 심정을 충분히 이해한다는 듯 머리를 끄덕였다. 이어 자리에서 일어나 육롱기에게 다가갔다. 그리고는 다정한 표정을 지은 채 육롱기의 어깨를 두드려주었다.

"청렴과 공정은 관리에게 있어서 꼭 필요한 덕목이네. 그러나 누구나 그런 것들을 가질 수 있는 것은 아니지. 그래서 짐은 자네의 고매한 인간성을 높이 사는 바이네. 문제는 물이 너무 깨끗하면 고기가 살 수 없다는 사실이야. 관가에서도 그 진리는 적용이 돼. 자네는 모든 선비 출신 관리들의 취약점을 결코 피해가지 못했어. 굽혀야 할 때는 굽힐 줄도 아는 것이 진짜 사내라고. 꼭 장사할 때만 수완이 필요한 것이 아니야. 때로는 포악한 사자가 돼 으르렁거리다가 때로는 온순하고 푸근한 어미 양이 돼 꼭 품어 안을 수 있는 여유를 길러야 해. 개구리가 뒤로 주저앉는 것은 더 멀리 뛰기 위한 것이지, 결코 후퇴는 아니네."

강희의 따뜻하고 따끔한 충고에 귀를 기울이고 있던 육롱기의 눈에는 어느덧 눈물이 어렸다. 강희의 훈시는 계속 이어졌다.

"굴원屈原이 쓴 《초사》楚辭에 이런 말이 있지. '강물이 깨끗하면 머리를 감고, 강물이 더러우면 발을 씻는다'라는 거야. 정말 일리가 있어. 현명한 신하라면 명철보신明哲保身을 전제로 해야 한다는 것을 명심해야 하네! 엄밀히 말하면 자네는 보국報國의 의지만 있을 뿐이야. 또 일처리를 함에 있어서 지혜가 결여돼 있다고도 볼 수 있네. 이대로 그 춥고 메마른 서북 변경으로 쫓겨 간다면 목숨도 부지하기 어려워. 그러면 어찌 조정에 대해 충효를 다할 수 있겠나? 서운하게 들릴지 모르겠으나 그 또한 충성스런 열사라는 헛된 명예에 목숨을 거는 것일 뿐이야. 하지만 나라에는 별로 도움이 되지 않아. 그것은 한족들의 오래된 습관이라고 할 수도 있네."

강희는 가벼운 한숨을 내쉬었다. 이어 한껏 머리를 숙이고 있는 육롱기를 향해 한마디를 덧붙였다.

"그만 가서 쉬도록 하게. 이왕 이렇게 된 바에야 여기에서 며칠 쉬면서 짐의 지의를 기다리도록 하게."

배는 육롱기가 내린 다음 다시 움직이기 시작했다. 강희는 멀어져가는 시커먼 강물을 바라보면서 갑자기 장정옥에게 물었다.

"그 사람 보기에 어떤가?"

"괜찮아 보이옵니다. 성품이 너무 곧아서 고리타분한 감이 없지 않기는 하지만 말이옵니다."

장정옥이 서둘러 대답했다. 하지만 강희는 머리를 저었다.

"나이가 너무 많아. 또 몸이 많이 허약해 보여서 정말 아쉽네. 그런 인재를 윤잉이 한사코 물고 늘어지는 이유를 모르겠군! 태자가…… 사람 보는 안목이 아직은 멀었어."

강희의 표정에는 실망감이 역력했다. 저 멀리 반짝이는 촛불만 하염없이 바라볼 뿐 더 이상 아무런 말도 하지 않았다.

……강희는 다음날 날이 뿌옇게 밝아오자 자리를 박차고 일어나 선창으로 나갔다. 비는 이미 그친 뒤였다. 멀지 않은 앞쪽에 가옥들이 오밀조밀하게 들어서 있는 모습이 시야에 들어왔다. 강희가 출렁이는 강물 소리를 뒤로 한 채 물었다.

"저기 보이는 곳이 낙마호진이지?"

일대의 지리에 너무나 익숙한 유철성이 즉각 대답했다.

"예, 폐하! 저기가 바로 낙마호진이옵니다. 귀를 기울이시면 황하가 울부짖는 소리가 들릴 것이옵니다. 근보 대인이 아니었더라면 아마 이곳에서 한 번쯤은 발목이 잡혔을 것이옵니다."

강희는 유철성의 말에 별로 귀를 기울이지 않았다. 그러나 지시를 내리는 것은 잊지 않았다.

"여기서부터는 내려서 둑을 따라 좀 걸어야겠어. 자네와 장정옥은 편안한 차림으로 짐을 따라나서게."

강희는 말을 마치자마자 바로 선실로 들어가 옷을 갈아입었다. 곧 소박한 옷차림의 선비로 변신했다. 뒤이어 장정옥과 유철성도 대갓집 하인차림으로 강희 앞에 나타났다. 그 모습을 보고 강희가 빙그레 미소를 지었다.

"이제는 평상복 차림이 익숙할 때도 되지 않았는가? 그런데 어떻게 된 것이 갈수록 더 어색한가! 과거시험 보러 가는 거인이라고 꾸며대자니 말도 안 되고. 우리는 지금 북경과는 반대 방향으로 가고 있잖아. 그렇다고 장사꾼이라고 하기에도 조금 그래. 자네들과 짐은 이마에 멍청한 상인이라고 쓰여 있는 걸?"

"과거시험이 아니라 남경에서 실시되는 남위南闈시험을 보러 간다고 하면 되지 않겠사옵니까? 바로 그렇기 때문에 소인이 미행을 극구 만류하지 않았사옵니까!"

장정옥이 얼굴에 웃음을 머금은 채 말했다. 유철성도 잽싸게 한마디 끼어들었다.

"별로 두려워 할 것은 없사옵니다. 지금은 예전과 다르옵니다. 강도 따위는 종적을 감춘 지 이미 오래 됐사옵니다. 설사 나타난다고 해도 천하의 마왕, 소인 유철성이 얼굴 한 번 비추는 것으로 충분하옵니다. 아직도 그런 자들을 비실비실 게걸음치게 할 수는 있사옵니다!"

강희가 짐짓 나무라듯이 유철성을 애정어린 눈빛으로 흘겨봤다. 그리고는 조용한 어조로 말했다.

"큰소리치는 것은 여전하군! 짐이 아니었더라면 지금쯤 자네는 어디에선가 썩은 냄새를 풀풀 풍기고 있지 않을까?"

군신 셋이 이런저런 우스갯소리를 하는 사이 어느덧 진의 중심가에 이르렀다. 역시 여느 진처럼 사람들로 붐비고 장사꾼들도 많은 마을인 듯했다. 강희는 비릿한 강바람이 싫지 않았다. 게다가 저녁 장터의 정겨운 사람 냄새를 맡으면서 오랜만에 기분이 좋아졌다. 그러다 낡은 손수레에 쌀자루를 싣고 힘겹게 비탈길을 오르는 노인을 발견하고는 황급히 다가가 도와주면서 말을 걸었다.

"노인장! 쌀을 내다 팔려고 나왔나 보죠? 아이고, 허리 다치겠군! 젊은애들도 힘들 텐데, 이렇게 많은 것을 직접 싣고 가다니! 도와줄 아들은 없나요?"

"쌀 사려고 그러는 거요? 안 팔아요, 안 팔아! 이 쌀은 우리 주인이 치수 공사를 위해 아문에 바치는 거예요. 시중에는 팔지 않아요. 그리고, 나 이래봬도 아직 몇 년은 문제없어요!"

귀가 어두운 듯 노인이 실눈을 뜬 채 강희를 바라보았다. 강희가 큰소리로 다시 물었다

"지금 쌀 한 되에 얼마나 하나요?"

노인이 강희의 물음에 거친 솥뚜껑 같은 손을 내보였다.

"묵은 쌀은 한 되에 삼 전錢이오. 이것 같은 햅쌀일 경우는 오 전은 받죠! 우리 주인 돈방석에 앉게 됐소이다!"

강희가 말없이 장정옥을 쳐다봤다. 노인이 쌀값을 말하는 순간 이미 마음이 조마조마해지기 시작하던 장정옥은 강희의 눈길에 몸 둘 바를 몰라 했다. 하독河督이 호부에 보고한 바로는 쌀값이 8전을 넘어간다고 했다. 실제로 호부에서는 하독이 말한 값으로 쌀 수매 예산을 지불했다. 그러나 현지의 햅쌀 값조차도 겨우 5전이라니? 그렇다면 차액은 고스란히 하독이 챙겼다고 볼 수밖에 없었다.

하지만 장정옥으로서도 애로사항은 있었다. 하독 풍승운豊承運이 열

넷째의 문하였으니 말이다. 함부로 조사하지 못하는 것은 물론이었다. 정말 골치 아픈 일이 아닐 수 없었다. 급기야 그는 당황한 나머지 강희가 대안을 묻기라도 할세라 황급히 쌀 한 줌을 움켜쥐고는 말없이 품질을 검사하는 척했다. 강희 역시 쌀을 손바닥에 올려놓고 살펴보다가 찬사를 터트렸다.

"정말 황금처럼 빛나는 쌀이군. 정말 좋은 쌀이네요! 노인장, 댁의 주인은 도대체 어느 정도의 땅이 있기에 이렇게 많을 쌀을 수확할 수 있는 겁니까?"

"유명한 장張 각로閣老(원래는 재상을 뜻하지만 여기서는 나이 많은 유지에 대한 존칭으로 쓰임)라는 분이죠! 이 분이 가지고 있는 땅에는 아직 쌀이 더 많이 남아 있어요. 이 정도는 아무것도 아니죠."

강희의 물음에 노인이 거만한 표정을 지은 채 대답했다. 이어 오른손 엄지손가락과 새끼손가락을 펴보였다. 숫자 6을 의미했다. 강희가 한참 생각하다 말했다.

"아, 육백 무畝(1무는 100제곱미터)를 가지고 계시는군요? 댁은 외지인이시고!"

노인이 강희의 말에 하하! 하고 웃음을 터뜨렸다. 가소롭다는 표정이었다.

"육백 경頃이에요. 백 배나 더 많죠! 소작 부치는 것까지 하면 천 경은 될 겁니다!"

강희는 깜짝 놀랄 수밖에 없었다. 6백 무만 해도 엄청난 땅인데, 그 백 배를 가지고 있다니! 게다가 소작농은 또 웬 말인가. 소작농들의 땅도 장 각로라는 사람의 것이라는 얘기가 아닌가!

강희가 장정옥에게 자세하게 물으려고 할 때였다. 장정옥이 먼저 입을 열어 노인에게 물었다.

"노인장, 노인장 댁에도 땅이 있을 것 아닙니까? 그런데 왜 남의 소작 농이 돼 이 생고생을 하는 겁니까?"

"폐하가 제정하신 규정에 따르면 지방의 과거시험에 합격한 거인이나 수재, 고위 관리들은 세금을 내지 않습니다. 그러나 우리 백성들은 달라요. 조금 있는 쥐꼬리만 한 땅에도 세금을 내야 합니다. 그러니 남의 땅을 소작하는 것이 낫겠어요, 아니면 자신의 땅을 경작하는 것이 낫겠어요? 우리는 우리 팔자를 잘 알기 때문에 이런 땡볕에도 고생을 하는 겁니다."

노인이 퉁명스럽게 대답했다. 그리고는 거친 손으로 담배 한 대를 붙여 물고는 입을 다물어 버렸다.

30장

강희, 탐관오리를 벌하다

강희는 말없이 노인 곁을 떠났다. 마음이 무거워지는 것을 어쩌지 못했다. 급기야 깊은 한숨을 땅바닥에 토해내면서 걸음을 옮겼다. 그 뒤를 장정옥이 조심스럽게 종종걸음으로 따라갔다. 누구보다 강희의 기분을 잘 헤아리는 그는 안절부절못했다. 그가 얼마 후 일부러 화제를 돌리려는 듯 입을 열었다.

"폐하, 중심가가 사람과 마차가 한데 뒤엉켜 참 복잡하네요."

강희가 말없이 머리만 끄덕였다. 모든 풍경이 25년 전과 별로 달라 보이지 않았다. 그러나 과거보다는 확실히 새 건물들이 더 많이 들어서 있었다. 또 사람들의 표정이 밝아 보였다. 뿐만 아니라 장사치들의 목소리도 우렁차게 느껴졌다. 그나마 다소 위안이 되었다. 그때 갑자기 북쪽 방향에서 요란한 대포소리가 세 번 울렸다. 이어 북소리가 진동했다. 사람들이 이곳저곳에서 수군거리는 소리가 들려왔다.

"황제의 어선御船이 부두에 도착했다고 하네. 어서 구경 가자고."

강희가 시무룩한 얼굴을 한 채 고개를 돌리더니 유철성에게 말했다.

"저쪽 찻집이 좀 조용해보이는군. 들어가 보자고."

찻집에는 깔끔한 옷차림의 중년 남자 하나가 남쪽 창가에서 차를 마시고 있었다. 또 한편에서는 노인 셋이 신나게 떠들어대고 있었다. 찻집 주인은 강희 일행이 자리에 앉자 바로 물었다.

"뭘 마시겠습니까? 우전雨前, 용정龍井, 모첨毛尖, 보이普洱…… 다 있습니다. 과자 맛도 좀 보시죠?"

강희는 수십 가지도 넘을 차 이름을 숨도 안 쉬고 쏟아놓는 찻집주인의 너스레에는 무관심한 듯 약간 신경질적인 자세로 손을 내저었다.

"아무 차나 가져오시구려."

강희는 일단 차 한 모금으로 목을 축였다. 이어 창밖에 시선을 둔 채 옆자리 노인들의 말에 귀를 기울였다.

"자네들, 관리들의 정자頂子에도 엄연히 서열이 있다는 사실을 모르지?"

노인 한 명이 쥐의 그것이 연상되는 턱밑의 누런 수염 몇 가닥을 만지작거리면서 신이 나서 떠들었다. 그가 자신의 말을 증명하려는 듯 다시 입을 열었다.

"붉은 정자 하나만 하더라도 혈홍血紅, 은홍銀紅, 전홍箋紅, 희홍喜紅, 노홍老紅 등 여러 가지가 있지."

쥐 수염을 한 노인의 말에 옆에 앉은 뚱보 영감이 시끄럽다는 듯 손을 휘저었다.

"골치 아프게 그까짓 걸 따질 게 뭐 있어! 은 이만 냥이면 원하는 것은 뭐든지 다 달고 다닐 수 있지 않은가!"

그러자 쥐 수염 노인이 모르는 소리 말라며 반박했다

"영감이 말하는 것은 은홍 정자야. 돈만 내면 누구나 달 수 있는 것은 그것뿐이라고!"

쥐 수염 노인이 하도 설치자 이번에는 말없이 생각에 잠겨 있던 중년 사내가 끼어들었다.

"구양歐陽 어른, 혈홍 정자는 틀림없이 전공戰功이 혁혁한 사람에게 주는 것이 맞을 거예요. 제가 보기에 전홍 정자는 아마도 권세깨나 있는 자들이 추천서만 써줘도 되는 것이 아닌가 싶네요. 발음이 추천할 '천'薦자와 같은 것을 보면 그렇지 않나 싶네요. 그런데 아무리 생각해 봐도 희홍과 노홍은 무엇을 뜻하는지 모르겠네요."

성씨가 구양인 노인은 이름이 굉宏이었다. 배운 것이 조금은 있어 보이는 노인이었다. 그가 차 한 모금을 마시더니 자신만만하게 입을 열었다.

"전공을 세운 사람에게 내리는 것은 혈홍이 아니라 정홍正紅이라고 하지! 혈홍이라는 것은 이런 거야. 예를 들어 자네에게 관청에서 도둑 서른 명을 죽여 버리라고 했다고 쳐. 그런데 자네가 사람 잡는 재미를 주체할 수 없어 그만 무고한 백성들까지 합쳐 팔백 명을 죽이고 말았다 이거야. 그러면 윗대가리들은 확인도 해보지 않고 그냥 자네가 도둑을 많이 잡았다고 생각할 수 있지. 그리고는 공로가 크다고 치하하는 뜻에서 혈홍 정자를 내리게 돼. 바로 그거야! 희홍이라는 것은 말 그대로야. 어느 관리의 집에 경사가 있다고 쳐. 그걸 잘 알아뒀다가 때맞춰 찾아가 아부를 하고 빚을 내서라도 선물을 두둑하게 바쳐 보라고. 그러면 그 숨은 공로를 인정받게 되지. 그런 것을 말하는 거야. 또 노홍이라는 것은 경관京官이든 외관外官이든 간에 골치 아픈 일을 적당히 피해가면서 건강을 챙기면 받을 수 있는 거야. 머리에 흰 털이 많이 생길수록 관직이 높아지게 된다는 것을 뜻해. 버틸 수 있는 데까지 버티다 보면 아무리 별 볼 일 없는 인간이라도 머리가 파뿌리가 됐을 때는 붉은 천 한 조각쯤은 받을 수 있다는 말씀이지."

"아는 것이 힘이라는 말은 진짜인 모양이군. 나는 열두 살 때부터 고사장을 수도 없이 들락거렸어도 합격이라는 것이 뭔지 모르고 살아왔어. 그러다 어느덧 머리가 백발이 됐지. 그래도 아직도 동생童生(지방 과거시험에 합격하기 전의 학생)이 아닌가 말이야. 누구는 노홍을 받는데, 나는 아직 노동老童이구먼!"

뚱보 영감이 자신의 처지가 서글픈 듯 말했다. 강희는 노인들이 심심풀이로 주고받는 얘기를 들으면서 씁쓸함을 금치 못했다. 그러나 대화 내용 자체는 너무나도 우스웠다. 그때 안색이 창백한 노인이 나섰다.

"내가 구양 어른 말에 하나 보충할 것이 있네. 풍豊 하독 얘기야. 그 사람은 처음에는 열넷째마마, 나중에는 이부의 구邱 상서에게 아부를 많이 했어. 어떻게 했는지 알아? 복건 출신인 구 상서 그 사람이 사실은 동성애자야. 풍 하독은 그 사실을 알고 미동美童(성인 남자가 성행위를 위해 노예로 부리던 소년)을 여덟 명이나 선물했어. 그 바람에 하독이 됐어. 그뿐이 아니야. 그 사람 부인 하何씨는 대학사 심영沈英을 양아버지로 삼았다고. 또 수취아袖翠兒라는 이름의 자신의 첩은 열째마마한테 보냈다고 하더군. 자네들 머리 좋지 않은가. 그렇게 하독 자리에 앉은 경우는 무슨 홍紅이라고 할 수 있지?"

구양굉이 노인의 엉뚱한 질문에 눈을 뜬 듯 감은 듯 내리깔고 잠시 생각하는 듯했다. 이어 눈을 반짝이면서 대답했다.

"이건 내가 지어낸 거야. 육홍肉紅이라고 하는 것이 좋겠어!"

좌중의 사람들은 구양굉의 익살에 하나같이 배꼽을 잡고 웃었다. 장정옥 역시 무심결에 따라 웃다가 이내 이맛살을 찌푸렸다. 강희가 뭐라고 끼어들려고 할 때였다. 웬 중년 사내가 노인들에게 다가가더니 얼굴을 잔뜩 늘어뜨리면서 말했다.

"세 사람은 나를 따라 가줘야겠소."

좌중은 느닷없는 중년 사내의 행동에 바로 얼어붙고 말았다. 그럼에도 구양굉이라고 불리는 노인은 태연하게 앉은 채 세모눈을 굴리면서 물었다.

"왜 그러는 거요? 우리가 왜 이름도 성도 모르는 당신을 따라가야 하오?"

"나는 하독부의 관리 과십합戈什哈이오. 감히 우리 풍 하독을 육홍 정자를 단 분이라고 비난한 죄를 물어야겠소."

과십합이 준엄하게 말했다. 하지만 구양굉은 콧방귀를 뀌었다.

"이거 왜 이래? 당신이 하독부 관리라는 증거가 어디 있어? 자신이 누구라는 사실을 증명도 하지 않고 잡아가겠다는데, 순순히 코 꿰여 따라갈 바보들이 어디 있어! 우리가 무식한 바보처럼 보이는 모양이지?"

구양굉이 뜻밖에 당당하게 나오자 과십합이 냉소를 터트렸다.

"생긴 건 꼭 늙은 쥐같이 생겨가지고 혼자 잘 났다고 하는군! 무슨 불만이 그렇게 많아? 풍 하독께서 성가를 영접하느라 이곳에 나와 있으니, 마침 잘 됐군. 좋게 말할 때 알아서 기어야 할 걸? 참아주는 데도 한계가 있다고!"

강희는 재미있게 듣고 있던 중 불청객이 튀어나와 기분을 상하게 하자 갑자기 화가 치미는 눈치였다. 그러나 이내 장정옥으로부터 나서지 말라는 눈짓을 받았다. 뚱보 영감은 겁이 나는지 주섬주섬 옷섶에서 은전 몇 닢을 꺼냈다. 이어 과십합에게 내밀었다.

"대단히 죄송합니다. 낮에 그놈의 쥐약 같은 술을 몇 잔 마셨더니 그만 혀가 잘못 돌아갔나 봅니다. 이거 얼마 되지 않지만…… 찻값이나 하셨으면……."

"지금 뭐하는 거야! 이리 내! 그 돈이면 살집 좋은 닭 두 마리로 우리 셋이 포식하고도 남는다고! 이런 썩을 놈에게 줄 돈이 어디 있다고 그래!"

구양굉이 버럭 소리를 질렀다. 그리고는 다리를 꼬고 앉아 흔들어댔다.

"현에서 발급한 체포증이 없으면 우리는 꼼짝도 하지 않을 거야! 풍하독 그 자식이 육홍 정자를 단 게 아니라면 그럼 뭐야? 진실을 말했을 뿐인데, 뭐가 잘못됐다는 거야!"

과십합은 구양굉의 말에 이성을 잃었다. 바로 간이 부었느니 뭐니 하고 욕을 퍼부으면서 미친 듯 손짓을 했다. 그러자 순식간에 밖에 있던 대여섯 명의 건장한 사내들이 달려들었다. 이어 과십합은 장정옥에게 큰 소리로 말했다.

"당신들하고는 아무 관계 없으니 여기에서 나가시오!"

장정옥은 그 아슬아슬한 순간 황급히 머리를 돌려 강희를 바라봤다. 강희는 요지부동의 자세로 사태를 지켜보기만 했다. 과십합이 다시 입을 열었다.

"귀가 멀었어? 당신들한테 말한 것이라고. 빨리 꺼지란 말이야!"

구양굉은 과십합이 마구 날뛰는데도 태연자약했다. 천천히 자리에서 일어서더니 창밖을 가리키면서 은근히 과십합을 협박했다.

"······밖에 북소리 안 들려? 폐하의 어주御舟가 곧 이곳을 통과하실 거야. 털끝 하나 건드렸다가는 알아서 해. 내가 아예 폐하께서 들으시도록 큰 소리를 질러버릴 테니까! 우리 이러지 말고 폐하 앞에서 풍 하독의 정자 색깔에 대해 한번 얘기해 볼까?"

강희는 꽤나 못 생긴 구양굉의 대단한 지혜에 속으로 감탄사를 터트렸다. 더불어 저 사람이 나이가 조금만 젊었으면 하고 생각하면서 흘러가버린 세월을 못내 아쉬워했다.

과십합은 갈 데까지 가보자는 식으로 덤비는 구양굉으로 인해 잠시 수세에 몰리자 어주가 지나갈 때까지 기다리는 수밖에 없다고 생각했다. 완전히 울며 겨자 먹기가 따로 없었다. 얼마 후 그가 냉소를 흘리면서 뇌까렸다.

"그래, 참는 게 대인배지! 주인장, 돈은 내가 충분히 줄 테니까 지금부터 이 가게는 나한테 빌려주라고! 안에 있는 사람은 나갈 수 없고, 밖에서도 들어오지 못하게 해!"

과십합은 말을 마치자마자 이미 식어버린 차를 한 잔 마셨다. 그런 다음 음흉한 얼굴을 한 채 구양굉에게 협박을 했다.

"어주 구경 같이 해도 괜찮지 않겠어?"

"좋지! 죽은 사람 소원도 들어준다는데 그까짓 거야 못하겠어? 어주가 지나가기를 기다리는 것 같은데, 미안하지만 우리는 그 틈을 타 여기를 뜨려고 그래. 설마 우리를 잡아가려다 큰코다치고 싶지는 않겠지?"

구양굉이 전혀 비굴하지 않은, 당당한 어조로 말했다. 과십합은 완전히 막무가내로 나오는 구양굉을 구더기 쳐다보듯 하더니 씩씩대면서 자리에서 벌떡 일어나 나가려고 했다. 그때 강희와 시선을 교환한 유철성이 그의 뒤를 덮치더니 냅다 강력한 주먹을 내질렀다.

"이 새끼야! 우리 찻값은 내고 가야지!"

과십합은 순식간에 저만치 벌렁 나가 떨어졌다. 그러나 그는 전혀 대항할 생각을 하지 못했다. 유철성의 주먹맛 한 번에 기가 죽은 듯 비실비실 기어서 밖으로 줄행랑을 쳤다.

"여러분들도 그만 떠나십시오! 보아하니 남경에서 있을 남위시험을 보러 가는 거인들 같군요. 사실 나도 이곳 사람은 아니에요. 그냥 가버리면 그만이지만 어주가 지나가면 저것들이 당장에 또 개떼같이 몰려올 테니 말이오."

구양꾕이 강희 일행을 향해 충고했다. 강희가 그의 말에 구미가 동한 듯했다.

"어르신 입담이 하도 구수해 더 듣고 싶어서 그럽니다. 또 겁낼 것이 뭐가 있어요? 천하가 다 강희황제의 것인데! 나는 산동성의 유劉 관보官保(고위 관직의 통칭. 성省의 관리를 일컬음)와 안휘성 윤尹 제대制臺(총독을 일컬음)와도 친하게 지내는 사이요. 열넷째 황자와 친분도 두터운 편이고. 그러니 풍 아무개도 두려워할 것은 없어요. 이곳이 객지라니, 괜찮다면 우리가 머무는 숙소에 같이 가서 얘기를 좀더 나누는 것은 어떨지……."

장정옥이 강희의 표정을 읽고는 알겠다는 듯 머리를 끄덕였다. 그리고는 먼저 밖으로 나가 준비를 서둘렀다.

구양꾕 일행은 강희의 말에 속이 시원한 듯 이마를 치면서 즐거워했다. 구양꾕이 말했다.

"알고 보니 어르신은 조정에 계셨던 분이시군요. 어쩐지 기품이 남다르다 했다니까요! 이렇게 하는 것이 좋겠어요. 자네 두 사람은 오늘 이렇게 만나서 회포를 풀었으니, 갈 길도 급한데 북으로 떠나게. 동성桐城을 지날 때 우리 집에 들러 안부나 좀 전해주면 고맙겠네!"

구양꾕은 일행 두 사람과 아쉬운 작별을 고했다. 강희는 구양꾕을 데리고 바로 역관으로 향했다.

역관은 그다지 멀리 있지 않았다. 역승이 미중 니와 있는 모습을 본 구양꾕이 강희에게 물었다.

"지위는 하늘과 땅 사이이기는 하나 우리는 뭔가 통하는 데가 있는 것 같네요! 이만하면 친구로 지내도 무방하지 않을까 싶네요. 이름을 물어봐도 될까요?"

강희가 빙긋 웃으면서 대답했다.

"나는 용龍씨입니다. 이름은 덕해德海, 자는 병정秉政이에요. 꽤나 높은 자리에 앉아 있었으나 명주와 색액도의 눈 밖에 나는 바람에 관직에는 정나미가 떨어진 지 오래 됐네요……."

구양굉이 연신 머리를 끄덕이면서 귀를 기울였다. 그러더니 갑자기 뭔가 떠오르는 듯 중얼거렸다.

"용……덕해라! 자가 병정이고……. 음…… 어디서 들어본 것 같네요……."

강희는 머리가 비상한 구양굉이 뭔가 낌새를 챌까봐 황급히 말머리를 돌려버렸다.

"자, 이럴 것이 아니라 어서 가서 닭구이에 술이나 한잔 쭉 하자고요! 아까부터 닭 타령을 했잖습니까. 그게 좋겠죠?"

강희의 말이 끝나자 역관에 부임한 지 얼마 안 되는 9품의 신참 역승이 들어왔다. 그리고는 발 씻을 더운 물을 떠다주었다.

"방금 장 어른이 그러시더군요. 어르신은 육경궁東宮에서 세마洗馬를 지내셨다고요. 재상의 집에서 일 거드는 사람이 칠품관이니까 어르신은 적어도 육품은 되겠군요. 태자전하 옆에서 시중을 드시니 말입니다. 저는 오늘 성가가 혹시 여기 머무르실까 해서 음식을 잔뜩 준비해 두었어요. 그러나 기대가 그만 수포로 돌아가고 말았지 뭡니까? 드시고 싶으신 것 있으면 말씀만 하십시오. 없는 것 빼고는 다 있으니까."

역승은 주절주절 말도 잘했다. 강희 일행은 순진한 그의 말에 속으로 웃음을 금치 못했다.

"다른 것은 필요 없고 닭이나 두어 마리 구워오게. 또 술도 좋은 것으로 두어 근 데워 주고. 옥호춘玉壺春, 구자주口子酒, 삼하노료三河老醪, 모태주茅台酒 다 좋네."

강희가 더운 물에 발을 담근 채 마주 비비면서 말했다. 역승은 동작도 무척이나 빨랐다. 눈 깜짝할 새에 푸짐한 술상을 차려왔다. 그가 주전자의 술을 따라 주면서 싱겁게 웃으면서 물었다.

"용 어른! 자꾸 귀찮게 물어서 죄송한데요, 하도 궁금해서 한 가지 여쭤 보는 것을 용서하십시오. 동궁에 있는 말들은 하루에 한 번씩 씻겨 주십니까? 한 번에 몇 필씩 목욕을 시키십니까?"

좌중의 사람들은 멍청해 보이는 역승의 우스꽝스런 집요함에 그만 웃음을 터트리고 말았다. 강희가 겨우 웃음을 멈추고는 대답했다.

"동궁에는 말이 모두 스물네 필 있네. 황자들에게 한 필씩 돌아간다고 보면 되지. 내가 기분 좋은 날에는 이것들을 하루에도 두어 번씩은 씻겨줘. 그렇지 않은 날에는 며칠에 한 번 꼴이지. 그중 천리마는 좀 신경 써서 씻겨. 그러나 나머지는 물을 두어 번 쏟아부어주면 끝이야!"

장정옥은 강희의 능청스러운 거짓말에 완전히 배꼽을 잡았다. 그러나 역승은 진지했다. 열심히 강희의 말을 들으면서 머리를 끄덕이더니 혀를 끌끌 찼다.

"황궁에서 일하니 뭐가 달라도 다르군요. 하고 싶으면 하고, 신경질나면 집어치우고……. 좋으시겠습니다!"

장정옥과 유철성이 다시 흐드러지게 웃었다. 그러나 구양꿩은 내내 머리를 갸웃하면서 앉아 있었다. 뭔가 이상하다는 생각이 자꾸만 들었다. 그는 그런 자신의 생각을 머릿속으로 가만히 정리하기 시작했다.

'용덕해라는 저 사람은 명주와 색액도에게 찍혀 관직을 그만뒀다고 했어. 그런데 명주와 색액도가 살아있을 때라면 적어도 이십 년 전이라는 얘기야. 그때 스물네 명의 황자가 있었다는 것은 어불성설이야.'

구양꿩은 뭔가 석연찮은 느낌에 다시 강희를 쳐다봤다. 그러다 어슴푸레 뇌리를 치는 그 무엇에 소스라치듯 놀랐다. 동시에 젓가락을 땅에 떨어뜨리고 말았다. 그때 역승이 종종걸음으로 들어오더니 난처한 표정을 지었다.

"정말 죄송하네요. 가는 날이 장날이라고, 하필이면 오늘 풍 하독이 역관에 머물 것이라고 합니다. 어쩔 수 없이 어르신들께서 머물기로 했던 중간 방을 비워주셔야겠습니다."

풍 아무개에 대한 얘기가 두 번째로 나오는 순간이었다. 강희는 욱하고 치미는 화를 억지로 달랬다.

"그 사람이 뭔데 먼저 온 내가 방을 비워줘야 하는 거야? 자네 생각인가, 아니면 풍 아무개의 뜻인가?"

그러자 겁을 잔뜩 집어먹은 역승이 얼굴 가득 비굴한 웃음을 지어냈다.

"당연히 풍 하독의 뜻입니다. 제가 육품의 경관 일행이 머물고 있으니 다른 방이 어떠냐고 말씀을 드렸더니……, 대뜸 이품과 육품 중 어느 것이 더 높으냐고 하더군요. 아무것도 모르는 천치라면서 저를 쥐어박기도 했습니다……."

강희가 역승의 하소연이 끝나기도 전에 자리에서 일어섰다.

"그거야 당연히 이품이 높지! 좋아, 육품인 우리가 양보하지. 구양 대인, 갑시다!"

네 사람이 막 방을 옮기려고 할 때였다. 하독부의 의장대가 초롱불을 대낮같이 밝힌 채 역관의 정원으로 들어섰다. 이윽고 하독 풍승운豐昇運이 호화로운 수레에서 내리면서 모습을 드러냈다. 강희는 즉각 장정옥에게 눈짓을 보냈다. 장정옥은 유철성을 데리고 말없이 장원으로 나갔다.

마침 그때 낮에 찻집에서 유철성에게 주먹으로 얻어맞은 과십합이 둘에게 시선을 던졌다. 순간 그가 흠칫 놀라면서 풍승운에게 다가가 고자질을 했다.

"원수는 외나무다리에서 만난다고 하더니, 그 짝이 났습니다. 바로 이 것들이 낮에 하독 어른을……, 하독 어른을…… 육홍 정자라고 비난한 자들입니다!"

풍승운이 과십합의 말을 듣더니 징글맞게 웃어대기 시작했다. 그리고 는 독기를 품은 눈을 부릅뜨고서 강희와 구양굉에게 다가왔다. 그때였 다. 만일에 대비하고 있던 유철성이 다짜고짜 풍승운의 팔을 우악스레 낚아챘다. 이어 한껏 내리간 목소리로 위협하듯 말했다.

"하독 어른, 너무 무례해서는 안 되는 것 아닙니까?"

"무례하다고? 하하하하……!"

풍승운이 너털웃음을 터트렸다. 그리고는 이를 악문 채 덧붙였다.

"내가 바로 너희들이 씹어대던 그 육홍 정자다! 어디 다시 한 번 지껄 여보지그래! 당당한 봉강대리의 행동을 저지하다니, 죽고 싶어?"

"성가가 여기 계신데, 누가 감히 큰 소리를 지르는 거야!"

풍승운의 호통이 채 끝나기도 전이었다. 어디론가 잠시 자취를 감춘 듯했던 장정옥이 아홉 마리 맹수가 그려져 있는 관포를 입고 산호 정 자를 반짝이면서 나타났다. 뒤에는 덕릉태를 비롯한 시위들이 따르고 있었다. 마른하늘에 날벼락이 바로 이런 것이던가! 순간 장내는 쥐죽 은 듯 조용해졌다.

그제야 강희가 크게 놀랐을 구양굉을 위로하기라도 하듯 위엄스러운 눈매로 좌중을 훑어보면서 일어섰다. 그리고는 깜짝 놀라 부들부들 떨 고 있는 구양굉의 어깨를 두드려 주었다. 이어 머리를 돌려 풍승운을 노려보았다.

"풍승운, 여기까지 짐을 찾아온 이유가 뭔가?"

풍승운은 강희의 물음에 입을 열지 못했다. 넋이 나간 채 이게 도대 체 무슨 일인가 하고 생각하는 듯했다. 그러자 장정옥이 큰 소리로 다그쳤다.

"풍 아무개, 너 죽었어? 왜 폐하께서 물어보시는데 대답을 하지 않는 거야?"

"폐…… 폐하!"

풍승운은 한겨울에 얼음구멍에 빠졌다 나온 사람처럼 이미 사색이 돼 있었다. 온몸을 사시나무처럼 덜덜 떨었다. 그러다 갑자기 쿵하고 한쪽 편으로 넘어졌다. 마치 밑동이 잘린 썩은 나무가 그럴까 싶었다.

장정옥이 풍승운에게 다가갔다. 그리고는 코끝에 손을 대보더니 말했다.

"폐하, 이미……."

"놀라서 죽은 거야? 그렇다면 알아서 잘 뒈졌네! 개들이나 뜯어먹게 내다버려."

강희가 냉소를 터트리면서 명령을 내렸다. 유철성은 즉각 대답했다. 덕릉태가 역승을 부르더니 정말로 역관에 개가 있는지를 물었다. 이어 풍승운의 수하들의 무장을 전부 해제시킨 다음 전원을 역관 후원의 마구간에 가두었다.

강희가 차갑게 덧붙였다.

"저 자식을 절대 용서하지 마. 또 그 과십합인가 뭔가 하는 자식도 몇 토막 내버려!"

31장
진정한 신하를 얻다

보다 못한 구양굉이 땅에 길게 엎드려 있다 말고 용기를 냈다.

"폐하! 일생동안 영명하셨던 폐하께서 어찌해서 망국을 초래할 심한 말씀을 하시는 것이옵니까?"

"망국이라니?"

강희가 고개를 갸우뚱하면서 반문했다.

구양굉이 연신 머리를 조아리면서 큰 소리로 아뢰었다.

"신의 말에 어폐가 있다면 죽을죄를 지었사옵니다! 그러나 할 말은 해야겠사옵니다. 전 왕조인 명나라의 군주는 국법을 무시하고 툭하면 신하들에게 혹형을 가해 죽였사옵니다. 심지어는 살가죽을 벗겨 들개를 먹이기도 했사옵니다. 너무나도 비인간적인 형벌을 가했사옵니다. 그렇게 함으로써 육부의 관리들은 완전히 설 자리를 잃게 됐사옵니다. 그것이 바로 명나라를 멸망으로 치닫게 한 폐정이라고 생각하옵니다. 그런데 지금 폐하께서 그런 말씀을 하셨사옵니다. 자라 보고 놀란 가슴 솥 뚜껑 보고 놀란다고, 소인이 그만 급한 김에 얼토당토않은 망국이라는 말을 운운했던 것 같사옵니다!"

강희는 구양굉의 솔직한 말에 껄껄 웃음을 터트렸다.

"명나라 때는 신하들을 감시하는 역할을 했던 동창東廠과 서창西廠에 도둑이 들끓었어. 환관들이 부정부패를 저지르는 온상이 됐지. 그것 때문에 멸망의 길로 치달렸어. 그런데 그게 짐이 흉악무도한 악질분자를 제거하는 것과 무슨 관계가 있다는 것인가?"

구양굉은 물러서지 않았다.

"악인을 처단하는 것은 국법의 파수꾼들이 알아서 할 일이옵니다. 엄연히 국법이 존재하고, 그것을 앞에서 시행하는 사람들이 있사옵니다. 그런데 어찌해서 근엄한 위상을 과시해야 할 폐하께서 스스로의 신분에 위배되는 가벼움을 보일 수 있겠사옵니까? 폐하께서는 영명한 판단을 내리시기를 바라옵니다. 신의 어리석은 생각으로는 이 나라를 말아먹는 좀벌레는 부의에 넘겨 법의 공정한 심판을 받게 하는 것이 좋을 듯하옵니다. 천하의 신민들에게도 보이고 말이옵니다. 그렇게 하면 탐관오리들에게 경종을 울릴 수 있사옵니다. 동시에 사관史官들이 우리 폐하를 가리켜 무자비하게 사람을 죽이는 살인자라고 수군대는 빌미를 미리 차단할 수도 있사옵니다. 그것이야말로 일석이조의 방법이 아니겠사옵니까?"

"음!"

강희는 구양굉의 깊은 뜻을 알 것 같았다. 홧김에 개에게 던져주는 식으로 풍승운을 죽이려고 한다면 그러지 못할 것도 없었다. 그러나 그런 행동은 힘과 주먹으로 무리하게 가진 자의 것을 빼앗아 빈민을 구제하는 녹림綠林 의적들의 그것과 크게 다를 것이 없다고 할 수 있었다. 게다가 자칫 잘못하다가는 후손들에게도 악영향을 미치지 말라는 법도 없었다. 너도 나도 모방하는 날에는 법질서가 힘없이 무너지는 것은 순간의 일이 되고 만다. 명나라의 전철을 고스란히 밟을 위험이 있는 것이다.

강희는 비로소 자신의 잘못을 분명히 깨달을 수 있었다. 순간 풍승운에 대한 처리 방법에 있어 내내 침묵으로 일관한 장정옥의 얼굴에 얼핏 난감한 기색이 스치고 지나갔다. 자신이 생각하기에도 자신의 침묵이 죽음을 각오한 구양굉의 값진 간언에 비해 한없이 초라해 보였던 것이다.

강희가 장정옥의 난감한 기색을 간파하고는 빙긋 웃으면서 침묵을 깼다.

"그래, 순간의 그릇된 판단이 큰 화를 불러오는 수가 있지! 자네 말이 맞네. 짐과 장정옥처럼 사건과 직접 마주하는 사람들은 오히려 한 발 물러서서 객관적인 안목으로 바라보는 사람들보다 시야가 좁은 것 같아. 분별력이 떨어지는 것 같기도 하고."

장정옥은 강희에게 조언을 마다 않는 꾀주머니가 돼줘야 할 자신이 구양굉보다 생각이 깊지 못했다는 것에 잠깐 자괴감에 휩싸였으나 바로 마음이 풀어졌다. 강희가 스스로를 낮추면서까지 신하의 체면을 지켜준 것에 큰 감동을 받은 때문이었다. 곧 그가 나지막이 입을 열었다.

"폐하, 하나를 보면 열을 알 수 있다는 말이 있사옵니다. 구양굉이라는 저 사람은 실로 대단한 식견을 가지고 있는 것 같사옵니다. 신이 미치지 못하는 부분에서 한결 돋보입니다. 나라의 훌륭한 재목으로 일익을 담당할 수 있다고 보여지옵니다!"

강희가 만족스럽게 머리를 끄덕이면서 입을 열려고 할 때였다. 갑자기 구양굉이 크게 당황하면서 머리를 조아렸다.

"신은 성은에 힘입어 태평성세에 살고 있는 것만으로도 충분히 보람을 느끼고 있사옵니다. 오늘 우연히 포의布衣(관직에 있지 않는 일반 백성)의 초라함으로 폐하를 만나 뵐 수 있었다는 것도 신에게는 커다란 영광이옵니다. 주제 넘는 생각은 추호도 하지 않고 있음을 천지신명께 다 짐하옵니다!"

"벼슬이 싫다는 사람도 다 있나? 자네는 짐과 술잔까지 기울인 행운의 사내가 아닌가. 이 기막힌 인연을 애써 마다한다면 애석하지 않겠나?"

강희는 꾸밈없이 너무나도 진실해 보이는 구양굉의 행동이 더욱 마음에 들었다. 그러나 구양굉은 강희의 말에 온몸을 사시나무 떨 듯하면서 울먹였다.

"더 이상 폐하를 기만하고 싶지 않사옵니다. 사실 소인은 이름이 구양굉이 아니옵니다. 죄를 짓고 살다보니 가명을 쓸 수밖에 없었사옵니다……."

구양굉의 고백에 강희와 장정옥이 놀란 기색으로 서로의 얼굴을 마주 봤다. 장정옥이 다그쳐 물었다.

"그렇다면 자네의 본명은 뭔가?"

"죄신…… 방포, 만 번 죽어 마땅하옵니다!"

강희는 자신을 방포方苞라고 밝힌 노인의 말에 다시 한 번 깜짝 놀랐다. 한때 세상을 시끌벅적하게 휘저어 놓았던 사건의 주인공이 바로 눈앞에 있다는 사실이 믿어지지 않았던 것이다. 방포는 수배령이 내려진 죄인이었다. 대명세가 조정에 비난의 화살을 날린 《남산집》이라는 책에 서문을 써줬다는 것이 혐의였다. 그러나 오래 전에 처형된 대명세와는 달리 방포는 수배가 됐음에도 행적이 오리무중이었다. 소리 소문도 없이 사라져버렸다. 이유는 있었다. 그의 재주를 아낀 몇몇 황자와 상서방 대신들이 백방으로 노력한 끝에 조용히 고향으로 돌아갈 수 있게 도와주었던 것이다. 그런 방포와 수 년 후에 이런 식으로 만나게 될 줄이야! 강희는 칠흑처럼 어두운 창밖에 시선을 오래도록 고정시키면서 한참 동안 침묵에 잠겼다. 가을바람에 나뭇가지 흔들리는 소리만 단조롭게 방안을 가득 메우고 있었다. 강희가 오래도록 생각에 잠겼다가 마침내 입을 열었다.

"자네는 짐이 특별사면을 내린 사람이야. 어찌해서 이름까지 바꾸고 고양이를 피해 다니는 쥐처럼 숨어 살았어야 했나?"

방포가 다시 한 번 머리를 조아렸다.

"특별사면이 내려진 줄은 듣지 못했사옵니다. 소인은 한 번 잡힌 적이 있사옵니다. 그러나 바로 석방이 됐사옵니다. 그때는 옥중의 관리들이 경황이 없어 사람을 잘못 보고 내보낸 줄로 착각하고 있었사옵니다. 또 가짜 범인 사건으로 옥중이 복잡하기도 했사옵니다. 오늘 폐하를 뵙지 못했다면 죄신은 아마 아직도 조정의 수배령이 내려져 있는 줄 알고 있었을 것이옵니다……."

강희가 말없이 한숨을 내쉬었다. 눈치를 살피던 장정옥이 조심스레 물었다.

"나도 동성 사람입니다. 그대의 글을 읽어본 적도 있습니다. 폐하의 사면 결정이 내려지고 나서 찾아갔었는데, 그대는 이미 떠난 뒤였어요. 어쨌거나 나는 도저히 이해가 가지 않는 것이 있어요. 그대처럼 그렇게 뛰어난 학문을 가지고 있는 사람은 과거시험을 봐야 해요. 그런데 왜 대명세 같은 작자와 죽이 맞아 다니면서 지식인의 체면에 먹칠을 한 겁니까?"

방포가 장정옥의 물음에 씁쓸한 표정을 지었다.

"그 경위에 대해 말씀드리자면 몇 날 며칠이 걸릴 겁니다. 시험을 여러 차례 보기는 했습니다. 그러나 어쩌다 보니 시험관들의 눈 밖에 나서 번번이 미역국을 마셔야 했습니다……."

강희가 방포의 말에 한숨을 지었다.

"그렇다고 홧김에 까마귀 무리에 끼어들어서는 짐을 싸잡아 욕하고 다니면 어떻게 하나? 됐어! 이 얘기는 오늘 이후로 다시는 꺼내지 말기를 바라네. 방포, 자네는 그만 물러가게. 짐이 장정옥과 상의할 일이 있으니까."

방포가 나가자 장정옥이 주저하면서 여쭈었다.

"폐하……!"

강희는 궁금해하는 장정옥의 눈빛을 바라보면서 의자 등받이에 슬쩍 등을 기댔다. 그러다 한참 후에 대답했다.

"내일부터 상서방으로 나오라고 전하게."

순간 장정옥은 자신의 귀를 의심했다. 강희가 무슨 생각에서 그런 결정을 내렸는지 도무지 이해할 수가 없었던 것이다. 상서방은 육부를 통솔하는 조정의 핵심 부서라고 할 수 있었다. 직급의 높낮이를 떠나 그곳에 발을 들여놓았다 하면 백관들은 곧 그 사람을 재상으로 여기고 대접하는 것이 현실이었다. 장정옥이 강희의 결정에 못내 의아하다는 표정을 지으며 말끝을 흐렸다.

"폐하, 그것은 좀……."

"뭐가 잘못되기라도 했는가? 명주는 머릿속에 뭐 든 것이 있어서 상서방에서 이십 년 동안이나 엉덩이를 붙이고 앉아 있었는 줄 아는가? 고사기도 직급은 별것 아니었으나 상서방에서 잘 지냈잖아? 세상은 철두철미하게 상식으로만 살아갈 수는 없는 거야. 아직도 문인이라고 자처하는 어떤 자들은 짐이 옹졸하기 때문에 한족 인재들을 용납하지 못한다고 뒤에서 비난하고 있어. 짐은 이참에 확실하게 짐의 아량을 보여주고 말겠어! 상서방, 상서방 하면 뭐 대단한 곳인 줄 아는데, 말 그대로 서재야. 서재에서 글재주 있는 사람을 키운다는데 뭐가 문제인가? 짐이 어렸을 때는 상서방이 없었어. 오차우 스승님과 조석으로 얼굴을 맞대고 있었을 뿐이지. 그때가 참 좋았어! 오차우 스승님도 자네 말대로 하면 별 볼 일 없는 거인이었어. 이런 식으로 추리하면 자네가 오차우보다 낫다는 얘기처럼 들리지 않나? 잔말 하지 말고 들여보내!"

강희가 자세를 고쳐 허리를 펴고 앉으면서 차갑게 말했다. 장정옥은 너무나도 단호한 강희의 기세에 짓눌려 변변한 말 한마디 하지 못했다. 묵묵히 허리를 굽히면서 밖으로 나와 방포를 데리고 다시 들어갔다. 방포는 길게 엎드린 채 장정옥이 낭독한 지의를 들었으나 의외로 크게 놀라는 기색은 보이지 않았다. 대신 눈물이 고여 일렁거리는 두 눈으로 강희를 바라보더니 머리를 조아렸다.

"죄신은 이미 볼품없이 퇴색해 버렸사옵니다. 폐하의 크나큰 기대에 부응하지 못할까 심히 걱정스럽사옵니다. 후유! '석양은 한없이 좋으나 황혼이 가까워오는 것은 서럽구나!'라고 했던 선인들의 시구가 떠오르옵니다!"

"하늘은 오래된 풀을 가엾게 여기고, 인간은 노년의 삶을 소중하게 여겨야 한다고도 했네!"

강희가 다음 구절을 읊으며 방포의 말에 화답했다. 그러더니 감개에 젖은 표정으로 덧붙였다.

"짐은 자네에게 노구를 이끌고 늑대를 잡아오라고 하는 게 아니야. 그런데 무슨 한숨이 그리 깊은가? 짐이 자네를 상서방에 들여보내기는 하나 장정옥이나 마제하고는 상황이 다르네. 자네는 영원히 포의의 본색을 유지한 채 자유로운 상서방 사람이 됐으면 하네. 때문에 짐은 구태여 자네에게 관직을 하사하지는 않겠어. 그것은 자네 같은 사람에게는 바로 족쇄를 채우는 것과 다름없을 테니까!"

강희의 말에 장정옥의 눈동자가 바로 튀어나올 것처럼 휘둥그레졌다. 그러나 강희는 주위의 반응에는 아랑곳하지 않는 차분한 목소리였다.

"만물의 영장으로서 인간의 구실을 제대로 하고 사는 것은 참 힘든 일이지. 문무백관, 가진 것이 많은 부자들…… 어느 집에 서재가 없겠는가? 하지만 그 어떤 집의 서재가 짐처럼 구중궁궐에 있겠나? '높은 곳에 있으면 추위를 이길 수 없다'라는 말이 있지. 높이 올라가면 갈수록 인간적인 외로움은 배가 된다는 뜻이 아닐까 싶어. 짐은 하루에도 수없이 나이가 많거나 적은 신하들로부터 '성명하신 폐하, 죄신은 만 번 죽어 마땅하옵니다'라는 말을 듣지! 그게 마냥 좋을 것 같은가?"

강희가 말을 하다 말고 잠시 쓸쓸한 웃음을 지어 보였다.

"짐도 이제는 인생의 황혼기에 접어들었어. 하지만 이곳을 떠나면 짐은 자네들보다도 못하다고 할 수 있어. 따뜻하게 품어주는 훈훈한 가족애가 있느냐 말이야! 늘그막에는 부인과 친구가 제일이라는데, 짐은 아무것도 없잖아? 짐은 많이 소유하고 있는 것 같으나 실은 하나도 없어……."

강희의 목소리는 상심에 젖어 있었다. 어느새 두 눈에는 눈물도 맺혔다.

코끝이 찡해지기는 장정옥과 방포도 마찬가지였다. 지극히 인간적인 강희의 고백에 마땅히 간언을 올릴 말이 떠오르지 않는 듯했다. 하기야 그럴 상황이 아니기는 했다.

"정옥, 자네는 짐의 뜻을 헤아릴 수 있겠나?"

"예, 폐하! ……잘 알 것 같사옵니다."

장정옥이 감회에 젖은 목소리로 대답했다. 강희가 머리를 끄덕였다. 그리고는 조금 전의 우울한 기색을 털어버리려는 듯 희미하게 웃었다.

"그러면 됐네. 장정옥은 젊으니까 계속 꿇어있도록 하고, 방포 자네는 그만 일어나 앉게! 자네는 짐의 친구니까 짐이 하자는 대로 편하게 대해주게! 이번 남순 길에 자네를 만난 기념으로 우리 함께 몇 군데 놀러나 다니자고! 한번 멋지게 놀아보는 것이 소원이거든!"

방포는 강희의 말을 듣고서야 비로소 자신을 상서방으로 부른 진정한 이유를 알 것 같았다. 그 순간 감동이 가슴 깊은 곳에서 물밀 듯이 솟구쳤다.

태자 윤잉은 강희 일행이 남경에 도착한 다음 날 장정옥이 낙마호에서 보낸 정유廷諭를 받았다. 당연히 부임한 지 얼마 안 되는 풍승운의 목이 날아갔다는 사실도 알 수 있었다. 그는 속이 여간 거북하지 않았다. 풍승운이 열넷째에게 돈을 주고 관직을 샀다고는 하나 자신 역시 황금 천 냥을 받아 챙긴 탓이었다. 육경궁에 있던 그는 한참이나 망설인 끝에 풍승운이 뇌물을 받고 치수 사업에 동원된 일꾼들의 일당과 공사비를 빼돌린 죄로 목이 날아갔다는 사실을 형부에 알리기로 했다. 그러나 윤잉은 그 전에 윤진의 집에 먼저 다녀오려고 했다. 그런 그를 보고 주천보, 진가유와 함께 상주문을 읽고 있던 왕섬이 물었다.

"태자전하, 시세륜의 호부 쪽에 미결된 사안이 산적해 있습니다. 그래서 오늘 시세륜에게 태자전하와의 면담을 주선하기로 했습니다. 그런데 이 시간에 넷째마마 댁에는 무슨 일로 행차하시려는 것입니까?"

왕섬의 말에 윤잉의 안색이 바로 흐려졌다. 요즘 들어 부쩍 자신의 일에 사사건건 간섭하려 드는 그가 못마땅했던 것이다. 그러나 왕섬은 그의 스승이자 복위를 도운 일등공신이었다. 함부로 대놓고 야단칠 대상이 아니었다. 윤잉은 애써 화를 눌러 참았다.

"시세륜과 넷째, 열셋째가 언제 떨어져 다니는 것을 봤습니까? 지금도 같이 있을 거예요! 잘 됐잖아요."

"태자전하! 넷째마마를 만나셔야 한다면 소인이 달려가 모셔오겠습니다."

진가유가 조심스럽게 왕섬 편을 들겠다는 식으로 나왔다.

"엎어지면 코 닿을 곳에 있어. 바람도 쐴 겸 내가 가지. 내가 그리로 가나 넷째가 이쪽으로 오나 같지 않겠는가?"

주천보가 윤잉의 말을 반박했다.

"그건 당연히 같지 않습니다! 셋째마마를 비롯해 넷째마마, 여덟째마마께서는 이제 전부 왕으로 봉해진 실정입니다. 태자전하께서 넷째마마 댁으로 자주 드나드시는 것을 지켜보는 다른 황자들은 어떤 생각을 하겠습니까? 태자전하와 다른 마마 사이는 형제간이기 전에 엄연한 군신 관계입니다. 깊이 생각해 주셨으면 합니다."

윤잉은 왕섬과 주천보의 말에 일리가 있다고는 생각했다. 그러나 별 것 아닌 문제를 가지고 벌떼처럼 달려들자 자존심이 상했다. 그가 바로 냉소를 흘렸다.

"주천보, 앞으로 귀싸대기 얻어맞을 소리는 삼가게! 그렇다고 내가 넷째의 집에만 가고 여덟째의 집에는 간 적이 없나? 내가 누구의 집을 더 다닌다고 해서 그 사람과 각별히 친해서 그런 것은 아니야. 우리 형제들 끼리 모여 비밀 얘기도 못하나?"

"비밀 얘기라니요? 황태자의 자리는 천하의 공기公器입니다. 그런데 어찌 신하들과 비밀 얘기가 오갈 수 있습니까?"

주천보가 즉각 반박하고 나섰다. 그의 행동은 솔직히 무례하기 그지 없었다. 그러나 누가 들어도 충분히 일리는 있는 말이었다. 윤잉도 천자 는 사사로운 일이라는 것이 있을 수 없을 뿐만 아니라 모든 일처리가 거울처럼 투명해야 한다는 사실을 너무나 잘 알고 있었다. 급기야 그가 난감한 표정을 드러냈다. 완전히 이러지도 저러지도 못하는 상황이었다. 그때 저 멀리 창밖에서 윤상이 황급히 육경궁으로 걸어오는 모습이 보였다. 몇몇 태감이 종종걸음으로 마중을 나갔다. 윤잉은 윤상이 가까이 오기를 기다렸다.

"열셋째, 어디 불이라도 났는가? 허겁지겁 하는 폼이 예사롭지가 않은 걸?"

"태자전하!"

윤상이 윤잉의 농담에는 관심이 없다는 듯 격식을 차려 인사를 올렸다. 그리고는 바로 본론으로 들어갔다.

"넷째마마께서 조금 전 이부에서 지의를 받았습니다. 며칠 전에 작성해 올려 보낸 직무 해제자 명단이 어비御批를 받아 내려온 줄로 알고 있었습니다. 그러나 그게 아니더군요. 풍승운을 경질한다는 내용이었습니다. 태자전하의 뜻이 어떠하신지 들어보려고 왔습니다."

윤잉이 대답은 하지 않고 도리어 물었다.

"여기 온 것은 넷째의 뜻인가, 아니면 자네 스스로 찾아온 것인가? 설마 시세륜이 충동질해서 온 것은 아니겠지?"

윤상이 머릿속으로 재빨리 윤잉의 말뜻을 음미하고는 대답했다.

"셋이 상의한 결과입니다. 이번에 낚아 올린 탐관오리 마흔한 명은 거의 대부분이 말 그대로 새우들이었습니다. 이들만 파직하고서는 부패 척결 운동의 불길을 일으키기에는 솔직히 기세가 약하다고 걱정했었습니다. 그런데 마침 이품 관리인 풍승운이 걸려들었습니다. 정말 잘 됐다고 생각합니다."

"잠깐, 내가 좀 생각을 해봐야겠어."

윤잉이 심각한 표정으로 자리에 앉았다. 이어 고개를 돌려 왕섬을 바라보았다.

"자네들, 반나절 동안 꼼짝 않고 앉아 있어서 엉덩이에 종기가 나겠군. 머리도 식힐 겸 상서방에 가서 마제를 돕게. 지방에서 올라온 상주문들을 정리하라고. 혹시 준갈이 지역에 관한 정보가 있으면 곧바로 육백리 긴급서찰을 폐하께서 계시는 남경으로 보내도록 하고."

왕섬과 주천보, 진가유 등은 자신의 약점 표출이 예상되는 사안이 있을 때마다 자리를 비워줄 것을 요구하는 윤잉의 떳떳치 못한 언행에 크게 실망을 하지 않을 수 없었다. 주천보와 진가유 등은 아예 얼굴이 시퍼렇게 굳어진 채 요지부동의 자세를 취하고 있었다. 왕섬이 그런 둘에게 다가가더니 "가자고!" 하면서 억지로 잡아끌었다. 윤상이 잠시 소동 아닌 소동을 지켜보고 있다 놀란 기색을 보이면서 물었다.

"저 사람들도 필요한 자리 아닙니까? 왜 굳이 따돌리려고 하는 겁니까?"

"그럴 일이 있어. 사람 다루는 데 있어서는 은혜와 위엄을 더불어 사용하는 것이 필요하다고. 우리 둘이 상의하고 나서 통보만 하면 되지 뭐."

윤잉은 윤상을 자리에 안내하면서 시중을 드는 태감들까지 내보내고 난 다음 돌연 목소리를 낮춰 다그치듯 물었다.

"지난번 부탁했던 일은 어떻게 됐는가?"

순간 윤상은 치밀어 오르는 화를 주체할 수 없었다. 여럿이 지혜를 모아 처리해야 할 일이 있어 달려온 자신에게 정작 필요한 사람은 전부 따돌리고 사적인 얘기부터 묻고 있는 윤잉이 어처구니없게 느껴졌던 것이다. 윤상은 그러나 확 뒤집어 엎어버리고 싶은 마음을 애써 다잡았다. 이어 담담하게 대답했다.

"깨끗하게 처리했습니다. 제가 직접 뼈를 묻어줬습니다. 그 얘기는 더이상 꺼내지 말아주십시오. 가슴이 찢어지는 것 같습니다. 태자전하, 옛말에 칼날이 시퍼렇게 섰어도 무고한 사람은 죽이지 않는다는 것이 있습니다……."

윤잉은 깨끗하게 처리했다는 말에 눈빛을 반짝이면서 윤상 쪽으로 바짝 다가갔다. 그러다 윤상의 마지막 말을 듣는 순간에는 표정이 어두워졌다. 그는 머리를 숙이고 한참 생각에 잠겨 있더니 천천히 입을 열었다.

"백정이 아닌 이상 나라고 해서 어찌 괴롭지 않겠는가? 그렇게 하지 않으면 내가 위태롭게 생겼으니, 스스로를 방어하기 위해 그랬던 거지……."

윤잉은 전혀 아픈 곳이 없이 신음하는 듯하다 갑자기 말투를 달리했다.

"그 여자가 나를 위해 죽은 것은 곧 이 나라를 위해 순국한 것이나 다름없어. 대단히 가치 있는 죽음이라는 얘기야. 지금은 이대로 쓸쓸하게 묻어줬으나 내가 진정한 이 나라의 주인이 되는 날에는 명예를 회복시켜 줄 거야. ……여덟째는 그냥……. 내가 어디 가만히 있나 봐라!"

윤상은 윤잉의 언행이 한없이 역겨웠다. 그러나 그 자신 역시 어느 순간에는 눈에 거슬리는 교소천과 아란을 없애버리고 싶은 생각이 굴뚝같았던 적이 있지 않았던가. 윤잉만 욕할 입장이 아니었다. 그저 말없이 이맛살만 찌푸렸다. 얼마 후 윤잉이 책상 쪽으로 다가가더니 두툼한 서류뭉치를 손에 들고 무게를 가늠하는 듯 흔들어댔다.

"다 지나간 얘기니까 그만 집어치우자. 이게 바로 자네가 원하는 탐관오리들의 명단과 죄명을 열거한 문서야. 내가 몇 날 며칠 날밤을 새면서 면밀히 검토했지. 뺄 것은 빼고 보탤 것은 보탰으니까 이대로 따라줬으면 해. 자네가 먼저 보라고."

윤상이 첫 번째 장을 대충 훑어봤다. 내용은 아주 간단했다.

범수동範修同 등 50명 탐관오리들의 직무를 해제하고 북경으로 압송한다. 형부와 대리시의 공동 보강수사를 거친 다음 범행 일체를 자백받는 대로 폐하께 어람을 신청한다.

윤상은 첫 번째 장만 읽고도 걱정했던 일이 발생했다는 사실을 알 수 있었다. 눈을 지그시 감고 윗니로 아랫입술을 꽉 깨물었다. 파직되는 관리들의 숫자는 많았다. 그러나 윤잉과 친한 이른바 '태자파' 관리들은 모조리 빠져 있었다. 반면 그가 평소 이를 갈던 '팔황자당'의 관리들이 경쟁적으로 그 공백을 메우고 있었다. 윤상이 잠시 생각을 정리하고는 바로 질문을 던졌다.

"이 명단을 왕섬과 마제도 봤습니까?"

"마제에게는 보이나마나지."

윤잉이 심드렁하게 대답했다. 그러나 눈을 치켜뜨고 윤상을 바라보는 눈빛에는 섬뜩한 기운이 비치고 있었다. 그가 말을 이었다.

"왕섬은 아무래도 조정의 신하가 아니기 때문에 정무에는 너무 깊이 관여하지 않는 게 좋아. 자네와 넷째의 의견이 중요하지. 석연치 않은 구석이 있으면 말하라고."

윤상은 얼마간의 여지를 남겨 놓은 윤잉의 말투에 다소 긴장이 풀렸다. 사실 명단이 공개되는 날에는 태자 윤잉을 반대했던 세력들은 큰 혼란을 겪을 가능성이 높았다. 때문에 윤상은 '전쟁' 발발의 도화선과도 같은 명단을 들고 다니면서 괜히 윤잉의 방패라는 오해를 사고 싶지 않았다. 그는 잠시 고민에 빠져 있더니 뭔가 깨달은 듯 입을 열었다.

"태자전하, 제가 조금 후에 덕귀비^{德貴妃}(넷째 윤진과 열넷째 윤제의 생모 오아씨^{烏雅氏}. 옹정제 즉위 후 효공인황후로 존숭됨)께 가서 넷째 형님을 대신해 인사를 올려야 합니다. 이 문서를 들고 다니기는 좀 번거롭군요. 제가 넷째마마와 시세륜을 들여보낼 테니 그때 직접 지시하는 게 어떻겠습니까?"

"그렇게 하지."

윤잉은 대수롭지 않다는 듯 대답했다.

윤상은 윤잉과 헤어지자마자 바로 윤진과 시세륜에게 달려가 자초지
종을 얘기했다. 말을 다 듣고 난 시세륜은 연신 식은땀을 훔쳤다.

"열셋째 황자마마, 그 문서를 안 가져온 것은 천만다행한 일입니다! 불
덩이를 안고 오셨더라면 우리는 한바탕 곤욕을 치를 뻔했습니다."

윤상 역시 그제야 긴장이 조금 풀렸다.

"잔머리를 굴리지 않을 수 없어서 그랬어. 사실 일이 터졌다고 해도
그대한테까지 불똥이 튈 것은 없으니, 지나치게 두려워할 것은 없네."

윤진은 윤상과 시세륜의 얘기를 듣는 둥 마는 둥 했다. 그저 화롯불
옆에서 깊은 생각에 잠겨 있기만 했다. 그가 집게로 화롯불을 뒤적이자
불길이 거세게 치솟았다. 그의 얼굴도 붉게 물들었다. 윤진은 보기에는
담담해 보였다. 그러나 불끈불끈 곤두서는 이마의 핏줄은 그의 속내를
잘 드러내고 있는 듯했다. 무거운 침묵이 흘렀다. 한참 후 윤진이 집게
를 한쪽으로 집어던졌다.

"언제 철이 들려는지 답답하기만 하구나! 지난번 국고를 메울 때도 크
게 믿었다가 황당한 일을 당한 적이 있는데 말이야. 더구나 이번 일은
너무나 분명한 사건이기 때문에 지난번 같은 전철을 밟을 수는 없어. 정
확한 수사를 바탕으로 냉철한 판단을 해야겠어. 자기가 여덟째하고 사
적인 원한 관계가 있다고 해서 조정을 온통 파벌 간의 싸움판으로 만드
는 것을 보고만 있어야 하겠어? 우리는 뭐 자기들의 물고 뜯는 싸움에
휩쓸려 다니는 들러리인가? 폐하께서 계시니까 걱정할 필요는 없어!"

시세륜이 다소 우려스러운 표정으로 윤진을 바라봤다. 윤진은 시세륜
의 생각을 의식한 듯했다. 바로 자리에서 벌떡 일어서더니 단호한 말투
로 바깥을 향해 소리를 질렀다.

"여봐라!"

"예, 넷째마마!"

대탁이 황급히 달려 들어왔다.

"이부 시랑인 온요진溫瑤珍을 불러오도록 하라!"

대탁이 나가자 윤상이 물었다.

"넷째 형님은 아직도 임백안을 염두에 두고 계시는 거예요? 제가 보기에는 일찌감치 포기하는 것이 나을 것 같아요. 온요진이 그리 쉽게 불지는 않을 거예요. 임백안 때문에 두 다리 못 뻗고 자는 자들에게 좋은 일 시킬 것은 없지 않겠어요?"

"안 불 거라고? 그럼 불게 해야지. 이 일에 대해서는 자네 둘 다 신경 쓸 것 없어!"

윤진이 강한 어조로 말했다. 그러나 얼굴에는 아무런 표정 변화도 없었다. 시세륜이 이마의 주름살을 찌푸리면서 물었다.

"넷째마마, 형刑을 가하실 겁니까? 온요진은 명색이 대신이라 함부로 손을 댔다가는 곤욕을 치를 수 있습니다. 깊이 생각하신 후에 결정하시는 것이 좋을 듯합니다."

시세륜의 말이 끝나자마자 대탁이 온요진을 데리고 들어왔다.

"요진!"

윤진이 방금 전과는 달리 부드러운 어조로 온요진을 불렀다. 이어 직설적으로 용건을 말했다.

"내가 지의를 받고 이부에 온 이후 가장 먼저 강등을 당한 사람이 바로 자네였어. 그때 나하고 가슴을 터놓고 오래도록 얘기를 나눴던 것을 기억할 거야. 내가 그랬었지. 자네가 임백안에게 은 삼만 냥을 준 이유를 솔직하게 고백한다면 뒷일은 내가 책임질 거라고. 이제는 생각할 시간을 충분히 준 것 같은데?"

온요진이 즉각 대답했다.

"넷째마마께서 보호해주신다니 말 못할 것이 뭐가 있겠습니까? 그 돈은 임백안이 이부에서 빌려간 것입니다. 제가 그 당시 어쩔 수 없이 빌려준 것이 너무나 죄송스럽습니다."

"흥! 자네는 명색이 조정의 이품 관리야. 그런데 어쩔 수 없었다는 얼토당토 않은 말이 나오는가? 더구나 이제는 임백안이 진 빚을 대신 갚아주겠다고 나서니, 참으로 이상한 일이 아닐 수 없어. 자네 둘은 도대체 무슨 관계인가? 아니면 자네가 임백안에게 무슨 꼬투리를 잡힐 짓이라도 했는가?"

윤진이 쌀쌀맞게 질책을 했다. 온요진은 윤진의 독기어린 눈빛에 잔뜩 주눅이 들었는지 황급히 머리를 조아리면서 대답했다.

"절대 그런 것은 아닙니다. 그 사람은 이미 오래 전에 관직에서 물러났습니다. 그러나 북경에 올 때마다 이부로 자주 드나들었습니다. 또 장사 밑천이 부족하다면서 자주 돈을 빌려가고는 했습니다. 넷째마마께서도 아시다시피 경관京官들의 주머니 사정은 솔직히 시원찮지 않습니까? 이자를 많이 준다는 임백안의 말에 혹해 그만 사고를 치고 말았습니다. 그런데 염치없는 놈이 갚을 생각을 하지 않으니, 소인이 울며 겨자 먹기 식으로 대신 갚겠다고 말했던 겁니다!"

윤진은 기가 찼다.

"윤상, 거짓말 잘하게 생긴 저 입술 좀 봐!"

윤상이 히죽 웃으며 고개를 끄덕였다.

"그 말을 꾸며대느라 아주 죽을 고생을 했겠는데요?"

"절대 꾸며낸 말이 아닙니다, 열셋째 황자마마!"

온요진이 머리를 조아리면서 말했다. 그때 예리한 눈빛으로 오래도록 온요진을 지켜보고 있던 시세륜이 말꼬리를 잡았다고 생각했는지 다그치듯 물었다.

"임백안에게 돈을 빌려주기 이주일 전에 시가 십만 냥짜리 가게를 인수한 것으로 알고 있소. 경관들의 주머니 사정이 좋지 않다면서 그렇게 엄청난 돈은 어디에서 나왔소?"

온요진이 정곡을 찌르는 시세륜의 말에 흠칫 놀랐다. 그러나 곧 요란한 헛기침을 하면서 딴청을 부렸다. 윤진이 입가에 이상야릇한 웃음을 지으면서 다가가 물었다.

"자네, 한군漢軍 정백기正白旗 기적旗籍이던가?"

온요진이 윤진의 느닷없는 질문에 잠깐 의아한 표정을 지었다. 이어 윤진을 쳐다보면서 대답했다.

"소인은 정홍기正紅旗입니다."

윤진이 머리를 끄덕이더니 다시 입을 열었다.

"지금 이 시간부터 자네가 더 이상 정홍기 소속이 아니라는 사실을 알려주겠네! 며칠 전 내가 내무부에 가서 자네를 나의 정백기 밑으로 전적轉籍을 시켰다네. 오늘부터 나의 기노旗奴로서의 새로운 인생을 시작하게 된 것이지. 그래 기분이 어떤가?"

윤진은 말을 마치자마자 바로 장화 속에서 전적 문서를 꺼내 온요진에게 건네줬다.

"이게……."

온요진은 처음에는 윤진이 자신을 떠보는 줄 알았다. 그래서 크게 실감하지 못했다. 그러나 시뻘건 도장이 찍힌 문서를 보는 순간 그의 태도는 완전히 달라졌다. 안색이 파랗게 질려 문서를 땅에 떨어뜨리고는 정신없이 머리를 조아리면서 더듬거렸다.

"넷째마마께서…… 이토록 아껴주시니…… 정말 감지덕지할 따름입니다. 부하를 분신처럼 대하시는 넷째마마를 섬기게 된 것을 무한한 영광으로 생각합니다. 하지만 아홉째마마께서 어떻게 생각하실지는 잘 모르겠습니다……."

넷째는 온요진의 말에 그게 무슨 대수냐는 표정을 지었다. 이어 윤상과 시세륜을 바라보면서 말했다.

"이건 내무부의 결정이야. 그런데 아홉째와 무슨 상관이 있다는 말인가? 그동안 나에 대한 연구에 열을 올리는 아홉째 밑에 있었으니, 은원이 분명한 내 성격은 어느 정도 알겠지? 대신들에게 함부로 형벌을 가해서는 안 된다고 하니까……. 좋아, 그럼 우리 정백기 가문의 가법으로 자네를 손 봐 줄 거야! 문제없겠지?"

윤상과 시세륜은 불과 조금 전까지만 해도 윤진이 온요진을 전적시킨 이유가 무엇 때문인지 몰랐다. 그러나 이제 그 이유가 분명히 밝혀졌다. 두 사람은 윤진의 치밀함에 다시 한 번 감탄을 했다.

32장

비밀문서를 찾아라!

온요진은 극도의 공포에 질려 온몸을 사시나무 떨 듯 부들부들 떨었다. 그리고는 죽어라 머리를 조아리면서 울먹였다.

"소, 소, 소인……, 죽…… 죽을죄를…… 지었습니다. 목숨만 살려주십시오. 자비로우신 넷째마마……."

그러나 윤진은 무표정하게 대답했다.

"뒤는 내가 얼마든지 봐 준다고 말했을 텐데? 내가 매정하다고 생각하는 사람들이 많은 것은 나도 알아. 그러나 베풀 때는 크게 베푼다고. 연갱요^{年羹堯}를 봐. 내 밑에 온 지 불과 몇 년 만에 크게 출세했잖아. 지금은 사천 순무로 발탁됐고! 황극경^{黃克敬} 역시 크게 욕심내지 않고 맡은 바 임무에 충실한 결과 운귀^{雲貴}(운남성과 귀주성) 포정사^{布政使}로 임명됐지. 대탁은 또 어떤가. 곧 지방의 수장으로 내보낼 거야! 다른 황자들은 문인^{門人}들에게 돈으로 상을 내리지만 나는 아니야. 쓸 만한 재목감이다 싶으면 관직을 하사해 조정을 위해 일익을 담당하도록 하지. 그게 돈 몇 푼 쥐어주는 것보다 훨씬 값지다고 생각해. 전에 양호지梁皓之라는 자를 하남성으로 보냈던 적이 있었어. 그런데 이 배은망덕한 놈이 주둥이를 나불대면서 내 흉을 잔뜩 보고 다닌 거야. 돌을 들어 제 발등을 찍은 격이지. 결국 지금은 어디 있는 줄 알아? 멀리 오리아소대烏里雅蘇臺로 추방당했잖아. 아마 평생을 후회하면서 살 거야! 자네도 마찬가지야. 내 체면을 살려주면 적어도 순무 자리에는 앉혀줄 생각이야. 그러니 괜히 누워서 침 뱉는 격으로 미련하게 내 심기를 건드리지 마. 그랬다가는 일가족이 뼈도 못 추릴 줄 알라고. 쇠창살 안에 가둬놓고 빼빼 말려 죽이는 재주로는 나를 따라올 사람이 없다는 것은 들어서 알겠지? 나도 알아, 내가 심하다는 것을 말이야! 하지만 제 버릇 남 못 준다고, 이제는 고질병이 돼서 고칠 수가 없어!"

윤진은 말을 마치자마자 찻잔에 입술을 댄 채 독기어린 눈빛으로 온요진을 노려봤다. 섬광이 번뜩이는 그 눈빛에 윤상을 비롯한 좌중의 사람들은 순간 몸을 부르르 떨었다. 오싹 소름이 끼쳤던 것이다.

온요진 역시 윤진의 말에 잔뜩 겁을 집어먹은 듯 땀을 비 오듯 흘렸다. 이어 심하게 떨리는 목소리로 물었다.

"넷째마마, 궁금하신 것이 도대체 무엇입니까?"

"내가 알고 싶은 것은……."

윤진이 천천히 왼쪽 다리를 오른쪽 무릎에 걸쳤다. 그리고는 다시 차 한 모금을 마셨다.

"임 아무개가 지금 어디에 있는지 궁금해. 또 왜 그 많은 관리들이 그자만 보면 고양이 앞의 쥐처럼 꼼짝 못하는지 그것도 알고 싶고."

"임 대인, 아니 임백안은 좌익종학左翼宗學 골목에 살고 있는 줄로 알고 있습니다. 하지만 그 곳에는 일 년을 통틀어 한 달도 있을까말까 합니다. 북경뿐만 아니라 남경南京, 한구漢口 등 각지에 성업 중인 가게가 스무 곳도 넘는다고 합니다. 지금은 비상시기라 딱히 어디에 있다고 말씀드리기가 곤란합니다. 관리들이 다들 그를 겁내는 것은……."

온요진이 침을 꿀꺽 삼키면서 머리를 들어 주위를 둘러보면서 입가를 실룩거렸다. 그러나 다음 말은 쉽게 나오지 않았다. 그러자 윤진이 재촉했다.

"괜찮아, 말해. 열셋째 황자는 나하고 죽음도 같이 할 사이야. 시 대인 역시 둘도 없는 정직한 신하이자 내 절친한 친구야. 또한 대탁은 오로지 나밖에 모르는 충실한 측근이니까 말이 새어 나갈 틈이 없어. 말해 봐. 모든 것은 내가 책임질 테니."

온요진은 그제야 결심을 굳혔다.

"임씨는 강희 십오 년에 과거에 합격해 이부에서 이십 년 동안이나 일했습니다. 이부에서 고공사考功司의 서류를 작성하는 임무를 맡았죠. 말하자면 그는 조정 백관들의 크고 작은 온갖 실수를 정리해 비밀장부를 만들었습니다……."

윤상이 온요진의 대답에 소리내어 웃었다.

"심심하기는 했나 보군. 그런 것을 만들어 어디에 써 먹겠다고."

"그게 아닙니다, 열셋째 황자마마! 그건 그자의 검은 속셈을 모르고 하시는 말씀입니다. 고공사의 문서는 전부 비밀리에 보관하기 때문에 지의가 없는 한 어느 누구도 뒤적이지 못하게 돼 있습니다. 이십 년 전 미관말직에 있던 사람들은 큰 이변이 없었을 경우 지금 거의 전부가 조정과 지방의 요직에 있습니다. 당연히 이들은 자신들의 약점이 고스란히 정리돼 있는 비밀문서를 두려워할 수밖에 없습니다. 솔직히 정적에게 꼬투리 잡힐 것을 부담스러워하지 않을 사람이 누가 있겠습니까? 털어서 먼지 안 나는 사람은 없지 않습니까? 이런 이유에서 그들은 어쩔 수 없이 임백안에게 굽실거리는 겁니다. 임백안은 그들의 약점을 거머쥐고 하나씩 불러내는 경우가 없지 않습니다. 그 당시 사건의 전말을 슬쩍 흘리면서 아주 체계적인 관리를 하고 있는 것이죠. 현재 임백안이 키우고 있는, 문서를 작성하는 일꾼들은 아마 이십 명도 더 될 겁니다. 그의 수중에 있는 비밀문서는 아마 이부에 있는 것보다도 훨씬 자세할 것입니다!"

온요진이 난감한 표정을 지었다. 듣고 보니 윤진 등 세 사람이 생각했던 것보다 훨씬 심각한 일이었다. 세 사람은 재빨리 시선을 교환했다. 곧 윤진이 울컥 치밀어 오르는 분노를 억누르면서 물었다.

"그렇다면 조정의 관리들은 모조리 탐관오리라는 말인가? 저마다 임백안의 그림자만 봐도 줄행랑을 치게? 그렇게 많은 어사들 중에 단 한 사람도 이런 사실을 조정에 상주하지 않았다는 사실이 믿어지지 않는구먼!"

온요진이 윤진의 질책에 연신 머리를 조아렸다. 기어이 눈물까지 흘렸다.

"일이 이 지경에까지 이르렀는데, 소인이 설마 황자마마를 기만하겠습니까? 임백안은 여러 황자마마들의 집을 제 집 드나들 듯하고 있습니다. 든든한 배경이 있다는 것을 과시하고 다니는 거죠. 그러니 조정의 관리들이 어떻게 감히 이를 문제 삼겠습니까? 또 지방에 있는 관리들은 자신들의 업무 보고를 위해 가끔씩 북경을 다녀가기 때문에 내막을 자세히 모르는 경우가 많습니다. 설사 알고 있다고 해도 요령껏 비켜가는 실정입니다. 사실 전에 우성룡, 곽수 등 명신들이 있을 때는 임백안도 여간 조심스러워 하지 않았습니다. 하지만 지금은 거침없이 활보하고 다닙니다. 그 모습이 마치 천하무적을 연상케 합니다. 게다가 그는 여덟째마마의 문……."

온요진이 말을 하려다 말고 갑자기 크게 당황하면서 입을 꾹 다물었다. 이어 실수를 덮어 감추려는 듯 얼른 말을 바꾸었다.

"……소인은 하늘에 맹세코 넷째마마께 거짓말을 한마디도 하지 않았습니다!"

윤상은 말을 하다 말고 서둘러 마무리를 짓는 온요진을 그냥 내버려둘 사람이 아니었다. 아니나 다를까, 그가 눈을 부라렸다.

"왜 말을 하다 말고 반 토막이나 잘라먹고 난리야? 그가 여덟째 형님의 '문' 뭐라는 말이야?"

온요진이 윤상의 닦달에 식은땀을 흘렸다. 그리고는 죽어라 머리를 조아렸다.

"소인이 잠시 제정신이 아니었던 모양입니다. 여덟째마마와는 아무런 관련도 없는 일인데……."

윤상은 갈수록 석연치 않은 느낌이 드는 모양이었다. 바로 다시 다그쳐 물으려고 했다. 그때 윤진이 그만 하라는 눈짓을 보냈다.

윤진이 무섭게 이를 악문 채 온요진을 노려봤다. 마치 얼굴에 두꺼운 얼음장을 깐 듯 냉기로 인해 절로 옷섶을 여미게 되는 표정이었다. 그런지 얼마나 지났을까, 윤진이 갑자기 피식 웃음을 흘렸다.

"다들 들었지? 북경에 또 다른 조정이 둥지를 틀고 있다는 사실을 말이야! 그런데 우리는 지금까지 감쪽같이 모르고 있었어!"

"자네도 혹시 임백안에게 무슨 약점이라도 잡힌 것이 있는가?"

윤상이 고개를 갸웃거리면서 물었다. 그 역시 임백안을 모르지 않았다. 두어 번 만난 적도 있었다. 그러나 여덟째 쪽과 죽이 맞아 놀아난다는 사실만 알았을 뿐이었다. 척 보기에는 여느 상인들과 별다를 바 없는 늙고 볼품없는 노인이 이토록 고단수로 뒤통수를 칠 줄은 정말 몰랐다! 그는 조금 전 온요진이 임백안을 여덟째의 '문서 전담 측근'이라고 말하려고 했을 것이라고 추측했다. 만약 그게 사실이라면 보통 일이 아니었다. 여덟째에게 '무예 전담' 부서도 따로 있다는 얘기가 될 수 있으니까! 추측만으로도 혼비백산할 일이 아닐 수 없었다. 윤상이 잠시 그런 생각에 잠겨 있을 때 온요진이 머리를 조아리면서 대답했다.

"소인은 강희 삼십구 년에 진사시험에 합격했습니다. 제 나름대로 눈독을 들인 자리가 있었습니다. 그래서 색액도 어른에게 은 이천 냥을 건넨 적이 있습니다. 그러나 색 대인 댁이 압수수색을 당하면서 그 검은 장부가 그만 임백안의 손에 흘러 들어가고 말았습니다……. 그자는 그 뒤로 하루가 멀다 하고 저를 괴롭혔습니다. 결과적으로 저도 모르게 깊이 빠져 들어가 버렸습니다. 하지만 천지신명께 맹세하건대, 소인 역시 임백안을 이가 갈리도록 미워합니다. 그럼에도 울며 겨자 먹기 식으로 참아온 것은 그가 입을 뻥긋 하면 소인이 바로 색액도의 일당이 돼버릴 것이기 때문이었습니다!"

윤진이 말없이 자리에서 일어나더니 온요진에게 다가갔다. 이어 나지막하고 갈라진 목소리로 물었다.

"그러면 그가 비밀문서를 감추고 있는 곳이 어디인지 말해줄 수 있나? 알고 있지?"

순간 온요진이 마치 뱀이나 전갈을 만나기라도 한 듯 겁에 질려 몸을 웅크렸다. 이어 죽어라 머리를 가로저었다.

"그건 손대면 안 됩니다, 넷째마마! 손을 댈 수 있었다면 아마 장황자 마마께서 벌써 없애버렸을 겁니다!"

"그건 또 무슨 소리야! 왜? 그곳이 우리 따위는 근처에 얼쩡거리지도 못하는 호랑이 굴이라도 된다는 말인가?"

흥분한 윤상이 벌떡 일어나더니 온요진에게 다가서면서 윽박질렀다. 그때 이맛살을 잔뜩 찌푸린 채 깊은 사색에 잠겨 있던 시세륜이 끼어 들었다.

"설마 어느 황자마마의 집에 있는 것은 아니겠지?"

"꼭 그렇다고 할 수는 없습니다. 하지만 아주 가까운 곳에 있습니다. 바로…… 여덟째마마 댁에서 대각선 방향인 조양문朝陽門 부둣가에 자리 잡은 만영호萬永號라는 이름의 전당포에 있습니다. 가게 명의는 임백안으로 되어 있으나 실제 주인은 여덟째마마입니다. 아홉째마마 댁의 집사가 관리하고 있는 것으로 알고 있습니다. 소인도 며칠 전에야 알았습니다. 원래는 다른 곳에 있었습니다. 그러다 재작년 장황자께서 순천부 병사들을 보내 탐문하자 곧바로 그곳으로 옮긴 것으로 알고 있습니다."

온요진은 너무나 당황한 나머지 엉겁결에 자기도 모르게 모든 것을 술술 뱉어내고 말았다. 그러자 사색에 잠겨 있던 윤진이 얼굴에 희미한 웃음을 머금었다.

"오늘은 여기까지만 듣고 싶네. 말문을 열었다는 것이 중요해. 이보다 더 큰 일이 있더라도 잠시 가슴속에 묻어두고 있게. 필요하면 내가 꺼내 쓸 테니까 말일세. 또 잘 간수하고 있다가 더 이상 필요치 않을 때에는 그대로 자네 안에서 썩혀 버리게. 단, 하나는 명심하기를 바라네. 나 윤진을 섬기는 자는 충성심만 있다면 무슨 일이 있어도 지켜주겠지만, 그렇지 않고 겁 없이 까불다가는 작은 실수라도 결코 용납하지 않을 것이라는 사실을 말이야. 그리고 마지막으로 기회를 주겠어. 오늘 자백한 내용 가운데 거짓인 부분이 조금이라도 있다면 아직 늦지 않았으니 솔직하게 말하게!"

"넷째마마께서 이렇듯 소인을 진심으로 생각해 주시는데, 어찌 감히 거짓말을 할 수 있겠습니까? 소인은 머리가 썩 좋은 편은 아니나 넷째마마의 성격에 대해서는 어느 정도 알고 있습니다. 말한 것은 반드시 지키고, 행한 것에는 반드시 결과를 묻는다는 것을 말입니다. 또 은원이 분명하시고 성명聖明하실 뿐만 아니라 덕망이 높으신 분이라는 것도 알고 있습니다······."

온요진이 모처럼 침착하게 대답했다. 이어 내친김이라는 듯 장황한 칭송의 말들도 쏟아냈다. 그러나 윤진은 그런 사탕발림 따위에는 별로 관심이 없다는 듯 손사래를 쳤다.

"소란 그만 떨고 가 보게! 아무 일도 없었던 것처럼 돌아가 문을 닫아걸고 자성하는 시간을 가지도록 하게. 오늘 이 자리에 있었던 사람들은 절대 입도 뻥긋 하지 않을 사람들이니 소문이 났다 하면 자네가 발설한 것으로 알겠네. 그때는 아무도 자네를 도와줄 수 없다는 건 잘 알겠지? 내가 무쇠솥을 시뻘겋게 달궈 그 안에 자네를 집어넣고 태워 죽여버릴 거니까!"

온요진이 머리가 떨어져 나가라 고개를 숙였다. 이어 비실비실 뒷걸음쳐 나갔다. 방 안에는 잠시 침묵이 흘렀다. 얼마 후 시세륜이 먼저 입을 열었다.

"모든 것은 넷째마마께서 결정하십시오. 저는 넷째마마께서 가시는 곳이라면 세상 끝까지 따라가겠습니다!"

윤진이 아랫입술을 잘근잘근 씹었다. 고민이 깊은 눈치였다. 한참 후에야 그가 결론을 내렸다.

"······이 일은 생각보다 상당히 심각한 문제야. 자네에게 맡기기에는 위험부담이 너무 커. 아무래도 모든 것은 내가 진두지휘해야겠어. 만에 하나 의외의 장벽에 부딪쳐 뿌리를 캐는 데 실패하더라도 자네와 열셋째는 모든 책임을 나에게 떠넘기면 돼. 시세륜, 자네는 방금 온요진이 했던 말들을 정리해 밤에 우리 집으로 가져오게. 온요진은 내일 자네가 대충 알아서 더 심문하도록 하고! 오늘 오갔던 얘기만 빼면 되겠군. 누군가 해코지하지 못하도록 온요진을 잘 보호해 주어야겠어!"

윤진은 세세하게 모든 것을 지시한 다음 바로 윤상을 데리고 발걸음을 옮겼다. 날은 이미 어두워져 있었다. 거리의 가게 문들은 모두 닫혀 칠흑 같은 어둠에 묻혀 있었다. 저 멀리서 야식을 파는 장사치들의 고함소리만 단조롭게 들려올 뿐이었다.

윤상이 말을 타고 윤진과 어깨를 나란히 하고 앞으로 나아가다 갑자기 목소리를 낮춰 물었다.

"넷째 형님, 왜 더 캐묻지 않으셨어요?"

"아직은 우리 힘이 부족해. 더 큰 것들을 끌어안았다가는 속이 터질 것 같아서 그랬어."

윤진이 잠시 쉬었다 다시 말을 이었다.

"온요진이 지금까지 밝힌 것만 처리하려고 해도 힘에 부치지 않겠어?"

윤진이 깊은 한숨을 토해냈다. 윤상 역시 심각한 얼굴로 잠시 뭔가를 생각하더니 호탕하게 웃었다.

"넷째 형님, 너무 부담스럽게 생각하지 마세요! 하다하다 힘들 경우는 바로 덮어버리면 되잖아요. 정말 이 일에 손을 대고 싶으시면 저에게 맡겨 주세요. 물 한 방울 흘리지 않고 깔끔하게 처리할 테니까요!"

"절대 그냥 덮어두지는 않을 거야. 칼을 어디에서 어떻게 대야 하나 내가 먼저 생각해본 다음에 우리 같이 고민해 보자고."

윤진은 평소보다도 더 신중한 어조였다. 윤상이 말고삐를 잡아당기면서 물었다.

"지금 들어가면 잠을 이루지 못할 수도 있어요. 그럴 바에야 저하고 같이 저희 집으로 가는 것이 어때요? 아니면 형님 댁으로 가든지……. 상의는 하겠으나 제가 앞장서도록 해주세요. 그럴 수 있죠?"

윤진이 윤상의 어깨를 툭툭 두드리면서 웃음을 지어 보였다. 그리고는 조용한 어조로 말했다.

"너무 조급해 하지 마. 지금 이 시각에도 어둠 속에서 누군가 우리 뒤를 밟고 있을지 모르니까! 자네 집에 붙여우 두 마리가 있듯 우리 집에도 간첩이 없다고 단언할 수는 없어. 너무 서두르다 일을 그르칠 수도 있어. 그러니 조금만 더 참아. 형이 생각이 정리되는 대로 너를 찾을게."

윤진은 말을 마치자마자 윤상을 뒤로 한 채 말에게 채찍을 가했다. 이어 순식간에 저만치 어둠 속으로 사라졌다. 윤상은 그 모습을 물끄러미 쳐다봤다. 동시에 그의 눈에 눈물이 살짝 어렸다. 콧마루가 찡했다. 불화로에서 바로 꺼낸 뜨거운 감자와 같은 사안에 지극히 아끼는 동생이 자칫 손을 데지 않을까 우려해 어떻게든 손을 떼게 하려는 형의 깊은 마음을 모르지 않았던 것이다.

만영호라는 전당포는 조양문 근처 운하 부둣가 뒤편에 자리하고 있었다. 점포는 위치가 정말 좋았다. 뒷문으로는 운하가 펼쳐져 있고 앞문은 바로 큰길과 이어져 있었다. 북경으로 들어오는 배들이 주변에 즐비하게 정박해 있는 것도 좋은 조건이라고 할 수 있었다. 점포 앞 큰길은 사람들과 수레들로 혼잡했다. 북경에서 가장 번화한 동네였다. 첫 눈에 봐도 웅장한 여덟째의 집은 바로 그 점포의 대각선 방향에 있었다. 조금만 크게 소리를 지르면 금방 알아들을 수 있을 만큼 가까운 거리였다.

넷째의 명령을 받은 대탁과 성음 스님이 제화문을 나선 것은 온요진이 비밀문서의 존재를 털어놓은 지 보름이 지났을 때였다. 곧 둘의 눈에 저 멀리 바람에 나부끼는 '당'當자의 높은 깃발이 들어왔다. 깃발 밑에는 '만영'萬永이라는 글자가 선명하게 새겨져 있었다. 대탁이 말했다.

"성음, 들어가 보자고. 내가 저것들에게 말을 거는 동안 자네는 유심히 살펴보게."

점포 안에는 마침 사람이 몇 명 없었다. 두어 사람이 골동품을 가지고 와 흥정을 하고 있을 뿐이었다. 그러나 그들은 터무니없이 낮은 가격에 맡기고 돈을 빌리기에는 자존심이 허락하지 않은 듯 다시 주섬주섬 싸들고 나가버렸다. 가게의 점원인 듯한 몇몇 젊은이는 해바라기씨를 까먹으면서 앉은 채 히히거렸다. 손님이 들어오고 나가는 것에는 그다지 관심이 없는 듯했다. 그 중 한 명이 가게 안에 들어와 서성거리는 둘에게 물었다.

"뭘 저당 잡히게요?"

"그래서 온 것이 아니오. 우리는 옹친왕 댁에서 일하는 사람들이오. 이곳 주인을 좀 만나러 왔소."

대탁이 말했다. 젊은이는 넷째의 문인이라는 말에 바로 공손한 자세를 취하며 허리를 굽혀 깍듯하게 인사를 했다.

"저희 주인께서는 사월에 남쪽으로 가시고 안 계십니다. 저는 유인증柳仁增이라고 합니다. 무슨 일이신지 저에게 말씀하시면 됩니다."

"넷째마마 댁에 그저께 저녁에 도둑이 들었소. 그로 인해 자신의 물건에 애착이 유난하신 넷째마마께서는 집안을 발칵 뒤집어버렸소! 이미 순천부에 알리기는 했으나 범인을 잡는다면 직접 죄를 물으실 거요. 그래서 하는 말인데, 이곳의 도움이 조금 필요하오. 이것은 잃어버린 물품 목록이오. 도둑이 전당포로 물건을 넘기러 올 확률이 크니 잘 읽어보고 유심히 살펴봐 주기 바라오. 또 이런 물건을 가지고 찾아오는 사람이 있으면 즉각 나에게 알려주오. 내가 답례로 은 천 냥을 줄 테니!"

유인증이 대탁이 건넨 물품 목록을 받아들고 훑어보더니 얼굴 가득 웃음을 지어냈다.

"저희는 내력이 분명하지 않은 물건은 절대 취급하지 않으니 걱정하지 마십시오! 물론 적극적으로 협조도 해드리죠. 도둑이 들어왔다 하면 완전히 손발을 꽁꽁 묶어놓고 있을 테니까 걱정하지 말고 돌아가십시오!"

"그러면 그쪽만 믿겠소."

대탁이 말을 마치고는 바로 성음을 향해 손짓을 했다.

"호胡씨, 이제 다른 곳으로 가 보자고."

유인증은 대탁 등이 나가자마자 다시 한 번 물품 목록을 훑어봤다. 그리고는 임백안에게 알려야 할지 말지를 놓고 한동안 망설였다. 그러나 다른 점원들은 한껏 들떠 있는 모습이었다. 도둑이 제 발로 찾아올 경우 은 천 냥을 나눠가질 수 있다는 사실에 마음이 혹한 것이다. 급기야 점원 한 명이 물품 목록을 들고 망설이는 유인증을 지켜보다 말했다.

"뭘 그렇게 고민해? 사람이 하나라도 더 많으면 우리에게 상금이 그만큼 적게 돌아온다고. 주인한테는 알리지 마!"

그러자 유인증이 욕을 퍼부었다.

"혼자 똑똑한 척하고 자빠졌군! 누가 그걸 몰라서 그래? 여기가 어떤 곳인데, 돈에 눈이 멀어서 지랄이야? 만에 하나 무슨 실수라도 저지르는 날에는 큰일이라고. 이렇게 좋은 일자리를 어디 가서 찾을 거야?"

그때 임백안은 점포 뒤편에 비밀스레 만들어 놓은 공간에서《금병매》金瓶梅니《육포단》肉蒲團이니 하는 소설들을 한가득 베고 누워 시간을 죽이고 있었다. 윤진이 다시 이부와 호부를 관장하는 책임자로 돌아온 이후 윤당의 지시에 따라 그곳에 머물고 있었던 것이다. 당연히 바깥출입도 최대한 자제하고 있었다. 그는 유인증으로부터 자초지종을 전해 듣자마자 바로 도난 당했다는 물품 목록을 자세히 들여다봤다. 전부 값나가는 금은보화였다. 십만 냥은 충분히 나갈 것 같았다. 그가 가벼운 기침을 했다.

"나에게 알리기를 잘했어. 이런 일은 내가 알아야지. 정말로 돈 천 냥이 생긴다고 해도 나는 단 한 푼도 가지지 않을 테니 걱정하지 마."

임백안이 말을 마치고는 길게 한숨을 내쉬었다. 이어 너무 오래 햇볕을 못 봐 창백해진 얼굴을 들어 창밖을 내다봤다. 유인증이 아부하듯 웃음을 지어 보였다.

"임 대인, 언제까지 이렇게 골방 신세를 져야 합니까? 북경을 떠나 바람이라도 쐬셔야겠어요. 왕법을 범한 것도 아닌데, 지나치게 겁을 낼 필요는 없지 않아요?"

유인증의 말에 임백안이 다시 한숨을 내쉬었다.

"나는 지금 여덟째, 아홉째마마에게 묶여 있는 몸이라는 사실을 명심해. 자칫 눈 밖에 났다가는 하늘이 무너지는 화를 자초하게 된다고. 여덟째마마가 오늘 아홉째마마의 집에 간다고 했어. 네가 직접 가서 이 사실을 아뢰도록 해. 어떻게 해야 할지 조언도 구하고."

말을 마친 임백안은 기운이 없는 듯 자리에 벌렁 드러누웠다. 그리고는 귀찮다는 듯 손을 내저었다.

아홉째 윤당의 집은 서직문西直門 안에 자리를 잡고 있었다. 유인증이 그곳에 도착한 것은 미시未時가 거의 지날 무렵이었다. 안에서는 여덟째와 아홉째, 왕홍서, 아령아, 규서 등이 이광지를 초대해 서재에서 차를 마시면서 바둑을 두고 있었다. 유인증은 신분의 차이 때문에 그들을 방해할 수 없었다. 어쩔 수 없이 그들이 헤어질 때까지 밖에서 기다려야 했다. 왕홍서와 규서는 땅거미가 어둑어둑해질 무렵에야 양 옆에서 이광지를 부축하고 나왔다. 유인증은 때를 놓칠세라 종종걸음을 하면서 안으로 들어갔다.

"나가 봐, 조금 있다가 부를 테니."

윤당이 유인증이 건넨 종이를 힐끗 들여다보더니 퉁명스럽게 내뱉었다. 그리고는 바로 여덟째에게 물었다.

"넷째 형님이 혹시 무슨 냄새를 맡은 것은 아닐까요?"

여덟째는 부채 끝에 달린 한백옥漢白玉 구슬을 만지작거리면서 눈을 지그시 감고 있었다. 한참 후 그가 입을 열었다.

"융과다가 어제 저녁 우리 집에 왔다 갔어. 넷째 형님 집이 도둑을 맞은 것은 사실이라는 거야. 그 도둑이 아주 고단수인 것 같더라고. 전부 폐하께서 하사하신 물건만 훔쳐간 것을 보면 말이야. 넷째 형님이 길길이 날뛰면서 순천부 애들더러 허수아비라고 한바탕 욕지거리를 했다고 하더군. 내 생각에는 혹시 도둑이 장물을 전당포에서 처리하지 않을까 생각하고 무심코 찾아간 걸 거야. 또 거기는 우리 집에서 가까워. 조금만 조심하면 별일 없을 거야."

윤당이 여덟째의 말을 받았다.

"그것 참 쌤통이네! 매일 다른 사람 괴롭힐 궁리나 하고 돌아다니더니, 잘 됐군! 집구석이나 제대로 지키고 있었더라면 어떻게 그런 일이 있었겠어요?"

"그렇기는 하나 그래도 조심하는 것이 좋아. 넷째 형님과 열셋째가 어떤 사람들인데! 방심은 금물이야."

여덟째의 말에 윤당이 다시 음산한 표정을 지었다.

"속은 텅 빈 깡통 같은 것들이 그래봤자 아니겠어요? 하지만 이번 일을 계기로 그 물건을 다른 곳으로 옮기는 것도 좋겠어요. 조심해서 나쁠 것은 없잖아요. 그러다 정말 들통이 날 것 같으면 임백안에게 불을 질러버리라고 하면 되잖아요!"

여덟째가 마무리를 지었다.

"너무 겁을 집어먹고 호들갑을 떨 필요는 없어. 다만 우리 둘의 친필이 들어가 있는 부분은 태워 버리라고 하는 것이 좋겠어. 여봐라, 만영호에서 온 사람을 들여보내도록 하라."

다시 보름이 지났다. 그러나 그 어떤 일도 벌어지지 않았다. 임백안은 천둥만 요란하고 소나기는 용케도 비켜갔다는 생각에 안도의 숨을 내쉬었다. 남순에 나선 강희 일행으로부터 연락이 도착한 것은 바로 그 무렵이었다. 남경에서 양주를 거쳐 곧 수로를 통해 귀경할 것이라는 소식이었다. 윤잉과 윤진, 윤상 등의 황자들은 소식이 당도하자마자 몇 날 며칠 날밤을 새워가면서 성가聖駕를 영접할 준비에 나섰다. 우선 윤잉은 뇌물죄를 범한 범인들을 북경으로 압송하라는 공문을 각 성에 내려 보냈다. 그런 다음 윤진에게 그들에 대한 재수사를 위해 필요한 3일 동안의 휴가를 줬다. 윤진으로서는 실로 오래간만에 약간의 여유를 누릴 수 있는 시간이었다. 곧 모처럼 조촐한 회식자리를 가지자는 의미에서 윤지, 윤기, 윤우, 윤사, 윤당, 윤아, 윤상, 윤제 등 황자들을 초청했다. 그 중에는 서로 얼굴 보는 것이 부담스러운 사람들도 있었으나 오랜만에 모이는 자리인 탓에 호응도는 대단히 높았다. 모두가 약속한 시간에 맞춰 넷째의 집으로 모여든 것이다. 그들은 겨울 들어 내린 첫눈치고는 제법 푸짐한 눈을 맞으면서 만복당萬福堂으로 들어섰다. 대체로 약간 어색해 하기는 했으나 그런대로 화기애애한 분위기였다.

그 시각 만영호 앞에는 7, 8명의 건장한 사내들이 커다란 나무상자 대여섯 개를 조심스레 내려놓고 있었다. 하얀 입김을 내뿜으면서 거친 숨을 몰아쉬던 그들은 곧 전당포의 문을 열고 들어갔다.

"거기 누구 없소?"

산동성 사투리였다. 눈이 내리는 날이라 손님은 한 명도 보이지 않았다. 뒷방에 모여 시시닥거리던 점원들도 인기척을 듣고 휘장 사이로 그저 고개를 빠끔히 내밀기만 했다. 한 점원이 물었다.

"뭘 저당 잡히게요?"

"진짜 알짜배기지!"

한 사내가 웃으면서 용건을 말했다.

"북경에 연관捐官(돈으로 관직을 사는 행위. 당시로서는 국고 충당 차원에서 공공연히 이뤄졌음)하러 왔으나 넷째 황자마마가 이부에 떡하니 버티고 있는 바람에 어쩔 수 없이 저당을 잡히러 왔소. 필요할 때 다시 찾아갈 테니 잘 부탁하오."

한 점원이 유인증에게 눈짓을 보냈다. 유인증은 올 것이 왔구나 하는 생각을 하면서 커다란 상자를 전부 열어 젖혔다. 순간 어두침침하던 점포에 햇빛 찬란한 한여름의 정오 같은 눈부신 빛이 퍼져나갔다. 온갖 금은보화가 가득 담겨 있었던 것이다. 금은보화 밑에는 값나가는 맹수 가죽과 금으로 된 자명종도 숨겨져 있었다. 얼핏 보기에도 윤진이 잃어버렸다는 물건들이 거의 다 있는 듯했다. 유인증이 두려움과 긴장감에 세차게 고동치는 가슴을 가까스로 달래면서 물었다.

"얼마를 생각하고 있소?"

"못 받아도 십이만 냥은 받아야 하는데……. 뭐 가게 사정이 좋지 않으면 최저 팔만 냥까지도 생각하고 있소. 아무튼 곧 찾아갈 테니까."

그러자 유인증이 스스로 여유를 보인 사내의 약점을 틀어쥐기라도 한 듯 한숨을 지었다.

"우리로서는 눈이 뒤집어지는 물건이오. 진품인 것도 확실해 보이고. 그런데 이거 어쩌죠? 어제 장부 정리를 하면서 돈을 전부 주인의 고향인 절강성에 보냈소. 자기를 구입하기로 해서 말이오. 여기 있는 현금을 박박 긁어 모아봤자 삼만 냥 정도밖에는 안 되는데……, 삼만 냥 어때요?"

"사정이 여의치 않을 것 같아 팔만 냥까지 깎아준 것만 해도 그런데, 삼만 냥이라니! 너무 했소. 그러지 말고 칠만 오천 냥이 어떻소?"

유인증과 사내 둘 다 짐짓 태연한 척하면서 가격 흥정을 하고 있었다. 그러나 속으로는 둘 모두 코웃음을 치고 있었다. 그 후 한참 동안 밀고 당기는 승강이가 벌어졌다. 그 결과 합의를 본 액수는 고작 5만 냥에 지나지 않았다. 유인증이 안방으로 들어가 임백안에게 보고를 하고 나오더니 점포의 다른 점원들에게 말했다.

"따끈한 차 한 잔 끓여 와. 그리고 장씨, 자네는 서쪽 점포에 가서 돈을 찾아 와. 바쁘신 분들인 것 같으니 얼른 갔다 와. 알았어?"

"다른 사람 시키지 말게. 자네가 직접 다녀오게."

임백안이 그 순간 휘장을 걷고 나오면서 말했다. 유인증은 임백안의 말뜻을 알아차렸다. 가게문을 나서자마자 바로 염왕부廉王府를 향해 줄달음친 것이다. 그러나 여덟째와 아홉째는 그 시각 모두 넷째의 집에 있었다. 그는 염왕부 집사로부터 그 말을 듣자마자 바로 말을 빌려 타고 넷째의 집으로 향했다.

그 무렵 황자들은 윤진의 집에서 술이 거나하게 취한 채 질펀한 육담에 시간가는 줄 모르고 있었다. 열째는 여자의 목소리를 흉내내면서 간드러지게 노래를 부르기까지 했다. 바로 그때 대탁이 유인증에게서 사건의 전말을 전해 듣고는 종종걸음으로 안에 들어가 윤진에게 귓속말을 했다.

"정말 나타났다는 말이지? 간덩이가 부어터진 놈들이로군!"

윤진이 대탁을 향해 귀를 기울이면서 눈을 반짝이는가 싶더니 윤사를 쳐다보면서 말했다.

"여덟째, 간 큰 도둑놈들이 장물을 자네 집으로 가져왔다는구먼! 내 예감이 이렇게 기가 막히게 들어맞아보기는 처음이야! 주인인 내가 자리를 비우면 모처럼 마련한 자리가 썰렁해질 테니 열셋째 자네가 몇명 데리고 가서 도둑을 잡아. 그런 다음 바로 순천부에 넘겨버리고 와. 술자리 파하지 않고 잘 유지하고 있을 테니, 걱정하지 말고 다녀 와!"

여덟째 쪽은 당황하는 기색을 감추지 못했다. 서로를 힐끔힐끔 쳐다보았다. 윤상과 대탁은 그에 아랑곳하지 않고 서둘러 밖으로 나가려고 했다. 그러자 여덟째가 둘을 황급히 불러 세웠다.

"그러지 말고 우리 집에서 사람을 데리고 가자고. 나도 같이 가 줄게!"

여덟째가 말을 마치자마자 언제 술에 취해 흐느적거렸나 싶게 벌떡 자리를 박차고 일어섰다. 그러자 그의 속내를 알 길 없는 다섯째 윤기와 일곱째 윤우가 바로 달려들어 눌러 앉혔다. 그가 일부러 술자리를 피해 도망가려는 줄 안 모양이었다.

"그까짓 도둑 몇 명 때문에 여덟째 자네까지 갈 것이 뭐가 있나? 열셋째 아우 혼자서도 충분히 처리하고 올 텐데!"

"그럼, 그럼! 쉽게 마련된 자리도 아니잖아. 날이 샐 때까지 누구도 자리를 떠나서는 안 돼. 어이, 밖에 있는 고복 자네 말이야, 황자마마들의 말들을 전부 가둬 버려! 우리 형제들 모두 오늘 술에 취해 마음껏 망가져 볼 테니까!"

윤진도 기회를 놓칠세라 바로 맞장구를 쳤다.

33장

팽팽한 기세 싸움

여덟째는 윤진이 막무가내로 붙드는 바람에 눌러 앉기는 했으나 속은 점점 타들어갔다. 당혹감도 감추지 못했다. 그건 아홉째 윤당도 마찬가지였다.

그러나 아무것도 모르는 열째를 비롯한 다른 황자들은 혀가 꼬인 채로 계속 노래를 불렀다. 주령酒令 놀이를 하면서 술을 들이붓고 있었다. 반면 여덟째는 오히려 술이 다 깨버린 듯 창밖의 설경을 바라보면서 멍하니 생각에 잠겨 있었다. 윤진 역시 비슷했다. 다른 형제들과 한데 어울려 노는 척하면서도 시선은 여덟째와 아홉째의 미세한 표정 변화를 놓치지 않고 있었다.

윤당 또한 마음이 좀처럼 안정되지 않았다. 시간이 흘러갈수록 술은 깨고 더욱 조바심이 났다. 나중에는 애써 불길한 예감을 떨쳐버리려는 듯 힘껏 고개를 젓기도 했다. 그 순간 그는 흠칫 놀라고 말았다. 옹왕부의 하인들 틈에 끼어 있는 유인증의 모습이 불현듯 시야에 들어왔던 것이다. 더구나 그는 저 멀리 복도 쪽에서 윤당을 향해 손으로 목을 베는 시늉을 하면서 발을 동동 구르고 있었다. 윤당은 변소에 다녀오겠다면서 황급히 자리를 떴다. 이어 밖으로 나와 어둠 속에 몸을 숨겼다. 그러자 유인증이 재빨리 다가와서는 인사하는 것도 잊은 채 발을 동동 굴렀다.

"다시 온 지 한참 됐습니다. 즐거운 술판을 깰 수도 없고…… 여기 서서 기다리는데 속이 터지는 줄 알았습니다, 아홉째마마!"

"뭐가 어떻게 됐는데? 어서 말해봐!"

윤당이 목소리를 한껏 낮춰 물었다. 유인증이 황급히 아뢰었다.

"점포가 열셋째 황자마마에게 털렸습니다!"

"그러면 장물을 저당 잡히러 왔던 도둑들은 어떻게 됐어? 열셋째가 도둑을 잡으러 간다고 나갔는데, 점포까지 털었어?"

윤당이 순간적으로 몸을 휘청하더니 겨우 중심을 잡으면서 다급하게 물었다. 얼굴에는 오리무중에 빠진 듯한 답답한 표정이 가득했다. 그러자 유인증은 거의 울상이 되었다.

"도둑은 무슨 도둑입니까! 처음부터 계획적으로 접근한 것이었습니다. 모두 열셋째마마한테 놀아났다고요! 점포에 발을 들여놓자마자 바로 내부를 다짜고짜 뒤지기 시작했습니다. 소인이 따라 들어가서 분명히 봤죠. 결국 물건도 다 가져 가고 사람도 전부 붙잡아 갔습니다! 열셋째마마의 말씀이 워낙 중대한 사안이라 일단은 전부 순천부로 넘길 것이라고 했습니다!"

사건의 자초지종은 유인증의 말로 볼 때 불 보듯 뻔했다. 윤당은 마치 날벼락이라도 맞은 듯 꼼짝도 하지 않고 눈밭에 서 있다가 손발이 꽁꽁 얼어붙을 즈음에야 힘겹게 입을 열었다.

"임백안은 어떻게 됐는가? 도망가지 못했어?"

"물샐틈없이 포위당한 상태에서 무슨 재주로 도망을 가겠습니까? 물론 임 대인은 느낌이 좋지 않았던지 뭔가 낌새를 채고 뒤 창문을 통해 빠져나가 나룻배에 올라타기는 했습니다. 그러나 그 속에도 이미 열셋째 황자마마의 사람들이 잠복해 있었던 모양입니다. 숨도 제대로 못 쉴 정도로 꽁꽁 묶여 나오는 것을 봤습니다. 소인은 임 대인 때문에 혼란한 틈을 이용해 겨우 빠져 나왔습니다……."

윤당은 순간 눈앞이 아찔했다. 완전히 허를 찌르는 윤진의 성동격서聲東擊西 전략에 꼼짝없이 놀아났다는 생각을 하지 않을 수 없었다. 마치 깊은 잠에 곯아떨어져 있다 강제로 일으켜 세워진 다음 불이 번쩍 나게 뺨을 얻어맞은 기분이었다.

그러나 일은 이미 벌어졌다. 윤당은 빨리 수습을 해야겠다는 생각과 함께 참을 수 없는 오기가 솟구쳤다. 이어 잠시 생각에 잠겼다가 이내 차가운 웃음을 지었다.

"넷째 형님! 이런 치사한 방법으로라도 둘째 형님을 지켜야겠다, 이거지? 붙어보자, 어디 한번! 자네는 뒷문으로 어서 빠져 나가! 우선 내 집에 가서 숨어 있으면서 명령을 기다려. 조용해지는 대로 내가 북경을 떠나도록 도와줄 테니 걱정은 하지 말고!"

윤당은 말을 마치자마자 바로 다시 만복당으로 향했다. 만복당의 분위기는 그가 잠깐 나가 있다 들어오는 사이에 크게 변해 있었다. 윤상이 온몸 가득 흰 눈을 뒤집어 쓴 채 김이 모락모락 나는 황주를 벌컥벌컥 들이마시고 있었던 것이다. 좌중의 황자들은 눈이 휘둥그레진 채 조각처럼 굳어진 모습으로 뚫어져라 윤상을 쳐다보고 있었다. 또 안뜰에서는 임백안이 엎드린 채 목을 빳빳이 쳐들고 악의에 가득찬 웃음을 지으면서 윤진을 노려보고 있었다. 잠시 무거운 침묵이 흘렀다. 임백안은 윤당이 들어서는 모습을 보고는 배짱이 생긴 듯 드디어 목을 이리저리 돌리면서 윤진을 향해 발악을 했다.

"제가 도대체 무슨 죄를 지었다는 말입니까?"

윤당은 순간, 아주 잠깐 그런 임백안과 시선을 교환했다. 이어 당황한 기색 대신 짐짓 의아한 표정을 지은 채 물었다.

"아이고, 깜짝이야! 지금 무슨 꼭두각시놀음을 하는 거예요?"

"그래도 입은 살아가지고 도대체 무슨 죄를 지었느냐고 물어? 양민에게 해를 입히고 대신을 협박해 국고國庫에 검은손을 뻗치는 등의 죄를 저질렀잖아. 아니 그 수많은 죄행은 제쳐 두고라도 조정 대신들과 관련된 비밀문서를 만들어 보관하고 있다는 것만 해도 예삿일이 아니야. 폐하께서 아시는 날에는 그것 하나만으로도 바로 능지처참을 면하기 어려울 거야!"

윤진이 창가에 걸려 있던 앵무새 조롱을 내려 들여다보면서 천천히 입을 열었다. 그러나 임백안은 전혀 두려워하는 기색을 보이지 않았다. 얼굴에 계속 냉소를 머금은 채 고개를 획 돌렸다.

"그건 심심풀이로 몇 글자 적어본 것일 뿐입니다! 《대청률》에는 민간인이 글을 써서는 안 된다는 조항이 없습니다! 저는 이부에서 오랫동안 일하면서 관리들의 온갖 추태를 목격해 왔습니다. 혼자 보기 아쉽더군요. 그래서 몇 글자 적어봤습니다. 나중에 이른바 《관가백추도》官家百醜圖라는 책을 써보려고요! 그런데, 저처럼 죄를 범하지도 않은 사람을 넷째마마께서 잡아들인다면 분명히 잘못된 것이 아닙니까? 백 번 양보해서 설사 죄가 인정된다 하더라도 넷째 황자마마, 열셋째 황자마마께서 이런 식으로 덫을 놓아서는 안 되지 않습니까? 순천부를 무시한 채 사사롭게 민가를 덮치는 것은 도둑의 그것과 다를 게 뭐 있겠습니까?"

"이게 감히 어디에다 대고?"

갑자기 여덟째가 크게 화를 내면서 탁자를 힘껏 내리쳤다. 그리고는 임백안에게 손가락질을 하면서 욕설을 퍼부었다.

"넷째마마는 흠차 신분으로 육부를 정돈하고 정무에 차질이 없도록 최선을 다하시고 있어. 당연히 넷째마마의 눈에 거슬리는 것은 바로 범죄야! 그런데 그게 어떻게 사사롭게 민가를 덮친 거야? 평소 왕부王府를 드나들 때는 제법 점잖아 보이기에 착실한 상인인 줄 알았더니, 이제 보니 근본이 안 된 자로구먼! 말해봐! 누가 시켜서 백관들의 행동과 관련된 비밀문서를 만들었나?"

임백안이 크게 화를 내면서 침을 튕기는 여덟째를 천천히 올려다봤다. 이어 갑자기 피식 웃었다.

"여덟째마마, 오늘 보니 참 멋지게 생기셨군요! 그만 거품 거두시고 제 말 좀 들어 보십시오. 독사가 팔을 감으면 장사壯士는 칼로 자기 팔을 내리친다고 했습니다! 제가 이래 봬도 개새끼처럼 꼬리 흔들면서 누구 지시 받고 일하는 사람이 아닙니다! 여덟째마마께서는 저를 아무나 물어뜯는 미친 개 취급하는 것은 아니겠지요?"

윤당이 내내 굳어진 얼굴로 지켜보고 있더니 마침내 입을 열었다.

"주둥아리 까진 자는 무조건 패야 해. 여봐라!"

"예!"

윤당의 부름에 복도 저편에서 시중을 들던 아홉째 패륵부의 하인들이 일제히 달려왔다. 그러자 윤진이 손을 저었다.

"아홉째, 곧 죽을 사람을 상대로 화를 내서 뭐 하겠나? 윤상 아우는 순천부에서 홧김에 바로 이 보배 덩어리를 죽이지 않을까 싶어 이리로 데리고 온 거야. 화기가 오르면 돼지 대가리는 저절로 익게 돼 있어. 서두를 것이 뭐 있어? 꼴도 보기 싫어! 끌어내!"

윤진이 짐짝처럼 질질 끌려 나가는 임백안의 뒷모습을 보면서 덧붙였다.

"모처럼 형제들이 모여 설경을 안주 삼아 오손도손 술 한잔 먹으려 했는데, 이것들이 그럴 여유도 주지 않는군! 태자 형님께서는 아직 이 일을 모르고 계실 테니 아우들의 고견부터 좀 들어보자고."

"고견이라고 할 것이 뭐 있겠어요. 넷째 형님 말씀대로 때려 엎는 수밖에는 없죠. 개 패듯 패면 제까짓 것이 불겠죠! 개죽음 당하지 않으려면 말이에요."

여덟째가 술기운이 싹 가신 듯 피곤한 표정을 한 채 의자 등받이에 벌렁 몸을 맡기면서 말했다. 반면 윤진은 그렇지 않다는 표정으로 고개를 저었다.

"여덟째, 임백안 이 자식이 아까 자네한테 하는 것 봤지? 내 생각에는 우리 상상을 초월하는 든든한 배경이 있는 것 같아. 원래 시냇물을 흙탕물로 만들어 버리는 데는 저런 미꾸라지 한 마리로 충분하지. 당연히 빠른 시일 내에 제거해야 한다고. 저 놈을 없애버리는 것은 곧 조정을 위협하는 늑대를 제거하는 것과 같으니까 말이야! 그러나 꽃병 속에 들어간 쥐를 잡으려고 돌멩이를 던지는 것은 조금 그렇지 않아? 꽃병이 깨지는 것은 아무래도 곤란하지 않을까?"

윤진이 말을 마치고는 길게 한숨을 토해냈다. 얼굴에는 난감한 기색이 역력했다. 때를 놓칠세라 윤당이 부채질을 하고 나섰다.

"넷째 형님, 저도 그렇게 생각해요! 툭 까놓고 말해서 그 꽃병이 우리 형제들 중 어느 누구인지도 모르잖아요. 아무튼 칼자루 쥔 사람이 침착하고 신중한 넷째 형님이라 착오가 없으실 것 같네요. 저희들은 그저 넷째 형님이 하자는 대로 따르겠어요!"

윤진이 잠시 생각에 잠겨 있다 말을 받았다.

"역시 아홉째는 머리가 똑똑해. 내 속에 들어갔다 나온 것처럼 어쩌면 그렇게 신통한 생각을 할 수가 있나! 솔직히 이 일을 소홀히 했다가는 부황께 혼이 날 거야. 그러나 그렇다고 너무 깐깐하게 파헤치다 보면 우리 대청이 개국한 이후 최대의 추문이 드러날 수도 있어. 나는 그게 걱정이야! 이 일은 지금 당장 손대기가 쉽지 않아. 그러나 세월이 흐른 뒤에 역사가 대청의 역사적 추문을 어떻게 적고 후세들이 우리를 어떻게 생각할지도 염두에 둬야 하지 않겠어? 아홉째 자네가 나하고 생각이 비슷한 것 같으니, 태자 형님께 자초지종을 말씀 올리고 나면 임백안에 대한 처리권을 자네한테 줄 생각이야. 어떤가?"

"예?"

윤당은 너무나 뜻밖이라 자신의 귀를 의심했다. 얼굴에 놀란 표정이 여실히 드러났다. 잠시 후 그가 여덟째를 힐끗 훔쳐봤다. 뭔가 답변을 구하는 것 같은 자세였다. 여덟째는 이미 충격에서 어느 정도 벗어난 듯 안면 근육이 많이 부드러워져 있었다. 윤당이 재빨리 덧붙였다.

"믿어주시는 것은 참 고맙네요. 그러나 넷째 형님의 기대에 부응하지 못할까봐 걱정이네요! 넷째 형님은 제가 바로 문제의 꽃병이라는 생각은 해보지 않으셨어요?"

윤당의 말에 좌중의 황자들은 약속이나 한 듯 저마다 웃음을 터뜨렸다. 윤지, 윤기, 윤우는 아무것도 모른 채 따라 웃고 따라 화를 내면서 대세를 따르고 있었다. 그러나 자세한 내막을 모르기는 마찬가지였던 열째 윤아와 열넷째 윤제는 달랐다. 차츰 뭔가를 깨달아가는 듯 보였다.

윤상은 사실 처음에 윤진의 결정에 적지 않게 서운함을 느꼈다. 벼르고 별렀던 임백안을 드디어 잡은 데다 자신의 손으로 직접 혼내주려고 했으니 그럴 만도 했다. 그러나 곧 윤진의 마음 씀씀이를 고맙게 느꼈다. 워낙 민감한 사안을 형평성 잃은 채 흐지부지 처리하면 사람들에게 미운털만 박히고, 잃는 것이 얻는 것보다 훨씬 많을 것이라는 생각이 들었기 때문이다. 결국에는 그 또한 동의했다.

"아홉째 형님은 꼼꼼하고 치밀하신 분이니 이런 일에는 딱이라고요, 딱!"

여덟째와 윤당은 속으로 쾌재를 부르면서 술잔을 들었다. 윤진과 윤상 역시 기분이 좋기는 마찬가지였다. 불을 질러 놓고 뒷수습을 아홉째에게 교묘하게 맡겨 버리려던 자신들의 계산이 맞아떨어졌으니 술맛이 더욱 그만이었다. 둘은 곧 흡족한 표정으로 여덟째 쪽과 연신 술잔을 부딪쳤다. 이후 늦게까지 실없는 소리로 시간을 보내던 그들은 자정이 다 돼서야 자리를 털고 일어나 저마다의 집으로 발걸음을 옮겼다. 그러나 윤상은 그대로 남아서 전당포를 털던 과정을 상세하게 윤진에게 들려줬다. 이어 윤진에게 물었다.

"이제 아홉째 형님에게 뜨거운 감자를 던져 줬으니, 상자 안의 금은보화는 어떻게 처리할 건가요?"

"일단 상자는 그대로 봉해버리고 나서 태자 형님에게 물어보자고!"

윤진이 미리 다 생각을 해두었다는 듯 대답했다. 이어 윤상에게 박수를 보내면서 덧붙였다.

"윤상, 참 멋지게 해냈어! 생각해보라고. 아닌 밤중에 봉창 두드리는 소리에 놀라서 깬 것들이니, 앞으로 본색을 있는 그대로 드러내지 않겠어? 이제부터 저것들은 고생문이 훤히 열렸어!"

조정의 나날은 풍승운 사건과 임백안 사건에 더해 지방관들의 학정과 공금횡령 사건이 한데 겹쳐 그야말로 아수라장이었다. 대리시와 형부, 순천부 역시 마치 펄펄 끓는 가마솥에 기름을 떨어뜨린 것처럼 요란하게 돌아갔다. 이로 인해 사관司官 이상의 관리들은 사건 해결을 위해 불철주야 뛰어다니느라 잠시도 쉴 틈이 없었다. 태자당 쪽의 대신들은 과거 나약하게만 보이던 윤잉이 마치 환골탈태를 한 듯 기세가 등등한 채 팔황자당을 일망타진하려는 움직임을 보이자 저마다 팔을 걷어붙이면서 흥분하기 시작했다. 나중에는 팔황자당의 죄상을 폭로하는 탄핵안을 끊임없이 육경궁으로 올려 보냈다. 여덟째 쪽 역시 당하지만은 않았다. 즉각 맞불작전을 개시했다.

이후 상황은 묘하게 전개됐다. 여덟째를 지지하는 세력이 훨씬 더 많았기 때문에 태자당이 초반부터 기세 싸움에서 밀리는 모습을 보였던 것이다. 태자당 쪽은 차츰 고조되는 위기감에 기운을 잃어갔다. 그들은 저마다 상서방으로 마제를 찾아가 온갖 핑계를 대면서 일선에서 물러나게 해줄 것을 요구했다. 또 갑자기 병이 나서 휴가를 내야겠다는 하소연을 하기도 했다. 이제는 고향에 돌아가 편안한 말년을 보내고 싶다는 이들 역시 없지 않았다. 하지만 그들의 속마음은 한결같았다. 황제께서 더 이상 우리의 배경이 돼 주시지 않으니 불안해서 못 살겠다는 것이었다.

이처럼 태자당은 분열의 위기에 봉착해 있었다. 마제라고 편할 까닭이 없었다. 한때 소신을 못 지킨 결과 황제와 태자의 눈 밖에 난 것에 이어 문생들이 밤낮으로 몰려와 살 길을 마련해 달라면서 조르는 통에 정신을 차리지 못했다. 그러나 그는 태자에게 자신의 처지를 말해봤자 소용이 없다는 생각을 하고 있었다. 순간 자신의 신세가 풍전등화같이 위태롭고 처량한 느낌이 들었다.

마제는 고민에 고민을 거듭했다. 방법은 한 가지뿐이었다. 나이가 든 탓에 실수가 잦은 자신이 물러나고 상서방도 유능한 젊은이들로 수혈을 해야 한다는 이유를 들어 퇴직을 원하는 글을 올리기로 한 것이다. 그는 정성껏 사직서를 작성한 다음 태자에게는 알리지도 않고 직접 상서방의 600리 긴급서찰로 양주에 머물고 있던 강희에게 띄워 보냈다.

강희는 10월 7일 방포를 데리고 양주로 온 이후 위동정과 강남직조사江南織造司인 조인曹寅의 안내를 받으면서 명승고적들을 두루 구경했다. 매화령梅花嶺, 수서호瘦西湖, 향설거香雪居, 고도교古渡橋…… 등이 그가 구경하면서 즐긴 곳들이었다. 위동정은 또 강희를 위해 금산金山, 초산焦山, 고민사高旻寺, 천녕사天寧寺 등의 네 곳에 행궁을 지어 놓기도 했다. 행궁들은 명산고찰에 둘러싸인 채 기이한 나무들과 분재들 사이에 살짝 감춰져 있었으나, 지극히 호화로웠다.

그날 강희는 고교高橋 일대를 유람하고 행궁으로 돌아오고 있었다. 그러다 오는 길에 석양에 붉게 물든 호숫가를 지나면서 그만 주위의 경관에 시선을 빼앗기고 말았다. 이어 잎이 하나둘 가을바람에 떨어져 나가는 고목들과 저 멀리에서 외기러기 한 마리가 무리에서 뒤쳐지는 바람에 앞서간 무리들을 쫓아가느라 바삐 날갯짓하는 모습을 물끄러미 바라봤다. 그는 감상에 젖어들었다.

"오늘은 행궁보다는 야성미가 그대로 살아있는 이곳 어딘가에서 자고 싶군! 이 부근에 역관은 없나?"

"천녕사 쪽에서 벌써 어선御膳을 준비해 놓고 있사옵니다. 또 이곳에는 역관이 없는 것으로 알고 있사옵니다."

위동정이 걱정어린 눈빛으로 강희를 바라보면서 아뢰었다. 조인도 덧붙였다.

"폐하께서 오늘은 꼭 여기에서 주무시고 싶으시다면 방법은 있사옵니다. 부근에 소인의 차고茶庫가 하나 있긴 하옵니다. 그러나 제대로 손을 보지 않은 탓에 폐하께서 머물기에는 너무 누추할 것 같사옵니다. 소인은 그게 걱정이 되옵니다."

강희가 조인의 말이 끝나기 무섭게 깊은 관심을 보였다.

"그런 곳이 있었다면 왜 진작 말하지 않았나? 좋아, 오늘 저녁에는 자네의 신세를 져야겠네!"

강희 일행은 조인을 따라 동쪽으로 방향을 틀었다. 곧 수서호 옆에 있는 나무다리를 건너자 우중충한 건물이 시야에 들어왔다. 일행은 그쪽으로 가까이 다가갔다. '내무부 강남직조사 차고. 관계자 외 출입금지'라고 적힌 팻말이 크게 눈에 띄었다. 그곳을 지키던 이들은 강희 일행이 도착하자 허둥대면서 방 청소를 하거나 마당에 비질을 하느라 분주히 움직였다. 조인은 강희를 알아볼 리가 없는 그들에게 일행을 북경에서 온 내무부 관리들이라고 소개했다.

일행이 강희의 특별지시에 따라 조촐하게 저녁을 먹고 났을 때는 유시酉時가 다 된 시간이었다. 강희는 편한 비단 저고리로 갈아입고는 방포를 데리고 바람을 쐬러 밖으로 나갔다. 늦은 밤이었는데도 호숫가에 노인 세 명이 앉아 차를 마시면서 장기를 두고 있었다. 또 간이천막 안에서는 여자아이 하나가 화롯불에 부채질을 하면서 물을 끓이고 있었다. 천막 앞의 나무에는 '교할머니 차'喬婆子茶라고 쓰인 천 조각도 내걸려 있었다. 막 글씨를 익히기 시작한 어린아이가 쓴 것처럼 비뚤비뚤하고 볼품없는 글씨였다.

강희는 천막 속에서 부지런히 부채질을 해대고 있는 열댓 살 가량의 여자아이를 바라보다 미소를 지으면서 안으로 들어가려고 했다. 그러자 한 쪽에서 장기를 두면서 핏대를 세워가며 싸우던 노인들 중 한 명이 기지개를 켜면서 말했다.

"그 집 차 맛은 정말 기가 막힙니다. 멀리서도 일부러 교 할머니 차 맛을 보러 말을 타고 찾아올 정도인 걸요! 강희황제도 조만간에 들르실 거라고 하더라고요. 우리는 행여나 황제의 용안이라도 한 번 볼까 해서 이렇게 죽치고 앉아 있는 것 아닙니까? 이제 가야겠군. 아무래도 이번에도 황제는 오지 않을 모양이야."

노인들은 장기 두는 것도 재미가 없는 모양이었다. 바로 엉덩이를 툭

툭 털고 일어나서는 자리를 떴다. 강희가 히죽 웃으면서 노인들의 뒷모습을 바라보고 있을 때였다. 저 멀리에서 할머니 한 명이 걸어오고 있는 것이 보였다.

"할머니! 제가 곧 챙겨가지고 들어갈 텐데, 왜 나오셨어요?"

여자아이는 할머니를 보자 바로 달려갔다. 그리고는 팔짱을 끼고는 활짝 웃었다.

34장

기절초풍차

50세 전후로 보이는 할머니는 작고 왜소한 체구를 지니고 있었다. 전족纏足을 한 탓인지 걸음걸이가 불편해보였다. 옷은 군데군데 깁기는 했으나 전체적으로는 깔끔했다. 그녀가 강희와 방포가 지켜보는 가운데 다가오더니 손녀를 향해 자상하게 말했다.

"아가야, 손님이 계신데 차 대접할 생각은 하지 않고 가게 문을 닫을 생각부터 하는 거야?"

강희와 방포가 마주 보면서 씽긋 웃고는 천막 안으로 들어가 앉았다. 이어 방포가 먼저 입을 열었다.

"할머니! 우리는 차 맛이 일품이라는 소문을 듣고 멀리서 찾아왔어요. 그런 만큼 특별히 잘해주셔야 해요. 벌써부터 기대가 되는데요? 들으니까 할머니는…… 황제도 만나보셨다면서요? 그게 사실이에요?"

여자아이가 방포의 말에 차를 따라주면서 입빠르게 먼저 대답했다.

"황제폐하를 만나보면 뭐 해요? 여전히 요 모양 요 꼴인 걸요!"

교씨가 손녀의 약간 볼멘소리에 대뜸 표정을 바꿨다. 그리고는 무섭게 나무랐다.

"찢어진 입이라고 쥐방울만 한 것이 못하는 소리가 없어, 그냥! 네가 뭘 안다고 그래? 한 번만 더 함부로 그런 소리 했다가는 봐라! 폐하께서는 우리 가문의 큰 은인이시라고! 그 분이 아니었다면 너도 없었어. 가난한 것은 네 팔자야. 그걸 꼭 마치 황제의 잘못인 것처럼 말하다니!"

강희는 교씨의 말을 들으면서 점점 머리를 갸웃거렸다. 그런 다음 뚫어져라 그녀를 쳐다봤다. 가느다란 눈썹에 큰 눈, 약간 두드러져 나온 광대뼈, 입가의 까만 점이 어딘지 모르게 눈에 익었다. 그러나 아무리 기억을 더듬어 봐도 마땅히 떠오르는 사람은 없었다.

'그런데도 나를 큰 은인이라면서 눈에 넣어도 아프지 않을 손녀를 눈물 쏙 빠지게 혼을 낼까? 그런 것을 보면 분명 나하고 무슨 인연이 있었던 것은 틀림이 없어!'

강희가 그렇게 한참을 생각하다 웃으면서 물었다.

"혹시 손님을 끌기 위해 일부러 꾸며댄 얘기는 아닌가요? 황제는 언제 만났나요? 또 어떻게 생겼던가요?"

"이런 곳에서 차나 팔고 있는 구질구질한 할망구가 황제폐하를 만나 뵈었다니 믿지 않을 법도 하죠. 벌써 삼십 년은 더 됐죠, 아마? 당시 우리 집은 항주에 있었어요. 오삼계가 반란을 일으키기 일 년 전인가 그랬을 거예요. 그 사위라는 놈이 우리 동네에 와서 약탈과 만행을 일삼은 것이 말이에요. 그 통에 반항하던 아버지와 오빠는 벌건 대낮에 그것들의 채찍에 맞아죽었죠. 저는 비명에 혈육을 잃은 원통함을 달랠 길이 없었죠. 그래서 관청을 찾아가 수없이 읍소를 했어요. 그러나 누구 하나 열두 살 먹은 제 손을 잡아주지 않았죠! 유유상종이라고, 관리라고 하는 것들은 하나같이 자기 이익에만 눈이 어두운 나쁜 놈들이었다고요. 결국 참다못해 어린 마음에 죽기 살기로 북경에 가서 직접 폐하께 그 자들의 죄행을 고발하려고 했었죠. 밥을 빌어먹고 노래를 불러 팔면서 겨우 북경에 도착했으나 현실이 냉혹하기는 별반 다르지 않았었죠……."

교 할머니가 주전자에 물을 떠 넣으면서 탄식을 했다.

"그래요?"

교씨의 말을 듣는 내내 기억을 더듬던 강희의 눈빛이 비로소 일순 반짝거렸다. 가물가물하기는 하나 기억이 틀림없다면 교씨는 바로 순천부에 고소장을 내려다가 오히려 '모함죄'로 내몰려 곤욕을 치렀던 소홍이라는 여자아이였다.

강희가 다그쳐 물었다.

"혹시 이름이 소홍 아니오?"

교 할머니가 갑자기 눈이 휘둥그레지면서 입을 반쯤 벌렸다. 이어 다급히 물었다.

"어르신이 어떻게 저의 어릴 때 이름을 아십니까?"

강희가 웃으면서 대답했다.

"그 당시 할머니는 강절회관江浙會館 앞에서 비파를 타면서 애절하게 노래를 불렀죠. 그때 관객들 중 한 사람이었어요. 그때의 인상이 하도 강렬해 바로 떠올렸네요!"

교 할머니도 잠시 뭔가 기억을 더듬어 보려고 애쓰는 것 같았다. 하지만 정확히 36년이 흐른 뒤가 아닌가. 그녀로서는 어린 나이에 만났던 그 잘 생기고 생기 넘치던 소년 강희가 지금 눈앞에 있는 백발이 성성한 노인이라고 어떻게 생각할 수 있겠는가. 그녀가 한참 넋 놓고 앉아 깊은 생각에 잠겨 있더니 길게 한숨을 내쉬었다.

"당시 폐하께서는 언제 남쪽으로 내려오시면 꼭 한 번 들러주신다고 하셨어요. 그 사이 제가 아는 것만 해도 대여섯 차례는 남순을 하시지 않았나 싶어요. 그런데 이 근방에 오셨어도 한 번도 찾아오시지 않더라고요. 아이고, 주책이지! 얼마나 바쁘신 분인데, 그런 약속까지 기억하고 계시겠어! 하지만 생각은 이렇게 하면서도 그래도 혹시나 하는 마음에 기대를 하곤 하죠. 해마다 제일 좋은 차를 남겨 뒀다가 그 해 마지막 날에 폐하 생각을 하면서 마시곤 했어요……."

교 할머니의 눈에서는 곧 아련한 추억을 머금은 눈물이 그렁그렁 맺히기 시작했다. 강희는 그녀의 정성에 감동하지 않을 수 없었다. 그러나 찻잔만 오래도록 내려다볼 뿐 말은 하지 않았다. 그때 방포가 나섰다.

"할머니도 참, 황제가 그냥 해본 소리 가지고 여태까지 속상해 하고 계세요?"

"그러게 말이에요. 게다가 이제는 가문이 몰락해서 차산茶山도 다 내다 팔았어요. 겨우 '기절초풍차'라는 나무 한 그루만 남아 있어요. 제가 죽기 전에 폐하께서 오시면 드리려고요."

"할머니! 내가 들으니 폐하께서 이곳 관리들에게 지의를 내리셨다고 하던데요. 할머니 집안을 잘 봐주라고 하시지 않았나요? 그런데 가문이 몰락했다니, 그게 무슨 말이에요?"

강희가 눈물이 보일세라 눈에 먼지라도 들어간 것처럼 애써 눈을 비비면서 물었다. 교 할머니가 씁쓸한 웃음을 지으면서 대답했다.

"고맙게 해주셨죠. 그러나 워낙 타고난 팔자가 드세니 어쩔 수가 없었어요! 저는 강희 십육 년에 교씨 가문으로 시집을 왔어요. 아, 그런데 글쎄 멀쩡하던 형제 일곱 명이 수재水災로 하루아침에 목숨을 잃고 말았지 뭐예요! 지금은 손자, 손녀와 저 셋밖에 남지 않았어요. 손주 녀석들 굶겨 죽이지 않으려면 아직까지는 제가 울타리가 돼 주어야 해요. 그러나 그것도 여의치는 않네요."

교씨의 말이 끝나자마자 강희가 나지막이 한숨을 내쉬면서 자리에서 일어섰다. 방포 역시 따라 일어나면서 주머니를 뒤져 은전 몇 닢을 꺼냈다.

"얼마 되지는 않으나 이걸 살림에 조금이나마 보태세요……"

방포는 말을 마치고는 이미 성큼성큼 저만치 걸어간 강희의 뒤를 부지런히 쫓아갔다. 그리고는 마음이 무거워 보이는 강희에게 뭔가 위로의 말을 건네려고 했다. 바로 그때 강희가 말했다.

"가서 위동정에게 조만간 다시 교씨를 찾아가 사실을 얘기하라고 하게. 짐은 이미 그녀의 차를 마셨다고 전해주라는 얘기야. 돈도 조금 더 갖다 주고!"

장정옥은 문 밖에 나와 서성이면서 강희를 기다리고 있었다. 그러다 강희가 모퉁이에서 모습을 드러내자 황급히 다가왔다.

"태자전하께서 사람을 보내 안부를 여쭙는 상주문과 북경의 관보를 보내왔사옵니다. 지금 폐하의 지의를 기다리고 있는 중이옵니다!"

강희는 장정옥의 긴장한 표정에는 관심을 두지 않은 채 짧게 대답했다. 이어 그와 함께 대문 안으로 들어갔다.

강희는 태자가 보내온 상주문을 펼쳐 들다 말고 갑자기 뭔가 생각난 듯 붓을 들었다. 그리고는 정성껏 '교 할머니 차'喬婆子茶 글자를 손수 적어 위동정에게 건네주었다.

"조금 있다 교 할머니한테 가서 이걸 전해주게."

위동정이 강희의 말에 웃으면서 대답했다.

"그렇지 않아도 방금 달려가서 은 삼백 냥을 전해주고 오는 길이옵니다. 폐하께서 하사하시는 이 글씨로 팻말을 만들면 실로 금상첨화가 아닐 수 없을 것이옵니다. 교 할머니는 이제부터 생계에는 문제가 없을 것이옵니다."

위동정이 말을 마친 다음 손짓을 했다. 그러자 대기 중이던 두 명의 시위가 꽃무늬가 화사한 큰 자기 항아리 하나를 들고 들어왔다. 파란 잎사귀에서 금세 물방울이 뚝 떨어질 것 같은 차나무 한 그루였다. 바로 교 할머니가 강희에게 선물하려고 갓난아이 기르듯 정성을 쏟았다는 '기절초풍차'였다.

강희가 정겨운 눈빛으로 차나무를 지그시 바라보더니 한숨을 내쉬었다. 동시에 윤잉이 보내온 상주문을 집어 들었다. 그러나 곧 신경질적으로 내던지고는 복잡한 심경을 드러내듯 실내를 성큼성큼 거닐었다. 방포가 불안한 표정을 지으면서 엉거주춤 자리에서 반쯤 일어났다. 곧 화산처럼 폭발할 것 같은 긴장감이 좌중 사람들의 신경을 바짝 곤두세우고 있었다.

"갈수록 엉망이군! 짐이 낙마호에서 풍승운을 죽여버리지 않은 것은 북경으로 끌고 가서 온 천하에 죄행을 폭로하고 일벌백계를 원했기 때문이었어! 그런데 육부의 회의에서 제멋대로 삼천리 밖으로 추방한다는 벌을 내린다는 말이야? 그리고는 뭐 '성은'을 운운해? 이것들이 합심해서 짐을 협박하고 자빠졌군! 도대체 그자의 비호 세력이 누구야? 또 지방 관리들의 뇌물 사건도 그렇지. 자기 사람은 쏙 빼고 여덟째를 천거했던 사람들만 골라서 죄를 부풀려 전가시키다니! 명색이 태자인데, 그렇게 옹졸하고 편협해서야 되겠어? 큰일을 해나가기는 애초에 글렀어! 이대로 나가다가는 대청이……."

강희는 좀체 흥분을 가라앉히지 못했다. 그러다 갑자기 말문을 닫아버렸다. 사실 강희는 "이대로 나가다가는 대청이 언젠가는 이 사람 손에서 망한다"라고 말하려던 참이었다. 하지만 너무 심한 것 같아 바로 입을 닫아버렸던 것이었다.

장정옥은 분위기로 볼 때 강희가 임백안 사건의 처리에 관한 상주문은 아직 읽어보지 않았다고 생각했다. 그러나 직책이 직책인 만큼 거론하지 않고 넘어가서는 안 될 일이었다. 불붙는 집에 부채질을 하는 격이 될지라도 그래야 했다. 강희가 조금 흥분을 가라앉히는 틈을 타 그가 조용히 아뢰었다.

"임백안의 사건은 정말 다행입니다. 선견지명이 계신 넷째와 열셋째 황자마마께서 사전에 비밀문서의 유출을 차단시켰사옵니다. 하지만 워낙 충격적인 사건이라 대신들에게 미칠 파장이 클 것으로 우려되옵니다. 벌써부터 온갖 소문이 난무하고 있는 것으로 알고 있사옵니다. 특히 태자전하의……."

장정옥이 말을 하다 말고 강희의 안색을 살피더니 갑자기 마른침을 꿀꺽 삼켰다. 말문도 바로 닫았다.

"밑에서 무슨 소문이 도는가?"

"……소인이 죽을죄를 지었사옵니다!"

장정옥이 엄청난 실언을 했다고 생각했는지 털썩 무릎을 꿇었다. 강희가 바로 냉소를 터트렸다.

"짐이 마음대로 행동하도록 윤잉을 방조한다고 하던가?"

강희의 기세는 좌중을 압도할 정도로 대단했다. 그러자 위동정이 파랗게 질린 얼굴을 한 채 무릎을 꿇으며 입을 열었다.

"그 말은 소인이 전해들은 바를 장정옥에게 들려준 것이옵니다. 태자전하께서 탐관오리들을 징벌하는 행동 자체에는 감히 왈가왈부하는 사람이 없사옵니다. 다만…… 다만…… 징계하는 과정에서 부당한 사안이 접수돼 인심이 흔들리고 있을 뿐이옵니다. 폐하께서 연세가 높으신지라 후사를 걱정하는 사람들이 많은 줄로 알고 있사옵니다. 어떤 이들은 지금 폐하를 따르다가는 나중에 죽음을 면하기 어려울 것이라고 생각하옵니다. 또 지금 태자의 편에 섰다가는 당장 목숨이 위태롭다고도 생각하고 있사옵니다. 때문에 아무래도 제 명에 죽기는 힘들다는 말이 공공연히 나돌고 있는 실정이옵니다…….”

“죽는 것이 그렇게 두려우면 관직에서 물러나면 될 게 아닌가! 그 말은 다름 아닌 위동정 자네가 참선 끝에 깨달은 말은 설마 아니겠지?”

강희가 턱수염을 부르르 떨면서 따지듯 물었다.

“소인이 어찌 감히 그런 망언을 할 수가 있겠사옵니까? 폐하께서 관보를 열람하시면 아시게 될 것이옵니다. 그런 소문에 신빙성을 더해 주기라도 하듯 두 달 사이에 무려 칠십여 명의 대신과 봉강대리들이 퇴직을 요구하는 상주문을 올렸다고 하옵니다! 소인은 명실 공히 폐하의 포의가노包衣家奴(최하층 계급 출신의 노예)로서 죽을 때까지 충성을 다하는 것이 본분이라고 생각하옵니다…….”

위동정이 연신 머리를 조아렸다. 그 뒤에도 그의 말은 길게 이어졌다. 그러나 강희는 더 이상 듣고 싶지 않았다.

“윤잉이 정치를 얼마나 엉망으로 하면 대신들이 너도 나도 관직을 버리겠다고 경쟁을 할까?”

강희는 태자가 너무나도 무능하다는 생각이 머리를 마구 어지럽히자 속이 상할 수밖에 없었다. 그예 땅이 꺼지게 한숨을 내쉬었다.

“어찌 됐든 윤잉이 죽을 쑤어 놓은 것은 사실이야. 일부러 죽을 쑤려고 한 것이 아니라 밥을 짓는다는 것이 그랬겠지. 대외적으로는 그렇게라도 윤잉의 체면을 고려해 주어야겠네. 임백안 사건은 당연히 당사자를 엄벌에 처해야겠으나 우선 풍승운 사건에 대한 형부의 책임을 물어야겠어!”

“그 사건에 대해서는 소인이 오래 고민해봤사옵니다. 풍승운이 폐하를 몰라 뵙고 무례한 언행을 범한 것은 법률상 삼천리 추방이 적당하다고 보옵니다. 형부에서는 장석지張釋之(한나라 때의 법관)가 그와 비슷한 사안을 추방 삼천리로 처리한 것을 참작했다고 하옵니다. 분명히 법에 의해 죄를 물었다고 할 수 있사옵니다……."

장정옥의 말에 강희의 목소리가 약간 높아졌다.

"장석지를 운운할 필요가 뭐가 있다고그래!"

"장석지는 전한前漢 때의 명신이옵니다. 그야말로 법을 칼같이 지키는 훌륭한 법관으로 전해지고 있사옵니다. 설사 장석지를 부인하더라도 적당한 명분이 있어야 사람들에게 설득력이 있다고 생각하옵니다!"

장정옥이 그렇게 말하자 내내 침묵을 지키고 있던 방포가 갑자기 냉소를 흘렸다.

"보아하니 내가 형부의 관리들을 과대평가하고 있는 것 같군요! 풍승운은 권력자에게 아부를 해서 수십만 냥에 달하는 나랏돈을 먹었습니다. 그런데 왜 형부의 관리들은 그런 중요한 죄상에 대한 벌을 내릴 생각은 하지 않고 폐하께 무례를 범한 부분만 크게 부풀리는지요? 형부의 관리들이 자신을 대청의 장석지라고 자칭하고 있으나 그것은 하나만 알고 둘은 모르는 소리입니다. 장석지 본인이 바로 명예와 권세에 약한 표본이라는 것을 알면 그런 소리는 못하죠. 폐하께서 방금 '장석지를 운운할 필요가 뭐가 있다고그래'라고 하셨는데, 실로 정곡을 찌르는 말씀인 것 같사옵니다!"

장정옥은 자신에게 정면으로 면박을 주는 방포의 말에 바로 얼굴이 빨개졌다. 그러나 다시 맞받아치는 것은 포기했다. 그저 입을 다문 채 가만히 있었다. 그러자 강희가 껄껄 웃었다.

"짐이 장석지를 운운할 필요가 없다고 한 것은 맹목적으로 누군가를 답습하지 말라는 뜻에서 했던 것이네. 결코 그가 명예와 권세에 약한 표본이라는 뜻은 아니야. 짐은 그런 얘기는 금시초문이네."

강희의 말에 방포가 머쓱한 표정을 지었다. 장정옥이 그런 그를 보면서 웃음을 지으면서 말했다.

"상대방의 권세에 짓눌리거나 아니면 자신들의 비리가 들통 나지 않을까 우려한다면 범인의 큰 죄는 덮어 감추고 미미한 부분을 크게 부풀릴 수 있사옵니다. 사람들의 시선을 가리려고 그러는 것이겠죠. 그런 관리들이 장석지가 생활하던 시대에도 있었다는 얘기 같은데, 방포의 말에도 일리가 있다고 생각하옵니다. 때문에 직언을 서슴지 않는 정직한 대신의 이름으로 풍승운을 극구 비호하는 세력들을 통렬하게 비판해야 한다고 생각하옵니다!"

강희가 간만에 흐뭇한 미소를 지었다. 잘못은 흔쾌히 인정하고 상대를 배려할 줄 아는 진정한 신하의 모습이 좋아 보였던 것이다. 강희가 뭔가 결심이 선 듯 바로 방포를 향해 지시했다.

"자네가 한번 손발을 걷어붙이고 나서보게!"

방포가 황급히 대답했다.

"아니옵니다, 폐하! 장정옥 대인은 수십 년 동안 소신껏 폐하를 보좌하는 신하로서의 역할에 충실해 온 사람이옵니다. 그 어느 누구도 그 위치를 대신할 수는 없다고 생각하옵니다. 성현이 아닌 이상 간혹 시선이 미치지 못한 부분에서 실수를 할 수도 있사옵니다. 혹시 그런 실수를 용납하실 수 없어 소인에게 일을 맡기려 하신다면 그것은 국사國士를 대하는 올바른 자세가 아니라고 생각하옵니다. 게다가 소인은 벼슬이 없는 사람이옵니다. 그저 폐하의 고단함을 재주껏 덜어주는 여행의 동반자로 영원히 남는 것이 소원이기도 하옵니다. 큰일은 역시 장정옥 대인이 맡으셔야 하옵니다!"

방포는 겉보기에는 단순하기 이를 데 없어 보이는 사람이었으나 나름 생각이 깊은 듯했다. 말 한마디로 권력에 관심이 없다는 자신의 소신을 다졌을 뿐 아니라 장정옥의 약점도 깔끔하게 덮어줬으니 말이다. 게다가 그는 강희에게 당당한 성인군자로서의 자신의 모습을 남기는 데도 성공했다. 강희는 마냥 흡족했다.

"듣고 보니 그렇군. 대들보는 역시 마음대로 교체하는 것이 아니지. 알겠네."

"폐하! 자시子時가 가까워오고 있사옵니다. 피곤하실 텐데, 내일 평산平山에 다녀오시려면 일찍 주무시는 것이 좋을 듯하옵니다!"

위동정이 강희의 혈색이 점차 불그스레하게 돌아오고 분위기가 한결 좋아지는 틈을 타 조심스럽게 권유하고 나섰다. 강희도 머리를 끄덕였다.

"짐뿐만이 아니야. 같이 늙어가는 자네도 많이 힘들었을 거야! 이제는 몸이 예전 같지가 않아. 에이, 모처럼 골치 아픈 일들을 탁탁 털어버리고 신나게 놀아보려고 했더니, 그것마저 여의치가 않군! 북경을 떠나온 지 며칠이나 됐다고, 저것들이 집구석을 엉망으로 만들어 놓는 거야. 마음도 심란한데 내일 그냥 돌아갈 채비를 해야겠어!"

35장
열셋째 황자를 노린 비수

　강희는 북경에 돌아온 이튿날 바로 윤잉과 윤진 등을 불렀다. 풍승운과 임백안의 사건처리 경위를 준엄하게 캐묻기 위해서였다. 강희는 무엇보다 죄질에 비해 가벼운 삼천리 추방 처벌을 받았던 풍승운의 사건에 특히 민감한 반응을 보였다. 물론 형부와 태자는 체면이 땅에 내동댕이쳐지고 발길에 짓이겨지는 고통을 감내하면서 '사형에 처하라'는 강희의 명령을 받아들여 이미 처벌을 실행한 터였다. 사실 시간도 꽤 흘렀기 때문에 풍승운과 임백안의 시체는 썩어도 한참이나 썩은 뒤였다. 그럼에도 강희는 왜 여전히 그것에 연연하는 것일까? 둘은 강희의 속마음을 들여다볼 수는 없었으나 조바심과 긴장을 온몸으로 느끼지 않을 수 없었다. 고개를 한껏 숙이고 아무 말도 하지 못했다.
　오랫동안 무거운 침묵이 흘렀다. 그러다 한참 후 윤진이 드디어 용기를 내어 한 발자국 앞으로 나섰다.

"풍승운 사건은 형부에서 잠깐 뭘 착각하고 실수를 저질렀던 것이옵니다. 시세륜 역시 아신(兒臣)과 같이 비밀문서 검사를 하다 정신이 팔려 있다 보니 그쪽에 신경을 쓰지 못했사옵니다. 아무튼 전체적인 책임은 아신에게 있사옵니다. 양주에서 날아온 성지를 받자마자 그날로 처형함으로써 사건을 마무리했사옵니다……."

"마무리했다고? 계속 말해봐!"

강희가 찻잔을 들어 차 한 모금을 마시면서 말했다. 윤진이 강희의 위엄어린 눈빛에 흠칫 하더니 곧 머리를 조아리면서 침착하게 입을 열었다.

"임백안 사건의 경우는 며칠 전 상주 올린 그대로이옵니다. 범행 현장을 덮치고 압수수색을 한 것은 아신이옵니다. 하지만 급히 처리해야 할 일이 산적한지라 아신 스스로 사건의 처리를 아홉째에게 맡겼사옵니다. 범인은 시월 이십구일에 처형했사옵니다."

강희가 머리를 끄덕여 보였다. 일처리를 빈틈없이 잘 했다는 표정이었다. 이어 얼굴을 돌려 윤잉에게 물었다.

"형부에서 형량을 제대로 정하지 못한 죄가 무거워. 그런데 왜 아직까지 스스로 죄를 인정하는 주장(奏章)을 올리지 않는 거야? 임백안을 능지처참의 형벌에 처했던데, 꼭 그렇게 할 수밖에 없는 특별한 이유라도 있었던 것인가? 임백안이라는 새우 한 마리가 무려 이십 년 동안이나 조정을 휘저었어. 억울하게 봉변을 당한 사람이 적지 않을 거야. 그런데 그에 대한 의문을 가져본 적이 있나? 또 여태 뒤를 봐 주고 있었던 자가 누구인지는 생각해봤어? 그 자식은 미관말직이었어. 그럼에도 조정을 떡 주무르듯 했어. 틀림없이 그렇게 하도록 만든 거물이 뒤에 있을 거야. 그런데 그게 과연 누구인지 태자 자네와 마제는 의문을 가져본 적이 있는가? 있으면 말해봐!"

윤잉이 사건의 핵심을 꿰뚫고 너무나도 직설적인 강희의 힐책에 더듬거리면서 입을 열었다.

"아들이 요즘 몸이 좀 좋지 않아서 일을 하네 마네 한 것은 사실이옵니다. 또 탐관오리들 수사에 매이다 보니 나머지는 넷째와 아홉째, 열셋째 등 믿음직한 아우들에게 넘길 수밖에 없었사옵니다. 평소의 실력으로 미뤄 충분히 잘해내리라고 믿었사옵니다. 또 형부에서 죄를 인정하는 상주문을 올리지 않은 것은 아닙니다. 아바마마께서 북경에 계시지 않은지라 아들이 대신 받아뒀을 뿐입니다. 내일 중으로 아바마마께 올려 보내겠사옵니다."

강희는 무덤덤한 표정으로 윤잉의 말을 들었다. 그리고는 고개를 돌려 마제를 향해 말했다.

"마제, 태자가 몸이 좋지 않으면 상서방 대신인 자네가 알아서 짐을 덜어줘야 할 것 아닌가! 그런데 이렇게 어수선한 마당에 도움을 주기는 커녕 오히려 병가를 신청해? 도대체 이게 무슨 경우인가?"

"폐하! 소인은 오래 전부터 심장질환을 앓고 있었사옵니다. 태의원에서 진맥한 결과이옵니다. 절대 책임을 회피하고 어려울 때 발뺌을 하려는 얌체 같은 기군欺君 행위를 하고자 하는 것이 아니옵니다! 그러나 이유야 어떻든 대신으로서의 소임을 다하지 못하고 중도하차했사옵니다. 그 죄는 결코 쉽게 용서받을 수는 없다고 생각하옵니다……."

마제가 불문곡직하고 엄한 질책을 가하는 강희를 향해 머리를 조아리면서 대답했다. 순간 그는 억울하고 속상한 기분이 가슴 가득 밀려오는 것을 어찌지 못했다. 마땅히 하소연할 상대가 없어 꾹꾹 눌러 참고 있던 감정이 폭발하기 직전에 이른 것이다.

마제는 땅바닥에 길게 엎드린 채 어깨를 들썩였다. 얼마나 마음고생을 했는지 척 보기에도 안쓰러울 만큼 많이 쇠약해진 모습이었다.

장정옥은 그 모습을 보면서 연신 머리를 가로저었다. 북경에 남아 있으면서 조정의 견인차 역할을 해야 할 핵심부서의 대신들이 중심을 잃은 채 뿔뿔이 흩어지고 있는 현실에 가슴이 아팠다. 그때 윤진이 뭔가 결심을 한 듯 단호하게 말했다.

"임백안이 만든 비밀문서는 모두 합치면 무게가 족히 삼천 근은 될 것 같사옵니다. 실로 그 방대한 내용에 경악을 금할 수 없사옵니다! 아신의 어리석은 생각으로 미뤄볼 때 비밀문서에 근거해 진상조사에 들어가 과거를 들춘다면 적어도 수백 명의 대신들이 걸려들 것이 틀림없사옵니다. 이렇게 중대한 사안을 부황께서도 북경에 안 계신데 어떻게 사사롭게 처리할 수 있겠사옵니까? 그래서 아직 밀봉한 채로 두었사옵니다. 아신이 잘못한 점이 있으면 따끔하게 지적해 주시고 타일러 주시기 바라옵니다……"

"짐이 강남에서 분명히 들었어. 요즘은 너도 나도 인상을 쓰고 신음소리를 내면서 다니는 것이 엄청난 유행이라면서? 물론 진짜 아픈 사람도 있겠지. 생로병사는 자연의 섭리니까! 하지만 짐이 조금만 시간을 투자하면 태의원에 명령을 내려 사실 여부를 조사할 수 있어. 그때 가면 군주를 기만한 죄를 결코 피해가지 못할 사람들도 많지 않을까? 짐이 보기에 어떤 사람은 어느 줄에 붙어야 할지 몰라 갈팡질팡하는 병을 앓는 것 같아. 또 어떤 자는 불투명한 미래에 대한 두려움에서 비롯된 우울증 증세를 보이는 것도 같고. 혹자는 죄를 지을까 두려워 화를 피해가려는 병을 앓고 있는 것처럼 보이고. 겉은 멀쩡한데 하나같이 시름시름 속병을 앓고 있는 것이 분명해. 그러기에 '세상의 걱정은 앞서서 걱정하고, 세상의 즐거움은 나중에 즐긴다'先天下之憂而憂, 後天下之樂而樂라는 범중엄範仲淹(북송 시대의 유명한 정치가)의 말을 듣기 좋게 떠벌리고 다니기는 쉬워도, 그것을 실천에 옮기기는 어렵다고 하지. 그 사실을 분명히 알아야 한다고!"

강희가 윤진의 말에는 가타부타 대답을 하지 않은 채 무겁게 입을 열었다. 좌중의 사람들은 때로는 담담하게, 때로는 엄하게 질타를 가하는 그의 말에 부끄러움과 두려움이 교차하는 듯 머리를 깊이 숙인 채 말이 없었다.

그러나 방포만은 달랐다. 한참 후에야 모두들 엎드려 있는 와중에 혼자서만 꿋꿋하게 서 있는 자신을 발견하고는 뒤늦게 길게 엎드리며 머리를 조아렸다.

"신의 어리석은 생각으로는 임백안의 사건은 깊이 캘수록 백관들의 우려만 가중될 것 같사옵니다. 모두들 언제인가는 불씨가 자신의 발등에 떨어질지도 모른다는 걱정에 휩싸여 있는 것이 현실이옵니다. 당연히 업무에 차질을 빚는 관리들이 많아질 것이옵니다. 과거에 대한 불안감으로 미리 비상구를 찾아 헤매는 관리들도 많지 않을까 싶사옵니다. 소신은 이것이 정말 걱정스럽사옵니다. 때문에 크게 방황하는 인심을 일단 안정시켜야 하옵니다. 그렇게 하기 위해서는 신빙성이 의심되는 임백안의 비밀문서를 불태워 버리는 것이 좋을 듯하옵니다."

방포의 말은 윤진의 생각과 일맥상통했다. 그것은 강희가 북경을 떠나 있는 동안 윤진의 일처리가 대단히 매끄러웠다는 사실을 말해주고 있었다. 순간 윤진은 비중 있는 한마디로 자신에게 힘을 실어준 별로 잘 생기지 못한 눈앞의 노인에 대해 고마움을 느꼈다. 심지어 그가 약간 멋있어 보이기까지 했다. 그때 강희가 말했다.

"방포, 자네는 아직 자세한 내막을 모르는군. 짐은 임백안 사건 하나 때문에 이러는 것이 아니네. 이치吏治가 이토록 썩어 문드러져 있는데도 대부분의 사람들은 얼른 환부를 도려내고 치료를 하려고 하지 않아. 오히려 문책당할 것이 두려워 무턱대고 덮어 감추려고만 해. 도대체 뭘 어떡하겠다는 짓거리인지 모르겠어."

방포는 강희가 비밀문서를 적절하게 처리하지 못한 윤잉에게 화를 내고 있다고 생각한 듯 다시 조심스럽게 입을 열었다.

"이런 일은 훌륭한 정치를 하려고 하다 보면 자주 발생하옵니다. 대체로 이치는 집권 초기에는 잘 돌아가옵니다. 권력 강화의 계기도 되옵니다. 그러나 기반이 탄탄히 다져져야 할 중·후반기에는 말썽을 일으키는 경우가 비일비재하옵니다. 이럴 때일수록 흔들리는 인심을 안정시키고 표류하는 국정을 힘껏 다잡아야 하옵니다. 그런 다음에 천천히 물갈이를 해야 한다고 생각하옵니다. 성급함은 금물이옵니다."

"짐도 이제는 예전 같지가 않군!"

강희가 힘없이 중얼거리면서 멍하니 창밖을 바라봤다. 낙담하는 기색이 역력했다. 그가 급기야 깊은 한숨을 토해냈다.

"누구보다 동정 자네는 잘 알 거야. 짐이 혈기왕성한 젊은 시절 같았으면 구질구질하게 이것저것 따지지 않았을 거야. 그냥 팍팍 밀고 나갔을 거라고! 최근에 아랍포탄阿拉布坦(몽고 준갈이 부족의 수장)이 여러 번 동쪽을 침략한 적이 있지. 그러나 한심한 것들이 그까짓 쥐새끼 같은 놈 하나 제대로 혼내주지 못하고 있어. 번번이 기세등등하게 출전했다가는 도망치듯 집구석에 뛰어 들어오고는 해. 내가 옛날 같았으면 그걸 눈뜨고 보고 있었겠어? 몸은 늙었어도 마음은 이팔청춘이야! 자그마치 스무 명도 넘는 자식 놈들이 애비가 마음 편히 바람도 쐬러 가지도 못하게 집구석을 뒤죽박죽으로 만들어? 그런 재주밖에 없으니 짐이 속 편할 날이 있겠는가?"

위동정은 평생을 가슴 졸이면서 강희의 주변을 맴돌았다고 할 수 있었다. 그러나 간담을 서늘케 하는 황자들의 아귀다툼 속으로는 휘말려 들어가고 싶지는 않았다. 아니 그것이야말로 마지막 남은 유일한 소원이라고 할 수 있었다. 고래 싸움에 새우등 터지는 신세가 되는 것만은 피하고 싶었던 것이다. 또 형제간의 끔찍한 살육 역시 어떻게든 막아보고 싶었다. 그가 복잡한 감정이 실려 있는 강희의 눈빛을 보면서 조심스럽게 입을 열었다.

"폐하, 어느 누구도 비켜 갈 수 없는 세월의 흔적 때문에 너무 상심하지 마시옵소서. 황자마마들도 나름대로 노력은 했을 것이옵니다. 하마터면 영원한 비밀로 역사 속에 묻힐 뻔한 충격적인 사건을 들춰내는 과정이 결코 만만치는 않았을 것이옵니다. 일을 하다 보면 생각지 못한 실수도 하게 되옵니다. 또 다른 사람의 눈 밖에 나는 경우도 종종 있게 마련이옵니다."

강희는 위동정의 속마음을 모르지 않았다. 물론 그의 말에 흔쾌히 수긍을 할 수는 없었다. 그러나 애써 웃어 보이기는 했다. 이어 자리에서 일어나면서 말했다.

"윤잉, 짐이 돌아오자마자 너를 잡아먹지 못해 안달이 나서 이러는 것이 아니야. 너를 지켜보고 있으면 마치 아슬아슬한 줄타기를 하는 느낌이 들어서 걱정스러워서 그래! 짐이 이제 살아봐야 얼마나 더 살겠어? 흙 속에 반은 들어가 있다고 해도 과언이 아니지. 그러나 우리 대청이 조상 대대로 어떻게 이룩한 강산이냐. 아무리 빈손으로 간다고는 하나 짐은 네가 어엿한 가장 구실을 제대로 할 수 있을까 하는 걱정을 죽어서도 떨치지 못할 거야! 네가 도대체 나이가 몇 살이냐. 그런데도 아직 하는 짓마다 어처구니가 없고 유치하기 이를 데 없다니, 이게 말이 되는가 말이야! 탐관오리들을 감자 캐듯 캐내는 것까지는 그 동기의 순수성 여부를 떠나 잘한 일이야. 하지만 명단을 조작해 과거 여덟째를 천거했던 사람들만 골라내는 것은 치졸한 졸장부의 사적인 보복에 그치지 않는다고 생각해. 진짜 그렇게 생각해본 적은 없어? 속으로는 쾌감에 떨고 있겠지만 뭔가 착각하고 있는 거야, 윤잉! 정작 배 터지게 먹은 고래들은 풀어주고 여기저기 떠다니는 찌꺼기 몇 점 집어먹은 새우들을 일망타진하니, 신하들이 저마다 병가를 내지 않고 배기겠어?"

강희가 위엄어린 목소리로 매섭게 윤잉을 꾸짖었다. 이어 잠시 숨을 고르더니 덧붙였다.

"이미 엎질러진 물이니, 이 선에서 최선을 다해봐! 탐관오리일지라도 죄질에는 차이가 있을 테니 억울하게는 하지 마. 짐이 최대한 태자의 체면을 고려해줄 테니까 더 이상 짐을 부끄럽고 비참하게 만드는 일은 없도록 해."

강희는 말을 마치자마자 마제를 가까이 불렀다. 그리고는 방포를 가리키면서 지시했다.

"자네가 데리고 다니면서 각 부서에 인사를 시키게. 온 지 며칠 안 돼 아는 사람이 거의 없을 것이네. 또 임백안의 부동산 중에 방포가 원하는 곳이 있으면 깔끔하게 수리해 들어가게 하게. 관리 생활을 해보지 않고 직위가 없다고 해서 우습게 봤다가는 짐이 가만 놔두지 않을 것이라고 전하게."

윤상이 건청궁에서 나와 집으로 돌아왔을 때는 오후 다섯 시 무렵이었다. 문칠십사가 둘째 집사인 가평賈平과 함께 일꾼들을 데리고 앞뜰의 눈을 열심히 쓸고 있었다. 윤상이 솜옷을 두툼하게 입고 뭉그적거리는 그를 보고 말했다.

"이봐, 문씨! 추운데, 이런 일은 애들에게 시키지 그래! 그리고 앞으로는 눈이 쌓이면 쌓인 대로 그대로 놔 둬. 괜히 고생스럽게 쓸지 말라고! 들어가서 자고에게 따끈한 술 한잔 준비해 두라고 하게. 설경이 끝내주는군!"

윤상의 명령이 떨어지자 가평이 얼어서 빨갛게 된 코를 훌쩍거리면서 대답했다.

"그래도 미끄러져 넘어질 수 있습니다. 문 앞의 눈은 쓸어내야 합니다."

윤상이 약간 짜증을 냈다.

"자네는 아직 내 취향을 몰라서 하는 소리야. 나는 눈을 보고 있으면 마음이 그렇게 편할 수가 없어. 이제 알겠나?"

"황자마마, 귀가하셨사옵니까!"

"음, 그래."

윤상은 어디에선가 귀에 익은 목소리가 들려오자 습관적으로 대답했다. 그러다 인사를 한 사람이 누군지 보기 위해 머리를 돌렸다. 놀랍게도 인사를 한 것은 사람이 아니라 앵무새였다. 순간 그는 어이없다는 듯 피식 웃고 말았다. 내친김에 앵무새 조롱을 내려 말을 시키면서 잠시 즐거운 시간을 가졌다. 사뿐사뿐 다가오는 아란과 교소천을 발견하고는 눈조차 마주치지 않은 채 그저 묻기만 했다.

"자고는 왜 보이지 않나?"

윤상의 질문에 교소천이 아란을 쳐다보면서 대답했다.

"어머니께서 열이 심해 병석에 누워 계신다는 전갈을 받고 집에 다녀와야겠다면서 잠시 나갔습니다. 아마 곧 돌아올 것입니다. 그런데 술은 어디에서 드시렵니까?"

윤상이 퉁명스럽게 대답했다.

"가운데 방에서 마실 거야. 자네 둘이 바둑 두는 광경을 구경하면서 말이야!"

아란이 황급히 술상을 봐 왔다. 교소천이 바둑판을 가져다 놓으면서 애교스럽게 바짝 다가앉았다.

"오늘은 기분이 참 좋아 보이십니다!"

윤상이 술잔을 들어 한 모금 마시더니 알 듯 말 듯한 미소를 머금었다.

"그래? 제대로 봤군! 오늘 기분이 날아갈 듯한 것은 사실이야!"

윤상은 사실 건청궁에서 돌아오면서 모처럼 기분이 상쾌했다. 이유는 딱히 없었으나 아무튼 홀가분하고 좋았다.

아란의 바둑 실력은 형편없었다. 교소천이 데리고 논다는 표현이 어울릴 만큼 엉망이었다. 윤상은 어떻게든 잘 보이려고 안간힘을 쓰는 두 시첩을 넌지시 바라봤다. 이상하게 다시 마음이 무거워지고 있었다. 마냥 나긋나긋하고 순한 양 같은 아란, 복숭아처럼 탐스러운 교소천이었다. 둘은 확실히 남자라면 누구나 한번쯤 품어보고 싶은 여자들인 것만은 분명했다. 하지만 애석하게도 그들은 다른 황자들이 그의 주변에 심어 놓은 간첩이었다. 더 심하게 말하면 독침 같은 위협적인 존재들이었다. 물론 둘은 윤상이 자신들의 정체를 알고 있다는 사실을 전혀 모르고 있었다.

윤상이 술잔을 손에 들고 의자 등받이에 기댄 채 이런 저런 생각에 잠겨 있을 때였다. 자고가 두 명의 시녀를 데리고 들어서는 모습이 보였다. 순간 윤상은 벌떡 의자에서 몸을 일으켜 앉으면서 물었다.

"왔는가? 그래 어머니 건강은 어떠신가? 내가 태의를 보내줄까?"

"오셨습니까, 황자마마!"

자고의 얼굴은 창백했다. 방금 전까지도 울었던 흔적이 역력했다. 그러나 그녀는 윤상을 향해 몸을 낮춰 인사하면서 애써 웃음을 지어 보였다.

"당장 숨이 넘어갈 것 같지는 않습니다만 더 이상 가망은 없어 보입니다. 마음은 감사하오나 소녀가 어찌 감히 어의를 귀찮게 해드릴 수가 있겠습니까!"

윤상이 안쓰러운 표정을 지은 채 다가갔다. 이어 그녀의 머리 위에 내려앉은 눈을 털어주었다.

"아직 눈이 내리는가? 안색이 좋지 않네. 들어가 쉬게. 약이 필요하면 사람을 보내 만생당萬生堂에 가서 가져오도록 하라고. 그곳에 좋은 약이 많아."

자고가 목이 멘 듯 살포시 고개를 숙인 채 짤막하게 대답하고는 안방쪽으로 돌아섰다. 커다란 눈에는 어느새 눈물이 그득했다. 윤상은 자고가 자리를 뜨자 바둑을 두고 있던 아란과 교소천을 향해 그만 나가라는 손짓을 했다.

가벼운 기침 소리가 메아리가 돼 울려 퍼질 만큼 크지만 휑해 보이는 방 안에는 꺼질 듯 타오르는 촛불이 조용히 어둠을 밝히고 있었다. 혼자 남은 윤상은 커다란 베개에 의지하여 온돌방에 반쯤 기대 앉은 채 눈을 지그시 감고 상념에 잠겼다.

강희가 자신과 넷째가 한 일에 대해 만족스러워 하던 표정을 떠올릴 때는 기분이 날아갈 듯했다. 그러나 상대적으로 불리해진 여덟째 쪽이 이를 갈면서 자신을 노릴 생각을 하자 바로 등골이 오싹해졌다. 또 큰 인물이 되기에는 그릇이 너무나 작은 윤잉의 이모저모를 따져봤을 때는 예측불허의 미래에 대한 불안감도 들었다. 그는 태자의 그늘에서 안주하는 것을 원치 않고 과감히 독자적인 길을 걷고 있는 윤진도 생각해 봤다. 오히려 태자보다 더 돋보인다는 생각이 들었다. 그러나 약간 위태로워 보이는 것도 사실이었다.

밤은 소리 없이 깊어만 갔다. 윤상은 이리저리 뒤척였다. 도저히 잠을 이룰 수가 없었다. 창 밖에서 갑자기 처량한 바람소리가 들려왔다. 순간 그는 파란만장한 일생을 살아온 어머니를 떠올렸다. 아마도 어머니는 눈으로 뒤덮인 머나 먼 황고둔皇姑屯의 절에서 청등靑燈 앞의 고불古佛을 마주하고 앉아 있을 것이었다.

그는 그 생각이 들자 마음이 아팠다. 급기야 눈물이 났다. 어머니 생각에 눈물을 짓던 그가 스르르 잠이 든 것은 단조로운 괘종시계 소리가 마침내 큰 기침을 열한 번이나 할 때쯤이었다.

바로 그때였다. 쥐 죽은 듯 고요하던 방 안에 갑자기 포탄이 터지기라도 하듯 펑! 하는 굉음이 들려왔다. 그는 깜짝 놀라 반사적으로 벌떡 일어나 밖으로 뛰어나갔다. 그의 눈에 들어온 것은 시녀들 방 옆에 있는 선반에 올려놓은 커다란 화분이 바닥에 떨어져 산산조각이 나서 흩어진 광경이었다!

"지진이 일어난 건가?"

윤상이 놀란 가슴을 쓸어내리면서 혼잣말처럼 중얼거렸다. 그러나 지진이 한 번 지나갔다고 하기에는 주위가 너무 고요했다. 그는 곧 주위를 두리번거리다 차 쟁반을 받쳐들고 구석에 멍하니 선 채 땅바닥을 내려다보고 있는 자고를 발견했다. 순간 그가 안도의 숨을 내쉬었다.

"자네였구먼!"

그러나 윤상의 얼굴은 이내 딱딱하게 굳어져버리고 말았다. 뇌리를 스치는 그 무엇인가가 그의 경각심을 불러 일으켰던 것이다. 멀쩡하던 화분이 과연 아무 충격 없이 저절로 떨어질 수 있다는 말인가? 궁중에서는 바늘 떨어지는 소리에도 경계를 하지 않는가. 윤상은 그런 생각이 들자 길게 생각할 여유도 없이 신발을 신고 뜰로 내려섰다. 두꺼운 가죽옷을 어깨에 걸치면서 안색이 파랗게 질려 있는 자고를 예리한 눈빛으로 노려보기도 했다.

시녀들 역시 근처의 방에서 잠자리에 들었다가 화들짝 놀라서 깬 모양이었다. 제일 먼저 아란이 시녀들을 데리고 황급히 달려 나왔다. 자고는 그제야 제정신이 돌아왔는지 어리벙벙한 얼굴로 중얼거렸다.

"그 놈의 고양이가 일을 저질렀구나! 깜짝이야! 고정하시고 차…… 차를 드십시오, 황자마마."

"그러지!"

윤상이 애써 담담한 척하면서 찻잔을 받아들었다. 그리고는 물끄러미 찻잔을 들여다봤다. 아무런 이상이 없는 듯하자 그가 예리한 눈빛을 번쩍이면서 명령을 내렸다.

"문제의 고양이가 지금 내 침대 근처로 왔더군. 내가 잡아왔잖아! 알아서 차를 가져와서 바친 정성은 갸륵하다만 지금은 마시고 싶지 않네!"

윤상이 탁자 위에 찻잔을 내려놓는가 싶더니 갑자기 홱 돌아서서는 자고의 팔을 사정없이 낚아챘다. 이어 힘껏 앞으로 밀어버렸다. 자고는 엉겁결에 저만치 나가떨어졌다. 동시에 그녀의 이마에서 피가 낭자하게 흘러내렸다. 시녀들이 놀라서 눈이 휘둥그레지면서 입을 크게 벌렸다. 바로 그때 추상 같은 윤상의 호령이 떨어졌다.

"저 년의 몸을 수색해!"

윤상의 지시에 잠깐 어리둥절해 있던 시녀들이 무섭게 자고에게 달려들었다. 이어 팔을 비틀고 치마를 들치면서 한바탕 난리법석을 피웠다. 순간 시녀들의 비명소리와 함께 시퍼런 비수가 땅바닥에 떨어졌다. 사갈蛇蝎이라도 만난 듯 혼비백산한 시녀들이 기겁을 하면서 몇 걸음 뒤로 물러섰다.

"이 차 자네가 마실 텐가? 아니면 고양이를 먹이겠나?"

윤상이 마치 잡아 먹기라도 할 듯 구석에 웅크리고 있는 자고를 노려보았다. 이어 품에 안겨 염불하듯 꾸르륵대는 고양이의 등을 쓸어내리면서 차갑게 내뱉었다.

"안 되겠어. 고양이는 임신 중이니 자네가 마셔야겠어!"

윤상의 말이 떨어지자 자고가 천천히 고개를 들었다. 그리고는 흰자위를 잔뜩 드러내 보이면서 윤상을 노려보더니 갑자기 실성한 듯 웃음을 터뜨렸다. 그리고는 잽싸게 다가가서는 허겁지겁 비수에 손을 뻗었다.

윤상이 날렵한 동작으로 비수를 발밑에 짓밟은 것도 그 순간이었다. 순식간에 자고의 가늘고 흰 손가락 사이에서 시뻘건 피가 뚝뚝 떨어지기 시작했다. 윤상이 무섭게 냉소를 흘리면서 이빨 사이로 짜내듯 내뱉었다.

"그동안 착하디착한 시첩 노릇을 하느라고 고생 많았군! 하늘이 굽어 살피셨기에 망정이지 하마터면 쥐도 새도 모르게 비명에 갈 뻔했어! 이런 빌어먹을! 말해봐, 누가 시켰어?"

"누가 시켜서가 아닙니다. 우리 둘은 한 날 한 시에 태어나지는 않았으나 기막힌 인연이 있다고 생각해 갈 때는 같이 가고 싶어서 그랬을 뿐입니다……."

자고가 처연한 얼굴로 대답했다. 윤상이 사색이 돼 있는 교소천과 아란을 힐끗 쳐다보고는 음산하게 웃었다.

"사람 죽이는 것은 아무나 할 수 있는 게 아니야. 이런 일에 재주가 없는 자네가 혼자서 일을 벌였을 리는 없지 않겠어?"

윤상이 넌지시 묻는가 싶더니 갑자기 버럭 화를 내면서 소리를 질렀다.

"나를 죽이겠다고 생각한 것 자체는 용서할 수 있다고 쳐. 그러나 인간적인 배신은 결코 용납할 수 없어! 사람들 있는 데서 어디 말해봐! 내가 자네한테 못해준 게 뭐야? 내가 뭘 얼마나 잘못했기에 자네가 나한테 마수를 뻗칠 수가 있다는 말인가! 내가 평소에 자네한테 서운하게 했던 일이 한 가지라도 있다면 말해봐. 그렇다면 내가 즉각 풀어주겠어. 대장부의 말은 중천금이야!"

"당신은 제 아무리 천대 받는 미친개, 똥개라도 자기가 섬기는 주인은 따로 있다는 사실을 모르는가?"

자고는 모든 것을 포기한 듯했다. 갑자기 존댓말이 아닌 예사 말투로 돌변했다.

"우리 아버지가 죽을죄를 지어 처형당할 위기에 놓여 있을 때 임백안 어른이 선뜻 나서서 구해 주셨지. 또 우리 어머니가 병이 들어 돌아가셨을 때도 임 어른께서 장례를 치러주셨어……. 다들 백 번 죽어도 마땅하다고 손가락질하는 사람이지만 나에게는 목숨을 걸어도 아깝지 않은 은인이야! 그 분을 위해서라면 천 길 낭떠러지에서 굴러 떨어져 죽는 것도 두렵지 않아! 당신이 임 어른을 죽일 수 있다면 나 역시 당신을 죽일 수 있지!"

자고는 마냥 부드럽고 사근사근하게만 보이던 평소의 그녀가 아니었다. 윤상은 자신도 모르게 안색이 잿빛으로 변했다. 머리가 쭈뼛쭈뼛 일어서는 오싹함도 느꼈다. 그가 떨리는 어조로 물었다.

"자네 어머니…… 오래 전에 죽었다고? 그러면 어머니 보러 간다고 갔을 때는 어디를 갔었던 거야? 오늘은 또 어디 갔었고? 분명히 누군가 뒤에서 등을 떠미는 자가 있어! 좋게 말할 때 불어. 그렇지 않으면 날 밝는 대로 형부에 님겨버릴 거야. 주인 살해 미수범은 삼천칠백 번의 칼침을 맞아 형체를 알아볼 수 없는 고깃덩이가 된 다음 들개 먹이가 된다는 사실을 모르지는 않겠지?"

윤상의 협박에도 자고의 얼굴에는 여전히 조소가 가득했다. 이어 고개를 번쩍 쳐들었다.

"그런 걱정은 하지 않아도 돼! 은혜를 갚기 위해 죽는 거니까. 충효를 다하고 간 딸을 저승에 계신 어머니는 꼭 안아주실 거야. 어머니하고 만날 수만 있다면 삼천칠백 번이 아니라 삼만칠천 번 칼침을 맞는다고 해도 비명 한 번 지르지 않을 자신이 있어. 지켜보라고. 내가 비명을 지르나 안 지르나. 신음소리 한 번이라도 내면 지옥에 갈 거야!"

자고는 찔러도 피 한 방울 나올 것 같지 않은 독기를 내뿜고 있었다. 윤상은 그런 그녀의 말에 큰 충격을 받았다. 그녀는 자신이 옥신묘에서 죽도록 얻어맞고 사경을 헤맬 때 눈물로 극진한 간호를 했던 여자가 아니던가. 또 신음소리를 낼 때마다 그 고운 눈에 눈물이 그렁그렁 맺히지 않았던가. 윤상은 그래서 그녀에게 더욱 정이 갔다. 애틋한 감정도 싹 텄다. 그런 지나간 일들이 순간적으로 그의 머릿속을 헤집고 지나갔다. 그의 마음은 마치 수마가 할퀴고 간 것처럼 황폐해졌다.

급기야 그가 고통스러운 듯 눈을 질끈 감았다. 아무 말도 할 수 없었다. 가슴이 시리다 못해 아팠다. 그러기를 얼마나 했을까, 어느 정도 감정을 추스른 윤상이 무겁게 한숨을 토했다.

"이렇게 할 걸 왜 나에게 다가와 정을 줬는가?"

윤상이 눈물이 일렁이는 시선을 땅에 꽂으면서 맥없이 손을 내저었다.

"가! ……멀리 멀리 떠나게!"

"예?"

가슴을 졸인 채 현장을 지켜보던 좌중의 사람들은 갑자기 약속이나 한 듯 깜짝 놀라며 눈을 크게 떴다. 자신들의 귀를 의심하기도 했다. 아란과 교소천 역시 그랬다. 놀란 눈으로 서로를 마주보았다. 윤상이 길게 펼친 낚싯대로 큰고기를 낚은 것이 틀림없다고 생각했으니 그럴 만도 했다. 자고 역시 잠깐 놀란 기색을 보이더니 냉소를 터트렸다.

"내가 그렇게 바보처럼 보여? 나를 보내 놓고 미행하려고 그러지? 꿈 깨라고!"

"입 닥치고 어서 꺼지라니까! 아란, 데리고 가서 내 앞으로 이백 냥을 꺼내 노자로 챙겨줘. 우리는 어차피 다시는 안 볼 사람들이니, 자고 너도 가능한 한 멀리멀리 떠나줘!"

윤상이 신경질적으로 손을 내저었다. 아란이 넋 나간 사람처럼 그 자리에 서 있는 자고에게 다가가더니 조용히 입을 열었다.

"황자마마께서 용서해주신다고 하시니, 어서 떠나요! 내가 가서 옷을 챙겨올게요⋯⋯."

자고는 그제야 몽유병 걸린 사람처럼 초점 잃은 눈빛으로 좌중을 둘러보고는 터덜터덜 발걸음을 옮겼다. 그러자 앵무새가 복도로 나온 그녀를 보더니 반갑게 지저귀면서 푸드득거렸다.

"자고, 목이 말라, 물 좀 줘!"

자고가 처연한 웃음을 지었다. 갑자기 한 줄기 찬바람이 옷섶을 스치고 지나갔다. 그녀가 추운지 움찔했다. 그리고는 묵묵히 발길을 옮기다 갑자기 신경질적인 몸짓을 하면서 하늘을 향해 욕설을 퍼부었다.

"이 저주 받을 하늘아! 죽었어? 잠들었어? 왜 말이 없어? 왜 나같이 팔자 드센 년을 만들어 내려 보냈어! 왜? 왜?"

좌중의 사람들은 느닷없는 그녀의 발광에 다시 한 번 놀라는 표정을 지었다. 그러나 더욱 놀라운 일은 그 다음에 벌어졌다. 사람들이 입을 다물기도 전에 자고가 대문에 매달려 있던 커다란 자물통을 향해 전속력으로 돌진한 것이다. 그녀는 쿵! 하는 소리와 함께 맥없이 눈밭에 쓰러졌다. 그녀의 머리에서는 곧 검붉은 피가 콸콸 용솟음쳐 나와 흰 눈을 물들였다.

윤상은 이미 예상한 결과인 듯 무덤덤하게 발길을 돌리다 말고 악몽을 꾸고 있는 듯한 좌중의 사람들을 향해 지시했다.

"양지 바른 곳에 잘⋯⋯ 묻어 주게. 나를 향해 칼을 품은 여자이기

이전에 충효가 대단한 열녀인 것만은 틀림없어. 인간 됨됨이는 다들 본받아야 할 거야……."

윤상이 방으로 돌아오고 모든 수습이 끝났을 때는 이미 날이 뿌옇게 밝아오고 있었다. 윤상은 밀려드는 상실감에 잠깐 넋이 나간 듯했다. 그러다 잠시 후 하인에게 명령을 내렸다.

"수레를 대기시켜라! 옹친왕부로 갈 것이야!"

36장

팔황자당 八皇子黨

열넷째 윤제는 자고가 죽은 다음 날 명을 받고 입궁했다. 강희는 양심전 동난각에서 그를 반갑게 맞아줬다. 그러나 열넷째는 강희가 갑자기 자신을 부른 것이 부담스러웠다. 좋은 일이 있을 것이라는 기대 따위는 별로 없었던 것이다. 때문에 열넷째는 혹시 윤상이 자신의 잘못을 들춰내 고자질한 것이 아닌가 하는 의구심을 떨쳐버리지 못했다. 또 자신이 태자당에게 꼬투리 잡힌 일은 과연 어떤 것인지 생각하느라 머릿속이 복잡했다. 강희가 물어온다면 어떻게 지혜롭게 넘길 것인가에 대해 골몰하기도 했다. 심지어 이 자리가 윤진과 윤잉에 의해 마련됐다면 결코 순순히 당하고만 있지는 않으리라고 결심하고 있었다.

그러나 윤제가 걱정했던 일은 발생하지 않았다. 대신 강희는 병부를 관리할 권한을 열넷째에게 넘겨준다고 선언했다. 또 황하로 현지 조사를 떠나라는 지시도 내렸다. 지난 가을 늘어난 물로 황하 하류에서 몇 군데 둑이 터지는 사고가 발생한 탓이었다. 강희가 지시를 내린 다음 말했다.

"일단 물에 잠긴 땅이 얼마나 되는지 알아봐. 또 이재민들에 대한 구제양식은 얼마나 필요한지도 알아보도록 하고. 그런 다음 어느 곳에 있는 식량을 그리로 보내는 것이 빠르고 간편할지에 대해서도 연구해봐. 그런 내용으로 하는 출장계획을 세워서 태자에게 검열을 받아. 최종 결정은 내가 내릴 거야."

강희는 이어 자리를 함께 한 태자와 방포, 마제, 장정옥 등과 정무에 대해 토론을 벌였다. 그러다 열넷째에게 덧붙였다.

"그렇게 알고 가 봐! 신하된 도리를 다하는 것이 바로 효도라는 사실을 명심하고 제대로 해봐. 앞뒤를 재다 볼일 다 보는 여덟째를 따라 배우지 말고."

열넷째는 공손한 자세로 머리를 숙인 채 강희의 명령과 당부를 들었다. 밖으로 나온 다음에는 애써 담담한 척하면서 점잖은 걸음걸이를 유지하려고 노력했다. 하지만 속에서는 환호성을 지르면서 숨이 찰 때까지 달려보고 싶은 욕구가 굴뚝처럼 일어나고 있었다. 태어나서 처음으로 만끽해 보는 커다란 희열이었다. 하기야 그럴 만도 했다. 한 손에는 병부의 맥을 틀어잡고 한 손에는 돈과 식량을 움켜쥐었으니 말이다. 한꺼번에 두 마리의 토끼를 완전히 품에 끌어안은 셈이었다. 그는 너무나도 중대한 일이 자신에게 맡겨졌다는 사실이 마냥 신기하기만 했다. 흥분을 주체할 길이 없었다.

그가 그렇게 혼자서 실실 웃으면서 걸어가고 있을 때였다. 태감들을 앞세우고 숯을 실어 나르던 형년이 깍듯하게 인사를 건넸다. 윤제가 즉각 물었다.

"자네 요즘 잘 안 보이던데, 어디 갔었나?"

형년이 황급히 대답했다.

"날씨가 차가워져서 그런지 어머니의 천식 증상이 또 도졌습니다. 폐하께서 매일 한 번씩 집에 다녀와도 괜찮다는 허락을 하셔서 집에 다녀왔습니다. 열넷째마마께서는 귀인이시라 바쁘실 텐데도 소인이 오고 가는 것에까지 신경을 써 주시다니, 실로 감개무량합니다!"

"보기와는 달리 자네 효자였구먼! 상으로 내리는 거니까 받아 두게. 약이 필요하면 우리 집에 와서 장張씨를 찾아 얘기하면 돼."

윤제가 장화 속에서 천 냥짜리 은표 한 장을 꺼내 형년에게 건네줬다. 형년은 자신이 평생 만져본 적도 없는 천 냥짜리 은표에 두 눈이 튀어나올 듯이 휘둥그레졌다. 누가 빼앗아가기라도 할세라 부랴부랴 안주머니에 집어넣고는 죽어라 머리를 조아리며 고마움을 표시했다.

윤제는 동화문東華門을 나서자마자 바로 말을 달려 염친왕부廉親王府로 향했다. 하주아가 하인들을 데리고 넓은 공터에서 눈사람을 만들고 있다가 윤제를 발견하고는 달려와 인사를 했다.

"공교롭게도 여덟째마마께서는 어제 저녁 대각사大覺寺로 위圍 귀인의 복을 빌기 위해 가셨습니다. 너무 많이 내린 눈으로 인해 길이 막히는지 아직 돌아오시지 않았습니다……."

윤제가 알겠다는 듯 말에서 내리지도 않고 돌아섰다. 그러자 하주아가 급히 덧붙였다.

"마침 집안에 일이 좀 있어 여덟째마마께 아뢰러 가려던 참이었습니다. 소인이 길을 안내해드리겠습니다!"

두 사람은 곧 나란히 말을 타고 서쪽으로 향했다. 눈이 너무 많이 쌓여서인지 길에는 행인이 거의 안 보였다. 한동안 말이 없던 윤제가 멀리 시선을 둔 채 대수롭지 않은 말투로 입을 열었다.

"양심전에서 잘 나가는 것 같더니, 무슨 바람이 불어 이곳에 와서 눈

사람이나 만들고 있는가? 그래 재미가 어떤가?"

하주아가 엉겁결에 허를 찔렸다고 생각했는지 탄식을 내뱉었다.

"정말 대답하기가 어렵네요. 그저 여덟째마마를 정성껏 섬기라는 하늘의 뜻인 줄로만 알고 있을 뿐입니다!"

"하기야 사람은 누구나 높은 가지에 앉고 싶어 하는 속물근성이 있지. 그러니 자네에게 뭐라고 할 수도 없지. 그때는 누가 봐도 형세가 이쪽으로 기울었으니까!"

하주아가 병 주고 약 주는 식의 윤제의 말에 눈알을 팽그르르 돌렸다.

"소인의 어설픈 속셈이 어찌 성명하신 열넷째마마의 눈을 피해갈 수 있겠습니까! 비록 할 일 없이 눈사람이나 만들고 있으나 소인은 제 자신의 선택을 결코 후회하지는 않습니다. 여덟째마마께서 얼마나 잘해주시는지 모릅니다. 물론 물은 낮은 곳으로 흐르고, 사람은 높은 곳을 지향한다는 말은 맞는 말입니다."

윤제가 그에게 충고의 말을 건넸다.

"팔자는 하늘에 달려 있지. 그러나 시국을 제대로 파악하느냐 못하느냐는 자기 자신에게 달려 있어. 자네는 똑똑하고 눈치가 빠른 사람이니 알아서 잘할 것으로 믿네. 대각사로 간다면서? 그런데 왜 서편문西便門으로 빠지려고 하는 거야?"

"아까는 사람들이 많아 잠깐 열넷째마마를 속였습니다. 그 점 용서하시기 바랍니다. 여덟째마마께서는 사실 지금 백운관에 계십니다. 그래서 소인이 직접 길 안내를 자처했던 겁니다……."

하주아가 사정하는 듯한 웃음을 지어 보이면서 대답했다.

"알겠네."

윤제가 말없이 머리를 끄덕였다. 윤제와 하주아가 한참 말을 달리자 끝없이 펼쳐진 눈밭에 우뚝 선 백운관이 눈앞에 모습을 드러냈다. 어릴 때는 자주 놀러온 곳이었다. 하지만 언제부턴가 발길을 전혀 하지 않았다. 그럼에도 그에게는 백운관이라는 이름은 무척이나 친숙했다. 강희가 즉위 초 궁중에 도사런 위험 탓에 색액도의 막내 동생으로 가장해 백운관 부근에서 글공부를 했다는 얘기를 스승을 통해 들은 적이 있었던 것이다. 그는 또 강희 45년에 황제를 키운 곳이라는 공로를 기리는 뜻에서 거액의 국고를 투입해 대대적으로 백운관에 대한 보수작업을 벌였다는 사실도 모르지 않았다. 그 옛날의 모습은 온데간데없이 호화롭게 변한 것에는 그런 이유가 있었다.

눈이 워낙 많이 내렸기 때문인지 백운관에는 향을 사르기 위해 찾아온 사람들도 거의 보이지 않았다. 그저 앞의 영운전靈雲殿에 방석을 깔고 앉아 있는 도사 한 명의 모습만 보일 뿐이었다. 윤제가 그에게 다가가 물으려고 하자 하주아가 황급히 잡아당겼다.

"저 사람이 뭘 알겠습니까? 여덟째마마께서는 틀림없이 운집산방雲集山房에 계실 겁니다. 저를 따라 오십시오!"

하주아가 자신만만하게 말하고는 바로 윤제를 데리고 옥황전玉皇殿과 노군당老君堂을 가로질러 사어전四御殿을 에둘러 돈 다음 높다란 월대月臺 위에 위치한 작은 전각으로 안내했다. 아니나 다를까, 검은 테두리에 흰 바탕의 나무 팻말에는 '운집산방'이라는 글씨가 적혀 있었다.

입구의 처마 밑에는 두 명의 도사가 보무도 당당하게 지키고 서 있었다. 하주아와 윤제가 다가가자 그 중 한 녕이 무표정한 얼굴을 한 채 막아섰다.

"여기는 천사天師께서 참선하시는 엄숙한 곳입니다. 하 거사님, 손님을 모시고 저쪽 삼청각三淸閣에서 차를 마시면서 쉬십시오!"

"이 분은 그냥 향을 사르러 오신 분이 아니라 열넷째마마요! 계율도 계율이지만 마마도 몰라 봐서야 되겠소?"

하주아의 말이 떨어지기 무섭게 안에서 여덟째의 목소리가 들려왔다.

"열넷째, 왔어? 어서 들어와."

그와 동시에 묵직한 솜 담요로 만든 휘장이 걷히면서 정을진인正乙眞人 장덕명이 씩씩하게 모습을 드러내더니 읍을 했다.

"무량수불! 열넷째마마와 하 어른, 어서 오십시오! 아홉째마마도 마침 자리하고 계십니다!"

안의 날씨는 밖에 비해 대단히 따뜻했다. 졸음이 몰려올 만큼 포근한 느낌도 들었다. 하주아가 부랴부랴 윤제의 외투를 벗겨줬다. 여덟째와 아홉째는 김이 모락모락 피어오르는 차를 마시면서 바둑을 두고 있었다. 실내를 두리번거리던 윤제가 웃으면서 말했다.

"여기는 화롯불도 없고 문풍지도 한 겹밖에 안 입힌 것 같네요. 그런데 어째서 이렇게 따뜻하죠?"

윤제의 말에 윤당이 바둑판에 눈을 붙인 채 대답했다.

"도사가 달리 도사겠어? 우리 황실의 자손들보다 더 멋지게 사시는 걸! 구들장을 파내고 불이 땅 속으로 들어가게 했어. 그러니 온돌뿐만 아니라 벽까지 후끈후끈하지."

"사실 이것은 빈도가 어렸을 적에 중산왕부中山王府에서 어깨 너머로 배운 것입니다. 서달왕徐達王(서달은 명 태조 주원장의 죽마고우로, 사후에 중산왕으로 추증되었다)께서 막 돌아가실 무렵이었죠……."

장덕명이 수염을 쓸어내리면서 미소를 지으며 말했다.

"허풍 떨지 말아요! 운집산방이 허풍에 무너져 내리겠어요! 도사께서 초인적인 무예 실력을 자랑하고 도술도 그리 나쁘진 않다는 것은 인정해요. 그러나 여기에서 신선인 듯 행동했다가는 내가 장작더미 위에 올려놓을 거요. 그래서 하늘로 올라가는지 지켜도 볼 것이고. 겁나지 않아요?"

하지만 윤제는 겁을 주는 게 아니라 웃는 얼굴이었다. 여덟째 역시 재빨리 대화에 끼어들었다.

"열넷째, 너도 참 너무한다. 도둑질하는 데도 나름대로 도가 있어. 그런데 그리 심하게 까발릴 필요가 뭐가 있어? 어디에서 오는 거야? 이 날씨에 여기까지 찾아오느라 고생했겠군."

윤제는 여덟째의 말이 끝나자 비로소 강희의 부름을 받고 양심전을 다녀온 전말을 소상하게 들려줬다. "여덟째를 따라 배우지 말라"고 했던 말만 쏙 빼고는 거의 외우다시피 말했다. 여덟째는 귀가 솔깃했다.

"듣고 보니 폐하께서 자네에게 군대 일을 맡길 수도 있겠네. 그러면 밖으로 내보낼 수도 있겠군."

여덟째에 이어 아홉째 윤당이 입을 열었다.

"이번에 군대를 일으킨다면 아랍포탄을 치는 것 말고는 없지. 잘 됐구나, 열넷째! 십만 명의 팔기 정예부대를 거느리고 가욕관嘉峪關에서 승전보를 울리면 얼마나 멋지겠어! 그런데 형이 하나 부탁하고 싶은 것이 있어. 잘 나간다고 황제가 되는 데 급급해서 노구교蘆溝橋 병변을 일으킨 조광윤趙匡胤(송나라 개국 황제인 태조)을 따라 배워서는 안 돼. 알겠는가?"

윤제가 직설적인 윤당의 말에 깜짝 놀라 펄쩍 뛰었다. 그러면서 장난스럽게 말했다.

"아홉째 형님은 왜 사람을 놀리고 그러세요! 제가 황포黃袍(곤룡포)를 입을 리가 있겠어요? 설사 황포가 생긴다고 해도 그것은 여덟째 형님이 입으셔야죠. 그걸 말이라고 해요? 저는 그냥 누런 마고자나 한 벌 받으면 대만족이에요!"

윤제의 말은 확실히 농담이었다. 그러나 듣는 여덟째는 안색이 살짝 변했다. 그럼에도 애써 담담한 척했다.

"솔직히 황포를 열넷째가 입든 아홉째, 열째가 입든 나는 미련도 없고 유감도 없어. 사내의 자존심을 걸고 말하는 거야! 자네들도 알다시피 처음부터 내가 태자 자리를 넘보고 혼자서 미꾸라짓국 먹고 용트림한 것은 아니잖은가? 폐하께서 대신들의 천거 결과를 존중하겠노라고 말씀하셨기 때문에 내가 떠밀려 다니면서 판단에 혼선을 빚은 거잖아. 절대로 억지로 윤잉 형님을 밀어내고 나선 것이 아니야. 그런데도 형님은 복위하자마자 눈에 쌍심지를 켠 채 나만 쫓아다녀. 천자 자리에 등극하기도 전에 저 지랄을 하는데, 그날이 되면 넷째와 열셋째마저 가세해 우리를 제 명에 죽게 내버려 두지 않을지도 몰라. 안 그래?"

"열넷째! 폐하께서 다른 지의는 내리지 않으셨나?"

윤당이 여덟째의 말이 끝나자 여전히 바둑판에 시선을 붙들어 맨 채 이맛살을 찌푸리면서 생각에 잠긴 표정으로 물었다. 윤제가 웃으면서 대답했다.

"별다른 것은 없었어요. 그러나 한쪽에서 잠깐 대신들과 말씀하신 것은 들었어요. 전국적으로 삼 년에 한 번씩 세금을 감면할 거라는 지의를 곧 내린다고 얘기하는 것 같았어요. 윤잉 형님은 처음부터 끝까지 빚 독촉 나온 고리대금업자의 몰골을 한 채 말이 없었고요!"

윤당이 다시 말을 받았다.

"폐하께서 백성들에게 이런저런 혜택을 베푸시는 것이 윤잉 형님으로서는 기분 좋을 리가 없겠지. 폐하께서 그처럼 인심을 푹푹 써 버리면 자기는 더 이상 잘할 수가 없으니까. 끝까지 가 봐야 알겠지만 지금으로서는 자기가 차기 황제가 될 순위 첫번째라고 자부하고 있잖아."

윤당은 더 이상은 말하지 않았다. 그러나 그것만으로도 할 말은 다한 셈이었다. 윤잉에게 있어서는 정곡을 찌르는 한마디라고 할 수 있었다. 좌중의 사람들은 그가 구태여 더 말하지 않아도 알겠다는 듯 묵묵히 머리를 끄덕였다.

"그런데 오늘 여기 모이자고 약속한 것도 아니잖아요. 어떻게 우리가 여기 다 모였죠? 형님들은 사전에 연락이 있었어요?"

윤제가 불쑥 재미있다는 듯 물었다. 윤당은 여덟째를 힐끗 쳐다보았다. 그러자 여덟째가 대답했다.

"이제는 자고도 올 때가 됐잖아. 그런데 왜 여태 아무런 소식이 없지? 설마 무슨 사고가 난 것은 아니겠지?"

"그럴 리가 있겠습니까? 그녀는 침착하고 빈틈없는 사람입니다. 실수 같은 것은 하지 않을 겁니다. 눈이 많이 내려 길에서 시간을 좀 지체할 수도 있습니다. 그도 아니라면 워낙 사람들이 많이 드나드는 곳이라 이목을 피하느라 시간이 걸리는지도 모르죠. 하여간 둘 중 하나일 겁니다……."

장덕명의 말이었다. 윤제는 무슨 영문인지 몰라 멍한 표정을 짓고 있다 물었다.

"무슨 얘기를 하는지 통 못 알아듣겠군요. 자고라니요? 그건 또 누구예요?"

"누구냐고? 열셋째를 데려갈 저승사자지! 임백안의 양녀이기도 해. 수년 동안 모의한 후 치밀한 계획하에 열셋째네 집에 밀어 넣었지. 이제는 결실을 볼 때가 왔다고. 알겠어?"

윤당이 실눈을 뜨고 말했다. 윤세가 아홉째의 음산한 표정과 말투에 깜짝 놀라더니 몸을 흠칫 떨었다. 이어 윤당을 뚫어져라 쳐다보았다.

"그렇다면……?"

"오늘 윤상이 극락세계로 돌아갔다고 누군가 알려준다면……. 자네, 설마 슬퍼서 몸부림치지는 않겠지?"

여덟째가 의도를 가늠하기 어려운 눈빛으로 윤제를 바라보면서 물었다.

"그…… 그게…… 사실이에요?"

윤제가 깜짝 놀라 말을 더듬었다. 그러자 윤당이 가벼운 한숨을 내쉬면서 대신 대답했다.

"어쩔 수 없는 결정이었어. 우리가 이런 극단적인 조치를 취하지 않으면 그 녀석이 계속해서 우리를 못 살게 굴 거잖아. 방법이 없었지. 임백안을 해치운 것은 제쳐둘 수도 있어. 그러나 윤상이 넷째 형님 집에 있는 스님 하나를 데리고 여기에 온 것은 조금 곤란하잖아. 사전 답사를 하고 간 모양이더라고. 이곳도 안전지대는 아니라는 얘기가 아니겠어? 형부에서 유력한 소식통이 빼내온 정보야."

윤제는 그제야 좌중의 사람들이 모인 이유를 알 수 있었다. 그들의 말은 사실이었다. 하주아는 그 사실에 너무 놀랐는지 어느새 얼굴이 누렇게 떠 있었다.

"아무리 그래도 그건 너무……."

윤제는 너무나 큰 충격을 받았는지 제대로 말을 잇지 못했다.

"너무 심했다 이거야? 잊지 마, 열셋째 그 친구는 이거다 하면 목숨 걸고 나서는 막무가내야. 임백안을 잡는 것만 해도 그래. 그 친구가 우리를 전혀 형제라고 생각하지 않는다는 것이 입증됐잖아? 눈 깜짝할 사이에 우리의 든든한 돈줄을 싹둑 잘라버렸다고. 우리의 귀와 눈을 다치게 해놓은 것도 모자라서 이번에는 손발까지 잘라버리려고 작정하고 덤비는데, 그럼 어떻게 하는가!"

여덟째는 약간 비꼬는 목소리였다. 윤당도 머리를 끄덕이면서 맞장구를 쳤다.

"멍청하게 앉아서 고스란히 당하느니, 선제공격을 하는 것이 백 번 낫지!"

윤제는 가슴속에서 차가운 그 무엇이 치솟는 기분을 느꼈다. 비명에 갈 윤상의 운명이 가슴 아파서가 아니었다. 여유롭게 바둑이나 두면서 속으로는 친동생의 비명횡사 소식을 초조하게 기다리고 있는 두 사람의 섬뜩한 속셈과 비열한 음모에 인간으로서의 비애를 느꼈기 때문이었다. 그가 잠시 넋 놓고 앉아 있자 예리한 여덟째의 눈빛이 사정없이 날아왔다.

"왜, 무서워 죽겠어? 아니면 열셋째가 죽는 것이 그렇게 안쓰러워?"

"무서워서 이러는 것이 아니에요. 안쓰러울 것도 없고요. 이세민李世民이 현무문玄武門의 정변을 일으키지 않았다면 어떻게 훗날의 정관貞觀의 치세를 이룩했겠어요! 너무 갑작스러워서 조금 혼란스러울 따름이에요. 전에 윤상 형님이 옥신묘에 갇혀 있을 때부터 형님들이 사람을 밀어 넣는다고 하더니, 그전부터 계획적으로 접근을 했었군요!"

윤제는 심장이 튀어나올 것만 같은 불안과 공포를 애써 감추었다. 여덟째가 껄껄 웃었다.

"아란과 교 언니 말이냐? 윤상이 벌써부터 냄새 맡고 도둑년 감시하듯 지키는데, 어떻게 일을 할 수 있겠어? 사람은 한쪽에 신경 쓰면 다른 한쪽에는 소홀해지기 마련이야. 우리는 바로 인간의 그런 취약점을 노렸어. 병법을 달달 외운다는 네가 여태 그런 이치도 몰랐냐? 이게 바로 성동격서聲東擊西라는 거라고! 아란과 교 언니에게 신경을 곤두세우는 순간부터 그 녀석은 우리의 그물에 걸려들었다고 봐야지!"

윤당도 흡족한 미소를 지으며 공감을 표했다.

"수비할 때는 얌전한 처녀 같고, 공격할 때는 교활한 토끼 같아라. 상대방의 허점을 맹공하고 뒤통수를 갈겨라! 이런 말은 다 병법에 나와 있어."

그때 밖에서 요란한 발소리가 들려왔다. 동시에 눈을 잔뜩 뒤집어쓴 열셋째 집의 집사 가평이 허둥지둥 달려 들어왔다.

"황자마마, 끝났습니다. 끝장이 났습니다!"

"그거야 당연한 일 아닌가! 끝장나라고 한 일인데, 뭘 그런 일을 가지고 수선을 떨고 난리야? 그런데 생각보다 시간이 오래 걸렸군. 왜 이제야 끝났지?"

윤당이 냉담하게 말했다. 그러자 가평이 녹아 내려 눈 속으로 들어간 설수雪水를 쓰윽 문지르면서 발을 동동 굴렀다.

"아홉째마마, 뭘 잘못 알고 계십니다. 끝나기는 했는데, 열셋째마마가 아니라 제기랄…… 에, 에, 에취! 자고가 죽어버렸습니다!"

가평은 말을 하면서도 연신 재채기를 해댔다. 순간 좌중의 사람들은 약속이나 한 듯 사색이 되고 말았다. 훈훈하던 운집산방이 삽시간에 쥐 죽은 듯한 적막감에 잠겼다!

"자고가……, 자고가 죽었다고? 손…… 손을 쓰는 데 실패한 거야?"

마침내 여덟째가 시체를 방불케 하는 낯빛을 한 채 절망스런 말투로 물었다. 그러면서 두 손을 주체할 수 없이 떨면서 머리를 쥐어 뜯고 있었다. 가평도 가슴을 쥐어박았다.

"저도 바로 그 점이 궁금해서 알아보느라 늦었습니다. 자고가 시도는 한 것으로 알고 있습니다. 그런데 하늘의 조화인지 그만 실수로 화분을 떨어뜨리는 바람에 열셋째마마가 구사일생으로 살았다는 시녀들의 말을 들었습니다……."

가평이 입가에 거품을 문 채 들은 대로 자초지종을 전했다.

"열셋째마마는 자기를 죽이려 했다는 사실을 알고서도 자고를 놓아줬다고 합니다. 그러나 자고는 스스로 자물통에 머리를 처박고 죽어버렸답니다. 아무래도 믿어지지가 않습니다."

여덟째가 자리에서 벌떡 일어났다. 그러나 현기증이 심하게 나는지 비틀거리면서 도로 주저앉았다. 이어 두 손으로 머리를 감싸 쥐었다.

"넷째 형님처럼 인심이 각박한 자를 하늘은 절대 돕지 않아. 분명히 누군가가 뒤에서 작당을 한 거야!"

윤당 역시 속에서 불이라도 난 듯 가슴을 쥐어뜯으면서 어찌할 바를 모르더니 갑자기 크게 소리치듯 물었다.

"여덟째 형님! 대사에 차질이 생겼으니, 이곳 백운관도 위태로운 것 아닐까요?"

그러나 처음부터 사건에 개입하지 않은 윤제는 사건을 복잡하게 보지 않는지 심드렁했다.

"백운관이 위태로우려면 진작 무슨 일이 일어났을 거예요. 자고가 자백을 했다면 굳이 자살까지는 하지 않았을 거고요."

"일리가 있는 말이야. 자고는 절대 아무 말도 하지 않았을 거야. 내가 친딸 이상으로 잘해준 아이야. 절대 주인의 발뒤꿈치를 무는 짓은 하지 않을 의리 있는 아이라는 것은 내가 믿어. 다만 이해할 수 없는 것은 큰 이변이 없는 한 거의 다 이루어진 일을 왜 그 지경으로까지 몰고 갔느냐 하는 것이지. 도무지 모르겠군."

여덟째는 다시 혈색이 돌아오면서 평온을 찾은 어조였다. 윤당은 이해가 되지 않는다는 표정을 한 채 깊은 한숨을 토해냈다.

"도대체 누가 화분을 떨어뜨려 신호를 보냈을까? 참 이상하군……."

윤당은 그러나 곧 뭔가 짚이는 것이 있는 듯했다. 바로 눈빛을 반짝이면서 그 생각을 이어갔다. 장덕명이 한쪽에 서서 황자들의 말에 귀를 기울인 채 눈을 감고 있다가 확신이 드는 듯 입을 열었다.

"아란과 교 언니가 가장 의심스러운 존재입니다!"

윤당 역시 덩달아 맞장구를 쳤다.

"맞아, 바로 그 불여우 같은 년들이 배신한 것이 틀림없어! 어미 애비가 모두 황천객이 되는 것도 두렵지 않다 이거지? 가평, 오늘 그년들을 내게 보내게. 내가 확인을 해봐야겠어."

윤당의 말이 끝나자 여덟째가 무표정한 얼굴을 한 채 말했다.

"형세가 우리한테 엄청 불리하게 돌아가고 있어. 열셋째를 제거함으로써 넷째 형님과 윤잉 형님의 기세를 꺾어 놓으려고 했었는데, 그게 무산됐어. 완전히 호랑이 코털만 뽑아 놓은 격이 아닌가! 그러니 당분간은 섣불리 움직여서는 안 되겠어! 아란과 교 언니가 정말 변심했다면 그것은 모든 것을 희생할 각오를 한 행동일 거야. 지금 그년들을 죽여 봤자 득 될 것이 하나도 없어. 문제는 과연 우리 예측대로 그 두 사람이 맞는지 확인하는 게 중요하지 싶어. 확증이 없잖아. 다행히 아니라면 아직은 그것들을 써 먹을 데가 있을 거야. 일단은 모르는 척하고 관망하는 것이 상책이야."

여덟째의 말에 윤제도 동의했다.

"그러게 집안 도둑이 무섭다고 하나 봐요! 제 생각에는 이참에 그냥 확 뒤집어 엎어버렸으면 좋겠네요. 가재는 게 편이고 팔은 안으로 굽기 마련이라고, 이것저것 따질 것 없이 한솥에 집어넣고 곤죽을 만들어버리죠 뭐. 육경궁을 빼앗고 다시 현무문의 정변을 일으켜요! 사람이 죽는 것은 촛불이 다 타서 꺼지는 것과 같아요. 갈아엎고 다시 시작하면 돼요. 누가 누구에게 뭐라고 하겠어요. 젠장!"

좌중의 사람들은 윤제의 말에 깜짝 놀랐다. 마침내 드러나는 그의 포악한 진면모에 모골이 송연해졌다. 갈아 엎어버린다는 것은 강희까지 포함시키는 말이기 때문이다. 그러자 윤당이 표정을 험악하게 일그러뜨리면서 비난을 퍼부었다.

"병부가 네 손에 들어왔다 이거지? 구성九城의 병마兵馬들이 네 입김에 불려 다닌다 이거지? 하지만 대내大內의 시위들은 어떻게 할 거야? 군주를 죽이고 등극하면 신하들이 우릴 어떻게 보겠어? 물은 배를 띄우기도 하지만 엎어버릴 수도 있다는 사실을 명심해! 천하의 영락황제도 주원장을 그런 식으로 노리지는 않았어!"

여덟째 역시 고개를 가로저었다.

"정 그러고 싶으면 열넷째 네가 황포를 입어. 나는 곧 죽어도 그런 짓은 못하겠다! 이름을 더럽히면 죽은 후에도 무덤에 벌초하러 오는 사람보다는 침 뱉으러 오는 사람이 더 많을 테니까!"

윤제가 여덟째의 반박에 가소롭다는 듯 대꾸했다.

"지금 이름 타령 하셨어요? 진秦나라 이세二世(호해胡亥)는 당당하게 황위를 물려받았으나 지금 평판이 어때요? 조광윤趙匡胤(송나라 태조)이 진교陳橋에서 병변을 일으켜 왕위를 찬탈했다고 해서 감히 왈가왈부하는 사람 있어요? 자고로 성공하면 왕후가 되고, 실패하면 역적이 된다고 했어요. 탁월한 통치 수완을 발휘해 천하를 잘 다스려 놓으면 자연히 사람들이 따르게 돼 있어요!"

열넷째가 열변을 토하다 잠깐 쉬면서 침을 꿀꺽 삼켰다. 그리고는 다시 덧붙였다.

"일단 우리의 병력을 계산해봐요. 그쪽에는 조봉춘의 사천 병사가 있어요. 또 대내의 시위들이 있죠. 그러나 빡빡 끌어 모아 봐야 다 합쳐도 고작 육천 명도 안 돼요. 거기에 직예총독아문의 병사들까지 다 합쳐도 만 명밖에 안 되지 않아요? 그러나 서산西山 예건영銳健營의 육천 병사는 이제부터 내 마음대로 가볍게 주무를 수 있어요. 게다가 우리 셋과 열째 형님의 사람들을 합치면 팔천 명은 넘잖아요! 구문제독 융과다 휘하에 있는 이만 명은 우리 편을 들지 않고 중립만 지켜줘도 좋아요. 그러면 충분히 해볼 만한 싸움이 된다고요! 한밤중에 예건영 부대를 몰래 입성시켜 불의의 습격을 가하면 돼요. 그 다음 양심전을 봉하고 육경궁을 공략해 천자를 옆에 끼고 제후들에게 명령을 내리면 어느누가 감히 끽소리를 할 수 있겠어요? 저는 군주를 시해하겠다는 것이 절대 아니에요. 노인께서 사오십 년 동안 앉아 계셨으면 적당히 쉬어 갈때도 됐잖아요. 태상황太上皇 자리에서 편안한 말년을 보내시라는데, 그게 뭐가 잘못이에요?"

"허튼 소리 말고 입 닥쳐!"

여덟째가 갑자기 버럭 화를 내면서 탁자를 힘껏 내리쳤다. 그리고는 위엄 있는 목소리로 혹독하게 꾸짖었다.

"폐하께서 얼마나 치밀하신 분인지 몰라? 너의 그런 얕은 생각에 놀아날 것 같아? 그런 애들 장난은 씨도 안 먹혀! 무단이 심심해서 북경에 놀러온 줄 알아? 구문제독부는 말할 것도 없고, 너의 그 예건영에 한자리 한다 하는 자들 대부분은 무단 앞에서 알아서 설설 긴다고. 알기나 해?"

여덟째가 흥분해 침을 튕기는가 싶더니 곧 한결 누그러진 목소리로 덧붙였다.

"모든 일은 천시天時(하늘의 때), 지리地利(지리적 이점), 인화人和(인화단결)가 어우러지지 않으면 힘들어. 윤제, 네가 방금 얘기한 것은 전부 일장춘몽이라고 해도 과언이 아니야!"

윤당은 처음에는 여덟째와는 달리 윤제의 말에 마음이 부쩍 동했다. 평소의 점잖은 모습과는 달리 흥분한 채 실내를 부지런히 서성거렸다. 하지만 여덟째의 세세한 분석을 듣는 순간 그 말이 더 일리가 있다고 생각하지 않을 수 없었다. 그가 걸음을 멈춘 채 또박또박 말했다.

"여덟째 형님의 말이 맞아. 열넷째 자네가 현실을 무시한 무모한 짓을 저지를 뻔했어. 지금 급선무는 윤잉 형님을 밀어내는 거야. 나머지는 여덟째 형님의 덕망에 힘입으면 그냥 이뤄지게 돼 있어!"

"네 말도 틀렸어! 지금 급선무는 열넷째가 맡은 바 직책에 충실히 임하는 거야. 병부에서의 입지를 굳히고 나아가서 병사들을 직접 거느릴 수 있다면 금상첨화겠지! 폐하께서 윤잉 형님의 손을 들어줘 우리 사람들만 처넣게 만들었으니, 그렇게 되면 얼마나 좋겠어? 그러나 그렇지 않더라도 마음대로 하라고 해! 그렇게 무리하게 하면 할수록 민심은 우리와 더욱 가까워질 수밖에 없어! 그게 바로 새옹지마라는 거야. 당연히 우리는 반대로 가야지. 열넷째가 지방에 군사를 거느리고 내려가면 곧 흠차라고 할 수 있어. 그때 윤잉 형님과 죽이 맞아 돌아가는 탐관오리 몇 명을 봐 뒀다가 한바탕 뒤통수를 갈겨버리라고. 그런 다음 대대적으로 여론을 조성해 온 천하에 터트려버리면 윤잉 형님이 제 아무리 잘난 척해도 속수무책 아니겠어? 한 번 폐위를 당했다가 복위했다고 해서 두 번 다시 폐위당하지 말라는 법은 없거든!"

여덟째가 힘찬 고갯짓으로 머리채를 뒤로 가져간 다음 눈빛을 반짝였다. 얼마 후 한차례 치밀한 계획이 사람들의 일희일비 속에서 끝났다. 그러자 가평이 갑자기 서둘렀다.

"문씨한테 허락도 받지 않고 나왔습니다. 그에게 의심을 사기 전에 빨리 가봐야겠습니다."

가평은 이내 부리나케 자리를 떴다.

"우리도 그만 헤어지자고. 여기는 당분간 모습을 드러내지 않는 것이 좋겠어. 우리가 나타나지 않으면 윤상이 날고 기는 재주가 있다고 해도 어떻게 할 수 없을 테니까. 하주아, 자네는 먼저 집에 가 있게. 우리 삼 형제는 열셋째한테 가서 잠깐 위로의 말을 해주고 갈 테니. 마음에 없는 소리를 한다고 누가 뭐라고 하는 사람이야 있겠어?"

여덟째가 먼저 일어섰다. 윤제도 주섬주섬 옷을 입으면서 말했다.

"열째 형님이 오셨더라면 좋았을 텐데요."

윤당이 그 말에 웃음을 터트렸다.

"입이 지나치게 부지런한 사람이라 감히 부르지를 못했네. 자네도 폐하께서 부르셔서 못 올 줄 알았는데, 발이 커서 저절로 찾아온 것 아닌가?"

세 형제는 어깨를 나란히 한 채 운집산방을 나왔다. 이어 저벅저벅 눈밭을 걸어갔다.

37장
강희와 태자의 암투

　윤잉의 측근들은 그를 위해 헌신적인 노력을 기울였다. 하지만 어쩔 수가 없었다. 윤잉은 완전히 구제불능이었다. 주변에서는 끝까지 포기하지 않고 우뚝 일으켜 세우려고 안간힘을 썼으나 고집스럽고 포악한 성격으로 돌변한 그는 스스로 허물어지기를 원하는 듯했다. 왕섬 등 측근들의 간곡한 권유도 전혀 받아들이지 않았다.

　당연히 조정 내에서는 탐관오리들의 명단을 조작해 여덟째를 섬기는 관리들만 필요 이상으로 엄벌에 처한 것에 대한 온갖 억측과 소문이 들끓었다. 그를 괴물 바라보듯 하는 시선도 점점 늘어만 갔다. 3년에 한 번씩 전국적인 세금감면 혜택을 부여한다는 강희의 정책에 은근히 반기를 들고 나서는 등 태자가 엉뚱한 생각만 하고 있었으니, 충분히 그럴 만했다.

　윤잉은 강희 49년부터 51년 사이 상서방의 인사권과 더불어 사건 처리와 관련한 권한도 가지게 됐다. 또 이에 고무되어 바로 자신의 포의가노 출신인 탁합제托合齊, 경액耿額, 나신羅信, 첨명우詹明祐 등 측근들을 외부로 파견해 군사대권을 부여함과 동시에 계속 진급을 시켜줬다. 그에 반해 별다른 사고 없이 본연의 임무에 충실하고 있던 채경蔡京, 만신민萬新民, 풍운춘豐韻春 등 몇몇 봉강대리들은 이렇다 할 이유도 없이 직위 해제시키고 감옥에 집어넣었다. 그들이 전부 마제의 문생이었기 때문에 조정 안팎의 시선은 곱지 않았다. 그러나 사람들을 더욱 당혹스럽게 만든 것은 강희가 윤잉의 행동에 제동을 걸기는커녕 올라오는 상주문마다 본인의 선에서 알아서 하라는 식으로 허락을 해준다는 사실이었다.

반면 팔황자당의 열넷째 윤제는 착실히 병부의 살림을 알뜰히 꾸려나갔다. 하무河務와 조운漕運과 관련하여 현지 시찰을 떠나는 것도 게을리하지 않았다. 그 뿐만이 아니었다. 자신의 관할권 내에서는 어느 황자의 문하이건 상관없이 '공이 있으면 반드시 상을 주고, 잘못을 하면 반드시 벌을 주는 원칙'을 확실히 지켰다. 자연스럽게 열넷째가 현명하다는 소문이 하루가 다르게 퍼져나갔다.

이렇게 되자 한때 윤잉에게 무조건적인 충성을 다지던 윤진과 윤상도 앞으로는 지혜로워져야겠다는 다짐을 하지 않을 수 없었다. 실제로도 그랬다. 겉으로는 윤잉을 도와 정무를 수행하는 것 같았으나 언제부터인가 연갱요를 사천 순무, 몇몇 문인門人들을 지방의 포정사布政使로 진급시켜 내보내는 행보를 보이기 시작한 것이다. 심지어 대탁마저 복건성 장주漳州의 도대道臺로 발령을 내기도 했다. 이처럼 윤진과 윤상이 윤잉으로부터 분가하겠다는 결심을 하게 되자 조정은 사실상 윤잉, 윤진, 여덟째를 각자의 우두머리로 하는 세 당파의 삼족정립三足鼎立의 시대를 맞이하게 됐다.

때는 풍성한 수확을 경축하는 뜻에서 집집마다 햅쌀로 빚은 술과 정성껏 만든 음식을 들고 높은 산에 올라 천지신명께 감사 제사를 올리고 새로운 출발을 다진다는 중양절이었다. 북경에는 굳은비가 추적추적 내리고 있었다. 윤제는 서둘러 일을 마친 다음 일찌감치 부하들을 집으로 돌려보냈다. 그리고는 마지막까지 남아 서류 정리를 마쳤다. 그가 막 집으로 돌아가려고 할 때였다. 두툼한 군보軍報를 들고 사관司官 임문옥任文玉이 들어섰다. 윤제가 웃으면서 말했다.

"아직 들어가지 않았나? 아무튼 열심히 일하는 모습이 보기 좋군. 나중에 한가할 때 시간 좀 가지자고. 오늘은 인사 올리러 궁으로 들어가 봐야 하니까!"

임문옥이 윤제의 말이 끝나기를 기다렸다가 군보軍報 사이에 끼워져 있던 문서 한 장을 꺼냈다. 이어 공손히 두 손으로 건넸다.

"서장西藏의 왕인 두이백특杜爾伯特의 상주문입니다. 열넷째마마께서 병부로 부임하시자마자 특별지시가 계셨잖습니까? 서쪽 변경의 소식은 아무리 늦은 시각이라도 지체하지 말고 올려 보내라고요."

윤제는 두이백특이 보낸 상주문이라는 말에 귀가 번쩍 뜨였다. 황급히 펼쳐 보았다. 만주어를 비롯해 티베트어, 한어 등 세 가지로 작성돼 있었다. 또 그 옆에는 깔끔한 번역이 딸려 있었다.

> 몽고 아랍포탄의 부하인 돈다포敦多布가 군사를 이끌고 저희 서장을 습격했습니다. 폐하께서 빠른 시일 내에 조정의 천병을 파병하시어 서북 변경의 안전을 지켜주셨으면 합니다……

대충 그런 내용이었다. 윤제는 여러 가지 언어에 능통하고 맡은 바 임무에 충실한 임문옥의 일처리에 너무나도 만족스러웠다. 자신도 모르게 임문옥의 어깨를 힘차게 잡아주었다. 이어 밖으로 나와 수레에 앉아 바로 육경궁의 윤잉에게로 향했다. 그가 막 경운문을 지났을 때였다. 우산을 받쳐든 태감을 앞세운 채 빗길에 조심스레 걸어 나오는 셋째 윤지와 열일곱째 윤례胤禮의 모습이 보였다. 윤제는 수레에서 내려 그들이 가까이 오기를 기다렸다. 그리고는 셋째에게 한쪽 무릎을 꿇어 깍듯이 인사하면서 얼굴 가득 웃음을 머금었다.

"정말 오래간만이네요, 셋째 형님! 열일곱째하고 어디를 다녀오시는 거예요? 소문에 들으니 《고금도서집성》이라는 책이 탈고돼 인쇄에 들어갔다면서요? 책이 나오면 꼭 한 질 주셔야 해요!"

윤제의 말이 끝나자 열일곱째가 예의를 갖춰 인사를 하려고 했다. 그러자 윤제가 황급히 말렸다.

"하기 싫은 인사를 억지로 하려니 동작이 서툴 수밖에! 다들 너보고 욕심 없다고 하는데, 내가 보기에는 아니야. 우리가 쓸데없이 바쁘게 설칠 때 너는 셋째 형님의 집에서 책 속에 묻혀 지내면서 조용히 내실을 다졌다고 하더군. 그렇지 않나?"

"너는 요즘 눈부시게 잘 나가는데, 하필 우리 같은 사람에게 질투를 하고 그러냐?"

오랜만에 외출을 한 것처럼 보이는 윤지가 먼저 나서면서 농담처럼 말을 받았다. 아마 마음을 많이 비운 모양이었다. 그래서일까, 그의 외모는 홀가분하고 멋스러워 보였다. 다만 안색이 이전보다 창백하고 몸이 다소 수척해 보였다. 이어 책을 달라는 윤제의 부탁에 화답했다.

"당연히 줄 수는 있지! 단 가는 것이 있으면 오는 것도 있어야 하는 게 인지상정 아니겠어? 나는 말이야, 그 과수원 뒤편에 있는 자네 별장이 강남 특유의 운치가 두드러지는 것이 참 좋아 보이더라고. 이참에 나에게 선물하는 것이 어때? 어, 왜 웃어? 그까짓 책 한 질과 맞바꾸기에는 너무 손해라고 생각하는 거야? 왜 이래, 그 책은 자그마치 육천일백

하고도 아홉 권짜리야. 고금古今의 학문을 완전히 집대성한 책이야. 우주의 지식을 총망라해 전부 육십다섯 질밖에 찍지 않은 희소가치가 대단한 책이야. 아무렴 자네의 별장과 맞바꿀 값어치야 없겠어? 나는 그 별장을 책을 내는 데 가장 공로가 큰 진몽뢰 선생에게 선물하려고 해!"

윤제가 책의 방대한 규모에 깜짝 놀랐는지 미소를 지으면서 말했다.

"제가 언제 안 된다고 했어요? 형님은 괜히 넘겨짚고 그러세요? 수많은 학자들이 심혈을 기울인 책인데, 그까짓 별장이 다 뭐예요. 내일 당장 비워드리겠습니다."

세 형제는 웃고 떠들면서 길에서 꽤 오랫동안 얘기를 나눴다. 얼마 후 윤제가 셋째에게 같이 태자를 만나러 가줄 것을 요청했다. 그러나 셋째는 손을 내저었다.

"나는 싫어. 가는 길이 다른 사람과는 같이 앉지도 말라고 했어. 아바마마께서 《홍범》洪範이라는 책에 나오는 몇 구절을 물어 오셨는데, 나도 아리송하더라고. 그래서 문화전에 책을 찾으러 왔다 가는 중이야. 아바마마께서 창춘원에서 기다리고 계실 거야. 빨리 가 봐야 해!"

말을 마친 셋째는 바로 열일곱째를 데리고 걸음을 옮겼다. 그 모습이 정말 홀가분해 보였다. 허망한 꿈에 부풀어 한때 여덟째 쪽과 엉켜 놀아난 모습과는 거리가 멀었다. 이제는 길이 아니라는 사실을 깨닫고 미련 없이 되돌아선 것이 확실한 듯했다. 윤제의 가슴속에서는 어느덧 존경과 부러움의 감정이 솟아나고 있었다.

'나도 깊이를 알 수 없는 무서운 당쟁의 소용돌이에 휘말려 들지만 않았다면 어땠을까? 저 형님처럼 뒷산의 새 소리에 귀를 씻으면서 구수한 책 냄새에 둘러싸여 평온한 삶을 살 수 있었을 텐데. 최소한 안주머니에 학정단鶴頂丹(극약의 일종)을 넣은 채 마음을 졸이면서 밤잠을 설치는 일은 없을 것 아닌가!'

윤제는 이런저런 생각을 하면서 천천히 걸었다. 그리 오래지 않아 육경궁 앞에 이르렀다.

육경궁에는 화기애애한 분위기가 감돌았다. 윤잉이 상석에 앉고 윤진과 윤상을 비롯해 마제, 장정옥, 왕섬, 주천보, 진가유 등이 차례로 자리를 잡고 있었다. 탁자 위에는 여러 가지 다과가 마련돼 있었다. 그러나 좌중의 사람들은 음식에는 그다지 관심을 두지 않은 채 저마다 얘기꽃을 피우느라 열을 올리고 있었다.

윤제는 좌중을 향해 깍듯하게 인사를 한 다음 윤상의 아래에 자리를 잡고 앉았다. 윤진이 방금 무슨 재미있는 일이 있었던 듯 웃으면서 말을 이었다.

"열셋째의 노래는 언제 들어도 좋구먼. 내가 웃기는 얘기 하나 더 하지. 실제로 있었던 일이야. 여섯째의 집에 쥐한테 코를 뭉텅 뜯어 먹힌 고양이 한 마리가 있다고. 어느 날 쥐와 고양이가 또 싸움이 붙었어. 그런데 불과 몇 초 만에 쥐한테 다시 뜯긴 고양이 얼굴이 예사롭지 않았어. 속이 상한 여섯째가 고양이를 안고 여덟째가 운영하는 약국에 가서 약을 사서 발라주면서 이렇게 말했다고 해. '무슨 고양이가 이렇게 온순해. 아무리 예뻐도 어디에 쓸 데가 있어야지'라고 말이야."

좌중의 사람들은 약간 썰렁한 얘기이기는 했으나 실내가 떠나가도록 마음껏 웃었다. 윤제 역시 따라서 웃다가 끼어들었다.

"저도 들은 얘기 하나 하죠. 그 얘기는 정말이에요. 넷째 형님이 그냥 웃자고 꾸며낸 것이 아니에요. 그 고양이는 절대로 쥐를 안 잡아요. 이름이 '불노'佛奴라고 하죠. 얼마나 신사적인데요. 겉모습이 알록달록한 것이 꼭 새끼 호랑이처럼 점잖게도 생겼어요."

주천보는 조용히 웃으면서 듣고 있더니 입을 열었다.

"저는 그 얘기는 금시초문입니다. 조금 황당하기는 하네요. 그래도 즉석에서 〈고양이를 꾸짖는 격문〉을 생각나는 대로 얘기할까 합니다. 태자전하, 말씀 올려도 되겠습니까?"

윤잉이 웃으면서 머리를 끄덕여 보였다. 주천보가 가벼운 기침을 하더니 목소리를 가다듬었다.

쥐를 잡아야 하는 고양이 불노는 성격이 유약할 뿐만 아니라 인자한 모습만 보이니, 설의랑雪衣娘(당 현종의 애마로 시를 줄줄 읊었다고 함)을 따라 배워 군자를 자처하는구나. 낮에는 화분에 앉아 졸면서도 엎어지는 것은 신경조차 쓰지 않고, 또다시 대나무 돗자리에 앉은 채 게으름을 피우면서 벽만 타고 올라가는구나. 육적六賊(눈, 귀, 코, 혀, 몸, 마음을 일컬음)을 마치 아미타여래처럼 하니, 노승이 참선 삼매경에 드는 것과 같구나. 보지도 듣지도 않으니, 괴물이 등장해도 소리를 지르거나 냄새를 맡으려 하지 않는구나. 그저 눈 감은 채 야옹 하는 겁쟁이에 편한 것만 즐기면서 우유부단하기까지하니, 콧등 뜯기는 것은 아무 것도 아니지. 염라대왕이 귀신을 겁내니 위풍이 바닥이요, 장군이 싸우기를 무서워하니 기율이 땅에 떨어졌도다······.

좌중의 사람들은 주천보가 말을 마치자 동시에 박수를 치면서 떠들어댔다. 그러나 이상하게도 윤잉의 얼굴에서는 차츰 웃음기가 사라지더니 표정이 순식간에 굳어졌다. 한참 후 윤잉이 말머리를 돌렸다.

"오늘 참 즐거웠어. 이제부터는 일을 해야지. 열넷째, 무슨 일이 있는 거냐?"

"당연하죠. 삼보전三寶殿이라도 볼일이 없으면 안 찾는 게 저 윤제니까요."

윤제가 기분이 언짢아진 듯 퉁명스럽게 대답했다. 주천보의 〈고양이를 꾸짖는 격문〉이 아무래도 여덟째를 비웃는 것 같은 느낌이 들었던 것이다. 그러나 그는 애써 불쾌한 기분을 누른 채 윤잉에게 상주문을 건넸다. 윤잉이 읽어보더니 버럭 화를 냈다.

"아랍포탄 이 자식, 정말 배은망덕하기 그지없군! 아바마마께서 위험을 무릅쓰고 세 차례나 친정을 통해 갈이단을 섬멸해 버리지 않았다면 어찌 오늘의 자기가 있었겠어? 몇 년 전까지만 해도 객이객에서 서몽고의 왕들과 초원의 소유권 분쟁으로 티격태격하는 것은 알고 있었으나 이 정도인 줄은 몰랐어. 참아주니까 이제는 아예 기어오르려고 하는구먼!"

좌중의 사람들은 그제야 서북 변경에 큰 문제가 생겼다는 사실을 알게 됐다. 물론 그곳이 늘 화약고처럼 분쟁이 끊이지 않은 곳이었던 만큼 새삼스러울 것은 없었다. 그러나 자칫하면 조정에서 출정해야 하는 국가적으로 중대한 일인 것만은 분명했다. 좌중의 사람들이 저마다 자리에서 일어나 숙연한 자세로 섰다. 마제가 먼저 입을 열었다.

"군 문제와 관련한 일은 지체해서는 아니 됩니다. 즉각 폐하께 상주해 출병에 관한 문제를 상의해야겠습니다."

마제의 말에 윤잉이 느릿느릿 입을 열었다.

"출병하는 것은 문제될 것이 없어. 오늘이라도 당장 쳐들어가면 되니까. 문제는 군대 정비가 제대로 돼 있지 않다는 사실이야. 또 무기 등의 군사 장비와 군량미 조달이 어렵다는 것도 문제야. 거리가 워낙 멀어서 무조건 승리한다고 장담할 수는 없는 실정이야! 폐하께서는 아마도 구체적으로 어느 곳의 군대를 누구에게 맡겨 내보낼지를 물으실 거야. 또 군량미는 어떻게 조달하고, 식량은 어느 쪽의 양도糧道(군량미 수송로)를 거쳐 언제까지 조달이 가능할지에 대해서도 꼬치꼬치 캐물으실 거야. 그러니 일단은 모든 것과 관련한 조언을 폐하께 구한 다음에 지의에 따라 움직이는 것이 좋겠어."

장정옥이 마제의 난감해 하는 표정을 읽고는 처지를 십분 이해한다는 듯 머리를 끄덕였다.

"신은 식량만큼은 아무래도 동남쪽에서 조달하는 것이 좋지 않을까 생각합니다. 그러나 조운漕運을 통해 직예로 실어온 다음 다시 섬서, 감숙 등 서북 지역으로 옮기는 것은 너무 느립니다. 그러느니 아예 산동, 산서, 하남, 섬서, 감숙 등의 식량 창고에 남아 있는 묵은 쌀을 전부 전쟁터와 가까운 서녕西寧으로 운반해 가는 것이 어떨까 합니다."

"태자전하께서는 벌써 고북구에 있는 탁합제의 주둔군을 북경 인근의 순의順義로 옮기라는 명령을 내리신 것으로 알고 있습니다. 그 일만 오천 명은 비록 주둔지를 바꿀 때가 되기는 했으나 원래부터 몽고 지역의 안전을 위해 배치된 병사들입니다. 때문에 다른 곳으로 옮기는 것을 그렇게 서두를 것은 없다고 생각합니다. 게다가 지금 순의에 주둔하고 있는 부대도 내년쯤은 돼야 다른 곳으로 옮길 거라고 하니, 괜히 번거로움을 자초해 욕을 얻어먹을 것은 없지 않겠습니까? 제 생각에는 탁합제의 부대를 직접 함곡관函谷關으로 배치해 대기시키는 것이 좋을 듯 합니다."

마제가 북경과 너무 가까운 거리에 있는 순의에 주둔군을 배치하는 것은 조금 곤란하다는 뜻으로 말했다. 윤잉이 마제의 말에 불만이 있는 것처럼 "음!" 하는 소리를 내더니 자세를 고쳐 앉았다.

"서북으로 파병하는 것은 대단히 중대한 일이야. 때문에 선례에 따라 움직이는 것이 무난해. 자네 말대로 고북구에 있는 탁합제의 부대를 함곡관에 대기시켰다고 하자고. 만약 이변이 생겨 상당 기간 싸움이 지체되는 날에는 어떻게 하지? 춥고 열악한 환경에 병사들을 데려다 놓고 누구 얼어 죽일 일이 있는가? 그때야말로 욕을 바가지로 얻어먹는 거지! 가까운 풍대豐臺의 병사들을 파병하는 것이 좋겠어."

마제는 나름 괜찮을 것 같다고 생각한 자신의 의사를 말했다가 본전도 못 찾자 난감했다. 그러나 마지막으로 한마디 덧붙이는 것은 잊지 않았다.

"풍대는 경기京畿 지역입니다. 그곳의 병사를 움직이는 일은 반드시 폐하께 허락을 받아야 합니다!"

"뭐라고? 어떻게 반드시 허락을 받아야 하는가? 과거 폐하께서 서정西征에 나섰을 때도 나는 지의가 없었어도 사만 녹영병을 서산西山으로 파병시킨 적이 있어."

윤잉이 가소롭다는 표정을 지었다. 그때 장정옥이 무슨 말을 하려는 듯 입가를 실룩거렸다. 그러나 윤잉이 더 빨리 덧붙였다.

"이 일은 나중에 다시 의논하자고. 예전 같았으면 이런 일은 부황께서 친정하시려는 의사를 드러내셨을지도 몰라. 그러나 아무래도 이제는 무리겠지? 아들로서 아버지의 뜻을 받들고 계승, 발전하는 것은 만고불변의 도리야. 부황께서 연세가 계셔서 친정은 불가능하니 이번에는 젊고 혈기왕성한 내가 나서야겠어. 심신을 단련시키기에는 절호의 기회인 것 같아."

윤잉이 갑자기 친정 의사를 밝혔다. 좌중의 사람들은 놀란 나머지 할 말이 없다는 표정을 지었다. 마제 역시 그랬다. 그는 탁합제의 부대를 북경에서 가까운 순의로 이동시킬 것을 강력하게 주장하는 윤잉의 동기가 불순하다고 생각했다. 그래서 반대하고 나섰던 것이다. 그러나 북경을 떠나 자신이 직접 친정할 것을 원한다는 윤잉의 말을 듣는 순간 생각을 고쳐먹었다. 자신이 부질없는 걱정을 했다는 생각을 한 것이다.

하지만 장정옥은 달랐다. 북경의 문지방과 다를 바 없는 풍대의 10만 군사를 윤잉이 직접 거느리고 서북 변경으로 친정한다는 사실에 걱정이 앞섰던 것이다. 장정옥이 오랫동안 고민에 빠진 눈치를 보이더니 비로소 입을 열었다.

"태자전하, 이번 서장 문제는 분명히 그 옛날 갈이단과의 전투와는 비교가 안 될 정도로 가볍다고 생각합니다. 태자전하께서 직접 어려운 걸음을 하지 않으셔도 충분히 승산이 있다고 생각합니다."

"장 대인 말에도 일리가 있어요! 이번에는 아무래도 제가 적격인 것 같네요! 폐하께서 병부를 저한테 맡기셨잖아요. 지금 군량미나 병력 등과 관련한 병부 사정에 저만큼 밝은 사람도 드물 거라고 생각해요. 제가 소 잡는 칼을 들고 가서 한 칼에 베어버리고 올게요. 그 자의 목을 베지 못한다면 제 머리라도 베어 보낼 각오로 말씀드리는 거예요!"

윤제가 슬며시 끼어들면서 의지를 피력했다. 윤상 역시 이번 기회에 공훈을 세우고 싶은 욕구가 굴뚝 같기는 크게 다르지 않았다. 급기야 더 이상 못 참겠다는 듯 입을 열었다.

"아니야. 이번에는 내가 나가야 해! 열넷째, 군사를 안다고 큰소리 뻥뻥 치는데, 나도 그리 호락호락하지는 않아! 열넷째 자네는 군량미 조달만 제대로 맡아줘. 누구처럼……."

윤상이 호언장담을 하다 갑자기 말꼬리를 흐렸다. 그러나 좌중의 사람들은 대부분 그가 하려던 말이 무엇인지 모르지 않았다. 바로 강희가 친정에 나섰을 때 군량미를 빼돌리고 군사 작전에 차질을 빚게 만든 색액도를 본받지 말라는 얘기를 하고자 했던 것이다. 그로 인해 강희는 하마터면 고비사막에서 굶어죽은 귀신이 될 뻔했다. 그러나 색액도가 누구인가. 바로 윤잉의 작은 외할아버지가 아닌가. 윤상이 황급히 말을 꿀꺽 삼켜버린 것은 나름 현명한 행동이었다.

"오늘은 의논만 했지 결과는 없네? 마제, 장정옥 그리고 나 셋이 지금 창춘원에 가서 폐하를 만나 뵙고 지의를 전해줄 테니, 자네들은 잠시 기다리게."

윤잉이 마치 윤상의 말은 못 들은 듯 자리에서 일어섰다. 왕섬 역시 세 사람의 뒷모습을 물끄러미 바라보더니 말없이 자리에서 일어났다. 이어 무표정한 눈빛으로 진가유와 주천보를 바라보면서 한숨을 내쉬었다.

"나는 좀 피곤해서 그만 들어가 봐야겠네. 태자전하께서 돌아오시면 대신 잘 말씀을 올려 주게."

왕섬은 힘없이 발걸음을 옮겼다.

그 시각 강희는 창춘원에서 방포와 함께 있었다. 방포는 하루 종일 궂은비가 추적대는 바람에 바깥출입도 못한 채 꼼짝없이 갇혀서 강희가 바둑 두고 붓글씨 쓰는 것을 시중들고 있었다. 그래도 시간은 흘러 그가 밖으로 나갈 시간이 되어가고 있었다. 그가 돌아갈 채비를 마쳤을 때였다. 갑자기 이덕전이 들어와 아뢰었다.

"폐하! 태자전하께서 장정옥, 마제를 데리고 동문에서 만나 뵙기를 청하였사옵니다!"

"방포, 자네는 일단 가지 말고 있어 보게. 물론 여기는 잠을 자기가 불편하기는 하지. 그러나 밖에 보리사菩提寺라는 암자가 있어. 오늘 저녁은 거기에서 하룻밤 묵어가게."

강희가 밑 빠진 항아리에서 쏟아져 내리는 듯한 창밖의 빗물을 바라보면서 말했다. 그리고는 이덕전에게 명령을 내렸다.

"이덕전, 가서 전해. 송학서방松鶴書房에서 잠깐 기다리라고 해. 짐이 곧 간다고."

강희의 말에 방포가 입을 열었다.

"폐하, 왕법무친王法無親(왕법에는 자비로움이 없다는 의미)이라고 했사옵니다. 신은 비록 자유로운 포의 신분이나 상서방에서 일하는 만큼 나가서 인사 올리고 적당히 시중을 드는 것이 예의인 것 같사옵니다. 또 폐하께서 비를 맞으면서 그쪽으로 가시는 것보다 그들을 이쪽으로 부르시는 것이 좋지 않을까 하옵니다."

"그 사람들에게는 신경 쓸 것 없네. 잠깐 앉아 보게. 자네 생각을 듣고 싶은 일이 있어. 아직은 조금 더 지켜봐야겠지만 내가 입을 열면 자네도 엄청 놀랄걸?"

강희가 웬일로 심각한 표정을 한 채 과장되게 말했다. 적이 놀란 방포가 왜 그러느냐고 물으려고 할 때였다. 강희가 더욱 심각한 어조로 다시 입을 열었다.

"방 선생, 만약 오늘날 누군가가 조광윤처럼 진교의 병변을 일으킨다면 자네가 객관적으로 볼 때 우리에게 얼마만큼의 승산이 있겠는가?"

방포는 느닷없는 강희의 말에 정말이지 깜짝 놀랐다. 몇 가닥 안 되는 노란 턱수염이 부르르 떨렸을 정도였다. 그의 가늘게 뜬 눈에서는 동시에 의혹이 묻어났다.

"설마 그런 일이? 절대 그런 경우는 없사옵니다. 아니 그럴 수가 없을 것이라고 생각하옵니다."

"바로 그런 일, 또 그런 경우가 생겼어. 이미 누군가가 짐을 속이고 고북구에서 일만 오천 명의 병사를 순의로 이동시킬 것이라는 소문이 무성해. 예건영에서는 병부 몰래 홍의대포 열 문을 만들었다고 하고. 이빨을 뾰족하게 갈았으니, 이제 곧 으르렁대면서 달려들겠지!"

강희가 마치 오랜 옛날 얘기를 하듯 말했다. 그러자 방포가 흠칫 놀라면서 강희를 오래도록 쳐다봤다. 그리고는 몸을 의자 등받이에 가볍게 맡기며 의견을 밝혔다.

"병무에 관련된 일에는 하찮은 것이라고는 없사옵니다. 전부 흉흉한 것들뿐이옵니다. 그러니 경각심을 높여서 나쁠 것은 없다고 생각하옵니다. 하지만 소인 생각에는 그런 식으로 해서는 만 명이 아니라 사십만 명이라도 소용이 없을 것이옵니다. 칼자루는 폐하께서 잡고 있지 않사옵니까! 성루에 올라가 크게 한 번 외치면서 기세몰이를 하시면 그들은 삽시간에 무너지게 돼 있사옵니다. 그게 누군지는 잘 모르겠지만 말이옵니다."

강희가 냉소를 터트렸다.

"하기는 그렇지! 하지만 달걀로 바위를 치는 것처럼 결과가 불 보듯 뻔한데도 머리에 곰팡이가 잔뜩 낀 놈들은 죽기 살기로 덤비니 말이야. 한번 붙어나 보자는데, 짐인들 무슨 수가 있겠나? 그런데 부끄럽지만 이런 짓을 일삼는 자가 바로 짐의 피붙이라는 사실이네. 그래서 짐은 더 괴롭네!"

방포는 국운이 걸려 있는 사안에 황실의 혈육이 위협적인 요소로 대두했다는 사실에 크게 놀라지 않을 수 없었다. 사태의 심각성을 감지한 만큼 오랫동안 침묵이 이어졌다. 그러다 얼마 후 씁쓸한 웃음을 지어 보였다.

"누구를 말씀하시는지 알겠사옵니다. 이런 일은 크게 번지기 전에 해결하는 것이 좋을 듯하옵니다. 일이 수습하기 곤란한 지경에 이르면 아무리 인자하신 폐하라고는 해도 궁여지책으로 국법에 따라 상대를 엄벌에 처할 수밖에 없게 될 것이옵니다! 군신간의 대의와 부자간의 정은 어쩔 수 없이 상충하게 되옵니다. 후유! 태자전하가 거듭 폐위당하는 것은 결코 나라에 좋지 않은데……."

방포는 마지막 말은 혼잣말처럼 중얼거린 것이었다. 눈앞에 전개될 상황이 두려웠던 것이다. 강희 역시 그런 생각이 드는 듯 한숨을 토했다.

"바람이 단단히 들었어. 그러니 억지로 붙잡아 둔다고 되겠어? 그것은 빈껍데기하고 사는 것밖에 더 되겠나! 짐은 이제껏 인仁과 의義를 다했다고 생각하네. 누구 꼴이 보기 싫다고 하면 그렇게 해서는 안 되는 줄 알면서도 짐은 무리를 해가면서 당사자를 파직시켰어. 누구에게 상을 내리고 싶다면 내키지 않아도 허락했지. 두 번 다시 폐위당하는 불상사가 일어나는 것을 막기 위해 어떻게 해서든 태자로서의 체면을 세워주려고 짐도 할 만큼 했다고! 그런데 이제는 그것도 모자라 짐더러 그만 살라고 하잖아. 짐을 죽여 버리겠다는데도 순순히 죽어줘야겠나?"

강희의 푸념에 방포가 황급히 나섰다.

"당장 반역죄를 물으실 것이 아니라면 조금만 더 지켜보는 것이 어떨까 하옵니다. 용체龍體의 건강을 위해서라도 지나친 걱정은 금물이옵니다."

강희가 머리를 끄덕이며 수긍을 했다.

"맞는 말이네. 짐은 옷을 갈아입고 송학서방으로 가 봐야겠네! 자네는 따라올 필요 없어. 모른 체하게."

강희가 자리에서 일어섰다. 그러자 방포가 황급히 허리를 굽히면서 아뢰었다.

"신은 폐하와 더불어 생사고락을 같이 하기로 했사옵니다. 그런 이상 매사에 피하는 것만이 능사는 아니라고 생각하옵니다. 평소 폐하께서 계신 곳에 항상 모습을 드러냈는데, 지금 갑자기 피한다면 오히려 의심을 하지 않을까 걱정스럽사옵니다. 따라가게 해주시옵소서!"

윤잉 일행은 송학서방에서 기다리는 것이 무료한 모양이었다. 표정에 지루함이 역력히 드러나고 있었다. 그때 저 멀리서 "폐하께서 납신다!"라는 형년이 외치는 소리가 들려왔다. 그들은 여기저기 늘어져 있다 마치 불에라도 덴 듯 화들짝 놀라면서 한 줄로 나란히 늘어서서 무릎을 꿇었다. 강희가 붉은 돌계단에 올라서자 윤잉이 황급히 머리를 숙였다.

"아들 윤잉이 아바마마께 인사를 올립니다!"

강희가 한참 후에 가벼운 기침을 했다.

"들라! 궂은 날씨에 여기까지 오느라 수고했네."

윤잉 일행이 안으로 들어갔다. 순간 그들은 깜짝 놀랐다. 강희가 웬일로 조회 때나 입는 화려한 조복 차림을 하고 있었던 것이다. 그럼에도 강희는 아무 일도 없다는 듯 자상하게 입을 열었다.

"긴히 하고픈 얘기가 무엇인가?"

강희의 물음에 윤잉이 황급히 방금 육경궁에서 오갔던 얘기들을 자세하게 상주했다. 그리고는 자신의 의사를 밝혔다.

"현재 저 윤잉과 윤상, 윤제 모두 친정을 원하고 있는 실정이옵니다. 저는 어릴 때부터 심궁에서 생활해 오면서 여러모로 심신을 단련할 기회가 없었사옵니다. 때문에 이번이 나라를 위해 공훈을 세우고 개인적으로도 수련을 하는 기회가 될 것이라고 생각하옵니다. 윤허해 주시옵소서, 아바마마!"

강희가 말없이 윤잉의 말에 귀를 기울이더니 천천히 입을 열었다.

"다들 큰 뜻을 품고 있는 것 같기는 하군. 그러나 너희들의 말은 신빙성이 결여돼 있어. 실전에 크게 도움이 안 된다는 생각도 들어. 짐이 평소에 죽 지켜본 바로는 열넷째 윤제가 군사 분야에서는 일가견이 있는 것 같아. 안 그래, 마제?"

강희의 느닷없는 질문을 받은 마제가 황급히 대답했다.

"그렇사옵니다. 열넷째 황자마마께서는 전에 봉천奉天에서 녹영병을 지휘한 적이 있사옵니다. 또 장백산長白山(백두산) 일대의 악질 도둑들을 붙잡아 처벌하는 데 결정적인 공로도 세우신 분이옵니다. 근래에는 병부까지 맡으면서 더욱 노련해지고 경험도 풍부해졌으리라 믿어마지 않사옵니다. 하오나 소인의 어리석은 생각으로는 서장의 왕이 비록 우리 조정의 병력을 요청하기는 했으나 사태가 그렇게 험악한 지경인 것 같지는 않사옵니다. 아마 비 오기 전 우산을 준비해 두자는 생각에서 비롯된 행동이 아닌가 싶사옵니다. 만약 이때 우리 병사들이 대거 출동한다면 승리를 한다고 해도 위풍을 떨치기에는 역부족일 것이옵니다. 더구나 조금이라도 약점을 잡히는 날에는 오히려 적들에게 가벼운 인상을 줄 수가 있사옵니다. 그래서 걱정이 이만저만이 아니옵니다. 당연히 신중에 신중을 기하셔야 할 줄로 생각하옵니다!"

"자네 실력이 몰라보게 늘었군! 짐은 자네의 지나치게 성급하고 꼼꼼하지 못한 성격적 약점을 알고 있었어. 그러나 충성심이 가상해 여태 데리고 있었지. 그런데 오늘 보니 괄목할 정도로 실력이 늘었군그래! 당연히 현재로서는 발끈할 필요가 없지. 일단 장군 한 명을 파견해 그 일대에 가서 대규모 열병閱兵을 진행하는 거야. 그래서 놈들이 지레 겁먹고 꼬리를 내리면 더할 나위 없이 좋겠지. 그렇지 않을 경우에는 다시 토벌을 시도해도 늦지는 않아."

순간 윤잉은 자신의 친정이 무산됐다는 것을 본능적으로 깨달았다. 그가 말했다.

"성명하신 아바마마! 그렇다면 병부상서인 경액을 장군으로 보내게 해 주십시오!"

"경액? 경액이 거금을 횡령한 사건도 자네가 나서서 막아주더니, 이번에는 장군으로 보내달라고? 참으로 정성이 갸륵하군!"

강희가 갑자기 머리를 뒤로 젖히면서 크게 웃었다. 윤잉은 노골적인 강희의 비아냥거림에 이상한 느낌을 받지 않을 수 없었다. 그러나 의구심을 꾹 누른 채 황급히 머리를 조아리면서 변명을 했다.

"경액의 횡령 사건은 조사 결과 억울한 것으로 드러났사옵니다. 이번에 아들이 경액을 천거하는 것은 결코 사적인 감정 때문이 아니옵니다. 군사를 이끌 수 있는 경험 있는 장군들이 몇 명 없는 현실에서는 그가 가장 적격이라고 생각했기 때문이옵니다. 부디 깊이 헤아려 주시옵소서, 아바마마!"

강희가 윤잉의 말에 흥! 하고 콧소리를 내면서 냉소를 터트렸다. 그리고는 아예 노골적으로 비웃었다.

"말은 잘하는군! 말 잘하는 재주로 일이나 잘했으면 얼마나 좋을까! 골치 아픈 짓거리만 하고 다니면서!"

상황이 묘하게 흘러가고 있었다. 좌중의 분위기 역시 정무를 논의하는 것과는 완전히 무관하게 변해갔다. 방포를 제외한 사람들은 저마다 사색이 돼 어쩔 줄을 몰라 했다. 하기야 강희가 갑작스럽게 흥분하는 이유를 알 턱이 없었으니 그럴 만도 했다. 윤잉이 눈이 튀어나올 것처럼 휘둥그레진 채 잠시 멍한 표정을 짓더니 다시 어리벙벙한 얼굴을 하고 입을 열었다.

"아들이 도대체 무슨 잘못을 저질렀다고 아바마마께서 이토록 화를 내시는지 모르겠사옵니다!"

강희가 윤잉의 말에 기다렸다는 듯 껄껄 웃었다.

"아니 땐 굴뚝에 연기 나는 일은 없어! 네가 한 일은 너 자신이 제일 잘 알 거 아니냐!"

윤잉은 말문이 막혀 아무 대꾸도 하지 못했다. 강희가 차가운 눈빛으로 윤잉을 바라보며 말을 이었다.

"《상서》尙書(서경書經), 〈홍범〉洪範 편에 '오복'五福에 관한 얘기가 있어. 짐이 셋째를 시켜 자료를 찾아보았지. 오복 가운데 '수'壽는 짐이 이 꼴 저 꼴 다 보는 나이까지 살았으니 여한이 없어. '부'富자는 사해四海를 소유한 짐에게 논할 여지도 없는 글자지. '강녕'康寧 두 글자는 좀 유감스럽기는 하나 그런 대로 괜찮아. '유호덕'攸好德(도덕 지키는 것을 낙으로 삼는 일)이라는 말도 오복에 들어 있는 것을 보니, 덕정德政에 그런대로 자신 있는 짐으로서는 유감이 없어. 다섯 가지 복 가운데서 짐이 왜 '종고

명'終考命을 맨 마지막에 두는지 알아? 짐은 이 '득선종'得善終이 가장 어렵다고 생각하기 때문이야. 한나라의 질제質帝는 정말 똑똑하고 잘났어. 허수아비 황제가 되지 않기 위해 정말 노력했지. 그러나 아무리 그렇다 해도 결국에는 극약이 들어 있는 떡을 먹고 비명에 갔어. 일생 동안 영웅본색을 남김없이 드러냈던 조광윤 역시 천고의 수수께끼를 남기고 죽었다고! 짐이 비록 그들보다 지혜롭지는 않을지라도 결코 소인배들의 작당에 걸려들어 비명에 가는 전철을 밟지는 않을 거야!"

강희가 말을 마치고는 매섭게 윤잉을 노려봤다. 그리고는 "퉤!"하고 침을 뱉었다. 이어 횡하니 문을 박차고 나가버렸다.

차가운 회오리바람이 을씨년스러운 소리를 내면서 굵직한 빗방울을 휘감아 송학서방 안으로 들여보냈다. 윤잉은 마치 시신을 방불케 하는 창백한 얼굴을 맥없이 떨어뜨린 채 한동안 죽은 듯 엎드려 있었다.

〈12권에 계속〉